降誕祭の手紙／地上の草

庵原高子

庵原高子 自選作品集

田畑書店

降誕祭の手紙／地上の草◎目　次

第一部

降誕祭の手紙 9
眼　鏡 73
地上の草 103

第二部

源平小菊 375

海抜五・五メートル 395
夏の星 417
かきつばた 439
*
日々の光――山川方夫 495
自筆年譜 505
あとがき 516

装画　西沢貴子

降誕祭の手紙／地上の草

庵原高子自選作品集

第一部

降誕祭の手紙

また、開かれた天を私は見た。そこに一頭の白い馬が現れた。

（ヨハネの黙示録19―11）

一

晋一郎ちゃまのお誕生おめでとう。心からお祝いを申し上げましょう。二日前に退院されたそうですね。昨日東京駅で朝吹さんにお逢いしてうかがいました。月日はこうしてたえず何かを殖やしていきます。学生のような若いパパが羞かしそうに笑っていました。朝吹さんはあなたより一つ下、そうすると私よりは三つも若いのですから、当り前なのでしょうが、自分のところにまだ恵まれないことを考えて、ふとあの若さが憎らしくなりました。しかし私のそんな感情にも気付かず、朝吹さんは相変わらずの健全な表情で白い息を吐いていました。素朴なあなたの御主人に出逢えて、私はだんだんと心温まる思いになりましたが、私とあなたとの交友のはじまりをどう割り切っているかと思うと、冷えた空気が一層肌にしみました。晋一郎ちゃまのお話だけすると朝吹さんは足早に、それが幸福の象徴であるかのように、胸を張ってホームを降りていきました。師走の駅はとても混雑していました。その向こうにあなたが晋一郎ちゃまと待っている麻布のお宅が浮かびました。

――今朝、私は勝彦と約束したのです。（今夜はあったかくして、お酒とごちそうを用意しておきますからね）、と。結婚して二度目のクリスマス・イヴ、最初のときも二度目もあの人は約束通り帰って来ましたから、今朝も軽い気持ちでそう言ったのです。呑んべえの勝彦のことですから、こうした浮かれた日に真っ直ぐには帰らないでしょうが、お酒の約束を酔った頭で思い出して、いずれ戻って来るのでしょうね。無理して買って焼いた鶏が目の前でだんだん冷めていきますが、これはもう嘆きのうちに入らない習慣ですから――。

夫婦という形式はおかしなものです。待たせる夫には、待つような妻ができていくのです。糠みそに手を入れるのを好かない妻には、不服ながらデパートで売っている漬物を食べる夫ができていくのです。勿論、現代の亭主たちのことですが。従って便宜上似て来るのです。特別なことを望まなければ、これは悪くない形式だと思います。男と女の精神と肉体はお互いを相呼んでいるのです。その自然な在り方を法律に認めさせ、同じ屋根の下に生活し、しかも利害が同じに生じるのですから普通にいけば夫婦は仲が良いはずです。

私のところも見かけはそうした夫婦になりました。今夜も勝彦のために心を籠めて料理をした私です。勝彦の方も私の料理を食べたいと思い、帰って来るに違いないのです。おかげさまで――、とここで私が言えば、この手紙はそれで終り、ただのお礼になってしまいます。しかしそれは残念なことに正しくないのです。私と勝彦はもう周囲の人が二人の和を諦めたころに、やっと婚約したのですから、色々な人に厄介をかけはしたものの、誰の好意にも左右されていなかったのです。

礼儀の上ではあなたに幾重にもお礼を申しましょう。けれど私にとってあなたという人は、私と勝彦の本当の心を知っているただ一人の人ですから、あなたの目を私が忘れない限り、いくら睦まじく夫婦の関係を造り上げても、嘘の部分は自ずから探しあててしまうのです。お礼を言わないのが私のあなたに対する友情なのでしょうか、私は常に正確な心を示していたかつての習慣を、崩したくはないと思っているのです。

私が勝彦と結婚すると決めたとき、一番報告したくなかった人はあなたでした。そのときは結婚の本質として第三者が勧めるべき箇所が、勝彦に殆どなくなったときでした。母子家庭で、経済条件が悪いこと、これはもともと承知のことでしたが、それを補う人間的な愛の種類を幾つか失くした勝彦と何ゆえに結婚するのか、私はあなたに堂々と言える理由がどうしても見付けられなかったのです。

しかし私はあなたに話さずに居ることはできませんでした。それは自分とあなたのための、最後の欠かすことのできない役目であったのです。「勝彦と婚約したの」、そのすでにビッグニュースの価値失せた言葉を、私は嫌悪しながらも快く吐きました。話をしたあと、何かが去って行くような空しい風が残りましたが、あなたは年下の朝吹さんが学校を出たらすぐ結婚するのだ、と言って微笑んでいました。私が不満気にあなたを見るとあなたはすぐに気付いて、「勝ちゃんはいい人だわ、幸福になって下さい」、と表情を引き締めて言いました。私はこんな場合のあなたのお世辞を好意と解釈する人間です。凡てに厳密である男の言葉に比べて、こうした言葉はどれだけ心を暖かく支えてくれるでしょう。前と変わりないあなたの愛と白々しさ——、私は羞しさのために、慌てて他の話をあなたの前に持ち出すのでした。

二

その私とあなた。前によく人に聞かれました。

「どういうお友達ですか？　学校ですか？　それともお稽古などで御一緒に？」

と。私たちはそのつど、肩をすくめてクスクス笑いはしましたが、返事のできない淋しさはそうした表情からは誰も想像し得ない、大人びたものでした。心を痛めたあの共通の秘密の存在が二人を引き付けていたのでしょうか、私とあなたは女同士には稀ないい仲でした。まるで一緒に寝たことのある男と女のように、私たちはお互いの皮膚を間近に感じていたのです。

そう、確かに私とあなたはあのとき一緒に寝たのでした。同じ想いと同じ心を持って、私たちはあの夜に立ち向かったのです。

——やはり今日のようなクリスマスの晩、正確には七年前の今宵、私は運動会の日の小学生のように頬を赤く染めて、あなたとスタートラインに並んだのでした。

お金を出し合い、小さな酒場を一夜借りた何人かの人たち、そこには朝吹さんという日向の花は存在せずに、黒いドレスを着たあなたの側にはあの隆史さんが居ました。あなたは今よりかなり細く、目が不安定に動くことのない、見るからに鋭気のある人でした。私は二年前に大学受験に失敗した専門学校生で、ふっくらとした体型の割には神経の細い、落ち着きのない娘でした。

思い出を現在の感覚の上で考えるのをあまり好かない私も、あの日のことだけは鮮明に記憶しています。つまり、「今」という瞬間に永久に繋がりを持つ過去の時間だからです。「今」の感覚が消え失せない限り、私は生活感情において必要上、あの日を思い出さなくてはならない羽目にあるのです。勝彦という人間と私という人間があの日から始まって、その後の生活感情をこしらえてしまったのです。今の一日という時の経過はあまりにも気忙しく、そのわりに感銘も薄く、そのまま切り捨ててしまっても、私自身には何の影響もないようですが、私はそれゆえに反って、あの日を今と繋げて考えてしまうのです。思い出というものは、現在の自分の変化を納得するために、人が時々呼び戻すものではないでしょうか。人間というものは何故か、無為に年を重ねたと思いたくないものなのです。

さて、ペンギンという酒場に集った人たちは、私にとって、勝彦の他は全部初対面でした。初めての眺めは私の目に馴染まず、でこぼこした絵のように見えました。服装にしても、私のように最高のものを身につけて来たという野暮さはなく、着なれたシャツや上着に袖を通し、自己流にクリスマスの夜を楽しもうという、少々生意気な要素のある人たちでした。勝彦とその親友の隆史さんが大学の卒業を春に控えて、演劇サークルのリーダー格をつとめていました。そのことはそのサークルの女優さんだった、つまり一学年下のあなたの方がよく御存じでしょう。しかし不思議なことに後輩はあなたただ一人で、あと十人ばかりは皆先輩に属する人たちでした。それはおそらく勝彦や隆史さんが、包容性という人の上に立つ力に欠けていたことの現れだったのでしょう。私はそうした人たちの前に身をさらけ出して、それぞれに引き合わされました。呼び名やニックネームを交えた十人もの名前はとても憶えきれません。前から聞いていた（大庭隆史）という勝彦の親友の名前ぐらいが、ボッとしていた私の心理状態にはやっとでした。あなたのことにしても、そういうときに女同士が感じる服装やら髪かたちへの関心以外は持ちませんでしたもの。

私はそのとき勝彦に恋をしていたのです。私がしていた――、という表現が全く正しいほど、私はひとりよがりに勝彦を思っていました。それは勝彦を自分の恋人に選んだということ、自分が勝彦に選ばれたということ、その意味を理解することのできない、確信のない恋でした。しかしそれゆえに私のひとりよがりも成立し、将来への限界のない夢も与えられていたわけです。もしあのときから私の恋に安定が与えられていたら、一般的な幸福と共に、小さな生活のワクが体を締め付けていたでしょう。私は自分の熟しきらない感覚ゆえに、勝彦の存在に激しい希望と感動を抱いていました。これがそのときの私の恋の状態でした。

夢と希望と感動は、あのせまいペンギン酒場にあふれんばかりでした。入口の正面にはスタンドがあり、その奥に鏡の壁で造られた酒棚がありました。膨張した熱気はその壁を突き抜くように充満していました。鏡のために並んでいる洋酒の罎は凡て倍の数に見えて、小さな店をかなり豪華にしていました。

お酒のためでもなく、音楽や踊りのためでもなく、日本流のクリスマスの興奮のためでもなく、私はただ自分の夢だけに寄りかかっていました。そのため私は他の人たちに愛嬌や媚びを与えることもせず、勝彦を男同士の共鳴に解き放つこともしませんでした。他の人たちの動作は、凡て勝彦の肩越しに私の目に入りました。隅の方には踊る人になど目もくれず、話に興じている人たちが居ました。その人たちの声が勝彦の息の合間に聞こえ、踊っている人たちとは時折ぶつかり合い、無感覚になるほど痺れて時を過ごしました。

ふとしたときに私があなたのことを気に留めたのは、あなたが私と同じように、話の仲間に入らず、他の人と踊り替えもせず、隆史さんに寄り添ってばかり居ると知ったからでした。勝彦と隆史さんは時々顔を見合わせ、ある共通の表情をしました。その表情の印象があなたへの関心を呼び寄せたのです。私たちは踊りながら顔が合うと自然に微笑み合いました。まるで同じ玩具を与えられた子供同士のように、私たちは人懐っこく視線を交わしました。そんなお互いの発見が、私たちの夢を一層盛り上げていきました。あなたの真剣そうだった目が笑うたびに柔らかくなり、年上に見えていた顔が若くなりました。黒いドレスなどを着て大人の振りをしていたのですね。しかし私はその黒い色を白い晴着のように懐かしく感じると同時にあなたに強い親密感を抱いたのです。

持ち寄ったレコードの数が尽きたときに、私たちは踊りを止めて話に興じている人たちのところへ行って坐りました。あなたの方に私の側に来たい意思があったかどうか知りませんが、そのとき私たちは左から勝彦、私、そしてあなた、隆史さんという順に坐りました。それを待っていたかのように、誰かの口から一つの歌が飛び出すと、皆は外国で母国の歌を聞いたときのように、かなり大げさに感情を表わして、歌い出しました。ところが悲しいことに、私だけはその歌を知りませんでした。節回しさえ知らない、どこか肌合いの違う、トーンの低い歌でした。しかし勝彦も他の人も私の悲しさを無視して合唱し続けました。私は勝彦の心から、その歌ゆえに引き離された気がしました。

そのとき、あなたの黒いドレスが動き、小さめのお顔が私の耳に近付くと、高く澄んだ声がこう言いました。

「これね（われらの天使）っていう翻訳の芝居で歌った歌なのよ、ほら、あのベレーを被った人の演出で、勝ちゃんは役者、隆史さんは演出助手、私もチョイ役で」

なるほど、と思いました。自分たちが作ったという感激の記憶が皆の心を即座に結び付け、私を置き去りにしたのです。私はそうした記憶の共通点に多少の反発と嫉妬を持ちましたが、あなたのこのお節介を何故か好意と解釈しました。その歌が途絶えるまでには大層長い時間がかかりました。何故なら皆はかなり酔っていて、何度も同じところを繰り返したからです。その間私はあなたのお陰で、その歌の内容を知らずにいて悲しんだり憎んだりせずに済んだのです。こういう初めての場では、お節介以外は親切として通用しないものだ、と私は思いました。あなたへの関心がさらに強くなったのは言うまでもありません。

宵から夜半まで、そのペンギン酒場の人々は、銀座の雑踏の真ん中で、お互いの狂態に反発する様子もなく騒ぎ続けました。かなり時間が経ったころ、一番の先輩という人が芸者風な身なりの女の人を連れて現れ、雰囲気が二つに割れました。察するところ、それをよしとしない人たちがあったのでしょう。オールナイトのお開きが早くなり、まだ終電車が間に合う時間に表へ出ました。数人の人たちは駆け足で新橋駅へ、又は空車のタクシーを探しに――、表の冷気に体の火照りが冷める間もなく、十数人の男女が半分以下に減りました。

十字路を二つ越えた頃、残りは私たち四人、それから、まだ気分の切り替えができず、寒空に向かい冗談を飛ばしている、汚れた皮のジャンパーを着た富ちゃんでした。さらに私たちは歩きました。まだ別れたくないもの同士が取るささやかな手段が、この歩くということです。私たちは少しくたびれて来た銀座のばか騒ぎのなかを、ペンギン酒場に居たときの興奮の匂いを身に付けたまま歩き続けました。冷たく濡れた空気と共に、ただこうして歩いてさえ居れば何とかなるさ、という思考性のない感覚が私を包んでいました。私はその一足ごとに自分と遠くなりました。もの心ついて以来、何気なく寄り添っていた本能的な支柱を、ひとたび恋に任せると、私は恋の方向に一途に足を向けていくのでした。

……私はいつか人の流れに飛ばされまいと、勝彦の腕を固く摑んでいました。勝彦に触れている右の腕がひどく暖かく、そこから何かが流しこまれて来るようでした。その触れるということの初歩を私は大事にしました。それだけで冬の夜の掌が汗ばむほど私は上気していました。それが当時の私の肉体的満足というものでした。

ジャンパーの富ちゃんが、「ひとり者はつれえなあ」、と言いました。

冗談のように聞こえましたが、その言葉は恋の敏感さと寒さのなかに、鮮やかに浮き上がりました。勝彦と隆史さんは気を遣ったのか富ちゃんに微笑みかけました。しかし私はマフラーに包んだ頰を崩しませんでした。それどころか、私の心にあったものは、底の浅い、又それゆえに強い優越感でした。私は富ちゃんのような人たちの孤独があってこそ勝彦の存在が引き立つのだ、とさらにその腕を強く持ちました。

富ちゃんは、とある屋台を見付け、そこに足を進めました。

勝彦と隆史さんは引き留めていましたが、あなたは私と同様にじっとそれを見るばかり……。

結局富ちゃんはその屋台の暖簾をくぐりました。「残念だなあ」と隆史さんは言いましたが、邪魔者が居なくなったことは事実でした。四人は四人共それを意識したのでしょう。そのあとしばらく無言になりました。私たちは又歩き出しました。

いつのまにか、ネオンや酒場のないところへ来ていました。四人共まだ無言で、歩調を揃えた足だけがお互いが共に居ることを示していました。私もあなたも歩いたために髪が少し乱れて、大人びた表情に変わっていました。歩いたためばかりではなく、ペンギン酒場からそこまでの精神的な道のりと、感情の動きがそうしていたのでした。それまで勝彦に自分の責任を預け、ただ快い気分だけを味わっていたのでしたが、すでに私は自分の行為がかなり確かな方角に来たことを感じていました。しかしその感覚はやはり恋の気持ちに相応しく、過去や未来の自分には何としても結びつかない孤立したものでした。そして何ものとも結びつかない感情が私たち四人の言葉を抑えていました。勝彦も隆史さんも別行動を取ろうという意思を洩らしませんでした。私たちは動いている足の先にお互いの意思を感じようと、必死になって揃っている足許を見やるのでした。

やがて誰の意思ということもなく、暖かいストーヴのある中流ホテルのロビーに入りました。そこで勝彦と隆史さんは一杯ずつのウイスキーを注文しました。それは女連れで来ただけではないのだぞ、という彼等の見栄のように思えました。飲み終ると、私たちは又揃って二階に上りました。

何故勝彦と隆史さんは別行動を取らなかったのでしょう。私はそれを今こう解釈しています。勝彦も隆史さんも一人で情事に入る勇気がなかったのだ、と。友達を誘って青年たちが女を買いに行くように、勝彦と隆史さんの情事にも平生の共犯精神がなければ、成り立たなかったのだ、と。従ってあの行為には快楽意識が伴っていたのだ、と。

二階へ上がると、部屋が二つ私たちの目の前に現われました。私はそこに立ち向かって一瞬途惑いました。部屋の印象は、子供に欲望を与える童話の開かずの間のように、扉から向こうのことを全く想像させない、毅然としたものだったのです。行先きに対する想像が遮られたことは大きな衝撃でした。私はそれまで、未知の世界に素手で、しかも独断で飛び込んだことはありませんでした。

私はそのとき思わずあなたを見ました。私は自分の決断に際し、あなたの助けを求めたのです。それがあなたの力に絶えず救いを求めた習慣の、最初の踏み出しでした。私はあなた自身の心のひだを知ろうと、あなたの全身に神経を集中しました。ところが思いもかけず、あなたは老人のように落ち着いて姿勢を正していました。まるでこれから教会へ弥撒《ミサ》の祝福を受けに行く子供のように、その目に無邪気な希望を持っていました。驚く私を尻目に、更にあなたは礼儀正しく会釈して、「おやすみなさい」、と言いました。背の高い隆史さんが平然と続いて入り、扉が大きな音を立てて閉まりました。

私はその音を体に痛く感じました。私は不意に来た孤独感に立ちすくんでしまいました。すると勝彦が黙って私の手を引きました。恋に確信がなかったとはいえ、私が魅力を感じるのは、そういうときの勝彦のタイミングの良い、軽い動作でした。その無言によるウヤムヤが、私という人間の軽率な心には頃合いだったのでしょう。勝彦の手にそっと支えられて、私の心は安らぎました。勝彦は私を部屋に導き入れ、扉を静かに閉めました。私は部屋の真ん中にしばらく立ちすくんでいました。次第に騒ぎと興奮に麻痺していた耳が元の状態に戻り、小さな呼吸の音まで分かるようになりました。私の神経が何かを捉えんとするように、真っ直ぐに伸びました。その途端に私の頭の中に、あなたの部屋に入る前の平然とした表情が浮かびました。そして、部屋に入り隆史さんと二人だけになっても、同じ表情を続けているあなたが浮かびました。私は同じ姿勢のままその想像を噛みしめました。噛んでも噛み切れないような悔しさがありました。となりの部屋を気にしているうちに、私はいつしか悲しくなりました。そして、悲しみが胸から手にそして足先へと伝わると、私は勝彦がそこに居ることを大きく意識していくのでした——。

こうして、あなたと私は知り合いになりました。私たちは初対面から、お互いの皮膚を感じた友達であったのです。

ここまでが婚約を告げにあなたを訪ねるまでの話の序章です。肝心なことは、それから始ったと言っても、過言ではありません。

ふと現われた恋は私の持つ弱点という隙を心憎いまでに突いて来たのでした。私の場合、恋は我が身の弱点を展示するグラフのようなものでした。私は何をするにしても、事を有利に運ぶすべを知らなかったのです。

そしてその年が明け、新しい年になったのです。飾り立てたばかりに、反って平面的に見える街が私たちの周囲に出来上りました。私はそれまで揺らぐことのない確かな軽蔑感で、そうした風景を眺めていたものでした。

しかし元旦に目覚めて感じたことは、例年と同じような軽蔑感ではなく、むしろ羨望に近い鮮明な空気でした。私は顔を洗い化粧をし、晴着に着替えながら、初めてのことゆえ、抑えようのない苛立ちを、身のうちに感じていきました。

一週間前の勝彦との行為は、私に動機の軽さを忘れさせ、本格的な、そうあるべき内容の充実した女の気持ちを作っていきました。恋が思いだけに終わらずにそうして結ばれたことは、結果がどうあろうと、その場ではやはり楽しいことだったのです。急に語学が堪能になったような、どの言葉を話しても相手に通じるに似た楽しさがそこにはありました。

しかしそれでありながら、その堪能になった心は、従来の白紙であった私の目の指針を狂わしたようでした。凡て前方に置かれていた私の軽蔑や羨望が、その日は不思議に後方に鮮やかに置かれてあったのです。私はこの元旦に初めて自分が古びていることを知りました。紙のように平面的な風景は、かつての勝者を嘲笑うように聳えていたのです。

その指針の狂った日々の中に、又、こんな感情が首をもたげはじめました。それは、習慣と狭くなった視野が与えた、善意のようなエゴイズムのような妙なものでした。正確な視点からではなく、最初から人を善いと見てかかる自分本位な感情が潮のように押し寄せたのです。私は勝彦にそんな感情をまき散らしました。しかしそれは自分が感じるほど、勝彦には有り難がられないようでした。恋のためだと気付いてはいましたが、私はシコリのように貼り付いたその感情をもてあましました。私はだんだんと窮屈な気分になり、惑いはじめました。その惑いに比例して、(私は勝彦に恋をしているのだ)、という意識が大きく際限なく育っていきました。

私はふとあなたに会いたいと思いました。一月も終わりに近い頃、外套が重たく感じられるような暖かい日でした。私は勝彦や隆史さんを抜きにあなたに会おうと思いました。差し迫った気持ちでかけた電話に、あなたは軽く応じてくれました。指定したのは新橋駅付近にある小さな喫茶店でした。私は其処の木の椅子に坐って、あなたとの友情の可能性を限りなく想像しました。

しかしそれは最初のうちはいつもと違い、白けて重い空気の会見でした。それまで、四人で造り上げていた浮かれた雰囲気や、だらりとした無私の感覚、つまり勝彦や隆史さんの力を借りていたものが、そこにはありませんでした。私はただ私のまま、あなたはただあなたのままで、二人は向き合いました。

「私、こうしてあなたに会ってみたかったの。二人で居るってこと今までに一度もなかったから」

「そうだったわね」

あなたは四人で居るときの雰囲気を思い出したのか、照れくさそうに口元に手を当てました。

「隆史さんは今日どうしているの？」

「就職のことで出かけたらしいわ、――勝ちゃんは？」

「それが分からないの、あなたに会うってことを言おうと思って、電話したら居なかったわ」

と、私たちは特定の他人の話から共通点を広げていくのでした。私たちはその時まだ、自分の洋服の好みや、家庭の話などを披露し合っては居なかったのです。

「コーヒー好き？」

「ええ、大好きよ、一日に一度飲まないと気が済まないほど」

というあなたの返事。私たちは互いに言葉を折り込むように自分を披露していきました。その交歓は大そう新鮮でした。

「ここのコーヒーは、美味しいのよ」

と私が言うと、

「そうね、でもMというところのコーヒーはもっと美味しいわ、今度連れてってあげる」

あなたは自分の好みを躊躇うことなく私に告げました。

話につれて私たちの間は彼等が居なくても、陽気に若やいでいきました。それどころか、むしろ二人だけの方が私たちは自分らしさに近い場所に居られるようでした。

「あら、もう薄暗くなったわ」

「夕暮の匂いね、私この空気を深く吸って、隆史さんのことを思いたいわあ」

私はそのとき、あなたは普通の人より照れずに、自分の感情や多少キザな言葉を話せる人だと思いました。

「じゃ、夕暮の空気を満喫するために、表を歩きましょうか」

「さんせい、あなたって話せるのね」

私は少し可笑しくなりました。今更話せるでもない、そんな気がしたのです。しかしそんなところに、ペンギン酒場で歌をうたったときのお節介と共通した社交性が感じられました。それまでの私の考えでは社交的な人は冷静な頭を持ち、ある意味で打算家だと思っていたのです。私はそんなところにあなたの片鱗を見た気でいました。

夕暮の街へ出ると、あなたは自分から私の腕を取りました。私もそれに喜んで応えました。ほんの少しお喋りをしただけで、何かが柔らかく心を包んだのでした。歩いていく銀座通りの途中には、クリスマス以来の、私たち二人共通の思い出の場が数知れずありました。なつかしいペンギン酒場をはじめ、その後入ったBレストラン、オウムの居るコーヒー店。私たちはその前を通るとき、子供のようにはにかんで下を向きました。

あなたは歩いているだけで満足していました。私はそれを見て、あなたにも私同様の惑いが湧いていると一人決めしました。この会見を私と同じに喜んでいるあなたの心に、私は同じ苦痛を見たことにしたのです。まじわりにくいとされている女同士の間に、実際には何も摩擦がありませんでした。私たちの間に何かの差が生じるのは、クリスマスの深夜からはじまって、勝彦とか隆史さんとか、間に他人が存在するときだけだったのです。

私の最初の惑いはあなたに会ったことで安楽になりました。あなたも同じという私の一人決めは、私の苛立ちをかなり和らげてくれました。そしてそのために私は、あなたを必要な人間に感じていくのでした。

私たちはさんざん歩いたあげく、あの小さな趣味の店に入りました。そこは衣類から陶器に至るまで、凝った品物を扱う若い女性向きの店でした。私たちは少女やマダムに混じってその客になりました。ふと店に入った気持ちの中には、この会見の喜びの記念を何かの品で残したい、という意識があったのかもしれません。私たちは特売場のお客のように目を開いて、それに相当する品を物色しました。

何分かの後、私とあなたはお揃いのハンカチーフを二枚ずつ買いました。一枚はハンドバッグにしまい、一枚はお互いの洋服のポケットに入れ、端をのぞかせました。キザな仕立の服を着た店員が、女学生の他愛ない遊びかと言わんばかりの軽々しい表情をしました。

「お似合いでございます」、という職業的な声に私は、

「お前に何が分かるものか、余計なことを言うな」、と心のなかで呟いていました。

私たちはそうしてそのときから彼等を抜きに会う習慣を持ちました。彼等に会うことが慰めでありながら、あなた一人に会うことも彼等から受けた苦しみの慰めでありました。私にはやがてそのどちらも必要になりました。恐らくあなたもそうだったのでしょう。それからひまさ

えあれば誘い合い、街のショーウィンドウを覗いて買い物をしました。お揃いの持ち物が次々に増えました。子供のころの歌を合唱したり、日常の報告を手紙に書いて送り、その返事をもらったりしました。わざとらしく見えた二人のやり方も、私たちの感情には相応しく、又必要であったのです。

そのいい仲を見て、「どういうお友達ですか？　学校で？　お稽古で？」と人は聞いたのです。しかし友情を支えているものは、依然としてお互いの心だけではなく、他の人間、つまり勝彦と隆史さんが存在することからでした。

そうした変形のなか私たちの恋と友情は続いていったのです。

三

春になりました。勝彦と隆史さんの就職が決まり、やがて卒業も内定しました。隆史さんは親戚筋に当たるかなり大きな貿易商社に、勝彦は現在の演劇雑誌の編集部勤務に替わるまでの仕事――、つまりあのCという劇団の研究生に入ることになったのです。

私は勝彦からその話を聞くとすぐにあなたを意識しました。一流会社とみなされている貿易商社に入社した隆史さんには、安定を感じさせるものがありました。安定とは私の場合恋が心地よく住めるということです。私の脳裏にはあなたが満足して微笑んでいる姿が浮かびました。

私の方は、演劇を続けるという勝彦に言いようもない不安を感じていました。私はその方針と張り合わなくては、恋が撥ね付けられてしまうような気がしたのです。私は会社勤めと劇団の研究生との違いを、肉親と他人の違いぐらいに恐ろしく感じました。

何ひとつ違いのなかったあなたと私との間に、彼等の現実が割り込みました。私はその違いに動揺し、嫉妬もしました。これがあなたに対するはじめての嫉妬でした。私たちは嫉妬をし合う友達に昇格してしまったのです。

無事卒業式を終え、四月になると隆史さんは毎朝定時に起きて、通勤をはじめました。会社の終るのは五時半、あなたは銀座界隈で私と談笑していても、その時間になるとそれが当然のことのように、隆史さんに会いに立ち去って行くのでした。

ところが勝彦の仕事は、講義や稽古のあるときは昼過ぎから、収入を得るための外国語学校でのアルバイトの終了は夜遅く、会える時間というものが不定になりました。私にはその自由なスタイルがたまらなく嫌でした。元来恋とか感情とかいうものは自然に湧くものでありながら、際限なく伸びた恋の意識は、自然の流れを撥ね付けるようになっていたのです。あなたのように安定した時間に愛が得られたら、どんなに楽しいものだろう、と私は隆史さんに会いに行くあなたの後姿を見て思いました。

惑いは私一人を包んでいました。古びて後退していく自分を恐ろしいほど日々に感じました。しかし私はその恐ろしさを一向に認めようとしませんでした。認めることは終わりに等しく思え、それ以上踏み出すことができなかったのです。私はあなたの後姿を眺めながら、これも一つの恋なのだ、と自分に言いきかせて、辛うじて満足するのでした。

そして春は夏と移り変わりました。怒りはじめた太陽に地面も空気も次第に燃えていきました。暑さの恩恵のためにその季節に結ばれた男女は日毎に数を増しました。しかし私は夏に馴染めずに居ました。季節の強烈な変化を素直に受け容れる素直さというものが、私に乏しくなっていたのです。私は強いられて衣を脱ぐ気持ちで夏を迎えていました。夏さえが私にとって惑いでした。私は怒りの太陽の下で、少しずつ異常にヒステリックに、自分を感じていきました。

拭われないもの、体を締め付けているものを一つ払いのけたいという欲望が私に募りました。それは結果的には私の欺瞞でした。私はいつのまにか、かつて不安を感じた善意のような感情を満足に浸りながら操作していました。そして私は日々の勝彦との言葉のやりとりに、こんな怖れを感じるようになりました。

表面勝彦は恋のポーズを持っていませんでした。従って、平素の我儘も恋をしていない者のように、何気なく表に出しました。私はふとしたときに勝彦の我儘を見て、喜ばずに激しく怯えました。真綿でなまぬるく包んである自分の感情に刃物を刺されたようなものでした。例えば、勝彦がひどく自分勝手で軽薄な言葉を吐いた場合、私にはそれが受け留められず、悲しい顔をして（そういう言い方はしないでくれ）、と頼むのです。それが抵抗する方法を知らなかった私の恋の硬さだったのです。勝彦は何故いけないのか、と分からないような顔をします。そのあとは何もかもそれ以上に発展しないで、妙に陰気になるのです。結ばれて以来、私と勝彦は何度もそんな瞬間を持ちました。勝彦は決してそれ以上の言葉を吐こうとしませんでしたが、私自身も勝彦の我儘に上回る我儘を見せようとしなかったのです。当時の私には恋は大層貴重でした。恋を飾り物にしていた私には、勝彦の欠点をはっきりと指摘することができなかったのです。それゆえに、二人の感情がスムーズに流れ、心地良く絡み合ったりしないのでした。私は勝彦を思う方法を変えなければ、感情が自然に伸びることはないのだろうと恐れはじめたのです。

異常に又ヒステリックになった私の頭のなかにあらゆる表情をした勝彦が浮かびました。一つ一つが私の心を脅かして通りすぎました。どれもこれも私が安楽に坐れそうもない他人の顔に見えました。

恋は深い地面をもかき乱していました。一朝にして、恋の本体を摑むことは困難でした。私は考えた表情で時を過すことが多くなりました。私は苦い汁を流したその夏に何よりも感情が自然に伸びてくれることを願うようになったのです。

四

あなたが行方不明、というニュースを勝彦から聞いたのは、その夏が過ぎた初秋でした。

「隆史のやつ、仕事が手につかねえそうだよ、家出するなんて、秋ちゃんも馬鹿だなあ」

と勝彦はあなたの行動を非難するように言いました。

私はそこで、

「秋江さんにも、何か事情があるのでしょう。早く探しておあげなさいよ」

と力強く言い返さなくてはならなかったのです。

ところが私は、勝彦の意見を大きく取り上げる習慣と、あなたという人を密接に意識しているために、勝彦の非難を自分のことのように感じてしまいました。私は基盤のないところを責められたように、もろく崩れて黙り込みました。私の存在は活かされず、勝彦の言葉の余韻が辺りに響きました。しかし私はもがくことを忘れていませんでした。悲しい沈黙のなかで、私はあなたの家出の動機を真剣に考えていました。羨ましく見えたあなたの日々に、何の苦しみがあったのだろう。あの素敵なランデブーの時間を持つあなたが、何のために家出をしたのだろう。あなたの家出の原因と安否を気遣うことは、私にとっても大切であったのです。自分に納得のいく理由を懸命に探す間に、

「考え過ぎているだけだよ、センチなんだよ、ノイローゼなんだよ」

と呟く勝彦の声が遠く聞こえました。

三日後に、あなたはある温泉場から、お父さまに連れられて帰って来ました。勝彦がそれを

電話で知らせてくれたのです。私はすでにあなたに対する態度と勝彦に対する態度とを区別していましたが、あなたに関して教えてくれるのは皮肉にも常に勝彦でした。

その日運悪く隆史さんは大阪へ出張していました。私と勝彦は銀座の喫茶店で会って、あなたに電話をかけました。「男の声じゃまずいよ」、という勝彦の一寸考えた言葉があり、ダイヤルを回したのは私でした。

「秋江さん、いらっしゃいますか」

しばらくして小さな呼吸が受話器に入って来ました。静かに話すあなたの声は自分の家出を体面上取り繕ったりせず、照れてカラ元気を出したりもせず、ただそのまま自分の不快と疲れを表に出していました。普通の女に対してなら、私はわざとらしい芝居を感じたでしょうが、あなたという人は照れずに話をするときに、本当のことを言う人、と知っていました。私は身を乗り出して、電話の声以上のあなたを知ろうとしました。

しかし、「あなた今どこ？」

辺りを窺うような低い声であなたが尋ねました。私の居所を知ることが、あなたにとって大切なことだったのでしょう。私はその場所を教えました。

「でもあなたは出られないでしょう」

「三十分以内に行くわ」

私は意外な結果に驚いて、勝彦の居る席へ戻りました。

「すぐ来ますって」

「いいのかね、早々に出歩いても」

「さあ、何とか口実をつけるんでしょう」

「可笑しな人だね」

　勝彦は、見当はずれと言わんばかりに冷笑しました。その顔は私のように安否を気遣うでもなく、又人間の悲しみの一端を覗いたという印象でもなく、（何をやっているんだ、一体）、という顔でした。あなたは会社経営の父上と継母そして腹違いの弟妹と暮らしていたのでした。家出の理由が分からないではないと感じていた私は、自分がもしあなたと同じことをしたら、勝彦にこんな顔をされるのか、とぞっとしました。私はいつもこうして、自分のまだ見せない性質を、勝彦のすでに見せた性質と照らし合わせて、懸命に、その実陰険に先々を案じるのでした。私はあなたの行動によって勝彦を怖れ、又時には勝彦の存在によってあなたを怖れもしたのです。


「お待たせしまして」

　あなたの屈折の少ない歩き方が、いかにも喫茶店のお客らしい風情を見せて、辺りの空気が一寸お澄ましになりました。それに勝彦が居たせいでしょうか、あなたの表情は電話の声とは違って、堅いものでした。

「大丈夫なのかい？　出て来て」

勝彦は自分自身で確かめるように、そう尋ねました。しかしあなたはたじろがずに、

「ええ、妹があした遠足なの、お菓子を買って来てあげるって言って来たから」

「いいというわけか」

勝彦は真っ直ぐに歩いている人の足をさらうように、無遠慮に言いました。あなたは軽く頷いてから私の脇に坐ると、小さく溜息をついて会釈しました。それに応える私の目に、あなたには珍しい真紅のブラウスの冴えた色が映りました。私はふと、黒やグレイの好きなあなたが赤を着るわけは、あなたがいつもより挑戦的な気持ちでいるからだ、と解釈しました。

あなたの無事な顔を見てひとまず安心すると、三人の間に沈黙が流れました。勝彦は黙したまま、あなたの様子を眺めているようでした。しかし表面批判的な勝彦も、秩序ある言葉で、あなたの心をほぐすことはできないのでした。そしてあなたも刺激的な匂いを周囲に発散させながら、秩序ある弁解や説明をしようとしませんでした。結局、一番月並で一番沈黙にたえられなかった私が、二人に気を配りながら口を切りました。

「随分会わなかったみたいだわ、少し顔を見ないと、すぐ初めて会ったときのように、緊張してしまうわ、変ね」

しかしあなたは微かに頰を緩めただけでした。私は又も口を切りました。

「その赤いブラウス、良くお似合いね」

「そうかしら」

そう答えて、今度は首をかしげました。しめたとばかり私は言いました。

「しばらく趣味の店へ行かないから、近いうちに又行ってみない？　又何かお揃いに買いましょうよ」

「そうね、今日は駄目だけど、近いうちに」

そして私たちは何事もなかったかのように、買い物の話を始めました。

すると、勝彦はそんな話に付いていけないと思ったのでしょうか、断わりもせずに立ち上がり、手洗いに行きました。勝彦の姿が消えると、あなたはまるで合図があったかのように、くるりと向き直りました。

「私、死のうと思ったの」

それは滑稽なほど唐突でした。

「でも止めたの」

何故、という言葉が口まで出ながら、私は聞くのを止めました。あなたはやはり滑稽に見えるほど、自分の翻意を羞じていなかったのです。あなたは待ち侘びていたかのように、静かに話し出しました。

「去年の夏、家族旅行をした信州の温泉宿に二日間居たの。湖や山を眺めたり、宿で手紙を整理したり、ノートに書きものをしたりしているうちに、お父さまに見付けられたわ」

そして更に、

「お父さまの慌てた顔にはね、親としての自分に引け目を感じているような、怯えた色が浮かんでいたわ。仕事に夢中で、私のことあまり構ってくれていなかったけど、お父さまのせいではないの。親というものは子供の奴隷なのね。死ぬまで縛めの解けない――。でも、慌ててくれる人が居たって知ったとき、私嬉しかったわ。可笑しいほど簡単に帰る気になった――。それまでは私、自分自身が奴隷であるように思えてならなかったの。人間は一通りだけに生きているのではないのね。奴隷であったり、主人であったりしなくてはならないのね」

そのあなたを奴隷にした相手というのは、勿論隆史さんなのでしょう。あなたはお父さまに迎えられるまで、自分は隆史さんとの交渉のなかにだけあると考えていたのでしょう。あなたの頭脳は私ほど曖昧でなかったために、おそらく恋による惑いや、男のエゴイズムに刺される心の痛みをウヤムヤにしておくことができなかったのでしょう。商人気質のなかに、英雄的な要素をもつ隆史さんの性格が、多少なりと側に居るものを土台にするとしたら、従者になる才能の乏しいあなたには耐えられない拷問であったのでしょう。私は自分に潜んでいた苦しみを、更に拡大し行動に移したあなたを感じました。

「それで?」

私は催促するように促しました。

「――それで私、帰りの汽車の中でお父さまに皆話しちゃったの。クリスマスの夜のことも、それ以後のことも、あなたや勝ちゃんのことまで話したの。お父さまのせいではないってこと、話さなくてはいけないでしょう。お父さまは驚いて悲しそうな目をしていたけど、別の意味では安心したらしかったわ。話しながら私、お父さまをとても好き、と思ったわ」

あなたの顔は台詞を全部覚え込んだ役者のように、落ち着いて見えました。「死」などという劇的なことを普通の娘の日常生活に平然と持ちこんだあなたの頭には、一度は死を考えた感情の要旨をはっきりと摑んだものがあるようでした。私も先に書いたように恋に惑わされてはいましたが、肉親のことや、その背景にある生活のことや、自分の精神や肉体を断つことを、その惑いと結びつけることなど考えもしませんでしたし、何も摑んでもいなかったのです。

「私が隆史さんから欲しいものはね、あなたやお父さまのくれるような自分と同じ分量のものなのよ。でも無理なんだわ、それは」

無理というのは何を指したのでしょうか、単なる感情論、それとも確かに摑んだ結論でしょうか――。

しかし私はだんだんと真相を探ることを忘れ、あなたの話に耳を傾けていました。あなたの苦しみが私にも襲うように、隆史さんの行為が勝彦の行為にもなるように、私は体中を耳にして、聞いていました。確信を持って、話を続けているあなた自身を、私はいつか感嘆の目で見ていたのです。

「勝彦だって駄目だわ、こんなによく会っていても、分からないところが沢山あるわ。むしろそれが増えているみたい」

私は雰囲気に釣られて、言わなくても良い非難を口にしました。

「何て言ったら良いのかしら——、とにかく私もあなたと同じよ。私だってそりゃ苦しんでいるのよ」

私が喋り出すと、あなたは逆に黙り込みました。あなたは多分私のお追従を本気で聞いて居なかったのでしょう。星のように光るまなざしを空間に向けて、深く考え込んでいましたね。

勝彦が席に戻って来ると、あなたは又元のお澄ましに戻り、

「色々と御心配かけました。もうどこへも行きません。私考え過ぎていて馬鹿でした」

と軽く勝彦に頭を下げました。私は思わずクスっと笑いました。あなたのその素早い変化が、意気地のない私の心にも小さな力を与えてくれたのです。

「明日、隆史が帰って来るよ。心配しているから、午前中にでも会社へ電話するといいよ」

勝彦は優しくあなたを眺めてこう答えました。

一時間余りであなたが帰ったあと、私と勝彦は街を歩きました。側に居るのが私だけになると私はさっと勝彦流の女になり、その心も小さく萎んでいきました。しかし私は楽しさを胸一杯に感じるのでした。私は勝彦との世界に身を委ねて安楽になってもいました。

私はそのとき強い所有意識を感じました。あなたの場合になかったものです。それは友情に比べて、執着の強い感情でした。クリスマスの夜、勝彦の腕に触れて感じたささやかな肉体的

満足とは違い、そうして勝彦に寄り添って歩いていることは、私にとって最高の、心の満足でした。所有しているという意識は、人間をどれだけ楽しませるものなのでしょうか。私はそんなとき、何がどうでもこうでも、これで良いと決めてしまうのでした。

しばらくして、勝彦が私のまどろんだ心に水を差しました。

「秋ちゃん、先刻何を言っていたのかい？　隆史のこと話していたのだろう、ぼくの居ない間に――」

私はぎくりとして若く艶のある勝彦の頬を見やりました。少し硬くなっているようでした。

「本当の家出の理由を、話した」

勝彦は私に尋ねているのではなく、断定的にそう言いました。

「女というものは、出会った男の世界の人間との付き合いを、嫌でもしていくものだと思う。我儘なわれわれ男には到底真似の出来ない、妙な義務だ。大変だろうと思うが、それは普通に爽やかにやってもらいたい。きみのやり方はコソコソしていて変だ。曖昧だ。何を話していたか知らないがね」

そして又言いました。

「ぼくと隆史のように、秋ちゃんときみが、本当に仲好くなれるはずがない」

五

それから二、三日して、C劇団の研究生グループが十二月に公演をやるという発表がありました。あなたもよく御存じのあのアメリカの「白い馬」という芝居のことです。幸か不幸か、勝彦が、その芝居の主役をやることになり、それまで流れ続けていたもの憂い雰囲気が、二ヶ月後の公演という事実のために急に引き締まりました。

引き締まったと感じたのは、勿論私自身です。自分の役割に緊張しはじめた勝彦の方は、張り合いがあるということで、雰囲気の変化は帳消しになっていたのです。やはり惑いは私一人のものでした。私は又あなたを羨ましく思いはじめるのでした。

そんなときの私とあなたとの友情にあったものは、勝彦が否定したように、又私自身も今考えるように、筋のないもの、恋にだまされた副産物だったのでしょうか。しかし表面に自己の失われた不快なものが表われていたとしても、私はあのとき、あなたが確かに好きでした。又あなたが必要でした。そして私は勝彦にああ言われてから、あなたに対する感情をつとめて隠すようになりました。あなたを好きだというのにも負けず、私は又勝彦が好きでしたから。

——稽古がはじまると、勝彦は午前中から出て行くのでした。それも日曜も休まずに毎日。私は遊び相手を失って、自分の生活を無に等しく感じました。私はそれほど深く、勝彦を自分の生活に入りこませていたのです。赤い色の調度がそこ此処に置かれてある娘の私の部屋は、多忙な夫を持つ妻の部屋のように、色褪せそして音のない部屋になりました。稽古の終了時間が不定であったので、私はその部屋で勝彦の連絡を待つより他に、することがなくなったのです。

過ぎた一年間に比較して、私は大層ひまになりました。しかしそれにも拘わらず、私は日々疲れていきました。部屋ばかりではなく、私自身の中身も色褪せ音も発しなくなりました。生活の色を勝彦だけに預けて大人しく待ってさえいれば良いという、怠惰な愛が私の心に巣食いました。しかし私はそれを怠惰と気付かず、いつか賢明な手段と思い込むようになりました。その私に勝彦は数回電話をかけ、表へ呼び出したり、深夜に突然来たりしましたが、私の態度に色彩を見出せなくなると、連絡を渋るようになりました。私の気分は当然のように落ち込む一方でした。苛立ちもしました。願っていたように感情が自然に伸びるどころか、縮まっていくばかりだったからです。賢明であるはずなのに何故悪い方向に——、私は自分の行為の実体を摑むことができず、首を捻るようになりました。

そんな私をあなたはどう見ていたのでしょうか。もしかしたらあなたは、私に対する軽蔑と隆史さんに対する軽蔑とを、使い分けていたのではないでしょうか。それが私の勝彦とあなたに対する二つの愛と、同じようなものだとしても、私は自分の場合には愛情が気になり、他人の場合には軽蔑が気になる人間なのです。

そのあなたはあの家出以来、淋しい顔や苦しんでいる顔を見せなくなりました。しかし以前より表情の乏しい人になりました。今でこそそれは隆史さんとの恋が、お互いの性格上進展しなくなったためと分かりますが、そのときのあなたの無表情は、まごついている私にとって大層眩いものでした。死ぬ気持ちを翻したあなたの心には、生きるために必要な何らかの確信が生じていたのでしょう。あなたの無表情の裏にあったもの、おそらくそれは苦悩の後に摑んだ何らかの自信、そしてそれに伴う冷笑であったのでしょう。眩いばかりではなく、私はむしろそういうあなたに必死でしがみついていたのです。

勝彦の足が少しずつ遠のいて、私が嫌な予感に怯えだしたのは、稽古半ばの十一月でした。私はまだ自分の居間に閉じ籠っていました。もうその居間には色が何もなくなっていました。私がこんなにまで人を待っていたのはこのときが初めてです。表通りのバスの警笛や、路地の足音や、電話のベルに何度耳をすましたことでしょう。私はこうして勝彦の来訪を心待ちにしていましたが、こんなにまで異常に待っていたものは、もしかすると失った自分の色だったのかもしれません。

私の弱点が恋と共に深く内部に食い込んでしまったのです。弱点は主に見栄と気弱でした。というより、気弱ゆえに表に必要となる見栄でした。恋をしているのだという私の見栄は意外に根強いものでした。私はそのために、自分の苦衷を勝彦に訴えることもできず、ひたすら温めて育てていました。沈黙を重ねたあげくに私は沈黙から抜け出せなくなっていました。私は自分の心と、言葉を話す声との間を遠いものに感じました。

勝彦からの連絡は芝居の本番を二週間前にして、全く途絶えました。それは町の人波も慌ただしい師走でした。あなたにはその師走に何度も会ったと思いますが、表情や話題を全く記憶しておりません。私は正常な目の力耳の力を無くしていたのでしょう。強いて思い出そうとすると、私はでっち上げでも、あなたを心の鋭いそれから先の私と勝彦の運命を予知できた人と考えます。私の愚かさと勝彦のエゴイズムを知っていた人、つまりあなたの表情に全能を結びつけてしまうのです。人間の知恵を超えた、勝れた目を思い浮かべてしまうのです。

それは神の領域、と人は言うかもしれません。降誕祭を色々な意味で利用させてもらった私が神と無縁だったとは思いません。ただ若さゆえに、そう、若さという名の虫が体中に貼り付いていたがために、神の存在が見えなくなっていたのでしょう。確かに憶えていることは、ただ「待っていた」ということだけなのです。

六

長い灰色のトンネルのように感じられた二ヶ月が過ぎ、「白い馬」の本番の日が来ました。私はこの日の朝、何故か気持ちを晴れやかに感じました。芝居さえ終れば、という苦しみに対する単純な解釈が私の心を安易に弾ませていたのでしょう。私と勝彦の間にあっては、いわば臨時の出来事のようなこの芝居の公演が、今や大きく頭を占領し、お互いの欠陥さえも芝居の存在になすりつけるようになっていたのです。

私は冬の朝の日差しを浴びながら、サンドイッチをこしらえました。それは勝彦に頼まれた差し入れでした。前の晩、舞台稽古を終えた勝彦は、電話で私にこのような頼みをしたのです。

「明日来るかい?」

「ええ」

と言いながら、私は当然のことを改めて尋ねる勝彦の他人行儀を恨みました。

「お願いがあるんだけどな」

「なあに」

「差し入れだよ、何でも良いから食べるものを持って来てくれないか、できたら二つ欲しいな」

「二つ?」

「うん、良いだろ」

電話はそのまま切れました。しかし私はその命令を楽しく受けました。待っていた私には孤独を抉り取ってくれるような快感でした。身支度を済ました夕方、私はその包みに細いピンクのリボンを一本ずつ結びつけました。リボンの切れはしが私の心をいたずらにくすぐりました。その仕事は自分の顔に紅やお白粉を塗るときと同様に私の胸を興奮と期待でいっぱいにするのでした。

それを持って、私は都内のある坂の上にある劇場に向かいました。道すがら人が何度も私の顔を見ました。私は多分人目にも異常に映るほど、いそいそとしていたのでしょう。しかしその心の弾みは、私だけのものだったのでしょうか。もしかするとそのいそいそとした風情が、ある人生の芝居に必要な条件だったのかもしれません。私は楽しみに引き寄せられるように、劇場を目差していました。劇場への道は春のように暖かく快適でした。

劇場は私を迎えるように建っていました。見覚えのあるいくつかの顔が、入口付近に浮き上がって見えました。人々は皆余所行きの顔でした。私は少し躊躇いました。と、そこへあなたが現れました。あなたは私を見てすぐに飛んで来たのです。暖かく優しいあなたの足音でした。微笑みかけて見ると、あなたは紺色の地味な着物を中年の女のように確かに着ていました。そして、丁重に私を迎え入れくれたあなたは、いつもにもまして気取っていました。私は反発して、お茶でも立てる気で芝居を見に来たのかしら、と心のなかで悪たれました。しかしそれでいて私はあなたが誰よりも先に飛んで来てくれたことを、満足に思うのでした。

演劇の効果が最大限に出るように建てたというその新しい劇場は、見るからに一くせありました。廊下もせまく、客席も少なく、窮屈で、ただ完全なのは舞台とその裏で、少数の観客が豊富な印象を得て帰る、といった趣向にできていました。しかし、その完成された造りは妙に白々しく、誰にともつかない嫉妬が又私の胸に湧き上がりました。しかし。私は弱く力のないものの常のように、手当り次第、完全という強力な武器に逆らっていたのでした。

そのとき、私の目の前を見覚えのある顔が横切りました。真新しい背広を着た小柄な男です。傍らに同じ程の背丈の美しい女性が居ます。どこかで見たことがある人と考え、私はすぐに気付きました。それはあの、クリスマスの夜の道化者富ちゃんでした。驚いたのも当然でした。富ちゃんにはあの夜、「ひとり者はつれえな」と言って去った面影はありませんでした。その姿は自信に溢れ、同伴者を見事にエスコートしていました。富ちゃんは私には気付きませんでした。しかしその後姿は私を圧倒し、衝撃を残しました。一年前の富ちゃんに対する優越感はどこにも残っていなかったのでしょうか。私は富ちゃんの出現に自分が一層古びたことを感じたのです。私は富ちゃんの後姿から不吉なものを与えられたように思いました。

私の楽しさは又崩れました。思いがけず怯えた私は、あなたの姿を求めました。あなたは受付の側で、隆史さんと話をしていました。私にとって、二人並んでいるところを見るのは、あなたの家出以来のことでした。会社へ入ってから外国人との付き合いも多く、洒脱さを身につけた隆史さんと、着物姿のあなたとの一対は、対照的な美しさでしたが、私は何故かその眺めに救いを見出せませんでした。私を嫉妬させるものも、休息させるものも、あなたたち二人のかもし出す空気にはないようでした。それでも私は救われたいと近寄りました。とそこへE大学関係の人々が二人をとり巻くように現れました。ペンギン酒場にもやって来た人たちです。皆は私の感じた白々しさには気付かず、口々にあなたと隆史さんを冷やかしました。あなたは澄んだ声でそれ等の言葉に応えていましたが、私はそれが罪悪であるかのようにあなたの顔を見ることができませんでした。

開幕のベルが鳴ると、皆は挨拶や話を止めて場内に消えました。私は勝彦にもらった座席券を手に客席へ行こうとしました。とあなたが、

「待って、私あなたと一緒に見るわ」

と言いました。隆史さんと見るのではなかったのかしら、私に驚かせる隙も与えず、あなたは私の腕を取り、隆史さんはそれを引き留めもせず、穏やかに私に一礼して、別の入口へ向かっていきました。暗く不自然な空気が私を包みました。富ちゃんの背筋を伸ばした後姿、あなたと隆史さんの白けた表情――、それはどちらも私の目に浮いた黒い雲でした。雲が大きく広がると、期待に膨らんでいた私の心は小さく萎んでいきました。私は暗転した場内の席に腰を下ろしました。

静かに幕が上がりました。私はふと自分が何をしているのか分からない気になりました。勝彦の芝居を見る、という気持ちにどうしてもなれなかったからです。私の頭には乏しい想像力による主人公のイメージと、それを演じる勝彦の平生の顔が浮かんでいました。どちらかと言えば、芝居のイメージより、勝彦に対する平素の関心の方がはるかに上回っていたのです。あなたはと見ると、至極簡単に凡ての神経を舞台に集中させているようでした。私の苛立たしさは消えませんでしたが、舞台にじっと眼を注いでいると、そうして公私を混同して私の頭の方がはるかに冴えているように思えてなりませんでした。

登場して来た主役の青年は、他のなにものでもなくやはり勝彦でした。顔のサイズも眩しそうな目も、長い足もその歩き方も、勝彦以外の何者でもなかったのです。私は執拗に又故意に、勝彦の生地を探り出していきました。しかし勝彦は何分かの間それに逆らって、赤く染めた髪の気をライトに反射させながら歩き回り、覚え込んだ台詞を政治家の演説のように、大げさに口にしました。私は戸惑いを感じましたが、あれが演技というものなのだ——、私は劇中の人物に扮した勝彦を眺めながら、初めてその実態を知り頷きました。

静かに暗転。再び場内が明るくなると、私は歪んだ顔であなたに微笑みかけました。私は又あなたに縋ったのです。しかしあなたはひざから上にも取り上げないような無関心を示して、こともあろうに被っていたことさえ忘れていた私のニット製の帽子を賞めたのです。

「あなたはお顔が小さいから、お帽子が似合うのね」

と。私は帽子などを被って来なければよかった、と悔やみました。

二十分の休憩が黄色い電気で示されていました。私はあなたの後に付いて廊下に出ました。

「私、楽屋へ行かなくちゃ、これ、渡すの」

私はサンドイッチの包みをあなたの前にぶら下げました。私は少し媚びてあなたの返事を待ちました。

「そう、では早く行っていらっしゃい。私は一寸人を探したいから、ここに居るわ」

もしかすると一緒に来てくれるかという望みは断たれました。私の喉は渇いてひびが割れたようでした。

細い階段を降りて見渡すと、この劇場の舞台裏は広大でした。冷たい壁や扮装した役者が行き交う地下廊下には、千変万化の個性や、決して自分の生地を出さない役者の体臭が感じられました。偽りをこれほど純粋化している芸術が他にあるでしょうか。赤の他人に扮した勝彦に取り残された私の傍らを、そうした演技者が何人も通り過ぎていきました。

さらに階段を上って真っ直ぐ歩くと、その突き当りに、楽屋がありました。私は恐る恐るノックして勝彦の名を口にすると、なかの人が、

「着替えをして居ますよ、衣裳部へ行ってごらんなさい」

と言いました。

私は「有り難うございます」と言って扉をしめたものの、衣裳部がどこにあるかも分からず、暗い廊下をウロウロと歩き回りました。辺りに反響する私のハイヒールの音は、一足ごとに私の心を縮ませました。せまく暗いこの廊下の世界だけが、私に与えられた場所のようでした。そこは私の心に抵抗させない、私に相応しい息苦しい世界でした。私は行ったり来たりしていましたが、その未知の場所と自分の未知の心の一致がたまらなく恐ろしくなると、一刻も早くこの自分を締め付ける世界から抜け出したいと、願いました。

と、どこからか灯りがさしました。ふり向くと勝彦が居ました。衣裳部というところの出入口なのでしょうか、履物が置かれている近くで、黒く光った式服を着て、私を見ていました。

「どうしたんだい、妙な顔をして――」

「ううん、私、探していたのよ、衣裳部ってところを」

私は自分で自分を隠すように言いました。

「衣裳部は此処だが、早く客席へ行かないと、もうじきはじまるぞ」

「あの、これ差し入れを持って来ました。約束の――」

「ああ、そうか、有難う」

受け取りながら勝彦は、こんな忙しい時に此処へ来ては駄目だ、早く行きなさい、と言わんばかりの、表情をしていましたが、その表情もすぐに、舞台の役柄の人に変化しました。私はあなたの家出のあと、勝彦の口から出た「曖昧」という言葉を思い出しました。

「終ったら、秋ちゃんと一緒に帰って良いよ」

勝彦はまるで私があなたと帰りたがってでも居るかのように、そう言いました。勝彦は勧めるという寸法で自分の拒絶を表現する人間でした。渇いた唇を嚙み締めて、もう少し話したいという気持ちが湧いたときに、二幕目開幕のベルが口を封じるように鳴りました。

「さあ、行くよ」

追いたてられて仕方なく、私は客席へ戻りました。あなたはすでにそこに坐っていました。私はあなたに寄り添うように腰をかけ、オーバーの襟に首をうずめました。その劇場のただ一つの欠点は寒いことでした。しかしその寒さは反って懐かしくさえ感じられるのでした。

再び幕があくと、内部に充満していた空気が、私の心を凍らせるようにどっと押し寄せました。私は永年の病人のように、自分を労わる心を強く感じながら、力なく舞台に目をやりました。私は次第に隣席に居るあなたを感じることさえ、億劫になりました。

芝居の筋書きという特殊の条件のなかで、目にも眩い花嫁衣裳を着た女優と花婿姿の勝彦が登場したとき、私がふと考えたのは勝彦の演技以外の心でした。又私は勝彦の生地を探したのに倣って、その花嫁の生地を探し、勝彦の心の乱れを捉えようとしたのです。

私はかなり長い間ある一点を凝視していましたが、ふとその舞台と客席との心のアヤをあなたに見透かされているような気がして、身体を硬直させました。あなたがそうした勝彦を見たら、私の気配を窺わないことはなかったでしょうし、又特殊な位置にある、あの花嫁役の女に対する私の嫉妬と疑惑も、気付かないはずはなかったからです。私はあなたを最も必要な人と感じながら、あなたを一番怖れそして虚勢を張っていたのです。私はあなたの心に気が付くと、吐く息が荒立たないように抑え、一見平静であるかのように装いました。

舞台では花嫁が青春に別れを告げるモノローグをはじめていました。その女優の演技は素人眼の私にもよく分るほど稚拙でした。しかし私は見ているうちに激しい恐れを覚えました。そこには人間として持つべき本能的な図太さがありました。私があのクリスマス以来必死で探していた、大きな武器である自信が溢れていたのです。それ故花嫁役の女優は、美しく輝いて見えました。しかもその判断は、勝彦の心をよく知っている私が、勝彦の心を借りて下したものでした。私はすでに自分がどうにもならない穴に落ち込んでいると感じました。

そして私はあなたにその心を知られたと決めこみ、無抵抗に下を向きました。たとえ知られていなかったにせよ、私は隠しきれるものではないと思ったのです。

その姿勢のまま、私にとっては残酷な時間が過ぎていきました。病人に等しかった私の心は、芽生えた怖れにうち勝とうともせず、芝居が終わるとあなたの後について劇場を出ました。あなた自身も隆史さんとは挨拶なしに別れたのでしたが、あなたのあのときの心は、私の今の推量では、自分のことより私の感情の下降の方に向かっていたようでした。あなたは凡てを承知している人間の常で、下手に慰めの言葉など吐かず、知らぬ顔で私を車に乗せました。私は速力のために流れ星のように明滅する冬の灯りを見ながら、期待に包まれて拵えた二人前のサンドイッチの行方を、知ったのでした。

七

黒く湿った霧の中で時が刻まれていきました。私はその音を苦く数えて数日を過ごしました。芝居は終わりましたが、終わるはずだった待つことが、結果としては終わっていなかったのです。何日目かの夜にあなたからの電話がありました。私かあなたか、どちらかがそうしなければならなかったのです。

私は受話器から流れる聞き慣れたあなたの声に、かなりのもどかしさを感じると、躊躇なくあなたに会おうと思いました。私はすぐさま家を飛び出し、タクシーを拾いました。留守に勝彦からの電話があるかもしれない、と思いましたが、あなたに会って苦痛を癒される期待に、私の足は動いてしまったのです。あなたに会って勝彦の話ができること、それは当然勝彦に会うことに共通していました。私が勝彦の恋人であるという看板を一番高く掲げてくれる人は、あなたを除いていなかったのです。扉を開けて入った私に、あなたは戸惑うような表情を見せました。そうした表情は、あなたがあの家出以来見せなくなったものでした。それゆえ私はあなたのこの戸惑いはあなた自身のものではない。私ゆえのものであると感じました。そして又その表情には、私を平生と違う観点から眺めている、鋭いものが潜んでいました。

あなたは何かを知ったのだ、私はそう感じました。私は戸惑って視線を動かしているあなたを、恐ろしい鬼のように思いました。黒い雲や霧が又流れました。私は不幸に飛び込めない自分をもどかしく感じました。尋ねなければならないもどかしさ、それは多分、私に告げなければならない、と思っているあなたのそれと同じだったのでしょう。しかし私もあなたも事実を口にすることを拒んでいました。私にはメスを入れたあとのお互いの傷口がどれだけのものか想像できませんでした。おそらく私から先に開いた傷はあなたの傷を呼び、あなたから流れた血は私の血を呼んだことでしょう。私たちは決断から逃げようとしていました。

勝彦の話もしない、隆史さんの話もしない二人の会見はどこに意味があったのでしょう。しかしそれまでのどの会見よりも彼等の話をしたがっていたのです。お互いに悲しく傷んだ顔を見せるだけで、コーヒーを啜りました。一時間ばかりして、私たちはお互いの苦痛に歪んだ顔を見るのがたえられず、喫茶店を出て別れました。

又新しい年になりました。再び新年を迎えても私の心は錆び付いていました。(もうあなたからの電話もないだろう)、と思っていた暗い元旦に勝彦から電話がありました。久しぶりに聞く勝彦の声は私とは違い、新年らしく爽快でした。しかし私はその快活さに内容とは別な暗さを感じました。私と久しく会っていない勝彦に快活を与えるものがあるとすれば、それは私にとって、暗い贈りもの以外の何ものでもなかったのです。

「新年おめでとうございます」

その何度か聞き慣れた挨拶を私は大層遠く感じました。

「おめでとう」

挨拶という言葉のやりとりは何と白々しいものなのでしょう。私はそれを感じると、是非にも勝彦とからみ合うような言葉を交わさなくてはならない、と思いました。私は勝彦に尋ねようと思いました。

「無事に芝居が終わってよかったわ」

「うん」

「あのとき、秋江さんと一緒に帰ったのよ。家まで車で送ってもらったの」

「そう」

「それから暮にも一度秋江さんに会ったわ、電話があったの」

「ふうん」

「新しい年になったけど私まだ去年の気持ちでいるみたいよ、何だかとても変なの」

私は話していくうちに、だんだんと恋を想い出し、甘えを見せていくのでした。その反対に、勝彦は話につれて、過ぎた年を忘れた新しい男を感じさせていました。私には真新しい芝居の話が、どうやら勝彦にはもう古い話の部類に入ってしまっているようでした。私はその食い違いの理由を知りたいと思いました。

「家へ来て下さらない？」

私は習慣で又甘えました。恋を無視することができず言葉の上で甘えていながら、私の喉は次第に焼き付いていきました。聞かなくてはならないと思っても、現実の力は恋の向こう側にありました。私の言葉は核心の外を回り、空しく消えるだけでした。

「行っても良いが、ちょっと用事があるんだ」

「何なの」

「うん、どうしようかな」

勝彦は明らかにその場で躊躇っていました。私はその声を悲しく聞きました。勝彦は多分、私の確かな怒りと追及を望んでいたのでしょう。でなければ確かな無言を。しかし私の自慰的なお喋りはそのどちらにも属していませんでした。私は結局自分の惑う心から一歩も出ることはできなかったのです。

「とにかく待っています」

最後まで同じ口調で言い終ると、私は大切な瞬間を無くしたと思いました。親しい会話を交わしたようで、私と勝彦は何よりも無意味な時間を費やしていたのです。受話器を下ろした音が、小さく響き、私の心を嘲笑して消えました。

しばらくそこに立ったまま、交わした会話を復誦しました。だんだんと勝彦が来ないという予感に傾きながら、私はそれを認めるのが怖くなると、財布と外套をもって表へ飛び出しました。私はかすかに残った誇りを逃げることで保とうとしたのでした。

街は正月でした。道路には日本髪と和服姿が目につきました。私は何度もすれ違いながら、そういう手のかかる身支度を気軽に整えられる人々の、余裕ある心を羨ましく思いました。

私は国旗をたてて走る電車のあとを追って、三十分ほど歩きました。もし勝彦が家へ来たとしたら、かなり前に着いている筈でした。しかし私はその辺でぱったりと勝彦に会うような気持ちでいました。家で待っているより、歩いている方がまだ確実性に近いと思えたのです。逃げたことは不自然でありながら、私はいつか自分が適切な場所に居るように、思いはじめました。

そのあげくに意識したのは、いや、もしかすると家を出るときにすでに意識していたかもしれない、あなたのことでした。私には又あなたが必要になったのです。私はたえず意識外にあなたを感じていてそれがふと集まって表面に出ると、私は飢えたように両手を広げてあなたを求めるのでした。

けれど私はそれまでのように、あなたに慰めてもらおうとは思いませんでした。「白い馬」の結婚式のシーンを見て私が抱いた疑惑や、勝彦の電話を受けて感じた暗い予感が、事実であったにせよ、私は構わずあなたにそれを指摘して欲しかったのです。私はあなたに会って恥をかかしてもらいたいと考えたのです。又、あなた以外の人の手で私の恋の仮面を奪いとって欲しくないと思ったのです。私は辛かったコースのゴールを目の前にしたように、遮二無二になりそこから近いあなたの家に向かいました。

そこは門松さえもあなたのように凛とした、あなたの家らしい家でした。私は元旦にしては身なりの貧弱なことを気にしながら、出て来た女中さんに来意を告げました。しばらくして、あなたはやはり着物を上手に着て現われました。

「あら、ようこそ、本年もどうぞ相変わりませず――」

あなたは私の取り乱した訪問を驚きもせずに受けていました。私はそんな態度のあなたを憎い、と思いました。私は拭き清められた客間に導かれ座蒲団に坐るや否や、

「先刻、電話があったの」

と告げました。あなたは頷きました。知っていますよ、という表情でした。

「家へ来ると、言っていたけど、私、来ないような気がしたから、出て来てしまったの」

「そう、勝ちゃんから、連絡あったの」

あなたは又澄まして頷きました。私はその沈着ぶりにいきり立って、

「あの人はもう私のところへは来ないわ」

その先の言葉を、私が言い渋ると、

「他に行くところがあるというのでしょう。夕べ隆史さんに聞いたわ、それに私、勝ちゃんに銀座で会いました」

「どこで？　一人だった、二人だった、連れは女の人ね」

私は事実を知ろうとあなたの前に乗り出しました。するとあなたは負けずに強く私を見返しました。

「さあ、どうだったかしら」

私はすぐに、相手はあの女優だ、と思いました。

「教えて」

「駄目」

「教えてよ、お願い」

「自分で考えなさい」

あなたはいつもの目で私を睨み付けました。私はその顔に抑えられて、仕方なく下を向きました。拒否されたと知ると、吐き出せなかった血が体のなかで膨張してもがくのを感じました。

「さあ、お福茶でも頂きましょうか」

黒豆や昆布の香りのするお茶が運ばれてきました。何はともあれ、福茶を飲んで新年を寿ぐのです。

あなたは私に恥をかかせてくれませんでした。正月の花の活けてある床の間の前に正坐しているあなたの姿は、私に少しの恥も、甘えも与えてくれませんでした。あなたの肩は依怙地に固まり、私に甘えさせればあなた自身までも傷つくかのように、動きませんでした。それ以上どう頼んでも無駄であったのです。

私は福茶をひと口飲みました。さらに飲み全部飲み干しました。その味は喉だけではなく全身に沁み渡りました。

すると、目の裏が熱くなりました。頭の一部が強く痛み、私の目から涙が勢いよくこぼれました。たちまち顔中がびしょ濡れになり、嗚咽が喉から飛び出しました。

私は泣いている、そう感じると、私は素晴らしい方法を発見したかのように、大声を上げて泣くことに身を委ねました。その声が自分の耳を塞いで、私は声が流れるのを気にしないで泣いていました。勝彦のために私が泣いているのではない、あなたのその取り澄ました顔が憎らしく、口惜しくて、泣いているのでした。私はまた、そのあなたに人間の知恵を超えた全能を感じました。手を合わせたい気持ちになっていました。そう感じた以上、あなたの前でいくらでも泣くがいい、と思いました。私は泣けば泣くほど愚かな自分が分かるように思い、いつまでも遠慮なく泣いていました。

八

津波のように押し寄せた涙と共に、私の恋の意識は消えていきました。

私はあの「白い馬」という芝居のために恋という不思議な世界を失ったのです。そしてただ一つ得たものは結婚でした。

もう一つ残ったものがあるとすれば、それはあなたに対する密かな友情でしょうか。残っているあなたへの友情と信頼は、勝彦への現在の愛情と結び付くのでしょうか、それとも潜在している勝彦への不信と結びつくのでしょうか。しかし私はこれだけの月日を経た後でも、あなたと勝彦のことを別々の頭で考え、更にそれが表へ出て、勝彦の目に触れることを怖れているのです。あなたと勝彦を異質の感情で愛するとき、私は自分の心の闘いを思い出し、同時に「白い馬」という言葉が現れるのを感じるのです。

私は恋の意識が過ぎ去ったあとに、勝彦に対して、憎しみや嫌悪や失望を、愛に加えて感じる自分を見出しました。麻酔が醒めて我に返ったその場所で、私は現実を正確に見る力を得たのでした。そして静かに通って来た道を振り返ると、私は何か自分の歩むべき道とは全く違うところを、あくせく踏んでいたように思えました。私の夢見ていた愛は、勝彦への憎しみや嫌悪や失望を含んでいない単純なものでした。たとえ恋であろうと、人間の複雑さを考えずに突き進んだことは、ひどく残念に思われました。そう思うと私は、そうした感情をたえず胸に感じながら、私と接していた勝彦に気付きました。私は恋の意識を無くしたゆえに勝彦に近付きたいと思いました。人間と人間との正確な心の触れ合いが、そこにあるような気がしたのです。勝彦はやはりあの日私の家に来ませんでした。そしてそれからも私の目の前に姿を見せることはなくなりました。

それからしばらくして、あなたの隆史さんもあなたから去りました。奇妙な一致でしたが、私はそのあなたとの間の恐るべき共通点を知って安心しました。その共通点のために、私はもうあなたを憎まずに居られたからです。同時に勝彦をも憎まずに居られたのです。友情のきっかけになった二人の人間は去りましたが、私とあなたの心の繋がりは残っていました。それはクリスマスの晩以来、お互いの持ち物をいつも意識し合うことでした。そして二人は持ち物の分量が常に同じでないと、たまらなく淋しいのでした。私たちの頭にはクリスマスのあの同じ振り出しが、強くこびりついていたのです。

平等な運命に私たちの持ち物は同じになり、夜半の電話のベルも鳴らず静かになりました。それは冷たい、光のない平和でした。あなたは大学の三年になり、私は専門学校を卒業し、洋裁店で働き始めました。まだお針子という身分で、一日は単調に過ぎて終わりました。愛を無くした悲しさと、想像以上の退屈感に時折苛立ちましたが、クリスマスの夜の発端から、翌々年のあの元旦に至るまで、私を捉えていた惑いと不安は綺麗に消えていました。私の心は現実的な方向に向かっていました。

そうしたある日、あなたから一通の手紙が来ました。私は期待も感動もなく封を切りました。中には平凡な日常の話が書いてあるだろう、と思ったのです。しかしそこにはこのようなことが書いてありました。

十日ばかり前に隆史さんから電話があり、又二、三日前に手紙をよこし、やはり君が好きだと書いてあり、是非会いたいと詫びて来たので、今度の休みの日に一度会うことになりました。あなたにも随分会っていない、懐かしい、と言っています。宜しければ御一緒しませんか。

内容は大層突飛でしたが、相変わらず文面、筆跡に乱れもありませんでした。

私は又自分の心に憎しみが蘇って来るのを感じました。あなたが隆史さんからの手紙を読んで先ず考えたことは、恐らく相手の隆史さんのことより、私に手紙を書くことだったのでしょう。落ち着いた手紙の文面がそれを示していました。私はあなたの心にある私への関心を憎み、又自分のあなたに対する関心をも憎みました。私はそのときまで私たち二人は同じ理由で彼等に去られたと感じていました。確かな理由を手に取って自分に見せることはできなくても、ともかく理由は同じだと思っていたのです。その信念が崩れ落ちると、抑え込んでいた、無数の事柄の影が湧き上がりました。私は自分にだけ適する理由を探さなくてはならないために、又平静を失いました。あなたの手紙は私の失意を支えていたバランスを壊したのでした。しかし私は何ものかを強く憎みながら、あなたの次の便りを心待ちにしていたのです。次の報告は待っていただけのことがありました。あなたの第二信はそれから一週間後に届き、隆史さんから、正式に結婚の申し込みを受けました。彼は私に跪いてくれました。

今年中には是非式を挙げたいと言っています。私は目下思案中です。しばらく付き合うことにはなりそうです。御意見を聞かせていただけませんか。

私は読みながら、指先が小刻みに震えるのを感じました。

かつて、あなたを奴隷にした隆史さんが、反対にあなたの奴隷になろうと言っているのです。私は他の場所の居心地の悪さを素早く察知して、巧みに舞い戻った、怜悧な頭の隆史さんを心に描きました。私はその隆史さんの映像に勝彦にはない決断力を感じました。勿論それには勝彦より強いエゴイズムも感じましたけれども。私は隆史さんが、明らかに勝彦と違う理由で、あなたから去ったと悟らなければなりませんでした。第三信、第四信によると、あなたも又怜悧な頭で、隆史さんの転身をさばいているようでした。そうしてあなたたちは次第に「二人」という個性を作っていきました。疑うこともなく、それは以前と違った結束でした。私はあなたの便りを読むたびに、だんだんと一人辺地に立たされる思いになりました。

しかし、私はいつか考えることに疲れ、憎むことに倦き、ただミシンを踏むことに専念するようになりました。そして休日は読書をしたり母の横でテレビを観たりして過ごしました。そのうちに何があってこうなったのか、これから何を考えれば良いのか、凡て分からなくなりました。月日がその弛んだ感情を縫って、留まることなく過ぎていきました。

その私に偶然の機会が訪れました。折からの連休で、秋の日の青山付近は人波に溢れていました。私は街を歩きながら色付いた街路樹を眺めていました。そのとき舗道の縁に一台の自転車が近付いてきました。乗っていたのは勝彦でした。

「どこへ行くの」

と聞かれ、

「散歩よ」

と答えました。勝彦はジャンパー姿で劇団の自転車に乗り、丸めたポスターのようなものを肩から掛けた袋に入れていました。

「乗らないか」

と言われました。幸いにも私は手製のキュロット・スカートを穿いていました。後方に車のいないことを確認してから、右足を高く上げて荷台に跨がりました。あなたなら、気取って横坐りをするところでしょうか。自転車は秋晴れのなかをかなりのスピードで走り出しました。爽やかな風が頬から私の脳に伝わりました。その快感のなかで、簡単に乗ってしまい、軽率だったかな、という思いが過ったことは確かです。演劇の刺激的な空気に酔っていたにせよ、他の女に心を移した人、つまり私を裏切った人です。それでも流れて来る風と自転車の振動は私に心地良さを感じさせていました。勝彦は気持ちよさそうにペダルを踏んでいました。私は勝彦と共に居ることをいつのまにか受け容れていました。

しばらく走ってから、渋谷のある喫茶店に入り、昔と同じようにコーヒーを二つ注文しました。水が運ばれると、勝彦はすぐそれを飲み干しました。額には汗が滲んでいました。コーヒーが運ばれ、勝彦は砂糖を一個入れるだけ、私はミルクを入れるだけ、というくせも以前と同じでした。そして無言でそれを飲みました。そのうちに少しずつ話を始めました。

「今、宣伝部の仕事を手伝っているんだ」

丸めてあったポスターを広げて見せてくれました。シェイクスピア劇のタイトルが目に入りました。メーキャップした顔写真は誰であっても、もう見たくなかったので、すぐにそれを返しました。

「一回、良い役が付いたからと言って、次も良いというわけではない」

そんな言葉も聞こえました。月日の空白を埋める言葉はありませんでした。自信に満ちた女ならば、そこで自分のコーヒー代を払ってさっさと喫茶店を出て行くでしょう。でも私は立ち上がりませんでした。

勝彦の汗は目元にも光っていました。涙とは思いませんでしたが、悪びれて私を求めている心が現われていました。私はその様子に隆史さんとは違う、気持ちと行動が一致しない人間の弱さともがきを感じました。

かなり長い間、私と勝彦は何の手段も施さず向き合うだけでした。

そのうち私は、又も我々はクリスマスの夜と同じように、行為を先にしたことを感じました。この喫茶店で時間を費やしていることは、あの夜ホテルに行ったことよりも、恐ろしいことかもしれない、と思うのでした。

私たちはクリスマスの夜と同様に、自転車に乗る前にも話をする必要があったのです。私は当然色々なことを尋ねなくてはならなかったし、勝彦も詫びる言葉を吐かなくてはならなかったのです。しかしそこには行為から来た和解だけがありました。私は汗が流れ始めた勝彦の顔全体を見ながら、和解の感触と共に、以前以上の恐れと自分への責めも得たことを知りました。私は自分にあなたの感覚と全く違う生温かいものを、勝彦のなかにも隆史さんとは違う、生温かい感覚を見出しました。

結局、私と勝彦は又会うようになりました。暮の休みに銀座をぶらついたり、早春に鎌倉の海に出かけたりしました。防波堤の片隅に坐ると、波にさらわれるようで怖かったですが、すぐに笑いに変わりました。そんなとき、勝彦は、

「若気の至りだ」「何もかも思惑外れ」

などと、その状況とは一致しない意味不明の言葉を洩らすことがありました。

私はあえて、その言葉の意味を追求しませんでした。勝彦も私もまだ若いということは終始感じていましたから。

ある日突然私は勝彦の口から、あなたが隆史さんの話を断り、朝吹弘という年下の青年と婚約したという話を聞きました。勝彦は隆史さんへの友情からか、少し激しているようでした。勝彦は何らかの形で、自分の心に衝撃を感じた様子でした。私は想像もしていなかったその話の一部始終を勝彦から聞くと、ふとあなたと一緒に歩き出したあの振り出しを思い浮かべました。何故思い浮かべたかといえば、恐らくそれがその瞬間から、遠く離れていくことを感じたからなのでしょう。私は自分の心に長いこと貼り付いていた厚い板が、大きな音を立てて割れるのを感じました。

朝吹さんという人はE大学関係の人ではなく、学風も異なる官立大学の学生ということでした。お坊ちゃん育ちではない堅実な青年、というイメージが浮かびました。

しかし私はもう、そういう朝吹さんを勝彦と比較しようとは思いませんでした。私とあなたとの間にあった同じ運命と強い関心を、勢いよく断ち切ったあなたに、私は何故か新しい自分を感じたのです。私はこの機会を失ったら、永久に自分の苦しみの枠から抜け出せないと察したのです。

私は爽やかに、あなたと朝吹さんの結婚式を想像しました。その想像は私の心を暖かく解放してくれました。私と勝彦の問題がその暖かさに包まれて、鮮やかに私の目に映りました。私の生温かさと勝彦の生温かさを、あなたは若さゆえと思いながら、一方では叱咤したい気持ちでいたのでしょう。私の目にあなたの目が加わったかのように、そうした二つの心が、当事者である私にも手に取るように見えました。

私は朝吹さんの話を聞いた返事のように、「白い馬」公演以来、消えることのなかった疑念を口にしました。

「今のあなたは、私だけを見ている。そう思って良いのですね」

「もちろんだよ」

「それはこれからも、ずっと」

すると勝彦は少しふざけて、

「さあ、それはきみ次第だ」

と言いました。

「何を言うの、ずるいわ」

心地よい争いが、二人の間に生じました。欲目でしょうか、簡単には白旗を上げない勝彦がいつになく強い男に見えました。

数日後に、勝彦はやっと私にプロポーズをしました。そして私はそれを受け容れました。

あなたに婚約を告げに行ったとき、私は迷いの多かった自分を、あなたに見せ続けていたことを羞じていました。たとえ一刻にせよ、私から逃げた勝彦のことも、同じように羞じました。

そして私はあなたの家を出るときに、自分の小心に別れを告げたのでした。

九

――勝彦はまだ戻りません。あと数分で御子《キリスト》が生まれるという深夜です。

あなたは此処まで読んで、いいえ、読まなくてもお分かりでしょうが勝彦は何も変わったところのない、又恐れる必要のない普通の男でした。普通でなかったのは――、これもお分かりでしょう。大きく開く力のなかった私の目でした。

先に私は恋を失いその代わりに結婚を得たと書きましたが、実際に得たものは生活でした。こうして待つことも、退屈することも、過去に思いを巡らすのも、自分で探し当てた、又勝彦に与えられた生活なのです。待つことはまだ終わらないのです。思い出に付ける形容詞は色々ありますが、今はただ思い出すという行為が私の結婚生活を支えてくれるのです。思い出も一つの方便なのかもしれません。

その意味では、あなたも隆史さんという過去を一つの土台にして、秘かに朝吹さんを選んだのではないでしょうか。私の今の平和を思い出の勝彦が支えてくれるように、あなたの今の生活も、隆史さんという過去に支えられているはずです。

あなたはあのとき喝采を送りたいほどの理性で、朝吹さんを選び生活を得ました。しかし全ての条件に適った朝吹さんが、突然変わってしまったとしても、あなたはそれを選択の結果として受け入れなければならないのです。隆史さんの背に刻まれ得なかったあなたの心も、今は朝吹さんのあの背の上にあるのです。あなたのあのお澄ましも、気取り、心憎かった理性も、あの独特の歩き方も全部です。生活はもう根を生やしてしまったのです。私が勝彦から逃げられなかったように、あなたはもうそこから逃げられないのです。朝吹さん、隆史さん、そして勝彦、これらの人の質を区別出来るのは、澄ました顔で体を躲せる間だけです。一度頭から飛び込んでしまえば、私たちは皆同じ場所に住むものです。大切なのは区別より、選ぶことなのでしょう。選択出来なかった間の私たちのさまは本当に無残でした。それは生きているとは言えない淋しい時間でした。

しかし今はこうして待っていても、生活が私を暖めてくれます。選ぶことは暖かいことでした。けれど待つことが終わらないと同様に、選ぶこともこれで終わりではないのでしょう。あの降誕祭がこうして年に一度巡って来るように、全てのものは巡り巡っています。

ではもう一度、晋一郎ちゃまのお誕生を心からお祝いさせていただいて、筆を置きます。

眼鏡

田舎へ行かなくてはならない、そう考えると奈美は身震いした。田舎へ行けば現在の日々が無くなる。夜の灯りが消えてしまう。感情の殆どが死ぬ。しかしそうしなければ肉体の方が滅びてしまう。事態はもう一刻の猶予も許さぬところに来ている。どうしても行かなくてはならない。だがその前に……。

奈美は車道を幾つか横切った。急いでいた。とにかく急いでいた。三日間でしなくてはならないことが山ほどあった。その限られた日数もその数多くの仕事も今の奈美にとっては一生の分量に相当するものであった。時間と仕事の矛盾が奈美を苦しめた。しかしどれだけの苦しみを飲まされても奈美はその矛盾を打ち砕きたかった。

四時半。「ゴンドラ」の出勤時間まであと一時間ある。銀座周辺に本社を持つA評論社、H出版社、Fスポーツ新聞社への道筋が数本になって、頭のなかで独楽のように回った。無駄足をしないようにうまく道程を考えなくてはならない。それにしても一時間では厳しいスケジュールだ。美容院で髪を撫で付けしてもらう時間はなかった。通り過ぎていく女たちの髪は美しく整えられていた。だれも春を体中に匂わせているように見える。

奈美は先ず「ゴンドラ」の女として三日後の四月末までに、自分の客の集金を片付けなくてはならなかった。五月五日の朝には奈美はもう旅行鞄を抱えて汽車に揺られている。行先の霞ヶ浦のほとりには奈美の蝕まれた肉体を横たえる小さな病院があった。

先日のレントゲンの結果は予想通りであった。両肺に鶏卵大の空洞があり、その周囲に無数の粒があった。菌が相当に出ていた。医者は写真と奈美を交互に見て呆れた顔をした。そして法的な手段に訴えてもあなたを入院させることはできる、と脅かし気味に言った。奈美は不敵な表情で医者を見返した。その目には生き続けたい欲望が溢れていた。

「ゴンドラ」の騒音が耳に蘇った。全ては体に馴染んでいた。記憶が傷付いた体を刺激した。病んでいるのにさほど痩せていないのも、親譲りで胃腸が丈夫なせいだった。小太りで色が白くあごの辺りに微かな弛みもあった。あの二流の地下の仕事場だけが自分に与えるという役割をしている、奈美はそう信じていた。他にそんな場所を考えることはできない。元来、奈美は想像することが苦手だ。それ故、現実を客観的に見ることができない。奈美の目には古びた地下室がとても美しく見えた。無精者のFスポーツの神崎の体からも鼻をくすぐられるような甘い匂いを嗅いだ。

奈美は新入り一日目からこの勤めに慣れた。ここ数年のあいだ奈美は慣れるということに飢えていた。仕事にも生活にも人間にも。孤独を楽しむ資質はゼロに等しかった。それにもかかわらず孤独であった。奈美は街中や喫茶店で楽しんでいる人たちを見ると、目を逸らすほど悔しかった。

その奈美が三十の声を聞いてからふらふらと酒場勤めに出た。女学生時代、勤労動員で縫製工場に通った。疲労から肺に影が出来て、動員が免除された直後に終戦になった。食糧と良い薬が手に入りにくい時代で、時間をかけて療養をした。その間に二人の妹は結婚して家を出て行った。どちらも遠方に嫁ぎ、会うこともなくなった。

勤めて半年も経たぬうちに奈美の身体は変わった。神崎との交渉が生じたことも理由にはなったが、それだけではなかった。奈美は初めて解放された自分に歓喜したのだ。半年間奈美は子供のようにはしゃいだ。呼吸は荒くなり声は若い娘のように上ずった。

入院を決心するまでに二ヶ月を要した。決心と言っても奈美の場合、世間一般のそれとは違い、何となく「そうするわ」と口にしてしまう。勤めに出るときもそうであった。意志の働かない力の弱い言葉だった。

しかし遠い親戚の世話で入院の手筈が整うと、奈美は網にかかった獣のようにじたばたした。田舎へは行きたくなかった。「ゴンドラ」に居たかった。この状態では手術は不可能、少なくとも五年程の静養が必要と、医師に言われた。五年が六年七年と延びたら――奈美は四十歳になってしまう。四十歳の自分は全く想像できなかった。人生の後半を迎える覚悟も納得できる理由も奈美にはないのだ。やっと青春の香りを嗅ぎ始めたというのに。

五日の夜にはもう田舎の病院に閉じ込められてしまう。それまでに奈美は病人のまま、老いても良い理由を見付けなければならなかった。春が通りすぎるのは早かった。残された日数はあと三日。田舎への土産はまだ得られない。集金も季節外れで片付かない。神崎にも会えない。ペナントレース開幕で球場通いだ。

気が付くと新築のA評論社のビルが目の前に聳えていた。飛び込もうとすると、入り口は回転ドアで、先に入った人がドアを回したばかりだった。どのタイミングで体を滑らせ、ドアの隙間に入り込んだら良いのか。怯んだ瞬間、目の奥が激しく痛んだ。

勤めを始めるとき、近眼の眼鏡を外すことを決めた。素顔にファンデーションを塗り延ばし、パフで粉を叩き、眉を書き、口紅を塗ってから、眼鏡をかけると女らしく整えた顔が硬くなり、台無しになるように思えた。「ゴンドラ」のママも同感だった。

眼鏡を外して以来、時折この症状が現われた。古い型の眼鏡はハンドバッグの中に仕舞われたままである。近眼は胸が侵されるより前にはじまっていた。奈美は小さな顔に小さな眼鏡をかけて幼年時代を過ごした。世の中を最初からレンズを通してみたようなものである。眼鏡をかける悲しさは玩具を喜ぶ年頃から飽き飽きするほど味わっていた。

「まだ印刷所から戻りませんが」

若い女の子が受付で答えた。その透き通る声が耳に、おぼろげに見える顔が奈美の目に映る。

「どんな御用件でしょうか」

「はあ」

奈美は口籠る。適当な言葉が見付からなかった。〈時間を少しでも増やしてもらいにきました〉と言ったらこの女は怪訝な顔をするだろう。奈美は頭の中に浮かんだ言葉を読み上げるように言う。

「お金のことです」

「それでしたら当人たちが戻りませんと」

奈美は少し後ずさりをした。自分が他人に対して我儘を言っているように思えたからだ。

「また明日、伺います」

H出版社も同じであった。月末の集金は夜の商売の慣習として行われている。払わないのなら、先方の謝罪があっても良いのだが、奈美は何故か、自分が詫びたい気持ちになってくる。通された応接室からテレビの野球中継が聞こえていた。神崎の不精髭が目に浮かんだ。球場の広さ、観衆のおびただしい数、ゲームの力強さ、それらが神崎の内部に入り込み光となって輝きを放つのだ。カーンという音、人びとの視線がその白い一点だけに引き付けられるときに鉛筆を持つ手が動く。何万人もの人間が興奮するときにも神崎は冷静でいる。そのイメージが奈美をうっとりさせた。神崎のいないFスポーツ社へ行くのは気が重かった。しかし、奈美の体はまた震えた。田舎へ行かなくてはならないのだ。奈美はタクシーを停め、声を振り絞って「Fスポーツ社へ」と言った。

相撲担当の河田だけが居た。奈美が近寄っていくと見当外れの顔をした。

「神ちゃんは球場だぜ」

「いえ集金なんです。今日は」

河田は渋々と紙入れを出した。

「私、今月で止めるんです」

「ほう、ついに神ちゃん一本《いっぽん》になるのか」

「いえ、違います」

「では、ほかかい？」

「ええ、ほかです」

他の人、ではないが、ほかには違いなかった。河田は酒場以外の奈美を知らなかった。

「今夜、お寄りくださいね」

「ああ、奈美ちゃんが止めるんなら一度挨拶をしなきゃな」

店へ着いたときは五時半を回っていた。

「すげえ、やまあらしみたいだよ、その頭」

地下室に飛び込むとバーテンの佐伯が言った。

「集金に駆けずり回ったのよ、取れたのは河田さんだけ」

「Ｆスポーツね、神崎さんは？」

「あの人、今夜来るにしても遅くなるわ、だって、変則ダブルだもの」

「おや、またおぼえたね、新語を」

「ふふ」

奈美は田舎へ行くことを忘れたように笑った。ここへ勤めたころは、ホームランくらいしか野球用語を知らなかった奈美なのだ。神崎との仲は酒場のスタッフは皆知っていた。外見は決して若くなかったが、スタッフの人間は、奈美が呆れるほど無邪気な女であることを知っていた。そしてそれぞれの立場で労っていた。労ると言うよりむしろいつ起こるかもしれない奈美の生活の崩壊を見るのを怖れて、予防線を張っているのだ。

「変則ダブル、か」

佐伯は小さく呟くと、奈美の乱れた髪をまた見て、

「とにかく梳かしなよ、そのボサボサを」

と言った。

狭い控室で、髪の毛と顔を直した。目が充血し白い目やにが出かかっていた。過労と悲しみの全てがそこに現れていた。奈美は店の女の子たちが金銭的にも精神的にも得にならないと考えている客にばかり惹き付けられた。つまり金を持たず、色男でも遊び上手でもない、懐は不景気で、野暮で不器用な男にばかり愛着を感じた。生きる理由に飢えて、悲しい自分の心を満たすために酒場に来た奈美は、その気持ちを隠そうとはしなかった。世慣れ、酒場慣れの客よ

りも、ぎこちない態度の客の入来を見ると、喜んだ。ママや佐伯が憐れむのも知らず、奈美はそんな客に夢中で近寄っていった。

入店早々あまり売れないピアノ弾きに惚れた。古いロシア民謡を好んで弾く老人気どりの若者だった。奈美はそのトニオという名の男を純粋な人間のように感じて、話を聞き、自腹で酒を飲ませたりしていたが、それだけのことでいつのまにか来なくなった。

その後も奈美は妙な男にばかりを馴染みにした。周囲のものたちの目には滑稽としか映らない情事が繰り返され、何人目かに神崎が現れた。

神崎は単調に流れていく家庭の存在に空虚なものを感じながら、スポーツ記者としての仕事に専念している男だった。テレビジョンが各家庭に置かれるようになった時代で、プロ野球の人気は高まっていた。その不精髭と、すぐにメモを取る手付きが、すぐさま奈美の心を捉えた。

奈美はその夜安ホテルへは行かずに、老母が待っている中央線沿線の家まで神崎を伴った。何故かそうしたかったのだ。老母は階下で寝息をたてていた。奈美と神崎は足音を忍ばせて二階に上がり抱き合った。

翌朝奈美は何年か前可愛いい娘であったときのような口調で、老母に神崎を紹介した。老母は微かに戸惑いの表情を見せたが、神崎の体操の選手のような角張ったお辞儀に口元をほころばせた。結婚を諦めていた娘に、婿になる男をひき合わされたような、実際はそうではないという、複雑な笑顔であった。

奈美はそのとき無意識であったが、老母を前にして自分と神崎とのあいだに永遠の年月を心に秘めていたのだ。

神崎は一ヶ月ほど毎夜のように店へ来た。そして奈美と一緒に家に帰り二階に上がった。老母は階下でいつも寝息を立てていた。ある夜寝息をうかがいに近寄ると、首も曲げずに死んでいた。しかしその夜は縁者にも医者にも知らせずに二階へ上がり、いつもと同じように神崎と寝た。翌朝、神崎に朝飯を食べさせ駅まで送ってから公衆電話で二、三のものに知らせた。葬式は簡単に済ませた。

それからしばらくして奈美は体に激しいだるさと微熱をおぼえた。同時に神崎の訪れる回数が減った。春の兆しが見え始めた頃だ。

医者通いと、神崎とのあいだの話し合いに苛立つのが奈美の日課となった。神崎にせがんでいることは離婚ではなかった。それは家庭はそのままにして、一生愛人であるという契約であった。積極的でも消極的でもない、奈美に相応しい身勝手で中途半端な要求である。だが奈美はその契約を信じて疑うことをしなかった。神崎に重い役を課せたとは知らず何としてもそれに同意して欲しかった。

そうして奈美は青春のかたちを残したまま汽車に乗るつもりだった。契約を受け容れれば、神崎は当然上野駅へ送りに来なくてはならない。熱い言葉を交わしているところへ発車のベルが鳴る。神崎が色黒の手を差し出す。奈美はそれを強く握り締める。その感触を握り締めていれば長い時間は容易に過ぎるだろう。自分を救うものはそれ以外にない。奈美は単純にそう思い込んでいた。そして固執していた。

しかし再三の話し合いにもかかわらず、神崎は固く口をとじて何も語らなかった。話し合いといっても、小鳥のように一人で囀り、勝手に自我の羽で相手を包もうとするのだった。それゆえ、何一つ思い通りにはならなかった。噴き上げて来る疲労と悲しみに奈美はなお一層時間の必要なことを感じた。

髪も化粧もうまく整わなかった。どちらも妙に乾いて艶がなかった。新しいものは何も見出せなかった。田舎へ行かなくてはならない、だから集金に駆け回る。神崎にしがみつく。追われている苦しさだけが表情に浮かんでいた。やっと紅を引いたとき頭の上に大きな足音がした。複数の客であった。奈美は薄紙で紅を抑えてから、鏡を強く睨み付けた。

翌日は八時に起きた。眠かったが止むを得なかった。荷物もまとめなくてはならなかったし、五月から奈美の家に入ることに決まった人と細かい話もしなければならなかった。そして今日は午前中から腹を決めて集金に回る予定だった。

田舎へ持参したい荷物は山ほどあった。ともかく数年間そこで暮らすのだ。しかし六畳ほどの病室と聞いている。箪笥など入らないことは分かっているし、風呂敷包みにして送っても雨の多い土地だというから絹の着物などは置いておけない。といって東京で道具や着物の管理を頼むほどの縁者や友人はいまの奈美には見当たらない。結局二十坪足らずの家の家賃を毎月二割か三割安くして、どこの馬の骨かもしれぬ新しい住人に管理を頼まなくてはならなかった。

相手の出方で入院後の奈美の収入に開きが生ずる。集金が完了しなくて四月分の給料を全額もらえなければ、またそこに支障が起きる。病院から神崎に名物のワカサギを送ることもできない。それどころか退院後の生活の見通しが立たない。

何から手を付けて良いか分からなかった。全て問題が堂々巡りになっていて、奇蹟でも起こらない限り、どうにもならない。二、三ある宝石類と神崎の写真と寝具類だけが頭に浮かんだだけで、あとはぼう然と家の中を見回すだけである。

十時に近所の土地家屋周旋屋に行き、家の借り手と会う約束だった。気が進まなかった。そこから直接都心へ出てまた集金に、そして夕方には「ゴンドラ」へ行く。酒場の蒼い光に合う派手な服装で春の日盛りを歩かなくてはならなかった。時間さえあれば奈美は清楚なブラウスを着て、お白粉気なしでその借り手と会いたかった。

案の定、ごましお頭の土地ブローカーと、待っていた中年の婦人は奈美の派手な装いを非難する目を向けた。

「お早うございます」

奈美はその目を払い除けるように丁寧にお辞儀をした。ともかくこの婦人に頭を下げて頼みこみ、自分の僅かな財産を任せなくてはならない。奈美はすぐさま用件を切り出した。北側の四畳半に自分の荷物を置いておくことを承知してもらいたい、家賃はそちらのご希望に添いお安くする、またお手数ながらお金は田舎へ送って欲しい、他に方法は全くないゆえ、と。

中年の婦人は赤ら顔であった。その顔を歪めて奈美を胡散臭げに見て、

「困りましたねえ、うちは年寄りばかりですから用心はよくないでしょうよ、それに僅かばかり、お安くして頂いてもねえ」

と言った。

「そこをなんとか、お願いしたいのです」

「そうですねえ」

その女は突然ぎこちなくあごを上げた。ごましお頭の土地ブローカーは自分の入る話ではないと言わんばかりに、壁に向かって煙草をふかしている。

「それでは、こういたしましょう。お家賃は先日のままで結構です。お荷物をお置きになることも構いません。ただし」

女はまたあごを上げた。

「当方では責任は一切負わないことにさせて頂きます。宜しゅうございますね」

奈美は丁寧に頭を下げてその店を出た。こんなに腹立たしい結果でも、一つ片付いたと喜ばねばならないのだ。燦々たる太陽の光線が刃物のように冷たく感じられた。

電車に乗ると学校帰りの小学生が、奈美の装いに目を向けた。子供の表情にはすでに匂いを

感じ取ったものがあった。子供は陽の光にそぐわないものに敏感なのだ。

奈美は子供たちを睨みつけた。昔は子供好きだったが、その子供が自分の存在を否定するとなれば、敵に回す他はない。

敵はまだ居る。A評論社の受付の女の子だ。良いしつけのために用心深くなった心が奈美の目をちくりと刺す。だが今日はどんなに傷付けられようとあれを乗り越えて金を獲らなくてはならない。集めるのではない。獲るのだ。

新しいビルは春の真昼に鏡のように光る。眩しい。この光が眼鏡をかけていない奈美を怯ませる。ほとんど白に近いクリーム色の壁、しかし涙を滲ませている奈美には一個の巨大な玉葱があるとしか思えない。どうしてこう目が痛いのだろう。

女の子はやはり微笑んでいた。心地良さそうな白いブラウスを着ている。先刻あの中年の婦人にこんな恰好で会いたかった。

「昨日伺ったものですが、週刊誌の編集部はどちらでしょうか――」

今日はいくらか強気だ、と奈美は思う。

「ああ」

女の子はやっと笑いを止めて答えた。

「たった今食事に出たところです。もしかすると屋上のレストランかもしれません」

奈美は転がるようにエレヴェーターに飛び込み、屋上とあるボタンを押した。窓から空の見える明るく広い食堂であった。陽差しが一面に注がれていた。テレビの音が大きく流れていた。野球はまだ始まっていない。奈美はうろうろと歩き回った。一目で見渡せるほどそこは狭くかった。奥の方に居る客の顔の輪郭がはっきりすると奈美はほっと安堵した。馴染みの顔が四人、五人、奈美の目にだんだんと映った。

「珍しいね、こんな時間に」

「はい、あの」

奈美は言い澱んだ。彼等はいつもの彼等と違っていた。酒場にくる彼等ではもちろんなく、働いている彼等でもなかった。数人の男たちは大人の恰好こそしているが陽の光を胸いっぱい吸い、先刻の学校帰りの子供たちのように晴れやかであった。カレーライスを食べるそれらの表情は健康に溢れ、夜の表情とはほど遠かった。奈美はうろたえて顔をそむけた。

「御飯、まだだろう?」

誰かが、奈美のためにカレーライスを追加した。水が一杯奈美の前に運ばれた。コップの中に、光線が入り揺れていた。正面の男の白ワイシャツが側面に映っていた。光を見たせいか、目の奥がまたも痛んだ。と同時に胸に溜まっている灰色の塊が吹き上げた。奈美は喉をしゃくりあげると、大粒の涙をこぼして泣きはじめた。男たちは呆気に取られ静まりかえった。やがて一人が口を開いた。

「一体どうしたんですか?」

奈美は頭を何度も振った。

「私たちに何か？」

奈美は頭を振り続けながら言う。

「集金に来たんです。私」

男たちは互いに顔を見合わせた。

こういう手もあるのか、彼等は最初疑ったが、やがて通夜の席で香典を出すような表情でめいめいの財布から金を出した。奈美の泣き顔は死を宣告されたもののように暗い絶望を噴き出していた。男たちは奈美の差し出す領収書を手早く受け取って去った。奈美は二万近くの集金をハンドバッグに仕舞い、それから運ばれて来たカレーライスを一粒も残さずに食べた。

その金は店へ行き、すぐにママに渡した。昨日と同じように髪は乱れていたが、ママも佐伯も何も言わなかった。そして屋上で陽の光を浴びていた男たちのように縁起の悪い者を見たように嫌な顔をした。誰も仕事場で、奈美のようにありのままの姿を見せたりしないのだ。

午後、奈美はあのレストランよりはるかに暗い店でテレビの野球を見た。神崎の居る記者席の辺りを映像の影に感じながら。集金も美容院も物憂いのだった。もう片付け仕事にも厭きていた。ただ、テレビの画面を観た。いや、音声を聞いていたと言った方が正しいかもしれない。

五時近くそこを出た。

今夜あの人は来るかしら。昨夜も来なかった。もう私は明日で居なくなるのに一体どうしているのだろう。あの契約、考えさせてくれと返事をして、すぐにスプリング・キャンプで九州へ行った。返事の手紙を心待ちにしていたら、大きなパイナップルを送って来た。二日かけてそれを平らげたが、南国情緒の香りを味わっただけで現実問題の慰めにはならなかった。帰って来て一度「ゴンドラ」へ来て飲み、その後奈美の家まで来て二階へ上がったが、眠らずに自宅へ帰った。奈美は返事を期待したが、神崎は忘れたように奈美の体を一途にまさぐり、その耳に南国で仕入れた新しい春話を囁いた。

それで、交渉が振り出しに戻る。分かっていても、奈美にはそれ以上のことができなかった。奈美の欲しいのは幼稚ではあってもあくまでも、体の喜びに伴った心の充実であった。だが奈美の職業と年齢の条件がそれを妨害した。客たちはだれも、奈美がそんな青くさい夢に全力を賭していると思っていなかった。奈美は皮肉にも、一見苦労人のようなもの分かりのよさそうな印象を人に与えた。

しかし、情事は情事なりのある特別な力を奈美に与えた。第一にその時間は現実を忘れさせた。幸福に過ごした幼年時代の風景を思い出すことがあった。子供のころ、ふと目が覚めた深夜、両親の交わりを垣間見た。怖かったがずっと見ていた。躰を離すと父はすぐに眠ったが、母は身仕舞をしてから手を合わせて祈っていた。その姿が心に残り、快楽の最中でも、静かに祈る気持ちになることがあった。考えることが下手な奈美にとって、祈ることの方がずっと楽だった。神崎に対する思いも願いも今や祈りになっていた。

その夜も神崎は来なかった。絶望のために奈美の顔は歪み、けだるい空気は店のスタッフに感染した。もうだれも奈美をもてあましていた。崩壊は地ひびきを立ててはじまろうとしていた。他人事であろうとそれを見るのは恐ろしいことであった。心配をしながら見てみない振りをしていた人たちが、本当に顔を背けるようになったのも、仕方のないことだった。話をしたかったが、その時間さえなかつた。

奈美は住所録をめくり、手当たり次第に電話をかけた。どこにも神崎は居なかった。地下の階段を何度も駆け上がり、通りに佇んだがその姿は目に入らなかった。もう明日一日しかない。一日中神崎の行方を探したい。あの神崎という人間はたとえどんな事情があろうと、明後日の五日の朝上野へ自分を送りに来なくてはならないのだ。とにかく、もうそう決めてしまったのだ。

先のことをよく想像することの苦手な奈美にも、そのときの情景だけは鮮やかに頭に浮かべることができた。細かい動作の一つ一つが奈美の頭のなかに快く浮かんだ。その事実がなくて、汽車が動くことはない、とさえ思った。神崎に一刻も早く会って念を押したい。居ても立って居られない。明日は午前中からFスポーツ社へ行き、神崎を待っていよう。集金はもうよい。家の問題も気にしない。だが、明日こそは荷物を整理して田舎へ送らなくてはならないのだ。田舎へ行きたくない。時間が欲しい。

家へ帰ると奈美は服も着替えずに荷造りをはじめた。疲労のためにいつもはオレンジ色の電に灯の光が青色に見えた。箪笥も鏡台も文机も人形も何もかも無用に思え、同時にそれが如何に無駄かを感じた。こんな大きなものを幾つも並べて生活していた自分が不思議に思えた。改めて考えると必要なものは何もなかった。どうしても手元に置いておきたいものもなかった。寝具に下着を加えた包みを一つ拵えた。晴着は包まなかった。他人の物のように思えた。でき上がってからも床に就かず、部屋の中を歩き回った。失望の半面体が妙に興奮していた。発熱と思われるような暑さが四股から顔に昇った。喉が渇くと水を飲み、また歩いた。やがて夜明けの鶏の声を聞く。すると反射的に眠くなり、奈美は倒れるように荷物の前に蹲り、そこに寄りかかったまま眠った。寝顔は子供の頃のように無垢だった。三時間ほど眠ったとき、荷物を四畳半に運ぶ若者が門の戸を叩いた。

その若者はまだ眠っているような女の姿を見た。女は派手な服を着て靴下まで履いていた。奈美は、門まで行き鍵を開けたが、若者が何のために来たのかしばし分からなかった。髪の毛を整え、目を何度も瞬いたが、陽焼けした若い男の入来は奈美の記憶と結び付かなかった。

「おたくじゃなかったすか？　荷物を動かす、ってのは」

若者は引き上げようとした。奈美は、荷物と聞いて我に返った。

「ああ、荷物ね、頼んだのは私、確かにこの家よ」

「はあ……」

若者は妙な表情をした。奈美は慌てて若者を中に招じ入れた。

「荷造りしてあるもの以外は全部四畳半に運んで下さい」

「これ全部ですか」

「そうよ。詰め込んでも良いの。とにかくみんな押し込んで」

「入るかなあ」

若者は、荷物と部屋を見比べながら、腕をまくり仕事に取り掛かった。

簞笥・鏡台・つづらなどの収納が終り、病院宛の荷物をチッキにして送り、やっとFスポーツ社へたどりついたときは正午を過ぎていた。すでに球場へ回ったかもしれない。どうでもよい。それなら球場へ行くだけのことだ。奈美は熱っぽい体をエレヴェーターの壁に寄せた。昇っているのに落ちていくように思え何度か悪寒を感じた。両腕がみるみるうちに総毛だった。こんな気分の悪いときに神崎に会いたくないと思った。だが、それはもう考えたくはない。これが精一杯の行動なのだ。

四階に着いた。エレヴェーターの戸が開くと同時に、Fスポーツの本社のなかが覗けた。人声が飛び交っていた。奥の方では何か機械の動く音が聞こえる。あまり綺麗でない部屋の入口が開いていた。ここにあの人が居る。神ちゃんが居る。

奈美はふと躊躇した。このまま会いたくはなかった。一度鏡を見たかった。肌や髪の毛がどんなに荒れていることだろう。何日ぶりかのお洒落意識だった。そんなことさえ忘れかけていたのだった。

　女性専用の扉が一つしかないトイレットへ入った。そこで用を足し手洗い所の鏡に向かった。霞んだ目にも羞しいほど奈美の顔は荒れていた。それだけではなかった。目の端に目やにが出ていた。白眼は赤く濁りその縁も黒ずんでいた。髪や皮膚より、目の縁が一番醜くかった。奈美はガーゼを取り出し目の縁を丁寧に拭いた。それから萎んだ目を大きく見せようとアイペンシルで目張りを入れたが、湿っていて思うように描けなかった。仕方なく目はそのままにしてお白粉をはたき髪に櫛を入れた。見た目には大した変わりはなかったが、奈美はそれでもささやかな落ち着きを持つことが出来た。静かに歩いて神崎の居る部屋の前に行った。

「よう、また集金かね？」

　窓辺からの声は神崎ではなかった。奈美はその声の近くに神崎が居ると信じて、足を進めた。

相撲担当の河田が笑っていた。

「違います。会いに来たんです」

「会いに、つて……奈美ちゃん、そこらでぶつかったろう」

「はあ？」

「神ちゃん、たった今出て行ったよ、まだ一分も経ってねえや」

「じゃあ」

　奈美は足が震えるのを感じた。

「変だなあ。あいつ便所にでも入ったか」

「違います、私の方がトイレに」

　奈美は悔しかった。鏡を見たのは、行き違いになるためではない。少しでも安心出来る自分が欲しかったのだ。

「仕様がねえな、球場へ行っちまえば籠の鳥だし、明日でもまた来いよ、でなきゃ今晩おたくへ行くかも」

「失礼しました」

　とだけ言って、奈美は廊下に出た。この条件で明日という日はない。エレヴェーターを待たずに階段を駆け降り、外で左右を見たが探す人影はなかった。

　球場へ追いかけようとタクシーを探したが、好天気に人出は多く空車は一向に通らなかった。広い通りに移動しても同じであった。光の差す道路を尖った尾を立てた車が群をなして通り過ぎた。生暖かい空気が一陣の風となり奈美の体を包んだ。夏になったかのように、汗が滲み出た。辺りは賑やかであったが、奈美は炎天下の沙漠に一人立っているような気持ちでいた。暑さはさらに強くなった。汗は流れているものの、奈美は総毛立つ思いになっていた。喉に激しい渇きが起きた。喉ばかりでなく胸の上部にも妙な感覚があった。水が飲みたい。奈美は車を探すのを止めて水の飲める場所を求めた。繁華街で水を飲めるところは喫茶店だけだ。奈美は小走りに足を進め喫茶店を探したが、運悪く大きなビルばかり並んでいるところに出た。逆戻りして方角を変えた。動いていることが苦しく、目の縁が気持ち悪かった。また目やにが出ているのだろう。数分後、翳《かす》んだ目に大きな駅が見え、その前にデパートの建物が並んでいるのが見えた。

水が飲める。あのデパートへ行けば。

奈美は電車通りを横切りそのオアシスに近付いた。暑さも渇きも苦しさも悪寒もまた一層激しくなった。階上からゆっくりと降りてくるエレヴェーターを待っていられなかった。奈美は一階のトイレットまで人込みをかき分けて辿り着くと、水道の蛇口に口を付け、水をむさぼり飲んだ。安心感が全身にみなぎった。しかしその途端、胸の上部に強い異変を感じた。頭が割れるように痛んだ。慌てて水を吐き出すと白いタイルが赤く染まった。それを痛んだ目が捉えたとき、奈美は四肢の力が抜けていくのを感じた。しゃがみ込むように倒れていく自分、たちまちの人だかり、何て人が多いのだろう。ああ今日は土曜日なのか。……それから先の奈美は、苦しみさえ感じなくなった。

「明日の朝、上野発十時三分に乗るんです」

たそがれ近く、救急治療病院で意識を取り戻したとき、奈美は真っ先に言った。

「御旅行だったのですか?」

「いいえ、霞ヶ浦の××附属病院に入院することになっています」

「では、ご存じだったのですね、ご病状は」

「はい、知っておりました」

「無茶をしない方がいいな、――ところでご家族への連絡は？」

「家族は居りません」

「ほう」

「一つだけ、連絡したいところが……」

「どこでしょう」

いったん無言になった医師は、身を乗り出した。

「……五五一の×番へ電話をして、神崎という人に知らせて下さい」

「そうですか、分かりました」

看護婦がメモを取る姿を目に残して、奈美はまたぐっすりと眠った。翌朝目を覚まして十時の汽車に乗ると駄々をこねたが、汽車どころか寝たまま車で運ばれることさえ今は無理なのだと聞かされた。動けぬ体に苛立ちながらも、奈美は数日間うとうとと眠り続けた。訪問者はもちろんなかった。


雨ばかり続いた。漁師の舟はそれでも沖に出ていた。あたり一面生臭い空気が漂っている。窓からの眺めは単調に続く単調であった。干すことの出来ぬ干場がずらりと並んで水雫のみを落としていた。その向こうを半農半漁の土地の者が通る。それもたまのことだ。牛も馬も濡れている。引いている者は蓑と笠を着けている。慣れてはいるようだが、決して軽い足取りではない。

女子供は大きな笊をぶら下げている。中には大きな泥鰌が入っていて、町へ持っていけば高く売れるのだという。あちこちに見える田んぼは畠と変わらないほどの土盛りだ。出水に備えているのだろう。食用蛙の鳴き声が何よりもうるさい。夜通しその大合唱は聞こえる。蛙は一体いつ眠るのだろう。三度の食事のおかずは平均した栄養を必要とするにも拘わらず、魚ばかりであった。食器もアルマイトで味気なかった。

半月ほど遅れてその病院の患者になった奈美は、病室の窓から霞ヶ浦の風景を眺め、日々を送っていた。時間に追われなくなったが、何一つ好転してはいなかった。知人には全く会わずにこの病院に来た。とろとろと眠る時期が過ぎると再び侘しさに包まれた。欲求不満とときどき起きる震えに終わりはなかった。病院に持ち込むべきではなかったものがまだ体に貼り付いていた。

熱の下がったある午後、奈美は神崎と「ゴンドラ」の佐伯に手紙を書いた。

しかし新たな感情が湧いたわけではなかった。夢中で走り回っていた四月の日々と同じに、神崎には一度来てくれと頼み、佐伯には晦日に無断欠勤をした詫びと、受け取らずに来た給料の催促を書いた。それだけで疲れたので、家の借り手への手紙は書かなかった。

雨は一向に上がらず、晴れると見せてはまた降った。雨足を眺めながら日に一度来る郵便配達に首を長くしたが、雨と蛙の声以外に奈美を訪れる者はなかった。

熱も雨と同様に、下がってはまた上がった。梅雨どきはどの病人も加減が悪く、病院も忙しかったので、医者も看護婦も定刻以外には顔を見せなかった。奈美は心ばかりではなく本当に孤独になった。だが孤独はいまだに奈美に懐かなかった。

ある日やっとのことで手にした便りは「ゴンドラ」の佐伯からであった。その葉書にはH出版社ほか未収金がまだかなりある、そちらの事情は察するがこちらにも事情がある、四月分の給料を差し引いて残額××円出来るだけ早く送って欲しい、とあった。奈美はその葉書を雨の中に捨てた。

当てのない日夜が続いた。不安定な気持ちも変わらなかった。ふとしたとき奈美はその灰色の塊の正体を知りたい欲求を覚えた。しかしすぐさま消えた。

しばらくしてまた似たような感情が起きた。何故苦しむのか、それを知りたい。前より少し時間が長かったが、やがて欲求は消えた。いつかそれを待つことが楽しみになった。すでに奈美は他にすることを失っていたのだ。

生温かな風が浦から吹きはじめた。医師の回診は午前十一時ごろであった。その時間は雨が少なく、ときには晴れ間の見えることもあった。院長は大男で漁師のように色が黒かった。夫人らしい小柄な女がときどき看護婦代わりに付いて来た。色白であることも重なって可笑しな組合せに見えた。

若いときだったら、いや健康だったときなら、見た瞬間吹きだす光景だったが、奈美はいつか笑うことを忘れていた。差し出された聴診器の前に、奈美は素直に胸を開いた。そんなとき奈美は病の回復を願った。

その日も時刻通りに大小の足音が聞こえた。奈美は胸をときめかせた。全くそれ以外に人に会うことはなかったのだから。院長は慣れた手付きで、患者の脈と呼吸を診た。夫人は熱の記録を取っている。最後に注射器を取り出した。どこか動作が悠長であった。

しかし奈美は苛立たずに静かに待った。それは長いほど楽しく感じられた。

アルコールで消毒された針が腕の中に刺し込まれたとき、奈美はまた苦しみの正体を知りたい欲求を感じた。それはいつもより強いものであった。

「あ」

奈美は声を上げた。

「痛いですか?」

奈美は首を強く振った。注射の針の痛みなど心の痛みに比べれば軽い。

しかし院長は、急に変化した患者の表情から目を離そうとしなかった。

「目やにがずいぶん出ますね、結膜炎かな」

奈美はまた首を動かした。

「私、実は近眼なのです」

「いつごろから？」

「子供のころからです」

「眼鏡は？」

「あることは、ありますが」

事情があって、かけずに職場に居たと話した。

眼鏡の悲しさが体のなかに寒々と蘇った。

院長は大声で命令するように言った。

「眼鏡をおかけなさい、物がはっきり見えなくて、どうやって健康に生きるのですか」

「でも、美しくないのです。眼鏡は」

そう言いながら、古い眼鏡をバッグから取り出して顔にかけた。

「ほう」

院長は、少し後ろに下がって、奈美の顔をじっと見た。

「あなたは眼鏡をかけても美しい、いやかけないより、今の方がずっと美人だ」

奈美は驚いて、細い目を丸くした。初めてそんな言葉を聞いたのだ。

その顔を見て院長は、大男に相応しい豪快な笑い声を立てた。小さな夫人も最初は微笑みやがて高い声で笑い出した。奇妙な夫婦の二重唱であった。

奈美もいつか笑い出していた。二人のずっと後ろに、子供のころの母の姿が、交わりの後、手を合わせ祈っていた母の姿が浮かんでいた。

地上の草

第一章

　梅雨明けを待っての引越しであった。その日は早朝からうだるように暑く、表の土は黄色い塗料でも流したかのように強い光線に彩られていた。倉本国子二十五歳、昭和三十四年夏のことである。

　だれも手伝うものがいないので、国子はオート三輪の運転手のほかに若者を二人つけて来てくれるようにたのんだ。暑かったので彼らはあまり活動的ではなかった。女の手で造った荷物は持ちにくく、直しては運び運んでは直すので、じれったく感じるほどであった。汗だけが驚くほどの早さで体中に流れた。しかし国子はその汗さえも感じないほど興奮していた。昨夜はほとんど眠れなかった。浅い眠りになると、大きな荷物を担いで歩く夢を見た。朝になって、夫の定男を会社へ送り出す時に、今夜は実家の方に帰って来るように、今日中に引越しを済ませないと具合がわるいからと告げ、運送屋に払う金をもらった。

　不思議なことに、そのとき定男がどんな表情をしていたか覚えていなかった。同い年の夫である。結婚前四年の付き合いのあいだ、青空が見えていたときも灰色の雲が現われたときも、その顔色は見ていたのだが。しかしあの頃は何があったとしても、たとえば夕暮れの街で定男が派手な服を着た女と歩いているのに出会ったとしても、二人だけの問題で済んでいた。今はそれが違っている。

荷物を積み終え、国子は茶の間に戻り、浴衣姿の姑梅子に、「これから出発します」と頭を下げた。四十代の若さで、口元の紅が表わすようにほんのりと化粧をしていたが、その顔は気のせいか蒼ざめて見えた。後方に仏壇があり線香の煙が漂っている。亡夫の写真を前に日々手を合わせている未亡人である。

「此方の受け容れは、明日の午後なるらしいわ」

梅子の言葉に、国子は「分かりました」と答えた。

定男と国子と入れ替りに、七月八月と多額の金を支払った会社の社員が、二階の住人になる。倉本の表札のある門柱の脇に、〃××株式会社海の家〃という大きな看板がかけられる。K市内の、海水浴場まで歩いて五分、という謳い文句で不動産屋に仲介してもらった結果だ。

姑は前掛けのポケットの中から百円玉を三つ取り出し、

「運送屋さんの三人に、昼食代として上げて下さい」

と付け加えた。朝の定男の表情を心に残さなかった国子にも、その百円玉は姑が前から用意していたものと分かった。国子はまた頭を下げて受け取り、三人の若者に百円ずつ渡した。それが合図のようにエンジンがかかり、荒い音とともに動き出した。姑は表に出て来なかった。

汗のせいか、助手席に坐っている国子の背中は冷たかった。妙な気持ちだったが心が変に浮き立っていた。闘って何かを守ったという思いが新たな汗と共に湧いた。しかし国子はそれを紛らわすように、隣席の若者に冗談を言いかけた。

夏のあいだ、住宅の一部または一軒を貸し出す話は、戦後から始まった流行ともいえた。何とか家は残ったものの、誰もが現金に不自由していたのである。しかし、自分の新婚生活に降って湧く話になるとは思っていなかった。梅子は五月の連休が明けた頃から、浮かぬ顔をするようになった。不機嫌になると口を固く閉じてしまうたちであった。義弟信二は有名私立高校に通い蹴球部に所属していた。夏の合宿に行くのに、お金がかかって大変なの、と言い出したのもその頃からだった。

夕食の折、二階の二間を海の家に貸すことにした、何とか借り手も決まった、一階は信二と自分が使う、という話を聞いた時、国子はさして驚かなかった。まとまった金が必要なのだろう。しかし、二間のうちの六畳間は国子が結婚以来一年間、定男と寝起きすることに使っている部屋だった。そうなると定男と国子はどこかに住む場所を探さなくてはならない。その辺りから国子の理性と感情は平衡を失いはじめた。若さもあって相手の立場になってことを考える余裕がなかった。未亡人の寂しさからか、長男の定男を手放したがらず、同居を望んだのは梅子の方だった。汚れた食器を台所に運び、流し台の蛇口を捻ると同時に涙が溢れた。一年のあいだ、出来る限りの努力はしてきた。

「あまり本を読むと、頭でっかちになるわ」

と言われたときも、話し相手をしなくてはならないのかと思い、本を伏せて一緒に茶を飲んだ。しかし、十代から身に付けた国子の読書は全身を打ち込む作業であり、生きる糧でもあった。もちろん反論はしなかった。すぐ上の姉、夏枝の新婚生活を見て、二人だけの蜜月を夢見ていた時期もあり、感情的になる一方であった。緊張の糸が切れてしまったようであった。定男はこの事実に驚き困っている様子であった。家の所有者は未亡人の母親である。月々の生活費は会社社長であった父親の後継者から、僅かだが支給される。

これまでに梅子は亡夫の話を一通り聞かせてくれた。仕事と酒を愛した。大学時代はラグビーの選手。倒れたのは出張先の哈爾濱《ハルピン》。迎えに行き大連から最後の連絡船に乗せて、日本に戻った。「最後の連絡船だったの」と言っていた。

事情が分かった上で、国子は洗剤会社で働く定男の給料から月々の部屋代と食費を払った。少なくとも金銭の問題はそれで解決すると思っていた。昔風に生きる姑は、日々の暮らしに加えて義理を欠くことも嫌うので何かと金がかかり、体も弱いので外で働くことができなかった。スーパー・マーケットがない時代、町の商店は日々御用聞きに訪れ、月末につけ払いをする方法を取っていた。その支払いも滞りがちなのである。

国子は、二、三の物件を回ったものの、同じK市内の山がわにある実家の二階に引越すことに決めた。定男は別に反対せず、国子の自由に任せていた。母と国子の感情のもつれとは違って、その案が金の問題では一番負担が少なかったからだろう。

車は路地の手前で停まった。山に向かって細い道を歩き、実家の門が見えるところまで来た。大きな荷物を持っていた国子は、片手で門を開け家のなかに駆けこんだ。

「荷物が着きました」

上ずった声でそう告げた。六十七歳の実母、春川たね子は玄関の左手にある茶の間に、手作りのワンピースを着て坐っていた。肉の付いた背中に汗が滲み出ていた。国子の胸にも、娘時代の甘えと共に汗が溢れた。

ゆっくりと煙草に火を点けるとたね子は言った。

「掃除はしてあるよ。早く荷物を運びなさい」

か細い声の梅子に比べるまでもなく、その声は太く、有無を言わせない口調であった。反射的に国子は玄関と茶の間のあいだにある階段を上がった。十畳敷の日本間でいままでは客間に使っていたり、人に貸したりしていた部屋だった。二つのガラス戸が開け放たれ座敷は掃き清められてあった。ひと通り見回してから首を出し、門の前で待っているオート三輪に「この部屋よ」と大きく手を振った。若者たちはその国子の姿を見て笑った。国子はなおも手を振った。彼等は分かったという顔をした。国子は階段を駆け降りた。

「早く」

「慌てるこたあねえよ」

「階段の幅はどのくれいかよ。向こうに比べて随分と細いなあ。ベッドが上がるかね」

彼等は職業的に荷物の運搬経路を考えていた。

「大丈夫かしら」

「上がんなきゃ縄で引っ張ってやるよ、毎度のこった」

彼等の目測通り、ベッドのマットだけが階段の幅に収まらなかった。若者たちは二派に分かれ、声をかけながらマットを押し上げた。上の一人がそれを引っ張った。国子も一緒に太い縄をにぎった。体が反りかえった。なんとかマットが入ったとき、階下からたね子の声がした。

国子は煙草が十箇入っている箱を手さげから取り出しそれを持って階段を降りた。たね子は茶の間の奥にある自分の部屋に移り、小机の前に正坐していた。階下はこの他に玄関の右脇に四畳半の小部屋があるだけであった。小机の右手には白い布をかけた台があり、十字架が置かれ、ガラスの花瓶には花が活けられてあった。

「これ、定男から」

煙草を渡した。

「そりゃどうも」

「よろしくお願いします」

たね子はなにやら書いてある白い封筒をさし出した。

「これに入れて、毎月おついたちに持っておいで」

封筒の表面にたてよこに線が引いてあり、今月の七月から来年の六月までの十二の月が書かれてあり、そのわきに小さな空欄があった。

「ここにハンコウをおすのね」

「ああ、そうだよ」

「これまでのように、月三千円がやっとだわ、すみません」

この辺りの相場はその倍に近かった。

「まあ仕様がないさ」

たね子はいつもの男言葉でそう言った。母の生まれは東京神田である。明治の最後の年、麴町で商売を営む父と二十歳で見合い結婚した。父は愛知県出身で十四歳から働き、三十一歳で羅紗問屋の主人になった男だった。以来七人の子供を持ち、末娘国子が生まれるまでに二十二年の歳月が経つ。それから大正昭和の繁栄と没落がある。国子は、父五十三歳、母四十二歳になって生まれた子供である。姑の懐具合と共に、この母の家計の苦しさを良く知っている娘だった。五年前に長らく寝たきりだった父の多助が亡くなり、たね子は一人息子の一郎から、月々宛がい扶持の金をもらっている。

「かんべんしてね」

国子はまた詫びた。

「まあいいさ、だれでも一度は金に不自由する。それよりおまえ、須美子のことではくれぐれも私に気を遣わせないでくれよ。分かっているだろう」

二階には国子が住む北側の八畳間の他に、階段の踊り場を境にした南側に二部屋があった。須美子はその二部屋を使っていた。四姉の須美子は三十歳、未婚であった。国子と須美子のあいだには、四年前に結婚した五姉の夏枝がいる。国子は六女である。

いつのまにか胸が熱くなっていた。やっと自分の住む場所が見付かった思いで、鼻をすりあげた。

「つまらないことで泣くんじゃない。泣くのはツミなんだよ、新婚早々そんなことでどうするのさ」

たね子は、〝罪悪《つみ》〟などという言葉を、日常何の抵抗もなしに口にするカトリック信者であった。洗礼を受けたのは三十代で関東大震災の一年後だったという。たね子は、国子が幼い頃から、震災に襲われた一瞬のことを話し続けている。

「昼時でね、サバの味噌煮がちゃぶ台に置いてあった。それが大揺れと共に襖に向かって飛んで行った。その味噌にまみれた襖も桟から外れて、縦になっていっせいに倒れた。まったく味噌をつけた話さ」

洒落をまじえた話は、何回も聞かされている。

「それからどうしたの」

「みんなで、四谷のお濠端に逃げようとしたが、一瞬考えた」

「どうしたの」

「商品を、持ち出さなくては、と」

「本当に？」

「そうさ、主人と店の者とかなりの商品を持ち出した。その夜、小雨が降ったので、レインコートの生地を一反広げて、覆いにした」

母は大きな前歯を見せて笑った。当時の両親にとって、商品は命と同じだったのかもしれない。ともかく、東京の中心が廃墟になったその年、国子はまだ生まれておらず、それ以前に長兄、長姉、次姉、三姉と生んでいる母とは年齢が離れ過ぎていた。

たね子の信仰は周囲に影響を与えていた。やがて夫の多助が教会の門を潜り洗礼を受け、七人の子供がそのあとに従った。国子を含む下の三人の娘は生まれて間もなく幼児洗礼を受けさせられている上、使用人たちにもその布教は広がっていた。

国子は埃だらけの手で涙を拭った。言葉の受け取り方は違っても、母親に〝ツミ〟と言われると、負けたようで口惜しくなる。小さいときから涙をこぼすたびに母親に〝ツミ〟と言われるのを怖れ、強がることを覚えてしまったとも言える。封筒を手にしてたね子の部屋を出た。何を批判したとしても、結局はまたこの母親に、甘えに戻って来ている。車の代金とそれぞれの日当を支払うと、よく働いた若者たちは空になったオート三輪に乗って帰った。国子は一休みもせずに荷物の整理に取りかかった。

そのとき、玄関の戸が大きな音と共に開いた。

階段の上から首を出すと、外出から戻って来たらしい姉の須美子の姿が見えた。

「おかえりなさい」

国子は軽く声をかけた。

「あら」

アルコールが入っているのか、須美子の頬と目元は赤く染まっていた。

「よろしく……」

「こちらこそ」

笑顔の割には声にひびきがなかった。客と一緒のようであった。

「ジュンちゃん、二階へどうぞ」

部屋が左右に分かれる岐点の踊り場まで二人は上がって来た。

「妹なの、今日から新婚のだんなさまと、この部屋に住むんですって」

国子は会釈した。男ははにかむように頭を一寸動かした。須美子よりその肌が若いように感じられた。須美子は二十代の初めに結核を患い、婚期を逸している。家では三姉に次いで二人目の発症だったが、幸い新薬ストレプトマイシンの普及によって小康を得た。しかし重症になっていた三姉雅恵には効き目が薄く、二人の子供を残して亡くなっている。須美子は戦時中、動員でパラシュートの紐を生産する工場に通っていた。その頃の無理が祟ったのではないか、と周囲の人は言っていた。

国子がまた仕事にとりかかると、男が近寄って来た。

「お独りで大変ですね、お手伝いしましょう」

不思議なことに悪い気持ちはしなかった。国子を取り巻く生活の渦と無関係だからだろうか。しかし須美子には不快な印象を与えたらしかった。

「ジュンちゃん、気を遣わなくてもいいのよ」

それでも男は腰をかがめて、そこにあった火鉢を持ち上げようとした。

「悪いわ、国子。お客さまにそんなことさせて」

国子は手を振って辞退した。

この人がジュンちゃんなのか。二人は左手の国子の部屋から右手の須美子の部屋へと去って行った。そのあとに須美子の生ずっぱい体臭が少し感じられていた。

昭和三十三年初夏、国子がこの家を去って定男の家に嫁いだ直後から、須美子はこの路地の先のバス通りにある〝はる海〟という名の小料理屋で働いていた。

路地の数軒奥に吉岡という中年の姉妹が住んでいる。気さくな人柄もあって母とは煮物などを分け合う間柄になっていた。どちらも独身で姉のゆきは女医、妹のはるは〝はる海〟の女将だった。須美子はその頃から、〝はる海〟の客の名を姓で呼ばなくなり、家に帰ってからもそれを通した。ときどき婚家から国子を呼び出し、その後の自分の生活の報告をするのだった。

「彼氏が出来たの。ジュンちゃんと言うのよ。店のお客さん」

「苗字は」

「ハラダさん。でもジュンちゃんでいいの」

「何している人」

「スポーツ新聞の記者さんよ」

「独身なのかしら」

「奥さんがいる。でも、うまくいっていないそうよ」

国子はほぼ笑顔でそれらの話を聞いた。

それまでの妹の立場から姉の話を聞かされることには慣れていた。五歳違いゆえ、六歳の誕生日に母と共に日本舞踊の師匠の家に行き、姉に着物の着方、扇子の使い方を教えられた、十代初めに初潮が訪れたとき、たまたま母が留守でその処置をしてもらった、など受けた恩は数え切れない。しかし婚家に帰った後不安が襲って来るのだった。現在の喜びが無限であるだけ、先々須美子が苦しむ可能性が大きいと思われる。何があっても自分は結婚している。その立場の違いを十分に把握していないままに、姉との関係が続いているのだった。須美子が大胆に見えるようになったのは、国子がこの家から居なくなってからである。母の話によると、近隣の吉岡はるが店を開くと聞いたとき、自分から手伝いたいと名乗り出たという。たね子はそれを許した。考えるところがあったと思われる。須美子はその前年まで、十人もの弟子をとっていた日本舞踊の師匠だった。それが半分の五人になり、三人が二人になったところで、その看板を外した。

「こんな話、教会の奥様方に知られたくないねえ」

去年のクリスマスの頃、たね子はそう呟いた。須美子は返事もせずに横を向いた。

薄暗くなるまで、ジュンちゃんと須美子の笑い声が国子の耳に聞こえ続けていた。その後、須美子は日本舞踊のかつての師匠にもらった浴衣を着て、ジュンちゃんと共に〝はる海〟へ出掛けて行った。

入れちがいに定男が会社から戻って来た。暑いうえに忙しかったのか、汗ばんだYシャツが背中に張り付いていた。

「すぐ水につけるわ」

国子は定男の脱いだシャツを持って階下へ降りようとした。

「ああこれ、またもらって来たよ」

紙袋を差し出した。袋を持つといつもの匂いがした。定男の会社は、工場で精製しそこねた固形石けんの屑や、粉石けんなどを一つにまとめて、社員に支給するという。国子はそれで洗い物が殆ど済んでしまうので、有難く思っていた。洗面器の水は手に冷たく感じられた。それから夕飯の箸をとった。姑のいない二人だけの食事だった。たね子や須美子はもちろん階下の茶の間を使う。

「うれしいわ、やっと新婚らしくなったみたいよ」

定男は少しだけ表情をゆるめた。国子は下を向いて涙ぐんだ。

「私、もう二度と向こうの家へは帰らないわ」

「そんなことを、今決めることじゃない」

「あなたが悪いのよ、私になにもかもやらせて」

「言ったじゃないか、今日は会議でどうしても休めないって」

「今日のことばかりじゃないのよ、色々なこと、結婚まえにもっと話し合っていれば」

恋愛の夢から現実の暮らしへの移行が、国子の心と体にまだ馴染んでいない。それだけまだ大人になっていないのかもしれない。定男は黙する。国子は知り合った当初のある風景を思い出す。今はその跡地が高級スーパー・マーケットになっているテニス・コートを、ネットの塀越しに眺めていたときことだ。

おれ、前はこのテニスクラブの会員だった。でも金が払えなくなって、辞めた。

そう。

親父はいない。おふくろはいるが……、
演劇サークルで知り合った大学生と大学に入り損ねた娘。サークルの名誉顧問は、小説と戯曲を書く、Ｋ市内在住の文士であった。娘の心に不満も冷やかな思いも湧かなかった。戦後、金がない、という言葉は家の内外でどれだけ聞いていたことか。金のない人だから、これ以上交際するのは止めよう、などと思うわけもなかった。

「いいから今夜はゆっくり寝なさい」

定男はそれっきり何も言わなかった。

もともと定男は、口数の多い方ではなかった。結婚前に女性問題が起きたとき、そして戻って来たとき、多いに弁解をするのかと思っていたが、「若気の至り、だった」と頭を下げただけだった。その後の沈黙にむしろ心を揺さぶられた。日常的な話で言い争いはするが、口汚い言葉を吐かない。顔立ちも優しく人に穏和な印象を与える。気の短い所もない。

自分の生まれた家に、定男のような人間は一人も居なかった。それぞれが心のなかで、嵐を巻き起こしているように思えてならない。国子はかつてそんな定男に強く惹かれた。と同時に国子は、穏やかな定男の方も、感情の起伏の激しい、きかん気な自分に心を奪われていることを知っていた。そうして国子は同い年の定男と結婚したのだが、そのとき定男の家の事情、未亡人の若い母のこと、月々の収入、それらについて深く追及をしなかった。

元はお嬢さん育ちで、山の手のミッション・スクールに通っていた。さらに母のカトリック教育が重なっている。

善い行いをしたものだけが死後天の楽園へ入れるという、一般の日本人が異国の宗教物語として受け止めている説話を、国子はまだ片言しか話せない頃から、子守唄のように聞かされた。子供心には天国の楽園より、地獄の存在が怖く思えた。

戦後、茨城の疎開地で父が倒れ生活に困窮してからも、たね子は信仰が大事だと言い続けている。人並みに国子にも反抗期はあり、高校一年の夏、近くの浜の不良仲間と騒いだことがあったが、それもひと夏で終った。集団のなかにあって、一人の男性を心の底から愛したい、そして愛されたいという思いが湧いていた。それから四年経って定男に出会い四年後に結婚した。もちろんそれを悔んではいない。しかし金銭というものが、如何に人の心や境遇を変えるかということを、母親のたね子の口から教えられたかったと思うこの頃なのだ。

その夜、国子はぐっすりと眠った。

翌朝は晴れであった。国子は山の朝の匂いと、実家の台所の古びた匂いを嗅ぎながら、食事の支度にかかった。窓のうしろにある山はただ緑一色に包まれていた。山のどの木も道のどの草も、太陽に向かって緑の香りを放っているように見えた。緑の風景にはいつも生命が感じられた。国子は大きく息を吸い込んだ。

背中のあたりに人の気配がした。振り向くとたね子が、逆立った髪の毛もはだけた寝巻のえりもそのままにして、ぼんやりと立っていた。

「あら、起きちゃったの、うるさかった?」

台所は右手の小部屋の奥にあり、たね子の部屋からは近い距離にあった。

「いいや、ひとりで目を覚ましたのさ」

「まだ七時前よ、もうひと眠りしたら?」

しかし、たね子は入口の柱に太った体を寄りかからせ、動こうとはしなかった。国子はいぶかりながら仕事を続けた。たね子はちらりちらりと国子に視線を放っていた。が起きたばかりのせいか、そのまぶたの垂れ下がった目に、いつもの強い光は見られなかった。全体がひどくだらけているようであった。国子は戸惑いを覚えた。その顔が全くの老女のように思えたからだ。

仕事が一段落つくと、国子は半ば慌ててたね子に微笑みかけた。たね子も口もとをほころばせた。まだ残っている色の濃い歯が数本見えた。もはやそれは笑顔ではなかった。体の中から年月を経た疲労が、吹き出ているようであった。

「寝ていなさいよ」

言葉は荒かったが、内心では国子の様子を案じている母の気持ちを察していた。

「ああ」たね子は幼児のように素直にうなずいた。そして背を向けながら照れくさそうに、

「しっかりおやりよ」と呟いた。

そのままふらふらと廊下を歩き、部屋の障子をゆっくりと開けた。しばらくして蒲団の上に身を横たえる音が大きく響いた。すぐに再び眠ったのか、それっきり何も聞こえなくなった。

第二章

「須美子、江の島で獲れた鰺を塩にしてあるんだよ。起きて来て御飯にしないかい？」

昼の十二時を少し過ぎたころ、たね子がそう言って須美子を起こしていた。国子はすでに午前中の家事を済ませ、ミシンに向かっていた。須美子は微かに声を出したが一向に起きて来なかった。

「いい加減に起きたらどうなんだい？　そろそろ一時だよ」

しばらく経ってからまたたね子は声をかけた。先ほどより言葉が荒くなっていた。

「おてんとうさまが、笑っているじゃないか」

「ごはん、先に食べてよ」

須美子が眠そうな声で言った。

「もう食べちまったよ。そうは待っていられないよ」

「なら、寝かしといてよ、くたくたなのよ」

「十二時間も寝ているのだろう。お兄さんと一緒に暮らしていたら、こんな我儘はできないんだよ。〝はる海〟に行っていることも、内緒にしているじゃないか」

「分かったわよ」

南側の雨戸が音を立てて開いた。

お兄さんと一緒だったら、こんな我儘は、という言葉は国子にも当てはまる。

国子は、母の言葉を全て自分に当てはめて聞いていた。

長男の一郎と末娘の国子は十九歳年齢が離れている。兄が結婚したのは国子が小学二年生の時で、兄は千代田区の家から文京区の新所帯に移って行った。やがて戦争が激しくなり、兄は出征し、残った家族は茨城県に疎開した。

通い始めた村立小学校で、兵隊さんに手紙を書く時間というのがあった。国子は、母から教えられた兄の部隊を代用教員である担任に知らせた。担任は黒板にその住所を書いた。他にも書かれた住所はあった。

中支派遣第××部隊×××……　　春川一郎上等兵様
現在の中国東中部だった。返事は来ず、届いていたかどうかも不明だ。そうしているうちに、東京は大空襲に遭い、家は焼けてしまった。一郎の最後の階級は伍長であった。軍医を補佐する衛生兵で、病院に配属され、簡単な医療行為をした、と聞いている。

昭和二十年代初期に、この路地の家で復員したばかりの兄と一緒に暮らしたことがある。

一郎の妻則子と二人の子供。結核になり婚家先から療養に戻って来た三姉雅恵とその夫、姉の須美子と五姉の夏枝、末の国子。寝た切りだった父親の多助。母の姉である伯母、坂根あい子、そして一人の女中……。合計十二人がこの狭い家のなかに寝起きしていた。

それまで盛んであった両親の力が、長男の一郎に移りはじめた頃だった。毛織物繊維を扱っていて、軍需景気で隆盛を極めていた父多助の店が戦災で一軒残らず焼け、その直後に多助が倒れ、母は、骨とう品や着物などを売って、当座を凌いでいた。

当時、一郎は現地で習得した中国語を使って、横浜の中華街に繊維品の店を出していた。中学生になったばかりの国子は、一度母と兄の店を尋ねている。

東京、神奈川、いや日本中の路上に闇市が広がる時代だったが、横浜のその一角は、それらとは違った空気が流れているように感じられた。建物の格子戸などは主に赤く塗られ、店の看板には中国文字と思われる字が書かれていた。その狭い道には、殺気立った人たち、米軍人と娼婦、浮浪者が行き交い、耳なれない言葉も聞こえていた。

何回か道の角を曲がった。また似たような道を歩き始めたとき、小さな空き地があり、そこで丸くなって何かに興じる男たちの姿を見る。足を止めると、灰色の布の中心に、何やら黒いものが回っている。独楽のようだ。男たちの目がそこに注がれている。それまで見たことのない形相である。独楽はやがて勢いを失い停止する。と同時に声が上がる。

「デンスケだ」

「現ナマが動いている」

後方からそんな声が聞こえた。

「およし、見るのは」

母に強く手を引かれた。

「警官も来やしない」

そう言われてみると、この街のどこにも警察官の姿はなかった。

兄が働いている店はその町の片隅にあった。看板には××公司と書いてあった。

「公司《コンス》とは、日本語の会社のことよ」

母は小声で教えてくれた。同僚と紹介された男は日本語で挨拶をしたが、話し方から日本人ではないと思えた。商品は店のなかに置いてあったが、戦前の実家で目にした大量の商品とは比べ物にならない量であり、寒々とした思いになった。必死になって働いている兄という認識はあったものの、尊敬する気持ちも湧かず、軽蔑することもできず、見たままを記憶するのが精いっぱいであった。帰り道に母に食べさせてもらった肉饅頭は温かく美味しく、国子はそのときはじめて泣きそうになった。

家では、絶えず言い争いをしていた。

「これだけの家族を抱えて、どうすればいいって言うんだ。三人の妹を嫁にやらなくてはならないのだろう」

国子は二人の姉たちと一緒に、玄関わきの四畳半に寝起きさせられ、震えるような思いで、茶の間から流れる兄の声を聞いていた。

夜な夜なの空襲警報、霞ヶ浦への敵機来襲があったとしても、茨城の疎開先に居た頃の方がまだ怖さが軽かったと思えるほどだった。日々の仕事の闘い、その緊張や不安のために、その頃三十二歳の一郎は家へ帰って来ても、眉間に皺を寄せ口元を曲げ、鬼のような顔をしていた。いや、一番怖いのはその眉間の下の瞳であった。

「目が据る」

と、母は兄の機嫌の変化をそう表現していた。癇癪が起こり、拳骨が飛んで来る前触れのことを言っているのだった。そんな表情が読めなかった頃、国子は甘えて近寄って行った一郎に払いのけられ、さらに平手で打たれた。国子は四畳半へ逃げ込み、独りその頬を押えて動かなかった。一時間ほどして、たね子が食事と声をかけて来たとき、国子は初めて涙を流した。「しょうがないねえ」たね子は二階の兄の部屋を見上げながら、そう言うばかりであった。それでも母は、一人息子の一郎を弁護することもあった。

「国子、お兄ちゃんはね、軍隊で上官に沢山殴られてきたんだよ。ビンタされる前に、上官になんて言われるか、おまえ知っているかい」

国子は首を横に振る。

「眼鏡を外せ」

兄の眼鏡を外した顔が目に浮かんだ。いつもより弱気に思える顔だった。

「それから、大きなビンタが飛んで来る」

その後の兄の顔は怖くて想像できなかった。

兄の近眼は軽度で甲種合格と判定され出征した。戦時中眼鏡は貴重品だったし、そのまま平手を飛ばせば怪我をすることもあったのだろう。それで「眼鏡を外せ」という言葉が、これからやるぞという合図になったのか。だからと言って、十九歳年下の妹を殴って良いという理屈はなかったが、母親は、少しはお兄さんの気持ちを理解せよと言わんばかりにそう教えてくれた。以来、眼鏡を外せ、という言葉は何一つ抵抗出来ない、それは今の自分にも当てはまる、という悲しみになって、心に貼り付いた。


後になって一郎は、東京千代田区に春川商店を再建した。多助の残した土地に住宅金融公庫で家を建て、妻子と共に移っていった。

しかしそうなってもたね子は一郎の存在を意識し、周囲にそれを感じさせた。国子にもその気持ちが重なった。理由があってもなくても、一郎の存在を怖い、と思い込んだ。何をするにつけても、（鬼の居ぬ間に）という気持ちが湧くのだった。

「おなか空いた、御飯早くして」

「なんだね、親に命令して。いま鯵を焼いているんだよ」

「またお魚、たまにはハム・エッグでも食べさしてよ」

「ぜいたく言うんじゃない」

「お魚きらい。私目玉焼きを作る」

須美子は起きぬけから不機嫌にあたり散らしていた。国子はいつのまかミシンの手を休めて、茶の間の声を聞いている。

「国子、国子」

たね子の声が聞こえた。部屋を出るとたね子は階段の途中まで上がって来ていた。

「これ食べないか、須美子は要らないって、美味しいのに」

焼きたての鰺が皿の上でまだ音を立てていた。

「おいしそうね、いただいてもいいの？」

「今日だけだよ。今日だけ」

たね子はそう言って歯を見せて笑った。今朝の老醜はいつのまにか消えていた。あと数年で七十になろうというのに、たね子の笑顔は可愛らしかった。その下町風な気前の良さがたね子の身上でもあった。それがたまに依古地な女に変わる。

「私はね、嫌と言えない、拒絶オンチなんだよ」

常々そう言っていた。

「お母さん、油はどこ？」

階下から須美子の声。

「いま行くよ、世話の焼ける子だね、本当に」

約八年寝たきりだった父多助が死んだのは、昭和二十年代が終る年の暮だった。その直前に五姉の夏江が嫁ぎ三十年代になって末娘の国子が嫁いだ。本来なら、それで母親の役目は終わるはずだった。たね子にしてみれば、四女が一人残るとは思ってもみなかっただろう。「不憫な子だ」母は最初の頃そう言っていた。しかし不憫な気持ちが苛立ちに変わるのは早かった。妹の夏枝や国子がまだこの家の娘だった頃から、先刻から聞こえているような、気の揉める会話は交わされていた。

食事を終えると、須美子は自分の部屋に戻り化粧をはじめた。最近の須美子の化粧には控えめなものが消えていた。色白で細い目が優しい。戦後派と言われる五姉の夏枝や末っ子の国子に比べれば、品もあるが、須美子はその顔に下手な絵を書くように化粧をする。出来上がった顔は仮面のようなものになる。

「お母さん、帯締めて」

「自分で締められるだろう」

「どう?　綺麗にできた?」

「ああ、いつも通りだよ」

「良かった」

疲れた母の声に対し須美子の声だけが華やぐ。永年、踊りの師匠をしていたので、和服姿の須美子には貫録が漂う。着付けが済むと、足もとが縺れないように、ぱっ、ぱっと二、三回股を開き戻す。その一瞬の躍動感は独特なものだ。

「お母さん、お金少し貸してくれない」

「またかい？　親不孝だね、おまえは」

「時間がないの、早くして」

「店からもらっているのだろう」

「そんなもの、すぐに無くなるわ」

たね子から金をもらうと須美子は足早に家を出て行った。

国子は買いもの籠を持って、母に声をかけた。

「買い物してくるわ、何か買うものある？」

たね子はガーゼにくるんだ注射器と小さな鍋を持って、台所の入口に立っていた。

「パンといちじくのジャムをたのむよ」

「いつも同じジャムね」

「いちじくのはあまり甘くなくて胃に良いんだよ」

「相変らずなの？」

「ああ、疲れるとね」

数年前からたね子はときどき胃の発作を起こした。医者に食べものを制限されているばかりでなく自分でも気にしている。

「何もかも戦争のせいさ」

たね子は痛みが治まったあと言う。神田の菓子問屋に生まれ、甘いものに囲まれて育ったたね子には、厳しい試練に思えるのだろう。

「私は注射して寝るからね、買って来たものは戸棚にしまっといておくれ」

たね子は医者の真似ごとが好きで、戦争中茨城県の疎開先で、三里先から来る医者が間に合わず、近くの農家の人びとの怪我や腹痛を治した。夫の多助は妻のその道楽を黙認していた。

あるとき、

「あれは昔、病院の看護婦をしていてねえ、わしが洋服の注文を取りに行ったときに、一目で惚れ合ってね」

などと真顔で語った。純朴な農村の人たちはその話を真に受けた。多助は商売人として人心を掴む才があった。しかし現在のたね子からは道楽の色は消えていた。

「須美子姉さまのおかずは？」

「お茶漬けでいい。いつもアテにならない」

表にはまだ黄色い陽射しが残っていた。たね子に背を向けて、国子はゆっくりと路地を歩いた。

変わったな、いつのまにか国子はその印象に気持ちを取られていた。昨日今日の二日だけでも、たね子が国子の結婚以前より弱っていることは確かであった。たね子はお人好しではあったが、精力的に働き常に努力する女だった。従って愚痴は口にしなかった。国子の記憶のなかには、決して泣き言を言わない力強い母がまだ存在していた。

すでに結婚していた長姉と次姉にも戦争の影響はあった。一郎が横浜の中華街で働き始めた頃と前後して、長女の雪子と、次女の孝子が、相次いで結婚に破れた。そのとき、たね子は、

「私の教育が間違っていたのか」

と嘆き、黒い前掛けで顔を覆った。

長姉にあたる雪子は、たね子が通っていた千代田区の教会の中で、もっとも敬虔でもっとも熱心な信者だと、周囲の人たちから評判の青年と見合結婚をした。次姉の孝子は音楽学校の先輩と恋愛結婚をした。その青年はカトリック信者ではなく、またそうなりたいという意思も持っていなかった。たね子はどちらの結婚にも協力を惜しまなかった。同時に安堵もしていたようだった。六人も娘を生み、いずれは嫁にやる、という現実を必死で抱え、その大役を果たしたいと願っていたのは間違いないだろう。その証拠のように、末娘の国子にも、婿の範囲は広く、と思っていたのか、「あなたの結婚相手はカトリック信者でなくてはならない」とも言わず、「長男の嫁は大変だから止めときなさい」などと注意することもなかった。

長姉の雪子は、その夫が真面目過ぎて闇米一つ買えない男であったために、その行動力のな

さに愛想を尽かした。離婚からしばらくして、働き者で、頭よりも体を動かす男と再婚した。次姉の孝子は、かつて自分に愛を囁いた男が、やはり戦後に他の女に心を移した。孝子はその夫と離婚してピアノ教師として自立した。三姉は恋愛結婚したが、戦後結核を発症し、子供を残して亡くなっている。

二つの離婚が決定的になった頃、国子はまだ未来を夢見る少女であった。

あれが一つ、そして一郎兄さんのことも一つ。そして今度の失望は何なのだろうか。やはり須美子姉さんだろうか。それとも新婚の夫と共に戻って来たこの私……。

駅前の魚屋の店先には大きな氷が置いてあった。国子はその店で白いイカを二ハイ買った。夏の夜更けは、海からの風を受けていても、ひどくむし暑かった。九時ごろ帰って来た定男と二度目の水入らずの食事を済ませ、早めに床に入った。暑さのせいか、興奮が冷めやらないのか、国子の体はまだ重く、正常に戻っていなかった。いつのまにか定男はすやすやと寝息をたてていた。広い額に汗が滲んでいた。ときどき驚くほどの早さで掌が動きその汗が拭われた。眠りながらも暑さに苛立っているようであった。国子は枕もとのうちわを取り、定男へとも自分へともなく風を流した。去年の夏は結婚式直前まで、海で泳いだ。日焼けすると、白い花嫁衣装が似合わなくなる、とたね子が心配した。焼けた肌もきびしい暑さも、そのときの国子にとって苦ではなかった。それに較べると、今夜の暑さは国子の首を巻くようである。うちわをそのまま動かしていた。時計の振子とおなじようにその掌が時を刻み、夜はますます深くなっていった。

そのとき国子の耳が長く緒を引く人の声を捉えた。最初は分からなかったが、やがてそれは歌声と分かった。酔っているのか調子が外れていたが楽しそうな声だった。路地の入口から家に近付いてくる声、それは〝はる海〟の女主人の声にちがいない。店はもう看板なのか。国子もいちど定男と一緒に〝はる海〟へ行ったことがある。土間にも二つほどある小座敷にも、酔客がたむろしていた。接客する者は、女主人と須美子、地方から出て来たばかりと思われる娘が一人、あとは板前だけであった。国子はそこで須美子に酒を注いでもらい、帰りぎわには「毎度ありがとうございます」と言われている。須美子姉さんも一緒に違いない、国子は二つの足音を期待した。昨夜は熟睡していて、全く知らなかった。たね子は夕方国子が買物から帰ると、すでに部屋で眠っていた。玄関の内側の壁に小さな黒板が置いてあり、そこに、

「玄関は締めないでおいて下さい。母」

と書いてあった。須美子の遅い帰りを意識してのことだ。

声は高くなったり低くなったりして家の前に近付いた。吉岡姉妹の家は実家の門を通り越したところにある。足音は二つのようだった。実家の門は引き戸である。しかし、戸の開く音はしなかった。しばらくすると辺りは元のように静かになった。しばらく気にしていたが、須美子が帰って来る気配は感じられなかった。帰って来ないのだろうか、うとうとしながらも国子は姉の帰りを待っていた。

朝になって、国子は階下に降りて、引き戸の鍵を確認した。門は開いたままで、須美子は戻って来ていなかった。国子はそのときはじめて一年間の空白を痛切に思った。胸のうちに過去の後ろめたさが湧いた。古傷も感じていた。国子もかつてこのようにして母の待つ心を裏切ったことがあった。四姉の夏枝も同じようであった。そのときの国子の心には確かにたね子に反抗する気持ちがあった。たね子に、

「おまえたち、アプレだねえ」

と言われた。戦後の放恣で退廃的な若者たちを、当時はアプレ・ゲールと呼んでいた。

あの頃戦争を経て、やっと解放された夏枝や国子を、そうさせたものがその時代にはあった。夏枝も国子も早熟型の娘だったが、須美子はむしろ晩成型の娘だった。金のない苦学生と恋愛し、公務員の妻になった夏枝は、転勤先の静岡県から、手紙を書いて送ってきた。その文面には母を慕う気持ちが溢れていた。四年遅れて自分の意思で結婚した国子も、いつのまにか母親に対する反抗心を無くしている。代わりに生じたものがあるとすれば、その母親がどんな人生を送って来たかという新しい関心であった。

たね子は須美子の不在について何も言わなかった。初めてのことではないのだろう。表情は弱々しかったが、決して取り乱してはいなかった。むしろ伸び伸びした様子で、紅茶とパンとジャムの朝食を取っていた。

須美子は自分の情事を隠そうとはしなかった。昼頃帰って来るとすぐに国子の部屋に入って

来た。顔を見るなり、盆踊りの手拍子のように手を叩き、派手な音を発してから話し出した。

「昨日の晩はねえ、ジュンちゃんとホテルへ行ったの、ほら、文化人が行くという、洒落たホテル」

何故、手拍子が必要だったのか、その意味が理解できなかった。

「静かでとっても良いところ、一寸高かったけどね」

もっと小声で密やかに言う話ではないのか。国子は宿泊代を聞いたときも、そう思った。

自分は結婚して、つまらない人間になったのかもしれない。それでも、三十代になっている須美子には、若気の過ちと言って済まされないものがあることを、見過ごすわけにはいかない。つまり、危険なのだ。

しかし須美子はその心配とは遠い微笑みを浮かべていた。国子は怒ることも出来ず、言葉をかけることも出来なかった。そして最後に、

「お母さまに分からせないようにしなさいよ、本当のことは」

と言った。須美子は即座に答えた。

「分かっているわよ、そんなこと」

たね子は明治四十四年に結婚し、雪子、一郎、孝子、雅恵を生んだ。生んだあと、子宮筋腫を患った。下腹部の手術痕を、入浴中に何度も見せてもらった。しかし、十二年のあいだを置いて須美子、夏枝、国子を生んだのだから、子宮全摘ではなかったと思われる。手術直後に関

東大震災に出遭い、四谷の喰い違い土手の避難先で、ガーゼ交換をしたと聞いている。それから、たね子の苦難の日々が始まる。回復が思わしくなく、種々の病気を背負い込む。幸い、麹町の店と家は焼失をまぬかれたが、病んでいるたね子の目に映った東京の町は全てが壊滅に近かった、とも聞いている。明治生まれの夫多助は、そんな妻の気持ちも考えずにひたすら仕事に励んでいたという。

その結果、たね子はカトリック教会の門を潜った。

何よりも、夫の話を聞いてもらいたかったという。

「美味しいものは、夫が一番先に食べる。それもほとんど独りで食べてしまう」

などと。その時の神父の返事は何度も聞かされている。

「ご主人を一度、上から見てごらんなさい」

母は、それまで十一歳年上の夫を、上から見ることなど考えず、尊敬の目で見ていたという。見方を変えて、「目からうろこが落ちた」と笑っていた。日に日に信仰は深くなり、たね子は十二年ぶりに須美子を生んだ。三年おいて夏枝、さらに二年おいて国子が生まれた。そのときたね子はすでに四十三歳になっていた。

七十を目の前にしてまだ楽隠居が出来ないという理由には、震災と戦争という二つの事実がある。

須美子を身籠ったときは殆ど寝たきり状態で十ヶ月のあいだ微熱が取れなかったという。また、やっと生みあげた須美子は、当時の計量器で六百匁、二キロ半に満たない未熟児だったという。

須美子は笑顔を失くし国子に背を向けた。

「ひと眠りするわ、ああ眠い」

そう言って大きなあくびをした。


母の信仰とは、何なのだろう。終戦翌年の早春、国子は疎開先からたね子に連れられて、東京五反田の知人を訪ねたことがある。どの家も食糧不足の頃だ。茨城から、米や野菜を運んできて土産代わりにそれを進呈すると喜んでくれた。その帰途上野に向かう電車に乗ったが、途中品川駅へ来るとたね子は急に降りようと言った。

「どこへ行くの？」

小学六年生の国子は尋ねた。

「いいから、ついておいで」

品川から横須賀線に乗って保土ヶ谷駅で降りた。改札口を出るとすぐたね子は交番に駆け寄り、巡査に尋ねた。

「山の頂上に、教会の屋根が見えるそうですけど、お分かりでしょうか？」

「何ですか、キョーカイとは？」

軍国調がまだ抜けていないお巡りさんは教会を知らなかった。

「あの十字架があるところです。日曜日には皆お祈りに行く……」

たね子は十字を切りながら、説明した。

「ああ、あれですね」

指さしたところには、とがった屋根の上の十字架が春の日に光っていた。

「ずいぶん高いところに……、どこから上がるのです？」

「さあ、その辺で店を出している人たちに聞いて下さい」

たね子はそのとき、感動しているかのように、山をいつまでも仰いでいた。

国子は母親のたね子が〝信じる〟ということの対象として、何故十字架に磔にされたイエズス・キリストを選んだのか、分からなかった。たね子はただ「お導《みちび》きさ」と言う。それまで東京の家は、彼岸や盆のときには、仏教の宗派の中ではかなりやかましいと言われる曹洞宗の寺の坊さんが来ていたという。

その疑問にぶつかるとき、国子は何故かあのときの保土ヶ谷の山道を頭に浮かべてしまうのだ。約一時間、大きな石のごろごろする細い山道を上った。太っている体にもんぺを履いていたたね子は、そのあいだ二度ばかり腰を伸ばしただけで不平一つ言わなかった。

「シャルル神父さま、お元気だと良いけれど、お年がお年だから」

たね子は何度かそうつぶやいた。

「私、その神父さま知らないわ」

母に持たされている荷物の重さもあって、国子は不機嫌にそう言った。

「そうだったかねえ。夏枝が生まれてまもなく、四谷に新しい教会が出来たんで、神田にはいかなくなったんだ。シャルル神父さまの教会はね、三月の空襲で焼けちまったけど東京では一番古い教会だったのさ。シャルル神父さまはそこの主任司祭でね、本当に立派な方。人格高潔というか……とにかく私に生きる勇気を与えてくださった方」

山の上に、白い水仙が咲き乱れる庭が見え、その奥に小さな聖堂が建っていた。屋根の上には十字架が光っていた。聖堂の裏は畑になっていたが、あぜ道には黄色い水仙が咲いていた。寒さをものともしないその花々に心を奪われた。国子は、これがついこのあいだまで戦争のあった日本の国内かと思った。それほどその教会は静かで美しく。緑の自然が伸び伸びと芽を吹いていた。たね子は大きな木の陰で上っ張りを脱ぎ、風呂敷に包んだ。

「さあ」

国子を促した。きびきびした動作だった。古びた司祭館の入口で案内を乞うた。しばらくして館内から、シャルルという神父が現われたとき、たね子はぽろぽろと涙をこぼした。

「よく御無事で」

「おお、春川、たね子さんですね」

「はい、エリザベット春川です。東京の空襲のたびにお案じ申し上げて居りました」

「有難うございます」

「これが末の娘の国子でございます。霊名はアガタと申します」

「初めまして」

シャルル神父は白い髪をたくわえた、八十歳にもなろうかという老人であった。赤らんだ皮膚と高い鼻は明らかに外国人のものであったが、国子はそのとき本能的にその老人に心を開いた。というより驚いたといった方が正しいかもしれない。その老人はそれまで国子が逢ったどの日本人よりも、奥深い優しさを国子に感じさせたのだ。（まるで舌切雀のお爺さんみたいだわ）、まだどの日本人の表情からも、荒んだ色が抜け切れていない頃だった。二人は応接間に招じ入れられた。南側に上げ下ろしする洋風の窓が四つあり、左の端の一つには日除けのためかブラインドが下げられていた。部屋の隅には野菜の苗のようなものが置かれていた。

「畑仕事をなさるのですか」

「自給自足です」

「作年は青豆がたくさんとれました。じゃがいもは豊作でした」

滑らかな日本語で、アクセントに外国人特有の高低が感じられなかった。

国子は思わず、「日本語がお上手」と言った。シャルル神父は笑顔になった。

「あなたの生まれる前から日本に居ます。大正五年からですから、もう三十歳になります」

神父の顔はとても落ち着いて、何一つ悔いがないように見えた。

たね子は熱心に話をした。焼けた東京の家のこと、脳溢血で倒れた父の後遺症。疎開地では子供たちを教会へも行かせられない、出征した息子もまだ消息不明だ、などと苦しい話ばかりであったが、話している姿勢は非常に素直で、平素の母とは別人のように見えた。

「不幸を恨んではなりません。苦しんでいるのは、あなた独りではないのですよ」

「はい」

たね子は師に対する生徒のように頷いた。

「話は変わりますが、ボルドー神父さまはお元気でしょうか？」

シャルル神父の白い眉がくもった。

「あの方は戦争中に亡くなりました。これを見て下さい」

下っていたブラインドを静かに引いた。上のガラスと下のガラスに一つずつ小さな穴が開いていた。そしてそれらを合わせると、その穴は一つになった。

「銃弾のあとです。庭から撃たれたのです。ちょうどここに居て」

銃弾は、二枚のガラスを打ち抜いていた。神父は足元の絨毯をめくりあげた。黒い大きな汚点が残されていた。撃たれた時の血痕に違いなかった。

「一体どうして？」

たね子の声は震えていた。

「分かりません、本当のことは何も。特高刑事らしい姿を見たと言う人もいますが、本人は即死でしたので」

「何でもはっきり説明して下さるお方でした」

「そうなのです。思ったことを言わないでは居られない情熱家だったのです。早くから軍部に疑られていました。口は災いのもとです。でも日本の国をとても愛していました」

「お気の毒に」

国子はそのときの恐ろしさをまだ覚えている。それから薄暗くなって表へ出たときそれまで美しかった庭の緑がくすんで見えた光景も目に残っている。母のたね子にこんな面があったのか、と初めて知ったこと、シャルル神父が高潔な人物であること、その人物を母が敬愛していると感じれば感じるほど、国子はまだ、自分はそんな経験をしていない、いや経験するのが怖い、という気持ちになっているのだった。


海には土用波が押し寄せて来ているとのことだった。昼間の暑さは全く変わりなかったが、夜はときどきほっとするような涼しさに出逢うことがあった。そういう時は凪いでいるときと違って、山の樹木の揺れ動く音が家の中の国子の耳にも入って来るのだった。午前中は窓辺に干してある洗濯ものの影が、部屋いっぱいに緒をひいた。

いつの間にか一ヶ月経っていた。前日、たね子に二つ目の判を、あの引っ越して来た日に渡された封筒に押してもらった。たね子は〝八月十五日〟と日付を丁寧に書いた。

「何年になるかねえ、今日で」

「十三年よ、ちょうど」

二人はそんな会話を交わした。

定男は大分この家の暮らしに慣れたようであった。朝、通りから出るバスの時間割も覚えたし、近隣の人たちとも挨拶をするようになっていた。それは一見定男が平凡で家庭的な夫になったようにみえた。二人だけの家庭作りにも、定男は協力的であった。

ある日、定男は新しい食器を抱えて帰って来た。毎月三百円の支払いで、十二回で一通り食器が揃う、という売り込みに乗ったらしい。食器は無地で、強いて言えばミルク色だった。一回目は大皿が五枚である。

「三百円、大丈夫だろう」

「はい」

国子は、喜んで賛成した。

倉本の家では、古い食器ばかりを使っていた。それも梅子と亡夫の思い出の品ばかりで、使うたびにその話を聞かされ、同情がいつか退屈感に変わった。翌日の夕食はカレーを煮て、その大皿に盛り、その色合いを鑑賞してから味わった。母にその話をすると、

「月賦だろう」

というすげない答えが返ってきた。大きな所帯を張って来た母にすれば、けち臭い話に違い

ない。国子は少し失望した。そのせいか、落ち着かない気持ちが生まれた。定男がこのまま良い夫になってしまう気がしなかった。家を一歩出た後の、定男の心の行方が案じられた。

国子のカンは外れていなかった。ある夜帰って来た定男は、

「会社を辞める」

と言った。

「辞めてどうするの？うちには十円の貯えもないのよ」

予想が的中して、国子は狼狽えた。

「もっと働き甲斐のある商売をするんだ、今のままじゃ一生うだつがあがらない」

「そんなこと言っても」

「方法はいくらでもある。他から引き抜きの口もかかっているし、会社の仲間や工場の技術者たちと、洗剤を主とした小さな化粧品会社を作ろうという計画もあるんだ。そしたらぼくは営業担当でセールスマンを養成する。もちろんぼくも歩く、動けるだけ動く」

「資金はあるの？」

「ああ、めいめいの退職金とあとは借金でやる。とにかく今の会社は駄目だ、上役の頭が古い。いまどき中性洗剤に力を入れない石鹼会社なんてあるもんか」

国子は自分の手を見詰めた。指先がカサカサになりひび割れていた。台所で手を水に濡らさない日はない。手に優しい石鹼は必要だ。

夢中で話している定男の顔はひきしまり、声はだんだんと高くなった。

「あ、そんなに沢山よそうな」

杓文字を手にして、飯をよそっている国子を見て怒鳴った。国子は、兄とは違うと思って選んだ定男が、知らぬ間に一郎に近付いて来たように思い、恐ろしくなっていた。

しかし床に入ってからの定男は平生と変わりなく、穏やかでそして甘かった。

「馬鹿気たことはしないつもりだよ、だから何をやってもぼくに付いて来てもらいたい」

国子は何も答えず、体を合わせることでその言葉を受け容れた。


「私、〝はる海〟を辞めようと思うのよ」

須美子が寝ぼけた声で、国子にそう告げたのはその翌朝、まだ昨夜の匂いが国子の肌のなかに残っているうちであった。

「どうして」

偶然の一致にしても気味が悪かった。

「〝はる海〟から、一段上に行きたいの。給料も安いし……、それにね」

須美子は意気込んで話し出す。

「私この家を出て独立したいのよ、六畳一間でも借りて一人で暮らしてみたいの、でもそれにはお金が要る、でしょう」

「それで?」

「銀座へ出て働こうかと思うの。もう子供ではない。だれにも頭を下げたくない」

「お姉さん、体は大丈夫なの」

「平気よ、むしろこの家に居るより、楽かもしれないわ」

後ろめたい気持ちになり、国子は尋ねる。

「その決断は、私たちがこの家に引越して来たからなの? だったら私」

「そうね、それもあるわ。確かに」

須美子は自分の心を隠そうとはしなかった。

「私、もうこの家が嫌なのよ、飽き飽きしてしまったわ、陰気で湿っぽくて。希望が持てないのよ。国子はいいわねえ、お母さまやお兄さまと縁が切れて」

「そうね、でも婚家では同じく、がんじがらめよ、自由になれたとは思っていないわ」

「それでも私よりは幸福だと思っているんでしょう」

国子は答えることが出来なくなった。そうだと答えてしまえば、たとえ承知していても、姉の須美子が傷つく。

「結婚ってそう良いものでもないわ、つまらないことでいがみ合うし」

その言葉が弁解のようで、反って姉の須美子を侮辱すると分かっていても、言わずにはいられなかった。

「そうかしら」

須美子は皮肉な色を浮かべ、

「さあ、これから貸間探しをしなくては」

と勢いよく立ち上がった。

「お母さまは何て」

「良いも悪いもないわ。そういうことをいちいち話すのが嫌で、独立するのですもの」

まもなく階下から言い争う声が聞こえた。金のことで揉めているらしかった。

「冗談じゃないよ」

たね子の声はまるで悲鳴を上げているようだった。

「独立ってなんだい、そんなことが簡単に出来ると思っているのかい」

「だから独りになって、その甘えを失くしたいのよ」

「とにかくお金はないよ」

しかし須美子の決心は変わらなかった。

「今日行きます、と不動産屋さんに言ってあるの」

須美子は独りで貸間探しに出て行った。二階の窓から路地を出ていく姿が見えた。台所へ降りて行くと、たね子がまた前掛けで顔を覆っていた。

「嫁に行かないで淋しいだろうと思うから、〝はる海〟にも行かせて……」

喉をつまらせながら、たね子はそんな声を洩らす。これが一ヶ月前に私を泣くなと叱ったお母さんだろうか。

国子は、一年前より気力も弱っている母を感じていた。


九月二日の朝、雨戸を開けた国子は吹いてくる風の生臭さに驚いた。薄茶色の雲が低く垂れ込めていた。辺りの空気がひどく湿っている。

「今夜は嵐だな」

定男が言った。

「須美子姉さんの、引越しだと言うのに」

「今日は止めた方がいい、無理だと思うよ」

「あなたはどうするの？」

「今日は組合の集まりがある。行かなくちゃならない」

海からの風は路地の木々を揺すぶった。昼過ぎさらに風は強くなり、家はその都度横に動いた。小学生や中学生が学校を早目に切り上げて、帰って来る姿が見えた。しばらくすると大粒の雨が落ちて来た。やがてそれは一度に堰を切り、地面の上は豪雨に襲われた。

須美子は玄関口に出した荷物の前で、空ばかりを見ていた。雨が振り出すと「あ、」と声を出し、茶の間に入ってごろりと横になった。失望のためか体がだるそうに見えた。その脇でたね子が、茶の間の方のガスで相変わらず滅菌の鍋を煮立てていた。小さな泡を見詰めているたね子は殆ど無表情であったが、どこかほっとしているようでもあった。雨の音はますますひどくなっていた。

須美子はあれ以来熱心に仕事とひとりで住む家を探した。仕事の方はすぐ見付かった。以前、日本舞踊を一緒に習っていた友人が、銀座で寿司店を開いていた。そこへ頼みに行くと、ちょうど一人欲しいと言われているという話で、その日に西銀座裏の、〝青葉〟という小さなバーへ連れていかれた。そこで最初の三ヶ月は日当四百円、それからは五百円から六百円に昇給する。自分で客を連れて来た場合には一割五分のリベートを与える、その代わり自分の客の集金は責任を持ってやってもらいたい、等という条件を聞き、須美子はそれを承諾した。帰り道、その友人に、

「あんたも職業替えするのかねえ。日本の国で日本舞踊の師匠が、食べていけないのは辛いわねえ」

と言われたという。それから部屋が見つかった。駅前の佃煮屋の離れの一間であった、結局たね子に金の工面は出来ず、現在横浜でピアノの教師をしている次姉の孝子に一万円融通してもらった。孝子は未だに独り暮らしだったが、幾つかの女学校の課外授業の教師にもなり、金には不自由していなかった。須美子は孝子から〝青葉〟へ着て行く着物まで分けてもらった。しかしやはりそれらのことは全て兄には内密で行われた。

夕方定男がずぶ濡れになって帰って来て、

「台風は、伊勢湾を直撃するらしい」

と言った。

たね子の握ったおむすびを一緒に食べて早目に夕食を済ました。終わったと同時に家中の電気が一斉に消えた。四人は茶の間で蠟燭を囲み、番茶を啜った。

「空襲のときを思い出すねえ」

たね子がぽつりと言った。

「でもお母さんは殆ど茨城にいたでしょう。東京の空襲は田舎のとは違うわ」

苛立っている須美子の言葉には棘が感じられた。

「だって仕様がないじゃないか、夏枝と国子がまだ小学校で、東京に置いておくことは出来なかった。だから女学生のおまえはお父さんと麴町に」

「そう、工場に通いました」

「そういうご時世だったよ」

「お国のために」

「日本中の皆が、そう言って」

「私は、病気になった」

母は、ここで黙してしまう。

「お姉さん、止めて、お願い」

蠟燭の炎に照らされて、須美子の顔が白い壁に映る。いまにも泣き出しそうな目が光る。とそのとき天井板と畳の上に鈍い音が走った。

「あ、雨漏りだ」

定男が立ち上がった。一同の眼は天井に集中した。地図のように染みが出来ていて、水が滴り落ちている。二ヶ所三ヶ所とある。皆は洗面器や雑巾を持って動いた。

「古いねえ、この家も」

たね子は溜息をついた。

翌朝の昼頃、国子はたね子と一緒に、高く晴れた空の下にいた。庭先には古い木片やちぎれた新聞紙が散らばっていた。南側の竹垣が倒れかかっていた。二人はそれを引張って縄を結び、側の木の幹に結びつけた。日曜なので定男はまだ起きず、須美子は電話が故障なので、歩いて運送店に連絡に行ったところだった。

「全く古い家だねえ、嵐のたびにヒヤヒヤするよ」

「どのくらいになるの？」

「関東大震災の、数年後だから、もう」

「震災ではお金儲けした、と聞いているけど」

「ああ、ゲートルが、縁をミシンでかがるそばから売れた」

たね子はその頃の苦労を忘れたように笑った。太陽に向かうと汗をかいた額に黒い土がついているのが見えた。

「眠くなったね、なんだか」

たね子は大きなあくびを三つ、続けてした。

「寝るよ」

そう言うと足早に家に上がった。たね子の部屋からテレビの音が流れた。次姉の孝子が買ってくれたものだ。たね子はその音を聞きながら眠るのだった。

定男が昨夜と同じに不機嫌な表情で起きて来た。

「おふくろの方へ行かないとまずいな、海辺だから風当りもあったろうし」

しかし国子はまだ素直になれなかった。

「洗濯ものがたまっているの、それを終えてから」

「じゃ、先に行くから飯にしてくれ」

廊下から見ると、たね子はテレビの音が鳴るそばで口を開け、鼾をかいて眠っていた。定男を送り出し、二階に上がろうとしたとき、たね子が急に起き上がった。

「お出掛けかい？　よく寝ちゃったよ」

照れくさそうに笑った。

「洗濯機借りるわよ」

「ああ」

国子はいったん二階に上がり、それから奥の風呂場で洗濯にかかった。

「国子、国子」

またたね子が呼んでいた。手を拭きながらたね子の部屋へ行った。

「頭が痛い、おまえ、頭痛の薬を持っているかい」

「きっと寝過ぎたんでしょう」

「早くおくれ、痛いよ」

頭痛の薬と水を渡すと、また風呂場へ行った。干し終えたら向こうの家へ行こう、なんと言っても、定男の母親なのだ。

「国子」

またたね子の声がした。

「なあに」

「吉岡先生を呼んで来てくれないか」

「胃も痛むの？」

たね子はいつも胃の発作のときに吉岡ゆきに診察を頼んだ。

「いや、頭だよ、頭がきりきりする」

近くの吉岡医院まで走って行き、戻って来ると、たね子は洗面器を抱えて身をよじっていた。

顔色は土色に変わり、そこから汗が吹き出ていた。国子は一瞬立ちすくんだ。

「何をぼんやりしている。背中をさすってくれ」

と、たね子は怒鳴った。

一足遅れてやって来た吉岡ゆきは、たね子を一目見て、

「国子さん、氷枕を」

と言った。いつにない強い指示に、国子は驚いて走った。

「そっと、横におなりなさい」

たね子は洗面器を離して身を横たえた。

「静かにして、体を動かさないで」

声はますます鋭くなった。

「先生、脳溢血ですか」

たね子が汚物を口から垂らしながら尋ねた。

しかし吉岡医師は答えなかった。国子も言葉を失っていた。

胃が悪かったはずなのに、胃が……。自分の目を疑って、ただその言葉を胸のなかで繰り返していた。

第三章

かなり長いあいだ、無言で診察が行われていた。たね子の嘔吐は続いていた。乳房の周辺が痙攣するように波を打っていた。

「痛い、痛い」

としきりに後頭部を揉みたがった。

「触ってはいけません、国子さんお手を抑えて下さい」

たね子の手の力は、苦しんでいる病人とは思えないほど強かった。

「注射をしましょう」

皮下注射を二本、静脈に一本、続けざまに打った。すると胸の痙攣は止まらないものの、たね子の表情は和らいだ。国子はやっと、たね子の顔から吉岡医師の表情に目を移した。

「先生……」

あとは目で問うた。すぐには答えず、吉岡はその体を隣の茶の間へと滑らせた。国子も後に続いた。

「どこかの血管が切れたと思われます。絶対安静です」

聞き取れぬほどの小声であったが、そこには厳しい響きがあった。これが事実なのだろう、国子はそう思った。

「兄や姉たちに知らせた方が」

「そうですね、大丈夫だとは思いますが、一応」

国子は立ち上がり電話のある部屋の隅に行こうとした。

「あ、いけません。耳はよく聞こえます」

医師の声に国子は顔を赤らめた。

軽卒に動こうとしている自分が見えたような気がしたのだ。路地を走りバス通りの煙草屋に向かった。そこに赤電話が置いてある。受話器を持ち最初に定男を呼び出した。最初に出たのは姑の梅子であった。

「如何でした、夕べは。こちらはお陰さまで無事でした」

その声が、春の蝶のように若々しく聞こえた。明治最後の年に生まれた姑は、長姉の雪子と一歳違いの若さである。姑の若さを初めて感じたとき、国子は妙な気持ちになった。姑と長男の定男の年齢差は二十二歳、その方が普通なのに、自分の育った環境から見ると、その若さが時には妙に感じられる。

「あのう」

国子は怯みながらも声を出した。

「実は、母が倒れたのです。定男に帰って来てくれるように、伝えて下さい」

「まあ、それは。また胃のお具合が……」

「そうではありません。父と同じ病気かもしれないのです。あの、急ぎますので」

公衆電話でかけているると付け加えて受話器を置いた。緊急の場合だとしても、その切り方に優しさが欠けていたのではないかと気になった。

それだけで家に戻った。吐き気はかなり治まったようだったが、たね子の顔は、刻々と神経が緩んでいくように、変化していた。頬や瞼の肉が伸び、片方の下唇の端が下がっている。

吉岡医師は瞳孔を懐中電灯で照らしていた。光が左右に動いた。反応があるのかないのか、その表情からは何も摑めなかったが、その目は職業的な光を放っていた。全体の皮膚は紅を注いだようになっていた。軽快な七分ズボン姿がその全体を引き締めていた。

「お母さんはお酒が好きだったたねえ」

不意に呟いた。本当は甘党だったのに、いつのまにかお酒に……、と言いたかったが、黙っていた。二人は飲み友達でもあった。血圧を測ると二百を超えていた。吉岡は別の洗面器とコップに一杯の水を持って来てくれと言い、それから瀉血をはじめた。

「父の看病をしていたころは血圧が高くて、皆を心配させましたが、その後は不思議に下がって。でもその代わりに胃の発作がはじまったのです」

ガラスの管のなかに、みるみる赤い血が溜まった。たね子は多助の死後、臨終まで看取ってくれた馴染みの男性医師を止め、近隣に住む女医、吉岡ゆきをかかりつけの医師にした。山本という、上品な顔立ちをしたその男性医師は、たね子と同じ教会に通う信徒でもあった。しかし山本が、健康保険制度の計算の煩わしさから総合病院に移って以来、吉岡に診てもらうようになった。

瀉血を済ませると、たね子は鼾をかいて眠りはじめた。

そこへ定男が帰って来た。西瓜を一つ抱えていた。姑が持たせてくれたのかもしれない。それを受け取ってから、国子は、紙切れに兄と姉たちの電話番号を書いた。その脇に、

〝脳溢血で倒れたと伝えて下さい、家の電話ではなく、通りの公衆電話で〟

と加え、定男に渡した。

「付き添いが必要ですね」

「須美子さんは？」

定男が出ると吉岡が言った。

「はあ、一寸出ているのですが」

「そうですか」

吉岡は、改めて国子に向き直った。

「お母さんは当分動かせません。手が必要と思います」

「はい」

「看護婦会をご紹介いたしましょう」

電話番号を書いたメモを渡された。

国子はたね子の様子を見ながら、ダイヤルを回した。

いつのまにか辺りの空気が冷えはじめていた。裏の山が黒ずみはじめていた。嵐のあけた庭では蟬が鳴き声を上げていた。一刻一刻と夕闇は濃くなった。これから夜になる、と思うと体が震えた。此処にはだれも居ない。

兄や姉たちが来るまで、しっかりしなくては……。

鼾をかいているたね子の横に坐り、ガーゼで額の汗を拭き取った。遠吠えのようなその鼾には、これまで聞いたことのない旋律があった。どこかへ押し流されていってしまうものを見るような、そんな哀しさが国子の胸に湧いていた。

玄関が静かに開いた。入って来たのは定男でも須美子でもなく、白衣を着た二人の女であった。

「××看護婦会から参りましたが」

国子はその速さに驚いていた。二人は国子に向かって丁寧に頭を下げた。

「どうぞ上がって下さい」

彼女たちは、素早くたね子の寝ている部屋まで歩いた。

「来ましたか」

吉岡医師が振り向いた。

「はい」

国子は二人を室内に招じ入れた。眼鏡をかけ、どこか西洋風の女が先に入り、小柄な女がそれに続いた。

「あなたが空いていましたか、それはよかった。——国子さん、この人はアメリカの二世さんですけれど、とても腕の良い看護婦さんです」

西洋風の女を見て吉岡はそう言った。

「エリザベス岡田でございます。よろしく」

少しアクセントがあったが、声ははっきりとしていた。

「それからこちらが村田やすよさん、看護婦の資格はないのですけど、病人の付き添いには慣れています」

エリザベスに紹介されて、小柄な女性が無言でお辞儀をした。背中が丸く見えた。二人共若くはなく五十歳前後と思われた。エリザベスはたね子の顔を一目見て、

「先生、重症患者《シリアスケース》ですね」と言った。

「そう、動かせません」

「分かりました」

それからおもむろに、会長からの紹介状だと言って一枚の紙を国子に差し出した。見ると、派出看護婦の紹介料、一日に対する手当て、税金などの金額が明細に書かれてあり、最後に会長の判が押してあった。重症だと日当が三割増になるとある。

「重症と言いますと？」

「はい、結核、癌、産褥熱とこの病気がそうなっております」

エリザベスは臆せずに答えた。

この病気が、か。国子は初対面の人間に、重症と決めつけられることに腹立ちを覚えていた。仕方なく頷いて、紹介状を服のポケットにしまうと、エリザベスは持って来た黒い鞄を手にして立ち上がった。そして部屋の奥の十字架の近くに移動した。傍らにあった小机を引き寄せ、そこにかばんの中身を並べた。ノートやペン、体温表や茶の缶などが次々に現われた。

「やすよさんも荷物をここへ置くといいわ」

村田やすよは一瞬ちらりと国子の顔色を窺ったが、その言葉に従った。あっという間の出来事だった。

「氷枕を入れ替えて下さい」

国子は、二人を見比べてやすよの方に言った。

やすよは笑顔で「はい」と答えた。

エリザベスは鞄から目を離し、国子とやすよを交互に見た。

そのとき電話のベルが鳴った。国子は急いで立ち上がり、茶の間へ入った。

「もしもし国子」

受話器を手にした途端、須美子の甘ったるい声が聞こえて来た。その途端、国子はたね子が倒れてから次々に湧いた感情の全てが怒りに変わるのを感じた。

「一体どこに居るのよ、早く帰って来て、お母さまが倒れたのよ、そう、二時頃よ、吉岡先生も、看護婦さんもいるわ。そこどこなの？」

何やら周りが騒々しかった。

「水族館なの、先刻までジュンちゃんと鯨を見ていたの、運送屋が駄目でね、帰ろうとしたら途中でぱったりと……、とにかくすぐに帰るわ。ところで、お兄さんには？」

「定男がいま連絡に行ったわ、そろそろ戻る頃よ、すぐに帰って来てちょうだい」

国子は思わず叫んでいた。

これまで独りで対応した自分の立場からも、衝撃を受けるに違いない須美子の気持ちを察する心からも、感情を露わにせずに居られなかった。

受話器を置いて振り向くと、皆が自分の顔を見ているのに気付いた。国子の強い口調に驚いたのか。その表情に被せるように言った。

「須美子姉さんが、まもなく戻るそうです」

吉岡医師もエリザベスもやすよも、互いに顔を見合わせた。

突然、たね子が太い首を持ち上げた。

「あたし、おしっこにいかなくちゃぁ」

ごろごろと鳴るような声だった。手を出す間もなく、すでに上半身が宙に浮いている。

「動いちゃいけません。おしっこがしたかったら、ここでして下さい」

医師はたね子を抑えつけた。

「いやだよ。そんなの、ようふくがぬれちまうよ、はなしておくれよ」

恐ろしいほどの力であった。折よく戻って来た定男も加わり、合わせて五人でたね子を動かすまいとした。国子は無我夢中であった。動いたら死んでしまうかもしれない。力を出すと同時に体が火照った。たね子はもがいたあげく、元通り蒲団に横たわり、やすよが股に差し込んだバスタオルの上に排尿した。

「カンフルをやりましょう」

腕がまくられた。皮膚の弛みはまだそこまで来ていなかった。陽に焼けた肌が国子の目に沁みた。針が音もなく入った。痛さは感じないのか。しばらく何か分からないことを呟いていたが、たね子は抵抗をした表情のままおとなしくなり、やがてまた眠りはじめた。

ほっと安堵の息を洩らしたとき、エリザベスが口を切った。

「いまのお電話でねえ、きっと意識を戻してしまったんですよ」

「済みません。つい大声を出して」

「ベルもかなりの音ですね、タオルでもかけましょうか」

エリザベスは、こちらの手落ちではない、と言いたかったのだろう。大きな声を出したのは事実なので、国子は反論出来ず、風呂場からバスタオルを一枚運び、畳んでから電話機の上に掛けた。

ジュンちゃんと鯨を見ている楽しげな須美子の顔が浮かんだ。

しかしそれを真っ向うから責める資格はだれにもなかった。五姉の夏枝は十代の終わりに柚木青年からプロポーズされている。当時男友達のいなかった須美子が家にいて母の手助けをしていた。夏枝の結婚直前に、国子は定男と知り合い、帰りが遅くなった。演劇の稽古終了は遅く、定男に送ってもらうことがあった。話が尽きなくて、遠回りをして帰ることもあった。そんな夜更けは、だれよりも須美子の顔色が気になった。母は当時この姉の手を父の介護に必要としていた。

それが今は逆になってしまった。

同じような道を辿ったようでありながら、事実は水と油ほど違っていた。国子の若い日々は前後の見境のない行動の繰り返しと失敗が続いたが、それがいつか国子を鍛える役目を果たした。若さのなかに溺れることは、少なくとも国子の場合には、自然の導きであり健康の徴でもあった。それが現在の須美子の場合には、全ての行為に自暴自棄と、何かに対する恨みのようなものが感じられる。疎開児童として茨城の村立小学校に通った国子にも苦労はあったが、勤労動員女学生として、パラシュートの紐を撚る工場で働かされ、体を悪くした須美子の気持ちは計り知れない。そしてあの八月十五日があった。須美子の心は日一日と崩れていくような気がする。

定男は庭に出て、歩きながら煙草を吸っていた。エリザベスは持って来た横文字の雑誌の頁をめくり、やすよはたね子の足を布の上からさすっていた。

「先生、あまりお待たせしては」

吉岡はまだじっとたね子を見つめて坐っていた。

「いや、もう少し様子を見ましょう。構いません。私は」

力強い声で言う。

須美子は路地を駆けて来たのか、胸を波打たせて、たね子の部屋に飛び込んで来た。もう日は暮れていた。眠りこけているたね子を見て、須美子の表情は一瞬硬くなった。それからその枕もとに崩れるように坐り込んだ。

「お母さん、須美子です」

そう言って、たね子の頬に自分の頬をすり寄せた。

「苦しいの？　お母さん」

「大きな声を出さないでよ、やっと眠ったところなのよ」

「可哀相に……」

だが須美子は離れず、この危うげな病人にしなだれかかっていた。

「須美子さん、動かしてはいけませんよ」

今度は吉岡が言った。それで僅かに身を退いたが、須美子の態度は変わらなかった。

国子はそういう姉を妬ましく思った。何があっても須美子はまだ自由に振舞うことが出来る。国子を取巻いている状況は、甘く感情的な行為を許してはいなかった。出来る限り冷静になることが、たね子が倒れたとき、居合わせた国子には必要だった。

しかし須美子の顔を見ると、国子はこれまでと逆に意地悪い気持ちになった。

「先生は、お姉さんを、ずっとお待ちになっていたのよ」

「それはどうも」

須美子は頭を下げたが、お座なりの感じがした。吉岡はまたあとで来るからと言って部屋を出て行った。国子はその姿が消えるのを待って言った。

「連絡する方法がなくて、どうしようかと思ったわ」

「虫が知らせたのねえ、急に電話がしたくなったのよ」

その声は、まだ何かに酔っているように聞こえた。

「オート三輪で、ジュンちゃんと一緒に帰って来ると思った。そして引越しをしてしまうのかと」

須美子は、少し怒った顔をした。

「何を言うの、独立は彼と関係ないのよ、でもこれでは当分、引越しはお預けね」

「玄関の荷物、だれか来るまでに、何とかした方がいいわ」

「余計なお世話よ、悪いことをしているわけではなし」

須美子はそう言ったが、ものの五分も経たないうちに、荷物を二階の部屋に運びはじめた。

「お手伝いをいたしましょうか」

見兼ねたのか、やすよが須美子のところへ来た。

「じゃ、頼むわ」

やすよはどういうわけか熱心に須美子の仕事に力を貸した。須美子がこの家の主人ということになるからだろうか、しかしそういった古風さとは違う、独特の優しさがやすよの目には浮かんでいた。エリザベスはそのやすよと須美子を全く無視しているような表情で、まだ横文字の雑誌を読んでいる。

「ねえ、お姉さん」

国子は荷物を運び終えた須美子に言った。

「神父さまを呼んだ方がいいのでは」

「さあ」

須美子は答えなかった。

「お父さまのときそうしたでしょう。確か、終油の秘績を五回ぐらい受けたはずよ」

父は何度も危篤になったが、その都度持ち直していた。

「心配はないと思うけど、いつもお母さん、私たちの信仰が薄く、教会のしきたりを少しも知らない、って嘆いていたから」

須美子はやはり黙っていた。その横顔は少し歪んでいた。母が倒れたのは、この家を出ようとしている須美子にとって明らかに不運なことである。国子自身にとっても同じ不運はあるが、定男という夫がいる点ではかなりの違いがある。いや、そんなことはどうでもよい。今母にしてあげなくてはいけないことは何か。母の心の声を聞かなくてはならない。早く誰か来てもらいたい。そっと柱時計を見る。

第四章

夜の八時ごろ次姉の孝子が大きな風呂敷包みを抱えて現われた。知らせに驚き取り乱している様子はなく、むしろ落ち着いて見えた。

「どうなの？　容態は」

たね子の横に坐りながら言った。

「よく眠っていること、可愛い顔をして。この様子では時間がかかりそうね」

すぐに立ち上がって、茶の間の食卓の前に坐り直し、風呂敷包みを解きはじめた。

「須美ちゃん、国ちゃんいらっしゃい」

中には衣類や紙包みが入っていた。

「どうせ籠城だろうと思ってね、世帯道具を少し持って来たのよ、一人暮らしだからその点楽よ、でも学校とお弟子さんたちには一週間休むと断わって来たわ。はい、これはサンドイッチ、これは大阪寿司、おなか空いているでしょう、お食べなさい」

父親が長患いをした経験から、孝子はこうした騒ぎには慣れているのだった。

「看護婦さんたちには、おそばか何か頼んだらどうかしら」

孝子はてきぱきと事を運んだ。

「国ちゃん、定男さんにもどうぞ、と言って下さい」

菓子や果物も揃っていた。

「ご無沙汰しております。有難うございます」

定男は義姉の孝子に頭を下げた。

「須美ちゃん、今日は休んだの？」

孝子の声が低くなった。

「日曜だから、今日はいいの」

言葉に力がなかった。

「困ったことになったわね、このあいだ相談に来たときはしっかりやりなさいと、励ましたけれど、急にこんなことになるとは」

須美子は、姉孝子の前で、殊勝な表情になっている。

「お金は、先方に全部払ったの」

「はい、払いました」

「仕方がないわ。しばらく延期ということにして、様子を見るのね。辛いでしょうけれど」

須美子は頷いたものの、不満を露わにしていた。孝子はその顔を見て、

「でもね、あなたが引越してからお母さんが倒れなくて、良かったわ。国ちゃんと定男さんが居ても、本当の家族はあなた一人でしょう」

須美子は、目元に涙を浮かべながら言い返す。

「だからこの家を出たかったのよ、お母さんにもしものことがあったら、看護するのはだれでもないこの私だってよく分かっていたの。何年もそんなことが続いたら、私の一生はそれで終わってしまう。……怖かったのよ」

泣き声ではあったが、言葉もその主張もはっきりとしていた。孝子は黙ってしまった。須美子の身体が案じられた。国子は、

「お姉さん、二階へ行って少し休んだらどう」

と声をかけた。須美子は素直に立ち上がった。

「寝るわ、私」

「お蒲団をお敷きしましょうか」

やすよが声をかけた。

「いいの、敷いてあるから……」

消え入りそうな声でそう言った。

須美子が二階に消えた後、数分のあいだ沈黙が続いた。孝子は縁側の障子の陰で、着替えを始めていた。着て来た他所行きのスーツは丁寧にハンガーに掛けられた。そのとき、たね子が

ひときわ高く鼻を鳴らした。まるで豪傑の鼾のようであった。

「孝子姉さん、神父さまをどうしましょう。呼んだ方がいいのでは」

「今から？」

孝子は聞きかえした。

「神父さま、お父さんの危篤の時、真夜中でも来てくれたわ」

「そうねえ」

孝子は、それっきり黙った。そうだった、孝子姉さんは離婚をしていた、教会で禁じている離婚を。国子は改めてそう思う。独り暮らしになってからは、所属の本八幡の教会に行ったという話は聞いていない。

「国ちゃん、あなた電話したら？」

今度は国子が黙った。

離婚を責める気持ちはなかったが、こんな場合に話が進まない苛立たしさを感じる。喉を鳴らしながら眠っているたね子の信仰は、姉との間でも、宙に浮いてしまっている。

「お兄さんたちがもうじき来ると思うけれど」

「そう、お兄さんが来れば、色々と動くでしょうね」

突き放した口調になった。

「あの人はしたいようにするでしょう、私が何を言っても無駄」

その声は乾いていた。

二つの情景が国子の頭に浮かんだ。

一つは孝子と教会、もう一つは孝子と兄一郎である。

戦後初めて、都内の教会で〝聖体行列〟という儀式が復活したときのことである。

当時国子は、須美子と夏枝と共に、本八幡の孝子の家に預けられ、東京の学校に通っていた。戦時中、この海の町の家は人に貸していた。借家人が出るまでのあいだ、孝子の家は、東京への唯一の足場であった。老いた父は戦後一年経っても、疎開先から腰を上げずにいたが、母は一日も早く東京に戻りたい様子だった。

茨城から泊まりがけで来ていた母は、一同を先導するかたちで、夏の日の聖体行列に加わっていた。孝子はそのときすでに夫と離別していた。二階の一間にはTという作曲家が下宿していた。その朝、突然Tも行くと言い出した。Tは未信者だった。

「グレゴリオ聖歌に興味がおありだそうよ」

孝子はそんなことを言っていた。結局、六人で東京文京区の教会に出かけた。国子たちは炎天下の広場で跪いては祈り、そして歩いた。

だが孝子とTは行列に加わらなかった。

数時間、十字架を先頭にした行列は広場を回り、最後に岩屋の中に立つマリアの像の前に近付いた。そのとき国子は、孝子とTが近くの木陰でにこやかに語り合っている姿を見た。二人は国子に気付くと笑いながら手を振った。行列に参加する気配が全くないTの表情を、国子は別世界の人のように感じ取っていた。

二つめは、孝子の家に復員したての一郎が険しい形相で現われた、あの日のことである。

その日、本八幡の家の前でゴム毬を突いていた国子は、京成電車の走る方角から、足早にやって来た一郎に気付いた。長身の兄は、国子の前に立ち質問した。

「家のなかに、孝子はいるか」

「うん」

「Tさんもいるのか」

「うん」

それだけの会話だったが、国子は何かが起きると察知した。胸の動悸が激しくなっていた。玄関を開け、その場で一郎は唸るような大声を発した。

「おい、孝子出て来い、Tさんも、だ。二人共出て来い」

そこまで聞いたとき、国子は予感適中を確信した。だれかを呼ばなくてはならない。夢中で走っていた。近くに同じ学校の上級生の家があった。そこに大学生の兄がいると知っていた。裏木戸からその家に走り込み、

「お兄さんが来て、お姉さんと喧嘩するの、大変、助けて下さい」

と叫んだ。怖さに涙も流れなかった。幸い在宅していた大学生が、駆け付けて、兄の体を押えてくれた。事が治まってから、国子は周囲を見た。

孝子の目の縁は紫色に腫れ、Tの額には血が滲んでいた。部屋の隅には粉々に割れた灰皿が転がっていた。

おそらく孝子はTを愛していた。一郎はそれを案じながら、結局は怒り、咎める姿勢で、暴力をふるった。以来、国子の知る限りでは、一郎と孝子は笑顔を交わすことはなかった。それでも一郎は国子の兄であり、孝子は国子の姉であった。国子にはどちらの味方をするという気持ちも能力もなかった。あるのは怖さだけだった。人びとの態度が、どれもぎこちなく思えた。戦前の麹町の家にはあった情緒が感じられない。そしてその茨の棘のような痛みを感じる空気は、長姉の雪子にも、須美子にも夏枝にも国子にも絡みついて離れず、いつまでもこの路地の家から消えようとしない。聖歌が好きだと言っていたTは、孝子の家からいつのまにか姿を消していた。

それから約十年が経つ。

遠くに国電の走る音が聞こえた。

「早く食べなさい。皆が来るまでにおなかを一杯にしておきなさい」

再びもとの快活さに戻って、孝子はたね子によく似た口調でそう言った。

一郎が妻の則子を伴って家に入って来たとき、居合わせた人びとは少しだけ緊張した。いつもながら、眼鏡の奥の眼光が鋭く感じられる。

すでに到着していた長姉の雪子、四姉の夏枝とその夫柚木は、たね子の容体を窺いながら、国子の結婚式以来の対面を喜び合っていたところだった。孝子ばかりではなく、雪子も夏枝もこうした騒動のなかでも、程ほどに寛ぐ術を覚えていた。だれも満ち足りた生活をしているわけではなかったが、顔を合わせれば笑みを浮かべる人の好さを、たね子から受け継いでいた。

皆はお喋りを止めた。特に意味はないが、話の分からない人が来たという意味の沈黙だった。しかし一郎は笑みを浮かべて、一同の顔を見て「お」と声をかけた。妻の則子は軽く頭を下げた。長身の一郎に比べ、中背の女性であった。

「みんな、ご苦労だったな」

普通の挨拶だった。少なくとも国子にはそう思えた、だが雪子と孝子は目礼しただけで、一郎の声掛けには応えなかった。

「おお、よく眠っている」

たね子の顔を見た途端、孝子と同じことを言った。

「国子か、倒れたとき居たのは」

「そう」

「急だったのか」

父親のような口調であった。十九歳年上の一郎を、親代わりと言う人もあったが、国子はそれをほとんど認めてはいなかった。子供だった頃、

「国子はね、本当はお兄ちゃんの子供なんだよ」

と言われた。冗談と分かっていたが、悔しくて泣いたことがある。

「違う。定男が向こうの家へ行った後、洗濯をしていたの、そのときお母さん、国子、って呼んだの」

自分の声が、姉たちより甘く、子供染みているのが感じられる。

「頭が痛い、頭痛の薬をくれって、そう言ったの。それから吉岡先生を呼びに」

「倒れたのはいつなんだ」

「それが、だんだんと……」

「しっかりしなさいよ、どうしたの」

そう言う孝子の声がきつく感じられる。

「でも、本当に少しずつだったのよ、それにお母さんったら、吉岡先生に、これは脳溢血ですか、なんて聞いたりしたのよ」

見ていた者でなければ分からない、国子はそう言いたかった。卒中というものは、必ずしもぱったり倒れるものではなかったのだ。国子が婚家の事情から引越してきて、あの瞬間この家に居たこと自体、巡り合わせにしても不思議なことであった。その場にいなかった人に何が分

かる。国子はそう言いたかった。たね子がむっくりと起き上がり、トイレに行くと言ったことなど、話したとしても誰も信じないだろう。

「そのとき須美子はどこに居たんだ」

「さあ、何か用事があったらしいのよ」

兄に告げ口をするわけにはいかなかった。そのときエリザベスの口が動いた。

「あの、私エリザベスと申します。須美子さまは、夕方お電話があって、それからお帰りになりました」

「そうだったのか」

不意のエリザベスの発言に、国子は不快になり、

「もうじき須美子姉さん起きて来るから、本人に聞けばいいじゃないの」

と言った。

そして二人の義兄と定男の様子を窺う。雪子の二度目の夫の堀江も、夏枝の夫の柚木も、そして定男も全く所在ないといったふうに、新聞やら週刊誌やらに目をやっていた。義兄たちの気持ちは推し量ることが難しい。国子の判断力は停止する。父親が危篤になったときに比べ、義兄たちの集まりがよい。それに定男も加わっている。たね子の病状に関する関心は浅くないのだろうが、右にも左にも付かないさり気ない表情をしている。それぞれ自分の家の問題を抱えている様子もある。やはりこのたね子という存在はこの娘婿たちにとっても小さくはなかっ

たのだろう。

「これ、召し上がって下さい」

一郎の妻の則子がおにぎりの入った箱をさし出した。手製らしく隅に入れた沢庵の色がところどころ染みていた。控え目で、先刻の孝子と全く対照的であった。

十時近く、吉岡医師が再び現われた。さっぱりとした白いワンピースに着替えていた。

「先生、御苦労さまです」

一郎が長い体を折り曲げて頭を下げる。

「リンゲルを打ちましょう」

病状を簡単に話したあと、医師は処置を開始した。たね子の両腿に太い針が刺される。ゴム管を伝わって水液が入っていくが、たね子は相変わらず眠っている。

「明日の昼ごろまでには、目を覚ますと思いますよ」

それ以上は語らない。黙ってしまうとその表情からは何も読めない。時折、笑みを浮かべるだけだ。

吉岡ゆきが帰ると、一郎が、

「須美子をそろそろ起こそうじゃないか」

と待ちかねていたように言った。

「皆に相談があるんだ」

一同の表情が揺れ動く。国子が二階に呼びに行く。須美子は眠ってはいず、床のなかで目を開けていた。

「あの、呼んでいるんだけど」

「お兄さんでしょ」

すぐに答えた。国子との五歳の差が大きく思われる。一郎と同居していたとき、すでに娘になっていた須美子である。

「国子や夏枝に、この気持ちは分からない、この家はお父さんの家だったのよ」

ふた言めには、〝父の家〟という言葉が出る。その点、雪子や孝子と同じなのだが、須美子の場合は、夏枝、国子からも離れた、その境目に存在しているように思われる。

起き上がると須美子の顔から血の気が引いた。ひどく疲労しているようであった。普段のギャザースカートから出ている足も細く、殆ど艶というものがない。

「だれもかれも、私を馬鹿にしている」

そう呟く。だがすぐに、縋るような眼差しを国子に与え、

「ジュンちゃん、一緒に家へ来てくれって頼んだのに、どうしても嫌だって」

と訴えるのだ。国子にはどういうわけかその失望を隠そうとしない。

国子はその話には乗らず、

「早く階下へ行きましょう」

と言った。

須美子が一同のなかに加わると、一郎は紙入れを広げながらその場の人々を見回した。

「とりあえずの金を持って来たんだが」

四姉の夏枝が雪子に見せていた子供の写真を慌ててしまい込んだ。須美子がその夏枝と国子のあいだに坐った。夏枝は、だるそうに首を横に曲げる姉の須美子に目をやる。国子と同時代に育った夏枝は六年も前に嫁いでいるので、最近の須美子の変化というものを知らない。いつもきちんと髪をとかし、よくアイロンのきいた衣服に身を包んでいた須美子を、そのまま記憶に残していれば、不思議な気持ちになるのは当然だろう。国子を見て、何だか、可笑しな空気、と言いたげである。よく二人は須美子の目を盗んで外出し、帰りには怯えながら、家の門に手をかけたものである。その頃の須美子には、二人が恐れるに値する、姉の貫録があった。

「とにかく相談だ、一週間がヤマだという話だ」

だれも答えようとはしない。兄は乱れ髪で、ちゃぶ台に肘をつく須美子を一目見て、すぐに目を逸らした。

「一つ交代でやってくれないか」

一郎はそれぞれの顔を見ながら言う。須美子の表情が強張る。右手でスカートの端をつまみ、親指で強くこすっている。その手が止まったとき、高い声が出た。

「私はこれ以上嫌よ、もう何も出来ないわ」

義兄たちも定男も驚いた顔を見せている。

「おまえだけに言うのではない、皆に意見を聞こうとしている」

「だって……、他にこの家の人は居ないでしょう。皆、自分の家の仕事がある。それで、この私に押し付けようとしているのでしょう。」

「そんなこと思ってない」

「違うわよ。須美ちゃん」

一郎と孝子は否定するが、須美子がそう思うのも無理ではないのだ。皆は仕事、家庭という、正当な理由を持っている。できない、と言っても許される資格や条件を持っている。その点須美子は無力なのだ。夏枝が信じられないと言った顔をする。雪子は遠慮がちに二度目の夫の表情を窺う。則子は先程から同じ姿勢で、一郎の傍らに座している。

「私が、いたしましょう」

それまで黙っていた孝子が、不敵に見える微笑みを浮かべて言った。

「やってくれるか」

「やらせてください」

一郎は少し面映ゆい顔をする。

「ええ、いいわ、お金の管理ぐらいやりましょう」

孝子は一瞬誇らしげになった。

「やはりそれはまずい、皆の食事の支度やら、病人に必要なものを揃えるやら、色々あるだろう。平等にやるために、順番を決めて当番制にするのが一番じゃないのか」

「そうしましょうか」

長姉の雪子が賛同する。

「そうですね」

則子が夫を助けるように同意をした。

疲れたせいもあるのか、皆は何となく一郎と則子の意見に同意してしまう。

「それならそれでいいですよ」

孝子も強いてそれを押し切ろうとはしない。

一郎も他の人びともそうと決まると安堵の様子を見せる。須美子は話が聞こえているのかいないのか、在らぬ方向に目をやっている。

「それじゃ、あとは女同士で決めてくれないか、おれは少し横になる」

何枚かの札を投げ出して、部屋を出た。そして階段を上がる。須美子の部屋に行くのだ。以前は一郎と則子の部屋であったから、だれも不自然に思わない。須美子が微かに眉を潜めただけだ。

足音が聞こえなくなるまで、一同は投げ出された札を眺めていた。

たね子の苦しげな呼吸が、隣室から流れて来る。だがこの部屋の人たちの吐く息も心なしか苦しそうに聞こえる。柚木と定男は縁先で詰将棋をはじめる。堀江は座蒲団を枕に横になる。国子の目には何故かその三人が悠々としたものに見える。何事にも決断力の強さを感じさせる一郎だが、話が決まった後は妙に空しい気持ちが残る。良いにつけ悪いにつけ、一郎の動きは国子の感情を揺さぶる。それに比べるといま目の前にいる婿三人は別の人間に思える。自由に眺められる。夫である定男ですらそうなのだ。

一郎が置いた金はちょうど三万円あった。とりあえず一週間から十日、十人もの人数が食べていかれる。商売人の一郎はこんなときにも、適切な金額というものを忘れない。

「確かだわね、お兄さんらしいわ」

孝子が皮肉な笑みを浮かべる。相談しろと言われても、人びとはこれからこの金額を頭に置いて動かなくてはならない。だが孝子の他はだれも何も言わなかった。

「じゃ、順番を決めましょうか、専用の帳面をつくって、直接お金を払った人が、それに記入すれば良いと思うわ」

金は古いノートと鉛筆と一緒に、あり合わせの桐の箱に入れられた。そして部屋の隅の小抽出しの上に置かれた。夜はすっかり更けていた。これからはこの桐の箱が、この家の主人、ということになるのだろうか。国子はそんなことを考えた。

三時間ほどしか眠らなかったが、いつもの通りに目覚めた。定男は寝る前に、

「明日は遅刻出来ない」

と言っていた。

頭を横に振って、眠気を払いながら階下へ降りた。台所では早くもエリザベスとやすよがせわしげに動いていた。二人の白衣がまだ開ききっていない国子の目に沁みた。お早う、と言おうとしたが、そのとき国子はガス台が三つとも塞がっているのに気付き、狼狽えた。

「お早うございます」

二人は丁寧に頭を下げた。だが台所はすでに白衣の二人に専有されていた。

「済みませんが」

国子は言う。

「ガス台を一つ空けてもらえないかしら、時間がないの」

「まあ国子さま、御飯をおたきになるので」

エリザベスが大げさに驚きの身振りをした。渋々ガス台から下ろした鍋のなかは牛乳が湯気を立てていた。国子は一瞬、たね子が目を覚ましたのかと思った。

「お母さんの？」

「いいえ私のです。朝は私、パンを」

平然と言い切った。昨夜の皆の相談が聞こえていなかったはずがない。今日の一同の食事は

当番の孝子がこれから作るのだ。国子はそう伝えた。

「そうでございますか」

エリザベスは無表情にそう言った。やすよの方は黙って台所の床を雑巾で拭いている。そのときエリザベスが話題を変えた。

「洗濯機に入っていたもの、国子さまのでございましょう。私今しがた干しておきました」

「あ、そう言えば」

昨日、洗濯の途中でたね子に呼ばれて以来、国子は洗濯物のことを、全く忘れていた。そのまま一晩水に浸かっていたのだろう。不注意と言えば言えるが、仕方のないことだった。しかし国子は「有難う」と礼を言った。そうしなくてはこれからの秩序が案じられる。エリザベスはそれから、温かい牛乳を飲みはじめた。

定男はまだ、客たちが動き出さぬうちに、台所で軽く食事をとって出掛けていった。一郎と則子は二階の須美子の部屋に、その隣の部屋に夏枝夫婦がそして雪子夫婦は階下の茶の間に、孝子はたね子に寄り添い、看護の人たちも一緒に、それぞれごろ寝をしていた。

定男を送り出して二階に上がると、夏枝が床の上で目を開けていた。

「定男さん、行ったの」

「うん」

国子は南側の雨戸を一枚だけ開けた。夏枝の頬が妙に白く光って見えた。

「柚木は行かないわ。今日一日公休を取ると」

勤め先は東京霞ヶ関である。柚木はまだ眠っていた。国子は鏡台の前に坐り、僅かな光線をたよりに髪にブラシを入れはじめた。

「この部屋へ引越して来てどのくらいになる？」

「約二ヶ月よ」

「私その話を聞いたとき、心から羨ましいと思ったのよ」

咎めているようではなく、夏枝の口調は穏やかだった。

「何と言っても、夫婦は二人で暮らすのが一番よ」

じっと天井を見詰め、小さく溜息をつく寝姿には、哀愁が漂う。

「……おかしいのよ、偶然でしょうけど私、昨日の午後、柚木の母と喧嘩をしてしまったの。つまらないことからなのだけど、私どうにも気持ちを処理できなくなって、子供を連れてしばらくこの家に帰ろうと、荷物をまとめはじめたの。そうしたら、お母さんが倒れたって電話があったの」

声は低かったが、それには国子よりも須美子よりも深い、たね子への慕心が感じられた。もう何年も小さな家に舅姑と同居しているのだ。何かの拍子に我慢のバランスが崩れ、ひたすら実の母親を想うのだろう。結婚の先輩の心情が、国子の胸に伝わって来る。国子は、これまでも年齢的に一番近い夏枝の言動に心を動かされて来た。

今朝もまた同じであった。

「私ね、結婚するとき、というより長男の定男を選んだとき、お姉さんにもできたんだからという思いがあったの、影響されていたのね」

「そうは見えなかったけれど」

夏枝は起き上がって枕を胸に抱え、続ける。

「一つだけ言えるわ。戦争でご主人を亡くした人が沢山いたでしょう。だから」

「だから？」

「少なくとも、愛し合える人に出会えただけでも、私たち幸運だった、ということになる」

「確かに」

「その意味で、私たちは何かを本当に選ぶという才能がないの。それも結婚の現実を充分に考慮して」

「そう言われると、そんな気がする」

「出会った人が、とても大切に思えるの」

「そう、その通り」

国子は、同感する。

「私たち、結婚相手を選ぶ教育を、お母さんから一度でも受けたのかしら」

そう言って首を傾げる夏枝である。国子は考える。子供の頃、母から、

「日曜のミサに授かりなさい。土曜日の公教要理を聞きに行きなさい」と言われたものの、世俗的な知恵を伝授されることはなかった。

「世の荒波を泳ぐ術を知らない」

「人事を尽くして、天命を待つ、ということわざがあるわ」

国子の言葉に夏枝はそう返し、苦笑する。何よりも先に祈りがあったということか。何を言っても、父親はすでにこの世の人ではなく、母親は今また眠り続けている。もはや全てが自分の責任になってしまっている。

「いまのオスミが、その代表」

「そう、オスミは世間知らず」

二人は他にだれも居ないとき、姉の須美子をオスミと呼んでいた。

「変わったとは聞いていたけれど、これ程とは」

「そのうち、もっと分かることがあるわよ」

国子はそう言った。そのとき、隣に寝ている柚木の体が微かに動いたので、二人は肩をすくめた。

「そろそろ起きてください」

話を意図的に変える。

「雨戸全部開けてもいいわよ」

起き上がりながら夏枝は言う。

残りの雨戸をゆっくりと引き、朝の光を部屋いっぱいに入れると、まるでそれが合図であったかのように、柚木が静かに目を開いた。


皆が起きて動きはじめても、依然としてたね子は眠りのなかにいた。皮膚の弛みは一層ひどくなっていた。寝巻に着替えさせることは出来ず、白いブラウスと紺のスカートは汗に汚れたまま体に張りつき、洩らした尿の匂いと一緒になって、病人特有の臭気を漂わせていた。便通はまだ一度もなかった。ガスが溜まっているのかおなかが時折鳴った。顔色は血圧のせいか割合よく、頬と鼻のあたまがうっすらと赤かった。熱は八度近くまで上がっていた。

すでに病室となった部屋のなかも台所と同じように以前の姿がなかった。たね子の臭気に加えて、嗅ぎ慣れないエリザベスとやすよの匂いが、漂っていた。エリザベスは何か香料を使っているらしかった。部屋の隅に置かれた黒い鞄からは、タオルがはみ出していた。いつもねずみ色のソックスを履いていた。壁にかかっている、昨日までたね子が着ていたよろけ縞の浴衣が、その真中でかすかに揺れているのが、不思議に思えるほどの変わりようであった。

九時前、孝子の作った朝食が出来たので、一同は茶の間に集まった。男は一郎と柚木だけで、堀江もやはり先刻出勤したとのことだった。一郎はだれが作ったとも知らず、しじみの味噌汁を「うまいな」と言いながら啜った。ものを食べているときの一郎は、屈託なく見えた。孝子は箸をとらずに御飯をよそっていた。血の繫がりがあるとは言え、共通の話題はたね子の病状以外になく、一同はほぼ無言でちゃぶ台を囲んでいた。しかしそれよりも、普断この時間には起きていない須美子が、その場に加わっているのが、国子には一番可笑しなことであるように思えた。

その朝食が大分進んだとき、先刻から黙っていた則子が、急に思い出したように顔を上げた。

「そうそう、十時に神父さまがいらっしゃるのです。早く片付けましょう」

国子は思わず夏枝と顔を見合わせた。安堵したと同時に、落ち着かない気持ちになった。

「電話をしたのか」

「はい、少し前に」

一郎は分かり切ったことのように、二度頷いた。洗礼を受けている則子もそれに相槌を打つ。国子にはそれが事務的な話に聞こえる。孝子や須美子のように腹立ちも覚えない。昏睡状態のたね子には、こういう人間が必要なのかもしれない、と思うだけだ。

「家から私、祈禱本とかぶりものを持って来てあります」

則子は付け加える。須美子が一切を無視するように、茶を飲んでいる。孝子は無関心を装い、雪子は慌てて煙草に火をつける。だがだれも何も言わない。それが母親孝行であるということに、間違いがないからだ。

則子は庭に出て菊の花を三、四本切った。香台に供えるためである。その体が花の陰に揺れて美しく見える。一郎の側を離れると、則子にはまた別の風情が現われてくる。淡々としているだけに、いつか国子の胸にもその女性的な素直さが伝わって来る。この義姉も、結婚した一人の女性である、という思いが湧く。だがそこに男性の一郎が加わると、則子の姿も違ったかたちに見えてくる。

十時数分前に、このK市内の教会から、主任神父ウイルソン師が現われた。鴨居に頭がつかえるほどの長身だが、穏やかな表情の神父である。人びとのあいだに交じって、国子は隠れるようにしていたが、アイルランド生まれのウイルソン神父の青い目は、その姿を見付ける。

「おお、国子さん、お母さんの具合はどうですか」

日本語が上手く、信者の顔と名前をすぐに憶える、その優れた能力は日本に派遣されている外国人神父の共通点のようである。たね子は以前その特徴を、

「そりゃそうさ、神父さまはただのお人ではない。天主さまに選ばれた人なんだ」

と言っていた。確かに相手に通じる言葉や笑顔は、布教には欠かせない条件である。国子と定男の結婚式を挙げたこの神父は、おそらく永久に国子の顔を忘れないだろう。

たね子の寝床に案内すると、神父は静かに座蒲団に坐り、愛おしそうにその眠りのなかに居る顔を見詰めた。気のせいか、眠っているたね子の顔には神への信頼感が溢れているように感

じられる。

神父は腰ほどまでの短い白衣をまとい、その上に紫のストラをかける。美しい刺繍をした長い布が神父の顔をひきしめる。十字を切り、それから持って来た十字架をたね子の唇に近付け接吻させる。聖水を振りかける。

「お祈りを」

先に立って祈りを口ずさむ。則子と夏枝と国子が小声ながらそれに続く。あとは殆ど無言である。最後に神父は聖油を右手の拇指《おやゆび》につけ、たね子の目からはじめて、耳、鼻、口、手足の順にそれを塗る。

「犯したすべての罪を赦し給えかし。アーメン」

罪を犯したであろう五体を浄めるのである。

ふと気が付くと夏枝が涙を拭っている。則子も目を瞬いているようだ。国子自身はと言えば、安堵はしたものの、こうなるまでの人々の言動を考えると、複雑な思いになり、それに耐えているせいか、涙腺が硬くなってしまってぃる。一郎の表情、離婚の傷の癒えない雪子と孝子の心、未婚の須美子の不満と悲しみ。それらに効く特効薬というものはどこにも存在しないのだろうか。

秘蹟を授け終えると、神父は茶も飲まずに立ち去っていく。だが帰りぎわに、

「須美子さんと国子さん、教会へ来なくてはいけませんよ」

と言うことは忘れない。

たね子は秘跡を受けたことに気付いた様子がなかった。

昼頃吉岡医師がやって来ると、再び瀉血とリンゲルである。瞳孔の反応も思わしくないのか、電灯を何度も動かす。

「回復の見込みがあるでしょうか」

雪子がか細い声で尋ねる。医師は確答をしない。

「とにかく意識を戻してもらわなくちゃ」

今度は孝子である。神父の前では何一つ話さなかったが、別人のようである。

エリザベスが汚物の処理に洗面所に立つと、二人は医師を囲んで声を潜める。

「あの二世の看護婦さん、腕は確かでしょうか」

「何だか気味が悪くて」

医師は二人の顔を代わる代わる見ながら答える。

「大丈夫ですよ、一寸変わっているだけですから」

「そうでしょうか」

雪子は納得出来ないように目を光らせる。雪子も孝子に劣らず猜疑心が強い。性格は孝子ほど激しくはないが、ふとしたときに二人は同じような方向に動く。まるで国子が夏枝に足並を揃えるように、同じ年代の匂いを感じさせるのだ。

吉岡医師は当惑の色を浮かべた。はじめて感情を表わしたように思えた。それぞれが色々なことを尋ねる。おそらくだれに説明するのが一番良いのか分からなくなってしまうのだろう。この家には主人と言える者がいないのだ。脈を取っているあいだも家のなかには物音が絶えない。テレビはいつのまにか二階の須美子の部屋に運ばれている。野球の中継放送が聞こえて来る。一郎と柚木が見ているのに違いない。連絡に行けば下りて来るのだろうが、敢えてそれをする者もいない。終油の秘蹟が終わってほっとした気持ちが、皆の態度に現われているのだ。医師は妙な顔をして帰っていく。

昼過ぎ、雪子と孝子は食糧の買い出しに行った。涼しい日で、二人はカーディガンを羽織っていった。家のなかも空気が冷たくもう汗は出て来ない。だがたね子だけは相変わらず、体中から汗の粒をふき出している。

入れ違いに一郎と柚木が二階から下りて来る。

「腹が減ったたな」

「雪子さんと孝子さんが、お使いに行っています。もう少しお待ちになって」

則子が言う。だがやがて男たちは空腹に我慢が出来なくなる。

「ラーメンでいいよ、注文してくれ」

「駄目じゃないの、お兄さん、決めたこと守らなくては」

「いいよ、おれが払う。電話しろ」

こうして一日目から秩序が乱れていく。

父の多助が危篤になるたびに、たね子に見舞客にかかる経費を訴えられた一郎である。その経験から昨夜のようなことを言い出したのだが。

「皆の分も頼めよ」

照れくさいのか一郎はそう言う。

食べ終わったときに帰って来た雪子と孝子は、それを見て当然腹を立てる。

「ライスカレーを作ろうと思ったのに」

二人だけではそれもできず、仕方なくラーメンを追加する。

それから皆は気まずさを振り払おうとするかのように、せわしげに動き出す。汚物を洗濯するもの、氷を砕くもの、あちこちを片付けはじめるもの、自宅に電話連絡をするもの、国子は仕方なく蠅たたきを手にして、腰の抜けた秋の蠅を追う。


ふと気が付くと須美子の姿が見えなくなっていた。国子は不安に襲われた。

辺りの様子を窺った。気付いた気配のある者はいなかった。国子は何気ない態度で茶の間を抜け、そっと二階へ上がった。

部屋にいるに違いないと思った。おそらく化粧をはじめているのだろう。この騒ぎを良いことに、こっそりと酒場へ出勤しようとしているのだろう。入口のあたりに須美子の使う香水の匂いが漂よっていた。化粧台の引出しを締める音がする。廊下から障子をそっと開いた。

「行くの？」

須美子が微かに肩を動かして振り向く。眉が書きかけだった。

「うん」

頷いて眉をまた書き続ける。大きく肌を脱いだ肩が白い。

「今夜ぐらい休めばいいのに」

須美子が絶対に怯まない、と思いながらもそう言った。

「勤めたばかりですものね」

心はすでにこの家から離れているようであった。

「家を出るとき、お兄さんに見付かるわ」

しかし須美子は分かっているとばかりに頷いて、

「裏口から出るわ。靴も持ってきてあるの」

と傍らを指差す。

「あとのことは私、知らないわよ」

そう言いながら、国子は早くも須美子の心を認めている。

「何も言わないでいいわ、夜もそっと帰って来るから」

うなじから頬にかけて、うっすらと上気しているようだ。紅を筆で克明に塗る。八重歯が紅のあいだから覗いて光る。それからコロンを腋の下や首筋にすり込む。

化粧を終えると、コルセットをおもむろにつけ、薄いピンクのタイトの服を足から上に持ち上げる。

「ジッパーはめてくれない？」

撫で肩の背中を突き出す。むせかえるほど甘ずっぱい匂いがする。ジッパーを上げると胴の長さが目立つ。

「お姉さん、やっぱり着物の方がいいわ」

「毎日着ていくだけ数がないから、ときどき洋服でごまかさないと」

だが国子はやはり、須美子の着物姿の美しさに見取れていたい気がする。踊りの師匠も止め、和服も着なくなる。思わずため息が洩れる。

「もう行くわ」

国子は階下の様子を窺う。頼まれもしないのに、いつのまにか国子は須美子を庇っている。自分のことのように強い動悸が起きる。しかし須美子はそんなことに気付かない。静かに裏口から姿を消して行く。

須美子がいなくなると、後方の山が急に大きくなったように思える。緑が溢れていた山はすでに、赤や黄に変色している。無事に帰って来るかしら、国子はぼんやりとそんなことを考えて、いつまでも山の背を見る。

夕方五時過ぎ、たね子は何の前触れもなく、目を開いた。約三十時間眠っていたのだ。瞳が妙に大きくなっていた。一日のあいだに肉がすっかり落ちてしまったからだろう。たね子は先ず、あたりの様子を綿密に確かめるかのように、目の玉を左右上下に動かした。まるで初めて人間の世界に入って来た者のような、用心深い態度だった。やすよが急いで吉岡医師を呼びに行った。二人は駆け足で家に入って来た。

「おめめを、さましましたか」

幼児に声をかけるように言った。たね子はしばらくゆきの顔を眺めていた。記憶を手繰っている様子であった。やがてなつかしそうに歯を見せて笑った。その丈夫だった歯もいつもより大きく感じられた。まわりに集まっていた人びとは、思わず歓声を上げた。そのとき突然妙な声が皆の耳に入った。

「ミンナ、ナニシテルノサ」

からすが鳴いているようであった。たね子が喋ったのに違いなかった。表情はと言えば、無遠慮に人を喰ったようでもあった。歓声を上げた人びとは呆然として目覚めた病人に注目した。

再び同じ声が聞こえた。

「ナンダネ、コノヨノナカ、イソガシイトキニ、オオゼイアツマリ、ハナシテイル。アタシ、ミンナ、キイテイタヨ」

右に弛んだ口もとから、薄笑いが浮かんでいた。人びとは驚いたと同時に、奇妙な気持ちになった。それにしても、この妙な声はどこから出て来るのだろう。たね子の声は男のように太く、しわがれたものであったのに。一日のうちにどうしてこんなに変わってしまったのだろう。それを認めるのにかなりの時間がかかった。やがて人々は最初小さく、そのうちかなりの声で笑いはじめた。

最後に吉岡医師が豪快に体をゆすって笑った。

「こりゃ、おもしろい病人だねえ、私の経験では初めてですよ」

一同を代表するかのように、たね子にその顔を近付けて言った。

「おばあちゃん、気分はどう？」

たね子はすぐには答えず、医師の顔をしげしげと眺めた。それから、また声を出した。

「アンタハ、ヨイ医者ダ」

「有難うございます」

「コレデ大ザケ　ノマナキャ、モウシブン　ナインダガ」

途切れがちであったが、意味ははっきりと分かった。医師そして友人の吉岡ゆきは苦笑していた。

しかし怯まず、

「気分はいいですか？」

とさらに聞いた。するとたね子ははじめて素直に頷いた。

「一種の興奮状態ですね、面白がって、あまり喋らせないように」

医者の口調に戻って、一同に申し渡した。

吉岡の言う通り、たね子は何かに酔い痴れているようだった。記憶はかなりしっかりしていたが、相手を傷つけまいとする配慮は全く失われてしまっていた。言葉の重みを、国子は改めて感じていた。

「だんだんと声も元通りになるでしょう。これも極度の興奮のせいですね」

たね子はまだ目を動かし、周囲を見回していた。

「おばあちゃん、動かない方がいいですよ、さあ、おねんねして」

一同にも退室するように目配せした。だがたね子は何かを探し求めるようにいつまでもそうしている。一人二人と足音をしのばせて部屋を出て行く。馴染みの顔は記憶を刺激するのだろう。そのときたね子は大きな発見をしたように目を光らせた。

「ヤッパリ、スミコガイナイ」

その声はひときわ高く響いた。国子は思わず逃げ腰になった。恐ろしさも感じていた。今までだれも気付きはしなかったのだ。昏睡から覚めたばかりのたね子に何故分かってしまったのだろう。

人びとはたね子に言われて、はじめて須美子の不在を知った。家のなかを探したが、もちろろん姿はなかった。殆どの者は須美子が酒場へ出勤したと察したが、一郎の手前、そのことを口にするものはなかった。

「それでは、私はこれで」

医師が立ち上がった。

孝子が空々しい声で言った。

「須美ちゃん、買い物にでも行ったんでしょう」

相槌を打つものはいなかった。

第五章

十月になった。定男が運んでくるミルク色の食器は、中皿と小皿が増え、さらにソーサー付きのコーヒーカップが増えた。

「ミルク容れと砂糖壺もあるわ」

国子はそう言って喜んだ。来月はスープ皿に、卵立てが付く、と予告されている。

次姉の孝子はその様子を見て、

「小市民的な」

と呟き、兄一郎は、

「おれにツケが回ってこなきゃいいさ」

と知らん顔をした。長姉の雪子は、月賦の食器には目もくれず、

「私は国子を背負って子守をしたのよ、お母さんに花嫁修業と言われて」

と繰り返す。さらに、

「外で寝かし付けて、眠ったと思って門を開けると、その音でまた泣き出す。目敏くて嫌な子

供だったわ」

と付け加える。

現在でも目は瞑っていても、夜中の物音をすぐに捉える傾向がある。

明け方になると、夢とも現実とも思える人々の顔が脳裏を掠め、目を覚ましてしまうのだった。夜中に須美子の帰宅音を聞いたばかり、と思えるほどの浅い眠りだった。隣で熟睡している定男を起こすわけにもいかず、古い家の天井板の木目をなぞるように眺めるばかりだった。たね子がまがりなりにも意識をとり戻すと、ひと先ず安心して家に帰る者もあったが、残っている人たちは、それぞれ好きなように動き、言いたいことを口にしているのだった。

須美子は午後三時ごろから化粧をはじめ、四時には家を出るのだった。一週間後、たね子は薄いお粥なら飲めるようになり、峠を越したかのように思えたが、命取りになるという二度目の発作がいつ訪れるか分からない不安は消えなかった。エリザベスとやすよは殆ど付きっきりであったが、他の人びとは交代で家に戻った。それぞれ何らかのかたちで自分の暮らしを犠牲にしていた。

だが須美子だけは、その人びとのなかに加わらず、一日も休まず酒場に通った。裏口からそっと出ることはもうしなかったが、我を通すことは止めなかった。知らされないのは一郎ばかりで、あとは全て須美子の行動を黙認し、消極的にそれを庇った。いつのまにかそうさせられているとも言えた。ことが面倒になるのを恐れ、一郎に事実を告げる者はいなかった。一郎は仕事の都合上、よく東京に足を運んだが、週四日ほどは、電車で多摩川を越え、たね子の顔を見に来た。大股で歩き不意に現われ、一時間もするとまたその足で消えた。人びとは須美子が外出の支度をはじめると一郎の足音を気にした。だれか一人が不安な表情になると、周囲の者がすぐに感染した。須美子が出掛けるより前に一郎が帰った日などは人びとの顔が明るく思えるほどだった。


ある日の夕方、いつものように一郎が現われた。須美子はすでに出勤し、たね子の側に居合わせたのは、孝子と国子だけであった。

「今日は二人だけか」

「ええ」

雪子は末娘の万里の発熱で、昨夜家に帰っていた。堀江とのあいだには子供がなく、雪子は先夫のところに残して来た三人の子供のうち、万里を引き取り、共に暮らしていた。夏枝の方は今朝、大手化粧品会社の美容部員の試験を受けに行っていた。新聞広告を見て秘かに応募したのだという。その通知を何も知らずに受け取った夏枝の姑が、昨夜電話で知らせてきた。

「分かりました。まだ決めてはいませんが……」

夏枝は、電話口で躊躇いを見せていた。自分を縛りつける環境から逃れようとしても、いざとなると周囲の顔が心に引っかかって来るらしい。そのときたね子が床の上から声をかけた。

「イイカラ、行ッテキナサイ」

一郎は驚いて振り返った。

「ワカイウチ、ダケサ」

その言葉に、夏枝は深く頷いていた。

一郎は微笑みながらたね子に近付いた。たね子はもの珍しげな表情をした。倒れてからの記憶はまだ曖昧のようだった。毎日見舞いに来る人にも、日を置いて来る人にも、

「メズラシイヒトガ、キタネ」

と言う。一郎はそんなたね子が面白いのか、来るたびに、

「しばらくでした」

と頭を下げる。

「相変わらず、美人だね」

などと冷やかしもする。たね子は照れもせず、

「ソウサ」

と答える。むしろ一郎の方が顔を赤らめて、たね子の垂れた頬や乳房を突く。

「コドモダネ、イツマデ　タッテモ」

少しずつ元の声が出るようになっている。

しかし一郎のその仕草から感じられる若い母と幼い息子は、国子が生まれる以前の遠い昔の

親子だ。国子は、母と一人息子の関係に、まだ理解の届いていない自分の未熟さを歯痒く感じる。太平洋戦争の影がまだ濃くなかった頃の日本。女性は嫁いでそして跡取りとなる男子を生まなくてはならない、という役割が強いられていたと思う。男子は、未来の打出の小槌のように大切に育てられる。両親は厳しさのなかにも、一郎を特別扱いし、時には甘やかしてきたのかもしれない。長じてからの兄一郎を見ていると、若い頃の母の夢が感じられる。

娘時代の国子の目で見た、たね子と一郎の関係には、もう甘さの影は残っていなかった。東京の兄の家とK市の路地の家に、経済的な格差が生じていたのである。

「一郎のところはテレビを買ったそうだ。テレビ放送には、歌舞伎の中継もあるらしい」

茶の間のラジオに耳を傾けながら、たね子はそう言っていた。歌舞伎座に行かれなくなっていた母は、その中継を観たいと思っていたようだ。一年ほど遅れて、次姉の孝子がテレビを贈ってくれたときは、大喜びをし、寝床から見える場所にそれを設置した。だが兄が来たら、それをどう説明するのか。末娘の国子も少なからず頭を悩ますことになる。もちろん父が長いこと思っていたせいもある。お互いに家財道具が一つ増えたことにさえ、弁解めいたことを言わなくてはならなかった十年余の窮乏生活。その苦々しさをおし隠すためにも、冗談が必要になって来るのかもしれない。と言っても一郎の笑みは、もちろん作られたものではあるまい。その関係が順調でなかっただけに、病んでいる母の前で、過去の感情が呼び戻されるのかもしれない。横鬢に白いものが混じりはじめている中年の一郎の顔から想像出来るのは、その範囲だけだ。

「サムイ」

とたね子が言う。国子はブラウスの上にかけてある浴衣の上に、さらにタオルをかけた。まだ吉岡医師から、着替えをさせてよいという許可がおりていないのだ。疲れたのか、たね子は目を瞑りかけていた。

「まだ安心は出来ないな」

茶の間に移ると一郎はそう呟く。国子は茶を入れる。一郎はそれを一息に飲みほす。孝子は隅の方で算盤を弾いている。たね子の側から離れると、一郎から一気に甘さが消える。一服すると立ち上がって部屋のなかを歩き廻り、隅々を食い入るように眺める。

「この家も相当傷んでいるなあ」

商売人としての声になる。孝子が微かに眉をよせたのが分かる。一郎の頭のなかには、何が浮かんでいるのか。

酒場に居る須美子のことが国子には気にかかる。家の件は須美子にも関わってくるのだ。この家も地所も、まだ父春川多助の名義になっている。しかし固定資産税その他の金は一郎が支払っている。以前にたね子の名義に書き替えようかという話も出たが、いつのまにか立ち消えになった。前後して、この家は体の弱い須美子に、という話も出た。須美子の将来を案じるたね子がその話に一番熱意を示した。

「一度お兄さんに、頼みに行ったら」

だが須美子は首を横に振った。

「お兄さん、私の顔を見るなり、縁談の話ばかりするの」

「いやな話なら断わればいいだろう」

「できないわ、お兄さんの前へ行くと、魔法にかかったように体が縮こまるの」

結局、名義書き替えは実現しなかった。

「須美子はどこへ行ったのか」

ふと気が付いたように一郎が言った。

「さあ」

国子は知らぬ顔で首をかしげた。しかし問いつめられれば白状せねばならない。それっきり一郎は何も言わなかった。そして食事もせずに帰って行く。ほっとしたような、失望したような妙な思いが国子の心に残される。


「どうだった、試験」

「うん、書くだけは書いて来た」

「難しかった？」

「それほどでも」

「きっと大丈夫よ」

「そうかしら」

夜八時頃帰って来た夏枝は浮かない顔をしていた。国子の部屋に入って来て、黙って坐るかと思うと、急に立ち上がって窓から裏の山を眺めたりする。月明りに窪んだ目の縁が照らされている。きょうだいのなかで夏枝だけが二重まぶたで、派手な顔立ちである。

舞台に立つとその顔はよく映えた。国子が中学二年のとき、夏枝はたね子にも一郎にも無断で少女歌劇団の試験を受け、そして採用された。音楽に合わせて花笠を廻す和服姿も、青いライトの下でワルツを踊るドレス姿も、妹の国子の胸を躍らせるには充分であった。

ところが一年目の進級の春、夏枝は歌劇団から不可を宣告された。理由は、音感がひどく悪い、ということだった。失望した夏枝は翌日床に臥していた。たね子は夏枝に林檎を擦って与えたり、労ってはいたが、どこかほっとした表情を見せていた。一年のあいだたね子と一郎は、何かと言えば夏枝のことで言い争いをしていた。母に監督責任があるとしても、その母は寝た切りの父多助の世話に明け暮れている。十人もの家族がこの家で息苦しい空気を吸っていた頃だ。

夏枝は、勝手に辞めたミッション・スクールには戻れず、しばらくは家にいて母の手伝いをしていた。一郎の店は、その少し前に横浜から東京千代田区に移っていた。

「家にいても仕方がないだろう」

と言われ、夏枝は翌月から一郎の店の職員になった。以来、夏枝は外で働く力を身に付けた。何年か経って夏枝が国家公務員の柚木と結婚すると決ったとき、一郎が言った。

「こっそり受けたあそこを辞めてよかったな。あの冬、おれも少し動いた。歌劇団の親会社に、小学校の同級生がいた」

目出度い、と祝っている口振りだったが、どこか自慢しているようでもあった。夏枝は微笑みながらも一瞬息を止めていた。

「お喋り。男のくせに」

その話を聞いた孝子は、強い口調でそう言った。その同級生の名は、国子も平素から聞いていた。沈黙は金。兄の毒舌と余計なひと言は、国子も好きではなかった。だれが何と言おうと、万人に好まれる魅力が夏枝には備わっている。励ましたいと思う。

「きっと、受かるわよ」

夏枝はしばらくの沈黙を破って話し出す。

「狭い家のなかに女が二人居ると、お互いの吐く息まで聞こえて来るのよ、話し合えと人は言うけれど、もともとお金がなくて苛々しているから、話そのものが真っ直ぐに通っていかないわ、話せば話すほど駄目になる」

夏枝の目はますます大きく開かれている。

「私が外へ出れば、息苦しさとお金の苦労は無くなるわ、でも子供がいるのよ、私には。親の感情問題に子供を巻き込みたくはない、でも子供のために一生犠牲になることもしたくないの、どちらも同じに幸せにならなくては……」

窓から見える路地の月も、秋らしく冴えている。夏枝の話は尽きない。表情も声も疲れてはいるようだが、環境に負けまいとする気持ちが、最後の張りまで失わせていない。伸びる力をなくしてもまだ人の目を惹く秋の樹木のようにも思える。ゆっくりと訪れた春のなかにもがいている須美子の姿とは対象的である。

「定男さん、遅いのね」

時計の針はそろそろ十一時を指そうとしている。

「会社がごたごたしているらしいの」

それを聞いて今度は夏枝が心配げな顔になる。

「いいのよ、先に寝ていましょう」

国子は夏枝の蒲団を敷き始めた。


その夜、定男は須美子と一緒に帰宅した。二人とも酔っていて、体のバランスを崩して階段を上がって来た。口々に勝手なことを言い合い、共鳴し合っているように何度も互いの肩を叩いた。すでに二時を回っていた。

国子は浅い眠りのなかから起き上がり、階段口に出て行った。定男は照れ臭そうに笑い、右手で敬礼した。瞳の方向が定まっていなかった。すると後に居る須美子がそれを真似て大きな声で笑った。

「みんな寝ているのよ、静かにして」

夏枝が大きく寝返りを打っている。階下からはエリザベスの咳払いが聞こえる。しかし二人の酔いは一向に冷める様子がなく、せまい踊り場はアルコールの混じった体臭が充満する。国子は大声を出すわけにもいかず、黙って腕を引く。定男は僅かによろめいたが、手を振り払って、自力で部屋に入ろうとするがそのまま倒れ込む。須美子は右手の階段を上がり自分の部屋へと消える。鼻歌が洩れている。

「水をくれ」

定男が言う。国子は部屋の中にある水差しのコップを渡す。飲みほすのを待って、

「静かにして下さい」

と囁きかける。入口を閉めようとすると、定男が急にそちらを向いた。

「お姉さん、ごちそうさまでした」

「あら、どういたしまして」

どちらの声も家中に響き渡るほど大きい。国子は思わず耳を塞ぐ。

「上着は?」

「玄関に置いて来た」

そっと降りて、寝ているものの気配をうかがって、玄関へ行く。茶色の上着が履き捨てた靴と一緒にたたきの上にある。拾って土を払い階段を上がると、定男はシャツとズボンのままベッドに横たわっている。「着替えないの」ハンガーを取り出しながら声をかける。しかし定男はすでに鼾をかきはじめている。


朝になり、定男はベッドの端に寄りかかり、国子の拵えた若布の味噌汁を飲んでいた。暁方に自分で着替えたのか、パジャマのボタンがちぐはぐになっている。二人で小さなちゃぶ台を囲む。夏枝はたね子の顔を洗うと言って、先刻階下へ下りてしまっている。もちろん須美子の部屋はまだ何も音がしない。

「おかわりは？」鍋のふたに手をかける。

「終電で一緒になった。それから〝はる海〟で飲ませてもらった」

そのまま首をぐるぐると回している。

「ジュンちゃんは、いたの」

「いや、待っていたが来なかった」

「がっかりしてたでしょう」

「いや、無理にはしゃいでいた」

立ち上がって出掛ける仕度をはじめる。昨夜汚した背広はさすがに着ていかれない。

「もう総裏でもいいわね。十月ですもの」

　ふと気になって尋ねた。

「仕事の方はどうなっているの」

　その途端、定男は肩を大きくすくめる。

「まあ、ひどいもんですよ」

　語尾が薄く消える。ネクタイを何度も結び直す。会社という組織のなかで、振り回されているのだろうか。昨夜の酩酊ぶりも度が過ぎたように思われる。苦々しさが定男の体からこちらの体に伝わって来るが、振り払って言う。

「ひどい、って、会社のこと？」

「決っているじゃないか」

「辞めるつもりなんでしょう」

　その言葉に定男の表情が変わった。

「ずるいんだ、とにかくずるい」

　その言葉を繰り返す。

「どうしたの、一体」

「いや、どうもこうもありません」

　首を横に振る。国子はコーヒーを淹れる。ふた口ほど飲むと、定男は話し出す。

「このあいだから組合で退職金闘争をやっている。しかし会社は経営不振を盾にして、言を左右に逃げる。いくら何でも無一文で辞めるわけにはいかない。会社はそこを見越している。社員を蛇の生殺しにして働かす」

生殺し。定男の話に耳を傾けながら、国子はまた須美子のことを考える。須美子の、希望を掬う網はいつどこで破けてしまったのだろう。女学生時代に起きた戦争、その影響を被った家庭、心身の弱さ、その原因は色々と浮かんでくる。ジュンちゃんへの執着も、それらの悪条件が、三十代になって蒼白い愛の花を咲かせた結果、なのかもしれない。

「金さえ入れば、明日にでも辞める覚悟はできているんだが」

「見込みはあるの」

「分からないな」

「今の会社で、辛抱するわけにはいかないのかしら」

国子はつい一番不安のない方法を口にしてしまう。

「それでもいいよ、でもそうなると毎日夕べのようにして帰って来るかもしれない」

「須美子姉さんみたいに？」

「もっと、ひどいかもしれないよ」

「おどかさないで」

肩をすくめた。しかし国子は、定男は須美子姉さんと違う、と思っていた。それは嗅覚から得た確信であった。その体から発散する匂いが違う。最近の須美子の体からは饐えたような、妙な匂いが感じられた。昨夜の定男にも酒の匂いがあったことは確かだが、妙な匂いはなかった。若い汗と、石けん屑の匂い。国子の嗅覚はそれを捉えたに過ぎないが。

第六章

たね子の食べものは、ゆるめの粥、いり卵に白身の魚のほぐしたもの、あとはスープや番茶などを吸い吞みで喉に流し込んだ。それでも朝は七時になると目を開き、一日三回の食事を取り、午後は二時間乃至三時間はぐっすり眠った。雨降りや曇りの日は機嫌が悪く、見舞いに来た人に顔を背けることがあったが、天気の良い日は顔色がよく、相手がだれであろうと自分から話をしかけた。そんな時は必ずと言ってよいほど、両手を掛蒲団から出して真ん中で組んでいた。気分が悪いときは、注射をすると言っても蒲団の中から腕を出さないことがあった。すでに十月に入り、夜は火の気の欲しいようなときもあり、たね子の足は毛布にくるまれた。まだ血圧が下がらないので、動かすことは出来ず、食事も排泄も人の手を借りなくてはならなかった。スカートはどうにか脱がすことが出来たが、ブラウスと手製のシミーズは依然としてそのままだった。はさみで切る、という意見もあったが、吉岡医師が暴れると危ないと言ったので、それも止めた。熱はやはり三十七度台を上がったり下がったりであった。

「スマナイネエ、キタナイコトヲサセテ」

便器を当ててくれる者にいつもそう言った。便はかなりゆるく、ひどく臭うこともあった。汚れものの始末はやすよがやり、エリザベスはグラフに、熱の昇降や脈拍、そして排泄の回数を記していた。

「アンタハ、生マレハドコ」

リゾール液の匂いをさせて、洗面所から戻って来たやすよに、たね子が尋ねていた。

「まあ、あたしでございますか」

やすよは病人を前にしてはにかんでいた。

「ドコナノ」

たね子は熱心に問うていた。

「あたしは、満州なんでございます」

「ヘエ、ソウカイ」

たね子は本当にびっくりしたように大声を出した。

「アタシハ、キット信州、ト思ッテイタ。アンタ辛抱ヅヨイカラ」

「まあ」

やすよは顔を小さく縮めて笑った。エリザベスは机の前に坐ったまま、二人の遣り取りを見ようともしない。

「寒いのは同じようなものでしょうね、満州は北でしたから」

たね子はやすよのお白粉気のない顔を穴のあくほど見詰めている。

「コノ顔ハクロウシタ顔ダネ。ダンナサン、ヤ、コドモ、ハ？」

「亡くしました」

やすよは悪びれずに答えている。

「キノドクニ……」

たね子は首を横に動かそうとする。

「あ、駄目よ、お母さん」

国子は反対の方から手を出し、頭の揺れを防ごうとする。やすよも慌てて手を伸ばす。

「クニコ、ソコニ居タノカイ、ナンダカ悲シクナッタ、コンタツヲトッテクレナイカ」

枕元の盆の上に、木の実で作った古びたロザリオが置かれてある。古い時代の信者である母は、コンタツと呼んでいる。それをたね子の手に握らせると、先ずそれに軽くくちづけをする。それから小さな十字架をじっと眺め入る。そこにキリストの受難と復活を思うのか、それとも温かい霊魂を感じるのか、たね子の目は潤んだようになる。そして大きく息を吐き出す。病んでいても、神に向かうときの、たね子の態度は変わらない。微笑ましさと安心感が国子の胸に湧いて来る。

「クニコ、ヤスヨサン、エリザサン、聞イテオクレ、ロザリオヲ、トナエル」

読み書きを覚えたばかりの幼児のように、たね子は相手かまわず自分の祈りを披露しようとしている。

「くたびれるわよ、きっと」

国子のその心配には応えず、

「イイカイ、ハジメルヨ」

とロザリオを握っているたね子は、早くも両手を合わせている。

「……メデタシ、セイチョウミチミテルマリヤ、シュオンミトトモニマシマス……、ネ、チャントオボエテルダロ」

何とその顔の得意そうなこと。祈りが途中で止まってしまったことなどすっかり忘れてしまっている。

「それから？　お母さん」

国子はつられてその先を催促する。

「オンミハ、オンナノウチニ祝セラレ……」

最後まで殆ど一語も間違わずに唱えられていく。やすよはもちろんエリザベスまでも驚きの目を見張っている。

「コンドハ、テンニマシマス、ヲ、ヤッテミルヨ」

「もういいわ、お母さん。覚えているの分かったから、また明日聞かせてちょうだい」

その言葉を助けるように、やすよが横から番茶の入った吸呑みを差し出す。たね子は番茶を喉に通す。しかしやはり疲れたらしく、最後の一呑みにむせて、顔を赤くして咳込む。仰向けに寝ているので背中をさするわけにもいかず、国子もやすよもエリザベスもその苦しみをじっと見ているより方法がない。

たね子は身もだえしながら蒲団の縁を摑もうと、握っていたロザリオを脇に放り出す。国子はそれに気付くが、拾わずにいる。周りの注意が足りなかったにしても、結果としては、この木の実を鏈《くさり》状に繫いだカトリック教会の珠数が、病人のたね子を咳き込ませたことになる。

「すみません」

やすよが体を二つに折って詫びる。

「せっかくお祈りを聞かせていただいたのに」

心なしか名残惜しかったかのように聞こえる。国子はたね子の咳込みの止まるのを待ってから、尋ねる。

「やすよさん、カトリックのことを知っているの？」

「いいえ、私は渡り者ですからあり合わせのお守りを持っている程度で。……でも、今のようなお祈りなら……」

「分からなくもないと言うの？」

「はい、でも、それも何となく、でございますが」

満更お世辞を言っているような顔付きでもないようだ。国子はだんだんと不思議な気持ちになって来る。身内には全くと言ってよいほど通じないものが、たとえ何となくであっても何故他人に分かるのだろう。幾人もの神父や信者に好意を持たれ、吉岡医師やはるなど近所の人たちにも愛される性分が、何故そのまま子供たちに伝わって来ないのだろう。

「エリザベスさんは？」

気になるので鉾先《ほこさき》を変えて質問する。

「何でございましょう」

相変わらず机の前に坐っているエリザベスは、当然話を聞いていたと思われるが、素知らぬ顔を国子に向ける。

「カトリックのことよ、アメリカ生まれだから詳しいだろうと思って」

「よく存じて居ります。ハワイに居る親戚の者が、洗礼を受けておりますので、教会に行ったこともございます」

一気に話すが、やすよほど気持ちが伝わってこないのは何故か。

「そうだったの」

「奥さまは御立派な方です。私尊敬して居ります。今のお祈りとても素晴しかったです」

アメリカ風の社交辞令なのか。

たね子が眠りかけていた。目を瞑り、規則的に呼吸していた。

「静かにしましょう」

自分にも言い聞かせるように、国子は声をかける。両脇からやすよとエリザベスが、それぞれの表情で頷く。

十月の七日になって、家へ帰っていた雪子が一週間ぶりに訪れた。

顔色が冴えなかった。茶の間に入って来ても隣室のたね子の顔を見ようともせず、だるそうに横坐りをして、首を曲げて煙草をふかすのだ。皆は昼の食事を終えたところだった。

「万里ちゃんどうだったの?」

居合わせた孝子が新聞から目を離して様子を聞く。孝子の頑丈な体格に比べて、普断から細い雪子の体が一層頼りなく感じられる。国子は茶の間の縁側で夏枝と古い浴衣をほどいていた。たね子のおしめを作るのだった。おしめは何枚あっても足りなかった。

「それが、ね」

雪子の声が震えていた。

昨日の金曜日、訪れた一郎夫婦が、土、日は知人の告別式があるから来られない、と言って帰っていった。今度現われるのは多分月曜か火曜になるだろう。一同がほっと息を付いたところであった。

「これ、食べない」

孝子が買ってきた最中を勧めたが、雪子は手を出そうとしない。

「どうかしたの？」

孝子の声は、からりとしてやや男性的に聞こえた。国子には度胸が据わっているとも思えた。これまでに孝子が一番多くこの家に通っている。だれよりもたね子の容態を案じているのが、その熱心さからも感じられる。雪子は返事をしない代わりに、質問をした。

「一郎さんは？」

「今日、明日はこないの。それで皆で羽を伸ばしているところ。須美ちゃんもまだ起きてこないし」

雪子の問いに孝子は両腕を大きく伸ばして笑う。

「一郎さん、お金出してくれないかしら」

孝子の笑いが止まった。国子は夏枝と顔を見合わせた。

一郎と金、という言葉。それを同時に使うことは国子たちきょうだいのうちでは、暗黙の禁句になっている。ひとたび口にすれば心に重たいしこりが残る。

雪子は皆を驚かしたにもかかわらず、ひどく真面目な表情を浮かべて、静かに後れ毛をかきあげている。孝子は僅かに肩をそりかえし、用心するような構えをみせる。

「何かお金の要ることがあるの」

雪子は頷いて一気に言う。

「万里を入院させなきゃならないの。熱は脳からきていたらしいの、夕方になると頭が痛いと言うから、おかしいと思って診てもらったら、脳に炎症を起こしていると言うの。元もと近眼でしょう。飛蚊症も起こしているの。とりあえず注射をしてもらったのだけど、完全な治療をするにはまとまったお金が」

「それでお兄さんに？」

「ええ」

「無理だと思うわ」

孝子は、それは難しいのではないかという顔をする。雪子はそれを敏感に読んで、不快そうに目尻を下げ頬をふくらませる。

「堀江さんに頼んだら」

「万里は堀江の子ではないし」

「そんなことを言っている場合ではないでしょう」

自立している孝子は、強い口調で言う。

国子は、雪子のかつての家庭について、母から、

「雪子の子供たちの食糧は、私がずっと面倒を見たよ」

と聞かされていた。

配給制度のあった戦中。そして終戦直後。誰もが家族の食糧調達に苦労した時代があった。すし詰め状態の買い出し列車もあった。小学生だった国子も、背中のリュックに米とかぼちゃ

を入れて利根川沿いの五キロの道を歩いた。その頃、雪子の夫金田は、一日の殆どの時間を読書と祈りに使っていたという。それでも母は雪子の離婚には反対をしていた。その後、雪子は引き揚げ者だった堀江と出会い再婚した。

「あの子の眼は金田に似てしまったのよ。度の強い眼鏡をかけていたでしょう。本ばかり読んでいて、外出と言えば所属の教会ぐらいだったわ」

どうやら怒りを先夫の金田にぶつけているらしい。

「他の手立てを考えた方がよさそうね」

孝子は先程と同じ口調で言う。

雪子は涙を両頰に流している。国子は、母の話を、そのまま鵜呑みにして何も考えていなかった、と思う。背筋が寒くなるのを覚える。「本を読むと、頭でっかちになる」と言った梅子をはじめ人びとが読書を嫌う根拠は、こんなところにあったのか。食糧調達と読書。両立は出来ないものなのか？　万里は、読書好きな高校生で、漱石や龍之介の話をしたことがある。雪子に似て色白の娘だ。

「もう十年以上にもなるのに、金田のことで私が苦しむなんて、何てことかしら」

「そういう症状なら、近眼とは関係がないと思うわ」

「いいえ、あるわよ」

頑強な雪子の言葉に、孝子は黙してしまう。

孝子は別れた夫の悪口を言わない。音楽学校の仲間でもあった同業者の元夫。それは自分で見付けた男だからか。と同時にあのTという名の作曲家の話も一切しない。それを潔いと言うべきか、離婚経験のない国子には分からない。雪子は母の選んだ見合い相手と結婚し、破局した。この家の茶の間で前夫の悪口を言うのは、どこかに実家に責任を負わせる気持ちがあるからか。

そもそも、嫁いだ娘にとって、　実家とは何？

実家とは、生まれ育った家。

初めて目にしたこの地上の家。

見た、聞いた、感じたものの全てから、その人格が作り出される

すでに形態を無くしつつある実家について考えることは難しくなっているが、考えたい気持ちが湧いている。東京千代田区の片隅に、国子は生まれる順番も選べず、最後の子供として生まれている。それは宿命とも言える。両親に可愛がられたのも束の間、父母の老いは進み病んで死んでいく。それと共に実家は消えようとしている。この悲しみを誰のせいにすればよいと言うのか。自分で抱えていく他に方法はない。姉たちにもそれぞれ宿命がある。その宿命が自分と違うと感じるだけで、それ以上のことは理解しがたい。次姉の孝子には、決意が感じられる。少なくとも愚痴は零さない。しかし、兄一郎の問題となると、違ってくる。

「ダメで元々でも、お兄さんに話してみるんだわね」

孝子は最後の言葉のように言う。二人の話はそこで終わる。

「万里が待っているから」

雪子は早くも帰り支度をはじめた。

「お母さん、眠っているの?」

「さあ」

隣室は物音一つしない。おそらくエリザベスもやすよも今の会話を聞いていたに違いない。

雪子は立ち上がり襖を開けてなかを覗く。やはり眠っているらしい。首を横に振りながら雪子は戻ってくる。「また来るわ」

心もち猫背の後姿を妹たちに見せて、玄関へと姿を消す。


「ダレカキテオクレ」

三十分ほど経って、たね子が呼んだ。

孝子と夏枝と国子はそろってたね子の床の側まで行く。機嫌が悪いのか、両手はふとんのなかに入れたままである。

「サッキ、キテイタノ、ユキコダロ」

孝子が代表して頷く。

「マリガ、ドウカシタトカ　言ッテイタネ」

「聞いていらしたんですか、何だか風邪を引いて熱をだしたとかって」

「ウソオツキ、ノウガドウカシタ、トイッテイタ」

慌てててごまかした孝子を睨んだ。

「済みません」

孝子は詫びながら顔を逸らす。

「カワイソウニ、親ガワルイ。バチアタリ」

そう言い放つ。

しかし昭和二十年の敗戦直後、心身の歯車が合わなくなり離婚をする夫婦は周囲にかなりあった。そうでなくても戦争未亡人の数は多く、独りでも生きていける術を誰しもが考えた。国子に姉たちを批判する資格はなかったが、何かを学んだことは事実だった。

だが、バチアタリ、と言うたね子の烈しさに国子は付いていけない。親というものは、子供をそうまで言える唯一の存在であるのかもしれない、と思う。


たね子が小康を保っているので、一郎の足が遠のいていた。すると須美子が、それに乗じたのか、奔放な行動をするようになっていた。十月の半ばごろから外泊が多くなった。しかしそれも永くは続かなかった。想う人に会えない日は酒を呑んで戻った。

「お産は十一月の末なのよ、でも子供が生まれたって、私たちの付き合いには関係ないわ、いままで通りにやって見せるわ」

そんなことを国子の前で口走った。だが内心はやはりその日の来るのが恐くてたまらない様子であった。無軌道のような毎日を過ごしていても、須美子の感情は、古風で市井の常識に沿った事柄に、風に吹かれる灯のような揺らめきを見せた。家庭に居ることが似つかわしい素直な女であった、かつての須美子の片鱗が、そんなところに覗かれた。

待ち呆けを食わされた翌日は必ずと言ってよいほど、家にジュンちゃんを連れて来た。男の家は同じK市内であったが、須美子とは駅から右と左に分かれねばならぬ地点にあった。おそらくK駅で待つこともあったのだろう。強引のように国子には思えた。しかし須美子は納得がいかないらしく、部屋に上がってからも、ジュンちゃんを責めたてた。その声は国子の耳に入るだけでなく、階下にも聞こえるかと思われるほど高かった。

ある寒い晩一時過ぎになって、国子は須美子が入口を叩く音を聞いた。

「こたつを貸してもらいたいの、寝ているところを悪いんだけど」

国子の部屋には結婚のとき祝いにもらった、小さな電気こたつがあった。須美子の持っているのは古いもので炭火を起こさなければならないのだ。もちろん客が来たのだとすぐ分かった。須美子は冴えた緑色の着物に銀の帯をしめていた。その恰好のまま五十センチ四方ほどのこたつを胸のあたりまで持ち上げた。袖口から飛び出した白い腕が、スタンドの灯りに光って見えた。

「持っていかれる?」

「大丈夫よ」しかし大きく息をはずませていた。酒に酔っているせいか、それとも疲労気味なのかその目は赤く濁っていた。

こたつを運んで五分ほど経つと、またもや須美子は国子の部屋のふすまを叩いた。

「ねえ、定男さんのお酒残っていない? 少しでもいいの」

国子は床のなかから、

「台所の戸棚の隅に四合瓶がある、そこに少しはあるかもしれない」

と言った。毎夜のことに腹が立ったが、母が倒れて以来須美子が自分だけに甘えて来るのが、改めて浮彫りにされたように思い、妙な緊張を感じていた。

須美子は階段を降りたが、部屋のなかに居ると思われるジュンちゃんは物音を立てていない。何を考えるということもなく、寝そべって天井でも眺めているのかもしれない。ジュンちゃんの浅黒い皮膚を思い浮かべると、そんな想像が湧いてくる。自分から遠く離れていく姉の須美子に対して、意地悪い目を持ちはじめているのは確かなのだが、二人が会えた夜は何故かほっとして眠ることが出来る。

酒が温まったのか、盆の上の食器の音をさせて須美子が上がってきた。

「お待ち遠さま」

いつもながらよく響く声である。昨夜も須美子は、終電車で会えなかったと言って嘆いていたが、今夜は機嫌がよい。ジュンちゃんの声は聞こえないが、須美子の笑い声で、およそのことは分かる。（案ずるほどのこともない）国子は聞き耳を立てていることが恥ずかしくなって、寝返りを打って目を瞑る。数日前から掛け蒲団に毛布を加えている。山の上の樹木のあいだから、寒い季節が訪れてきたようである。


「帰るって言うの、何故なの」

「またくる」

「突然そんなこと言い出しても」

「しかし」

「理由を説明して。何故急に里心がついたの」

「悪気はない」

「ひどいわ、あんまりよ」

男の声は低く聞き取りにくい。しかし須美子の言葉で様子は飲みこめる。部屋から出た廊下の一角で、言い争いをしているのだ。

どのぐらい眠ったのか分からない。眠りについた国子ははじめ夢をみているのかと思った。怒っている須美子の声が、深い井戸の底から聞こえてくるような気がしたのだ。しかしそれはだんだんと耳の側に近付き、国子の意識を明瞭にしていった。

はっきりと目が覚めないうちから、息を何度ものんでいた。こんなことはついぞなかったように思う。一体何時ごろなのだろう。眠ったのが一時半ごろだとすると……

「とにかく部屋にもう一度入って。それから帰るのならいいわ、でもこのままでは」

強い口調だが震えている。しばらく揉みあうような気配がする。今夜に限って男の方も須美子の方も、かなり強硬なようである。

「馬鹿にするの」

「おれだって、色々都合がある」

はっきりと男の言葉が聞こえる。低く、重苦しい声である。

「行くよ」

階段を降りる音。その途端、弾けるような音が聞こえた。

「何をする」

須美子の平手が瞼に浮かぶ。

「ああ」

絶望的な須美子の声。晩秋の夜更けに、路地を踏んで帰る靴の音。

翌日須美子は、階下のものが案じて様子を見に行くほど、起きて来なかった。午後の三時ごろ、買い物から帰ってきた国子は、心配そうな顔付きのやすよに声をかけられた。

「どういたしましょう、あまりごゆっくりで、気になって」

雨戸もまだ開いていないとのことだった。その日は茶の間に孝子と則子がいた。二人とも昨夜の騒ぎを知っているのか、いつにない不安を頰に浮かべていた。

やがてやすよが二階に上がって行った。

「お風邪気味で、お熱が少しあるのだそうです。お薬があったら飲みたいと」

しばらくして戻ってきたやすよは、案じている人びとにそう告げた。

「それなら私が注射してさしあげましょう、良い薬がありますから」

たね子の部屋からエリザベスが早足で入ってきた。眼鏡の奥の瞳に好奇心が感じられる。

「じゃ、お願いしますね」

孝子と則子が言う。エリザベスは注射器と体温計をもって、須美子の部屋に行く。

熱は七度三分、喉が少し赤いとエリザベスは診断した。

「でもあの注射ですぐによくなりますわ」

人びとの顔を見回した。須美子はその日だけ、勤めを休んだ。

エリザベスは何か特別なことをしたとき、ひどく機嫌が良かった。たね子に調子外れの歌をうたって聞かせることもあった。

〝聖しこの夜、星は光り……〟

「奥さまよく御存じの、クリスマスのお歌ですわ」

満面に笑みを浮かべたが、たね子の反応はなく、目は開いたままだった。カトリック教会で、この Silent Night の歌は、

〝静けき、真夜中……〟という和訳で歌われていたのだ。

ある日、国子は、糊のきいた浴衣をきちんと着て、床のなかにいるたね子を発見し、顔色の変わるのを覚えた。

「どうしたの、一体」

浴衣を指さす手が震えた。体をかなり動かさなければ、これだけの着替えができたとは考えられないのである。

「はい」

エリザベスは平然としていた。

「あなたがやったの？」

「はい、私が独りでいたしました。奥さまとてもお喜びになって、気持ちよくおやすみになっていらっしゃいます」

「駄目じゃないの、吉岡先生からまだ許可がおりていないわ、一存でこんなことをして」

エリザベスは口惜しげに唇を噛んだ。

「これまで、何人もの重症患者を扱ってまいりました。どの先生にも信用されてまいりました。

私、患者さんを少しも動かさずに着替えさせることができるのです」

「もしものことがあったら、どうするの」

「そんなこと、絶対にございません」

顔を真っ赤にして力んで言う。

「絶対に、なんて、そんな……」

あとが胸に閊えて出てこない。

耳をすましてたね子の寝息を聞いた。もし乱れがあるようだったら苦しげだったら……、だがたね子の呼吸は正確だった。エリザベスは殆ど表情を変えていない。

「どうしたの、国ちゃん」

孝子が入ってくる。国子が答えるまでもなく、たね子をちらと見て、孝子も驚きの声を上げる。しかし孝子は国子のように感情をあらわにせず、たね子とエリザベスの顔を見くらべて、微かに口もとをほころばせる。

「エリザベスさんは、ファイン・プレーがお好きね」

じっと相手の目を見詰める。エリザベスはその視線を跳ね返そうとするが、それは叶わず、頬の肉を引き攣らせながら顔を背ける。

孝子は医者のような手付きで、たね子の脈を診る。やがて安堵の表情を浮かべる。

「もうこれ以上、心配ごとを増やさないでちょうだい」

だれに言うともなく、そう呟く。気のせいか、丸みのある孝子の顔が小さくなったように見える。

妙なことは他にもあった。国子は、何か不気味な影に追い回されているように思い、怯えた気持ちになった。あるとき妙なことに気付いたのだ。

月に一度、国子のもとに届く、あのミルク色の食器が一枚無くなっていたのである。たね子が倒れて以来、台所に出入りする人の数はおびただしい。慌ただしさや不慣れのために、食器類を割るものは多かったが、無くなるということはなかった。

改めて数をかぞえてみると、大皿が一枚、小皿が一枚、卵立てが一個、足りなくなっていた。病室にも茶の間にも二階にも見当たらなかった。だれに尋ねても知らないと言う。もしかすると不注意で割ってしまったのかもしれない。国子は台所の裏へ出て、注射液のアンプルや缶詰やせとものの破片を捨てる木の箱にも目を通した。しかしそこにはミルク色の破片はなかった。

国子は冷たい風が胸に吹いて来るのを感じた。何故こうまでも執着するのか。でもあの食器だけが、いままで定男と自分の家庭に新しい空気を運ぶ役目をしていてくれたのだ。結婚してから、二人で買った道具というものが他になかったからである。

「本当に知らない？」

ふたたびエリザベスに聞いた。

「知らないですね」

「別の所帯だから、間違えることもあると思うんだけど」

エリザベスは眼鏡を強く上に持ち上げた。

「いやですねえ、国子さま。妙なことをおっしゃらないで下さい。何か証拠でも」

開き直っていた。確かに証拠はない。だが、国子は何故かこのエリザベスが気になって仕方がなかったのである。一応、足りなくなった食器の種類と数を伝えた。エリザベスは侮辱されたと言わんばかりの大げさな表情で、私は知らない（I don't know）と言うばかりだった。

須美子の体調は良くないようだった。だが東京の勤めには熱心に通った。時折咳き込んでいたが、一日休むと翌日は同じに飛び回った。その機嫌もめまぐるしく変化した。ひどく陽気に話しかけてくるかと思うと、すぐさまこめかみを痙攣させるほどの不快な表情に変わった。人びとは腫れものに触るような気持ちで須美子を扱った。たね子という病人を中心に動いているこの家で、須美子は自然に孤立した。その甘酸っぱく、変わりやすい呼吸が、病人に接している人びとに受け入れられなかったのだ。出勤前、須美子はいつも盛装して母に挨拶に現われた。その姿が見せたかったのだろう。だが、薬の病の匂いが充満する部屋には、違和感しか残らなかった。

たね子は「キレイダネ」と世辞のような言葉を吐いたが、諦め、のようなものがその目には浮かんでいた。病いと闘いながらも、須美子に関しては自分を責めて苦しんでいるように思えた。雪子に対してのように怒りを表わすこともなく、いつも須美子を見る瞳は悲しく、憂いを持ったものでしかなかった。立ち去ってからも、いつまでもそのあとを追い、ときには祈るような表情を浮かべた。

一郎はもはや、酒場勤めに気付いていないはずがなかった。そして更に須美子の女としての変化を察知しているはずであった。だが一郎は、その件を口にしようとしなかった。そのいつにない兄の沈黙が、国子には辛く思えた。何もかもぶちまけてしまいたい衝動を感じるほど、日々の須美子の印象は強く、独りでは耐え切れなくなっていた。

他のきょうだいたちとは始終、須美子の前途を案じ合っていたが、それはただ話しているに過ぎず、根本的な解決とは程遠かった。国子は時折、お兄さんでなければならないのか、と思った。しかし、兄でも結論は出ないであろう、とも思った。兄は、たまに定男と国子の部屋を覗きに来た。母を見舞った後、ふらりと二階へ上がって来て、

「何をしているのかい」

と、声をかけてきた。それが真の息抜きだったのか、それとも偵察する目的だったのかは知らない。ともかくそんなときの一郎は、機嫌よく笑っているのだった。

「案外、落ち着いているんだね」

食卓の上の茶道具を見ながら言った。「お茶でも入れましょうか」と言っても答えず、部屋

のあちこちを見回している。先日、（この家も傷んでいるなあ）と言ったときのような鋭い目付きではない。

「国子でも、奥さんになれるんだなあ」

褒められているのか、ばかにされているのか分からない。しかし、定男に対する態度は悪くない。雪子の先夫の金田にも現在の堀江にも、孝子の別れた夫にも、あの作曲家Tにも、そんな態度を見せたことがない。同時代に生まれ、女きょうだいの配偶者になった者たちには、競争意識があるのかもしれない。夏枝の夫の柚木と定男はその枠から外されている。お茶とカキノタネを出すと、一郎は音を立てて噛み、うまそうに飲む。甘いも辛いも美味しければ口にする男だ。

「みんな食ってしまうぞ」

一郎は素早く手と口を動かす。定男も国子もその様子を見て、打ち解けた気持ちになる。金の問題がないからだろうか。たね子が倒れてから、三千円の部屋代と消耗費は一応須美子に渡している。身内ではあるが、ともかく借間人の形式を保っているのである。しかし国子はそんなことも忘れて、一郎の訪問を歓迎しているのである。そして気のせいかもしれぬが、どこか寂しげな影が、その都度一郎から消えていくように思われる。

ある夜、一郎はいつものように不意に現われた。そして、

「寿司を取って、皆で食べよう」

と言った。

八時を回っていた。たね子はすでに眠り、間が持てなくもあったのだろう。柚木と夏枝もたまたま国子の部屋に居合わせていた。十月はもう終わりに近付いていた。夏枝は、数日前に先日の試験の合格通知をもらったと言って、夕方から来ていた。

「十一月から通いはじめるから、これからはあまり来られなくなるわ」

仕方がない、という表情に見えた。

「ぼくは明日の朝帰るから、二、三日ゆっくりとしていきなさい」

柚木の声も心なしか、力がなかった。それから四人でトランプをはじめた。独身時代と同じように〝七ならべ〟や〝婆ぬき〟をした。それでも四人は、時間と共に気分を和らげ、笑い興じた。そこへ一郎が現われたのだった。

入って来た途端、一郎はその明るい空気に相好を崩した。

「おれも入れてくれ」

そして、三ゲームほど遊んだあと、

「腹が減った」

と言う声が出た。

「国子、電話で注文してくれよ」

「はい、五人前ね」

電話をかけようと、階段を降りると、茶の間の入口にやすよが立っていた。すでに寝巻を着ていたが、その顔に眠気は浮かんでいなかった。

「どうしたの？」

「はあ、あの――」

やすよは困ったような顔をしていた。

「もうじき須美子さまが、戻っていらっしゃいますけど」

「いいのよ」

やすよの小さな肩を叩いた。

「心配しないで、寝ていてちょうだい」

やすよは軽く頭を下げてたね子の部屋に戻って行った。バス通りの寿司店に電話をかけて、二階に戻ると、配られたトランプの札を手にしたまま、一郎が言った。

「もう一つ、須美子の分を追加しなさい、そろそろ帰って来る頃だろう」

夏枝の肩が少し動いた。瞬間、その場を取り繕う嘘を言おうとしたが、言葉にならなかった。

一郎は平然としていた。

「あ、はい」

国子は、再び階下へ降りたが、胸の動悸が高くなるのを感じていた。恐ろしさと不安と、喜びと安堵が一緒になっているのだった。

まもなく六人前のにぎりが届いた。夜も更けていた。茶の支度をしていると、約二キロ離れたK駅に電車の入ってくる音が聞こえた。タクシーが八方に散る音が続き、しばらくするとそのうちの一台が、路地の入口に停まった。国子はトランプ札を持ち、それを何度も切った。何かしていなければ、つまらぬことを口走ってしまいそうだった。

須美子は路地を歩いてきた。ときどき咳き込むのが分かった。一人のようだった。玄関が静かに開いた。そのとき定男が立ち上がり、階段を降りた。国子は二、三歩遅れたが、そのあとに従った。

「あら、定ちゃん」

その途端、須美子の黄色い声が暗闇から聞こえて来た。

「アイ、ラブ、ユー」

声と共に定男が須美子の白い腕に巻かれていた。その顔は少しむくんでいるようにも見えた。定男は黙って笑っていた。すると今度は相手を替え、国子に向かって両手を広げた。国子は、微かに後ずさりしながら言った

「お兄さんが私たちの部屋にいます。お姉さんの分のお寿司を取って、待っています」

須美子は少し表情を硬くしたが、すぐに笑って答えた。

「そうですか。では、ごちそうに、なりますか」

節《ふし》をつけたような言い方だった。そして勢いよく国子の部屋に飛び込んだ。須美子の臙脂と

黒のお召の色が、電燈の下で光った。

「お、須美子、食べるか」

須美子は一郎の正面に坐り、その一つを頬張った。

「うまいか」

「ええ」

「この辺りの魚は新しいからなあ。良かったらおれの分も」

そう言う一郎の目は、須美子の動作から離れない。言葉の穏やかさに比べて、その表情が歪みはじめる。須美子の歯と喉の音が、まるで金属が触れ合うように鋭く響く。須美子は、黙って食べ、茶を飲み下す。夏枝と柚木が顔を見合わせる。静か過ぎることを除けば、兄が三人の妹に寿司を食べさせている、和やかな風景なのだ。お兄さんは、だれからでもない、須美子姉さんの口から全てを聞きたいのだな、国子はそんなことを考える。須美子は平然とした表情のまま、一郎のいつにない低い姿勢を撥ね付けている。

「忙しかったの、今日は」

夏枝が横から言葉をかける。

「うん、まあね」

だが須美子の肩の張りは一向に崩れる様子もない。手を広げている一郎に胸を開こうとしないのだ。一郎は煙草一本ゆっくり吸って待ったが、やがて苛立ちはじめた。だんだんとその表情に失望の色が浮かんで来る。須美子は戸惑っているのかもしれない。須美子の心には、眉間に皺を寄せ、生き方を指示し、責めたてる一郎の印象だけがあるのかもしれない。そうであれば、今夜のような一郎は、迷惑なのかもしれない。

「おれは寝るよ」

突然一郎がそう言って立ち上がった。だれも引き止めるものはいない。茶の間で寝るつもりなのか部屋を出ていく。明らかに不機嫌になっている。

一郎の足音が聞こえなくなると、須美子は肩をすくめ、ぺろりと舌をだした。

「ごちそう様でした」

声を潜めて笑った。夏枝の瞳に怒りが浮かんだ。国子はその遣り切れなさに思わず目を閉じた。

第七章

茶の間の掘りごたつの周りに、人びとが蹲るようになった。きょうだいたち、定男と国子、エリザベスとやすよ、それぞれの手は、冷たく乾いていた。静かになると長火鉢の上の鉄瓶の音が良く聞こえた。十一月に入ると、裏の山は紅色を無くし、くすんだ緑色に包まれた。山は体を縮こませ、ひと回り小さくなっていた。風という風はなく、底冷えだけが日毎に募った。

たね子は毛布を首までかぶりよく眠った。日中の半分は目を閉じていた。たまに目を開くと、待ち受けていたやすよが食事を与えた。その量は少なかった。味が良いとも悪いとも言わず、食べたくなくなればだれが何と言っても口を開こうとしなかった。何か考えているような面持ちにも見えたが、以前のように夢中で話すことは少なくなっていた。

ひどく寒い日、エリザベスがたね子の熱が八度五分に上がったと皆に告げた。その翌日九度に達した。原因は不明だった。瞳の白い部分が赤く濁っていた。汗が吹き出るように流れ、唇の皮が乾いて白く見えた。三日目に、痰のからむ咳が出た。倒れて以来なかった症状だった。何度も喉から痰を吐き出そうとしたが、もう一息というところで叶わなかった。吐き出すことの出来ない痰が溜まっているのか、息をする毎に喉が鳴った。熱は上がる一方だったが、血行が悪いのか足は冷たくなっていた。やすよがその足を毛糸で編んだ肩掛けで包んだ。他の者は交代でその足をさすった。しかし効果は殆どなかった。

「肺炎を起こしたのでしょう」

エリザベスの言葉に人びとは表情を硬くした。だれも答えず、口を噤んでいた。そして手や足を小刻みに動かした。

しかし、往診時の吉岡医師は、肺炎とは言わなかった。

「併発することはよくありますがねえ」

言葉を濁しているように聞こえた。

「でも吉岡先生、こんなに苦しそうな息をなさっていて、しかも高い熱で……」

エリザベスは医者にも主張を続けた。

「一応、ペニシリンを打っておきましょう」

肉の落ちた肩に針が刺された。たね子は眠っていて全く動かない。

「これでよくなりますよ」

小さな息を吐きながら言う。

平素は男性的に見えるが、今日の吉岡医師はとても女らしく感じられる。その吐息は国子の心にも平生にない悲しみを伝えて来る。たね子の病状の思わしくないことが、医師をそうさせているのだろうか。何か恐ろしいことがたね子に襲いかかっているのかもしれない。国子は瞬きを繰り返しながら、思う。

注射が済んだとき、たね子は不意に目を開いた。頭を二回横に振り、それから少し動き、両手を毛布のなかから外に出した。両手の指は微かだが動いていた。

「これが動くのですよ」

医師はその右手を指さす。

「血管の切れた場所が、運動神経には害のないところだったと伺いましたが」

孝子が質問をする。

「はい、それは確かです。しかし、半身不随になった方が、よい場合もあります」

「というと、回復の問題ですか」

「脳軟化症になった場合と事情が違うのです。お父さんは確か……」

「父の場合は、右半身が全く麻卑して、動きませんでした」

「それで十年も」

「はあ」

その側で顔を真っ赤にしたたね子が、両手を幼児のように開いたり握ったりしている。

一週間経っても熱は引かなかった。その熱は風のように吹いて去っていくものではなく、執拗に、たね子に纏わりついて離れなかった。人びとは医師の言葉を聞くまでもなく、ことの重大さを感じた。

たね子の呼吸は、隣室の茶の間にいても、分かるほど大きかった。食事の量は目に見えて減り、一日一回だったリンゲルの注射が二回になった。初冬の冷えた空気のなかにさらされる老いた両足が痛々しく、見る者の涙を誘った。

「何とかしなくてはいけないな」

一郎は来る毎に対策を考えている表情を見せた。ここ一週間は朝早くからこの路地の家に姿を現わしていた。娘の看護に通う雪子と勤めに出た夏枝は来なくなり、孝子と一郎の妻の則子が代わる代わる来て、その采配を振るった。国子はその階下の生活と二階の自分の部屋、さらに週に二度姑を尋ねるのが精いっぱいで、何一つまとまったことはできなくなった。そして須美子は相変わらず、周囲とは異なる世界に身を置いて、日々を過ごしているのだった。

「どうなのでしょうか、こんな状態が毎日続いては、衰弱してしまうでしょう」

「もう一日二日様子を見てみましょう、色々と反応を診ていますから」

一郎の質問に吉岡医師はそう答えた。しっかりした態度であったが、確答を避けているように思えた。翌々日、その一郎がたまりかねたように言った。

「ぼくとしては、これ以上様子を見ることは出来ません。設備の良い病院に入院させたい、と思います。結果はどうあろうと、するだけのことはしておきたいのです」

切口上であった。

「そういたしますか。動かすことさえ無事に叶えれば、それも良いでしょう」

吉岡は反対しなかったが、しばらくのあいだたね子の寝顔を見詰めていた。その横顔には、友人の存在を愛おしむ心が、浮かんでいるように思えてならなかった。

「神田に老人の病気を主としている、Dという病院があるのです。最近友人の父親が同じ病気でそこに入り回復しているので、縁起が良いと思うのですが」

一郎が話しているあいだ、吉岡は頷くだけだった。ハンカチーフを取り出して、病人の顔や首に流れる汗を拭いてやっている。

「帰って早速手配をいたしましょう」

一日明けた夜、一郎の案内で、そのD病院の男性医師と看護婦が訪れた。たね子が長距離の運搬に耐えられるかどうか、容態を綿密に検査するためとのことだった。

差し出した名刺には、D病院副院長代理、秋元某　と書かれてあった。

「国子、先生にお座蒲団を、それからお茶を」

一郎は興奮しているのか高い声で、周囲の人間を追い立てた。熱い茶が秋元医師と看護婦の前に並んだ。秋本は四十代、看護婦は三十代と思われた。もちろんエリザベス、やすよ両名より若い。

「それでは診ていただきましょうか、いま吉岡先生も見えるそうですから」

秋元は茶も飲まずに立ち上がった。

たね子はその夜、何年ぶりかで男の医師に胸を開かれた。豊かだった乳房は心持ち小さくなっていた。秋元医師は無表情にその胸を叩いてから、聴診器でその音を聞く。それから頭部を左手で抱え、右手で少しずつ触ってゆく。

「イタイ、イタイヨ」

手が後頭部の下の方へ動くと、たね子は大きな歯を見せて声を上げた。襟足から二、三センチほどしか離れていないところである。そこへ駆けつけた吉岡医師が秋元に説明する。

「最初の発作のとき、しきりにその辺りを揉んでおりました」

「なるほど」

秋元医師は何度か頷いていた。

秋元は、母の後頭部をもう一度軽く触り、それからしばらく黙った。国子は秋本の発言を待った。

「蜘《ち》蛛《しゅ》膜下出血ですね」

「チシュ、と言いますと?」

「蜘蛛《くも》の巣のくも、のことです、そのように張っている膜がこの辺りにあるのです」

痛む箇所を指差す。

尋ねた一郎は怪訝な顔をする。国子にとっても耳慣れない言葉である。

「よく診ないと分かりませんが、場合によっては手術出来るところです」

「手術？」

今度は驚きの色を浮かべる。

「はあ、場所が中心を外れているので、血管が破れて凝結した部分を取り除けば、血液の循環がよくなります。高熱も引くと思いますが」

「そうですか、それは」

一郎は希望を感じたのか瞳を輝かせる。秋元は手早く診察を進めている。たね子は微かに目を開いているだけである。顔の赤みはまだ消えていない。

「思ったほど心臓が弱っていませんね、蓐瘡《じよくそう》はどうですか？」

「足の踵と腰に少し、現在のところはそれだけです」

エリザベスが答える。蓐瘡は、心臓の働きが鈍くなって、血液が充分に通わなくなると、寝床に圧迫された部分が崩れだす、と聞いている。父親の多助が患っていた頃に覚えた知識である。秋元はそれ以上何も言わない。

「全てそちらにお任せいたします。何分よろしく願いたいのです」

「出来るだけのことはいたしましょう。東京までの道程も、寝台車なら安全です」

多助も、倒れて五年目に前立腺炎を併発したとき、泌尿科専門の病院まで、寝台ハイヤーで運ばれている。たね子はそのとき付き添って東京まで同乗して行った。同じ車で今度はたね子が運ばれて行く。違うのは、倒れてから二ヶ月、そして良い付き添い人が居ない、という点である。話は決まり、出発は明後日の早朝ということになる。

「お兄さんは勝手に決めてしまったけど、本当に大丈夫なのかしら」

「何が？」

「東京まで連れていくことよ。もしものことがあったらどうするの」

「でもお医者さまが保証してくださったのだし」

「約二時間、車で揺られるのよ。心配だわ」

医者たちと一郎が帰ったあと、孝子はこたつに足を入れ、手をこすりながら言う。残ったのはこの姉だけで、兄夫婦は、明日の晩か明後日の朝こちらへ来る、または、病院で待ち受けるという話になった。早々と話が決まってしまったので、エリザベスもやすよも反論の余地はなかった。両名共、先刻一郎から、引き続き病院でも仕事をするよう、依頼されている。それなのに全てが終わったような空気が、この家に漂っている。孝子は、先週「この秋の発表会は取り止めました」と告げている。たね子の看護に集中したいのだろう。国子はこの頃、孝子がずっと前からこの家に居るような錯覚を覚える。

「私だったら、お母さんのペースを崩さないで、親孝行をしたいと思うけど」

孝子の言葉を、国子は黙って聞く。二階に上がり眠ってしまいたいが、定男がまだ戻って来ない。時計の針は十時を指している。

「お母さんよく愚痴をこぼしていたわ、余分なお金を全然くれないって。そんなときはいつも私のところへ助けを求めに……」

実績のある次姉孝子の声には、力が感じられる。

隣室からたね子の鼾が聞こえて来る。エリザベスとやすよは自分たちの蒲団を敷きはじめている。国子は孝子のように夢中で話をする気持ちにはなれない。体中の力が抜けてしまっている。お母さんの病気は治るのかしら、と思うばかりだ。痰がからむと鼾が止まる。

頭の手術なんて、そんなことが簡単に出来るのかしら。何だか信じられない、と思う。病人に診断を下す、医者というものが怖く感じられる。父親の多助とは病状、病名が違うようだ。蜘蛛膜下出血、か。国子の頭の内部も蜘蛛の巣のように乱れ、払おうとしても、その手に無数の糸が絡みついてくるように思える。

一夜明けると、この路地の家は騒がしくなる。統率者がいないままに、めいめいが勝手に動き回るので、荷物造り一つにしても簡単に片付いていかない。人びとの話し声が高いので、ときには喧嘩をしているように聞こえる。

一郎は昼にはもう到着し、家のなかを長い足で歩き回っていた。同伴の妻則子、孝子、国子は、吸い飲みや茶道具を新聞紙でくるんだり、洗面具、替え着などの衣類、医薬品を整理するのに忙しい。やすよは片隅でおしめの枚数を数えている。須美子が台所で、たね子の粥を煮ていた。顔色がいやに白かった。じれったそうに何度も土鍋の蓋を取り、なかの様子を見ている。

ときどき咳込む様子も変わらない。

「これで、すべてが東京に移るんだなあ」

荷物造りと車の手配が済み、明日を待つばかりとなった夜、一郎は人びとの顔を見回してそう言った。やすよが作った煮込みうどんを皆が食べ終えたところだった。

「残るのは、須美子と定男君と国子だな」

須美子は食欲がないのかうどんをかなり残していた。一郎は少し考えるように目を瞬く。

「なあ、須美子、一万五千円でどうだ」

須美子の首が少し動いた。国子はその様子を見守る。不安が高まる。一郎にしてみれば当然切り出すべき問題なのだろうが、この場合やはり唐突に思えてしまう。須美子は良いとも悪いとも言わない。

「頼むから、後は出来るだけ簡単にやってくれないか、おれの方はそれだけ出せば充分と思うのだがね」

須美子は答えない。

一郎の目が咎めるように、微かに光る。

「おまえの方にも収入があるんだろう。毎日出ていれば少なくとも一万にはなっているはずだ。それに定男くんのところから三千円、合計、二万八千円。家賃のない生活なのだから、それで不足はないはずだ」

一郎は初めて、須美子の勤めに関することを口にする。須美子は頰の辺りに恐怖の色を浮かべ、下を向いている。そして最後には「はい」と言って首を動かしてしまう。

「でもお兄さん」

孝子がそれを見て、助け船を出すように言う。

「来月になって、今月のこの大世帯の光熱費を払うのよ、電話料金もあるし。それだけで三万ぐらいにはなってしまうわよ」

兄の妻則子もその意見に同意する。

「そうか、じゃその分は請求書が来たらおれのところに回してくれ。余分に渡してもいいが、使ってしまいました、ではおれも困る」

「それでいいの、須美ちゃん？　大丈夫なの」

「そうよ、須美ちゃん遠慮しないで言って下さいね」

「いい、と思うわ……」

小さな声で答える。早くも涙ぐんでいる。酔った勢いとは言え、先夜の強気はどこに行ったのか。須美子は金の計算が苦手なのだ。と同時に、金銭の話に強い兄が苦手なのだ。さらに、一郎に自分の生活を決められることを悲しんでいるようにも見える。しかしいつものように反論することが出来ない。微かな震え、怯える目。蠟のように白い顔に垂れかかる髪の毛は、艶がなく乾いてしまっている。

一郎は、もうそれでこの話は決まったというように、須美子に金を渡し一服する。

「定男くん、国子共々よろしく頼みます」

いつにない真面目な口調である。

「それからもう一つ話がある。皆にもこのさい言うが」

一郎の太い眉が中心に寄せられる。

「なあ、須美子。おれの気持ちとしては今の勤めは辞めて欲しい。言い分はあるだろうが」

「それは、私、出来ません」

予想外にはっきりした須美子の返事に、皆は驚く。一郎も一瞬黙るが、すぐさま切り返す。

「夜の仕事の、どこがそんなに気に入っているんだ」

「気に入るとか、そんなことではありません」

「では、何だ」

「私、もう他人の世話になりたくないの、辛くても構わないの、自分の仕事が、自分の世界が欲しいの。いまの勤めは私の生甲斐になっているの、辞められないわ」

「そうかな、おれは少しおかしいと思うな、というのは、おまえは以前踊りの師匠の看板を出していたのだろう。子供の頃から習って、戦後に名前を取った。おふくろも物入りだったと思うが、おまえの将来を案じてのことだ。弟子も十人前後あったと聞いている」

須美子は黙り込んだ。胸中を説明するのが苦痛になって来ている様子だ。

「第一、正しいと思うことなら、おれに隠す必要はなかったと思うよ、最初に相談に来てくれてもよかった。こちらにも社会的地位というものがある。それを利用すれば別の方法もあっただろう」

苦痛がさらに増したのか、須美子は右掌を、口に当てる。

「どうしたの、須美ちゃん、気分でも悪いの」

孝子は言葉をかけてから、一郎を責めるような目付きになる。

「一度に言ったら、反って混乱させてしまうわ。須美ちゃんの気持ちを聞いてあげて」

「聞いているつもりだが」

「ともかく明日がありますす。この問題はこれで打ち切りにしましょう。今の勤めを辞めてもらいたい、という希望は伝わったでしょうから」

「辞めてもらいたいな」

「辞めないわ、私」

須美子が叫んだ。右掌には口を抑えるためか、ハンカチーフが握られている。

「食べていかれないのよ。日本舞踊では」

それから声の高さを落として言う。

「後ろ盾が必要なのよ。大師匠さんのところに通って、教えを乞わなくてはならない、稽古場も借りてやりたい……。お父さんの力があったから、名取にもなれたけれど、それ以上は、体の弱い私には無理な話。お兄さんは踊りの世界のしきたりを何も知らない。でも、お母さんは知っていました。だから、〝はる海〟で働くことを許して……」

孝子が再び助け船を出す。

「確かに、雪子姉さん、お兄さん、私や亡くなった雅恵が育った頃と、下の三人とは親の年齢も経済力も違うわ。大きな戦争があって、お父さんが倒れて……。変わってしまったのよ」

一郎は脇を向いたまま苦り切っている。エリザベスは呆気に取られたような身振りをし、やすよは深く項垂れている。結局この話し合いはまとまらなかった。


たね子はその翌朝、担架に載せられてこの路地の家を出た。十一月十五日、朝からよく晴れた小春日和であった。顔を綺麗に拭き、食事も軽く取った。たね子は車に乗るとき機嫌がよく、目を大きく開いていた。

寝台の横の付き添い人の椅子には、スーツ姿の吉岡医師が坐った。助手台に一郎とエリザベスが乗り、車はゆっくりと走り出した。

「電車ですぐ行きます。病院には雪子姉さんと夏枝ちゃんが待っているはず、くれぐれも気を付けてね」

孝子が後方から声をかけた。留守番役を頼まれた国子は、則子、須美子、やすよ、そして〝はる海〟の主人はるなどと一緒に、いつまでも手を振った。

第八章

須美子は三日間酒場を休んだ。たね子が病院へ運ばれていった晩から発熱したのだ。痰が絡むような咳が須美子の部屋から聞こえた。手洗いに階下へ降りていくのも大儀そうにしていた。

国子は、須美子が発熱した翌朝、すでに家に戻って来ている吉岡医師に連絡し、そのことを伝えた。D病院に到着した孝子からは昨夜報告が届いていた。

「お母さん、無事到着しました。部屋は三階の七号室です。脈の乱れもなく、今は眠っています」

その折に聞いた電話番号のメモを見ながら、ダイヤルを回した。

「須美子姉さんが熱を出したの、とても辛そう」

国子は、孝子に状況を話した。

「分かったわ。取りあえずやすよさんをそちらへ帰します。吉岡先生によろしく」

吉岡医師は昼頃、二日前と同じように、大きな鞄を提げて往診に来た。出迎えた国子は申し訳ない気持ちになった。たね子を送ってほっとしたところではなかったかと、勝手に臆測していたからである。二階に案内してから手洗い道具を取りに階下へ降りた。再び二階に上がって行くと、吉岡が聴診器をしまいかけていた。

「風邪ですが、肺炎を起こしかけていますね、過労もあるようです」

須美子は何も言わない。

「とくに気を付けることでも……」

「おとなしくしていて下さい。出来るだけ。そうすれば治ります」

国子の問いに医師はそう答える。気のせいか不機嫌に感じられた。

しかし三日経っても容態は同じだった。戻って来たやすよが身の周りの世話をしていたが、国子も日に何度も須美子の部屋を運んだ。またそうしなければいられなかった。氷枕の上の須美子の顔は怖く感じられた。眠っていても安らぎが浮かんでいなかった。須美子は何かと闘っていた。闘わなくても良いのに闘う。だれかに似ている。それは自分だ。国子はそう思いながら須美子の寝顔を見詰めた。

目を覚ました須美子は、微笑むとすぐに言った。

「電話をかけてもらいたいの、番号は、東京の……」

まるで、夢の続きを話しているような性急ぶりであった。電話をかけること以外の話は、する気がないらしかった。国子は、メモした番号に電話をし、その相手に伝言をした。「熱を出して動けない。来て欲しい」というメッセージだった。だが電話の相手はいくら待っても来なかった。須美子は翌日、やすよに睡眠薬を買いに行かせ、二錠飲んで眠った。三日目の朝は気分が良さそうだった。須美子は起き上がって新聞を読み始めた。

「あのピッチャー、やっぱりG軍に留まるわ。ジュンちゃんの言った通り」

プロ野球界はストーヴ・リーグに入っていた。須美子の手にしている新聞には、今季で十年選手になった左腕投手の記者会見の写真が大きく載っていた。

「あら、ここに半分見える顔、ジュンちゃんよ。国子、ほら、ここ見て」

新聞に目をやると、それらしい顔が人垣のあいだから覗いていた。須美子は嬉しそうに笑った。国子は頬を少しだけ動かした。春から約一年のあいだに、須美子はその方面に詳しくなっていた。午後往診に来た吉岡医師は、背中の音を聞きながら首をかしげた。

「熱は下がりましたが、一度レントゲンを撮ってみましょう」

数日経ってその結果が分かった。須美子の両肺には雲のような影が広がっていた。右肺の上部には鶉の卵大の穴があるとのことだった。須美子は再発していたのだ。

「入院した方が良いですね」

「はあ」

「思い切って、辛抱して治しておしまいなさい。あとでよかったと思いますよ」

「でも、今は……」

失望の色を浮かべている須美子の声は、殆ど掠れてしまった。風邪の熱は下がり、疲労も回復し、明日からは酒場へ行くと言っていたのだ。

「勤めに出ることは医者としては許せないですよ」

吉岡医師は言い切る。丈夫だった頃のたね子の代役を務めているようでもあった。須美子を正面から見詰めて、頑固に唇を曲げている。

「それが、まだ片付けなきゃならないこともあるし」

須美子は苛立ちを眉のあたりに潜めながらも、一種の抵抗を見せている。

「言い難ければ、私からお兄さんに話しましょう。療養が全てです」

「待って下さい、お願いですからお兄さんには話さないで。今年いっぱい」

「話した方が良いと思いますよ」

「とにかく待って下さい。今はどうしても」

医師は困った表情のままで帰っていく。二人だけになると、須美子は国子に言う。

「あなたは黙っていなさい、絶対に」

はい、と答えることは出来ない。どうしてこんなに、追い込まれてしまうのだろう。突っ張っているような顔も見飽きてしまっている。

「気持ちは分かるけど、元気を出して下さい」

平凡な台詞を吐いて、話を終りにする。医師のようにどうしても入院しろという強さのない自分が歯痒い。

　須美子は蒲団から離れ、座椅子に寄りかかって、窓から緑の消えた山に目を向ける。二人で冷えた茶を飲む。火鉢の炭火も乏しくなってしまっているが、どちらも継ぎ足そうとはしない。全てが面倒になってしまった気持ちが、須美子の横顔にも、国子自身の心にも浮かんで来ている。お母さんの病院へ行かなくてはならないのに……。しかし東京の病院に移っていった人びととまた顔を合わせると思うと、無性に気が重くなって来る。


三階の七号室はかなり広かった。

付き添いの人の寝場所も、ガス台も流しも小さいがあり、病人とのあいだはクリーム色のカーテンで仕切られていた。スチームが通っているのか暖かかった。たね子の枕元の赤いチューリップが暑苦しげに頭を下げていた。

　都心の便利な場所に来たせいか、見舞客も多くあったようで、窓ぎわの張り出しの上には、花、果物、菓子などが積み重ねられていた。一郎の店の者で顔見知りの青年が二人、小さな木の椅子を運び入れていた。多助の代からの同業者が、現在の一郎の顔を立て、足を運ぶこともあるだろう。病室はどこか職業的な匂いがした。客間《サロン》であるようにも見えた。たね子はその中央であどけない顔をして眠っていた。

　夕方だった。須美子はその日酒場へ出ていた。やすよに留守番を頼んで、国子は初めてD病院へ来たのだ。エリザベスはカーテンの陰の棚に自分の道具を並べ、相変わらず一つの場所を作っていた。コーヒーの缶、化粧品、キャラメルの箱などが乱雑に置かれている。国子が来たことに気付いたらしいが、背を向けて茶碗を洗っている。

ベッドの左側が窓だった。あとは電気の光線に頼っているので、あまり明るい部屋とは言えない。窓を背にして孝子と夏枝が腰かけていた。孝子はたね子の汗をガーゼで拭き取っている。夏枝が咎めるような口調で言った。見慣れない化粧鞄を傍らに置いている。

「ちっとも来なかったじゃないの、何していたの」

「忙しかったの」

「だれだって同じよ」

須美子のことを弁解に言おうとしたが、この人数のなかで話すわけにはいかない。自分自身でも、話し出したらどこで留まるのか分からない気がしていた。腰かけて、たね子に顔を近付けた。あぶら汗が滲み出ていた。浴衣の襟も濡れていた。エリザベスが着替えさせているのだろうか。たね子の着るものはあれから始終変わっていた。

「この部屋少し暑いのでは。スチーム、要らないんじゃないの」

病人のためにはならないように思えた。

「いま頃来て何を言うの、もう皆でさんざん話したことよ、それ」

「窓を開けてあるでしょう」

孝子が言うが、洋式の窓は斜めに傾くだけで、あまり風が入って来ない。医師は差支えないと言っているという。

「手術の話はどうなっているの」

「何とも言わないのよ、心電図を取ったりしているけど」

「回診はここの院長さん？」

「そうよ」

「何と言うの？　いつも」

「ただ、蓐瘡の手当てまめにするようにと、それだけ」

「ひどくなったの？　蓐瘡」

「少し増えているようよ。でも、温度のせいではないと言うし」

見ると両方の踵はガーゼで包まれ、摩擦を避けるためか、穴開きの柔らかいスポンジで支えてある。臀部《でんぶ》にもそうしてあると孝子は説明する。

病状の進行と、人びとの顔色が一度に国子の頭のなかに入り込む。細部に囚われまいとしても、考えや気持ちが先へ進んでしまう。一週間のあいだ、須美子の発熱、朝夕の定男の世話、さらに日中姑梅子を訪ね、家計、義弟信二の話を聞く。それだけでも精いっぱいの頭のなかが、急に別の場面になって、相変わらずの混乱を感じる。夏枝は疲れているように見えた。瞳が大きい分、目の縁のくすみがよく分かる。毎日勤めに出ているのだろう。きつい言葉をかけられて怯んだ気持ちになるが、姉である以上、須美子と同じように見ていかなくてはならない。

「どう？　お勤め」

「うん、まあね」

夏枝は照れたように笑う。仕方のないことだったとは言うものの、我を通したあとの複雑な気持ちが感じられる。

「わが社の化粧品、欲しかったら三割引きで買えるわよ」

支給されたらしい鞄のなかには何種類もの化粧品が入っていた。それを持って美容指導員として、集会所や個人の家を回るのが、仕事なのだと言う。

「一個あげるわ」

口紅を国子の手に握らせる。その手がひどく冷たい。家庭に愛着を持っているにも拘わらず、夏枝は家の外に出る破目になってしまっている。しかしたとえ自分が不在でも、経済が保たれるようになった家庭は、夏枝を遠くから支えているに違いない。

やがて「子供が待っているから」と言って立ち上がる。少しでも油断すると、その生活がばらばらに崩れてしまうのだと言うような緊張感が、国子の心にも伝わって来る。帰りぎわに、たね子の頬をそっと撫でて行く。

夏枝が居なくなると、孝子は国子を近くの喫茶店に誘った。

蛍光灯のせいか、妙に黒ずんで見えるコーヒーを飲みながら、国子は悴んでいる手をストーブで温めた。東京の空気に慣れないせいか、喫茶店の香りが鼻を刺激するのか、くしゃみが続けざまに出た。孝子がちり紙を出してくれた。孝子は、毛足の長い暖かそうなオーバーを着ていた。新しい皮の手袋が、コーヒーを飲むたびに眩く感じられる。春川先生、春川女史。世間の人びとにそう言われている孝子の貫禄が、平生になく国子の心を圧して来る。孝子は若い頃からの一郎の対抗馬であった。学校の成績も兄より良かったと聞いている。困ったことは一郎か孝子に相談に行けば殆ど片付いた。二人は似ていないようでどこか似ていた。

国子は、高校に進学するとき、窮屈なミッション・スクールから男女共学の学校へ移りたい、と主張したことがある。たね子は、

「一郎と孝子に聞いてみなさい」

と言った。雪子はその頃、家庭の問題を抱えていたし、そうでなくてもたね子は雪子をそういう役目から外していた。東京の一郎も、本八幡の孝子も転校に反対した。その頃すでに二人は行き来していなかったが、その意見は同じだった。二人はいつになく真面目になって、宗教教育の効能を口にした。国子は不満だったが諦めざるを得なかった。

「須美ちゃん、おとなしく寝ている？」

国子は首を横に振る。

「今日は、勤めに行っています」

くしゃみがまた出そうになる。

「大丈夫なの？」

またちり紙を渡される。

「須美子姉さん、再発しているのよ、両胸とも。吉岡先生にレントゲンを撮ってもらって」

自分まで惨めに感じられて、鼻水に加えて涙が出そうになる。

「やっぱり」

「知っていたの」

「変な咳をしていたわ」

「入院しなさい、って言われているのよ、それも二、三年はかかるって」

「須美ちゃんはその気になったの」

「全然駄目。とにかく東京へ行きたがる。この生活を変えない、と言い張るの」

「あの男とは、相変わらず、でしょう」

「そうみたい」

孝子は、ジュンちゃんという人間について少しぐらいは知識を持っているらしい。おそらく須美子が勤めに出るまえ、金を借りに行ったときにでも聞かされているのだろう。

手足が少しずつ暖まって来る。孝子がコーヒーのお代りを注文する。再び熱そうな黒い湯気を見てから、国子は少しずつ須美子の日常について話し出す。もうじきジュンちゃんの家には家族が一人増える、一週間のあいだ何度電話しても留守で返事がない、それからいつも金に不自由している、と話す。一郎でなくとも文句を言いたくなる状況である。

「私にはよく話すのよ。最初は少し興味があったけど、今はもう沢山と言いたいの」

須美子を助けるつもりで話し相手になっていた自分が、結局は助けを求めるようになっている。自分の力で、須美子を支えることなど、到底できない話だ。孝子は、その国子の弱さを早くから見抜いているはずだ。

「分かりました。何とか方法を考えましょう。あなたが考えたって、どうにもなることじゃない。それより自分の家庭をしっかり守っていきなさい」

「はい」

国子は、これで最後というように鼻を強くかんだ。さらにコップの水を一息に飲み干す。夏枝や孝子のように、自分は暮らしを大切にしているだろうか。粗末にしていないまでも、全身の力で守っているかどうか。周囲の出来事に気持ちや足を奪われるようでは、自主性がないと言われても仕方ない。足元の地固めが足りないのだろう。一日に少しだけある定男と二人だけの時間。それが欲しくて引っ越してきたはずなのに。

「私、帰ります」

国子はそう言って立ち上がった。孝子が会計をするのを待って歩き出す。

街は夜の灯りに覆われていた。明るいネオンの後方にたね子の病院が黒々と見える。二人で地下鉄の下降口まで歩く。まだ十二月には間があるというのに、早くも降誕祭《クリスマス》の装飾で賑わう店が見える。都会の街の灯りも地下鉄構内の湿気の匂いも、国子には半年ぶりである。轟々と鳴る騒音や、行き交う人びとの群が異様に見えるほどだ。

「ねえ、国ちゃん」

買ってくれた切符を差し出しながら、孝子が躊躇った挙句のように言う。入って来る電車の音が聞こえている。

「一つの大きな仕事をやってみようと思っているの。音楽とは違うことなのよ、お母さんにも皆にも関係のあることなの。そのうちゆっくり話すから……」

あとは音で聞こえない。孝子の目が強く光るのが分かる。人の波と一緒に車内に押しこまれる。外で手を振っている孝子の顔が見え隠れする。電車が上下に揺れるように動き、そして走り出す。独りになると不安に捉えられる。何をやろうとしているのだろう？

だが、国子は不安を振り払う。孝子が何を始めても良い。これから、定男が待つあの路地の家に帰るのだから。

一度、二度、定男の帰りが遅くなり、須美子と連れ立って帰って来ることがあった。国子は少し不機嫌な顔を見せたが、ほんの少し安心することもあった。国子は、須美子の情報に詳しくなれたからだ。会社の方からの給料は、少ないが毎月期日に出ていた。それ故あの騒ぎは本当だろうかと思うことがあった。機嫌のよいときと悪いときでは会社に対する注文もかなり違っていた。忘れたように何も言わない日もあった。無事に年が越せるだろう、そんなことを漠然と考えるようになっていた。

須美子の方は、病菌に侵された半人前の人間だと知らされる前と変わらず、一日中体を動かしていた。あるときは健康な人間よりも敏捷であった。孝子がどういうつもりか口外しなかったので、須美子の再発はまだ他の人間に知られていなかった。国子の他では、やすよだけが少し感づいていて、時折、その後ろ姿を見て大きな息を吐いた。

「男が悪いんですよ、男が」

いつになく強い口調で、ジュンちゃんを批難することもあった。しかしそれでもジュンちゃんの現われた夜などは、酒の燗《かん》をつけたり、簡単な肴《さかな》などを作ったりして、須美子を助けた。着替えていった男の下着などを洗うのもやすよであった。

師走もせまったある夜、何日かぶりで須美子はジュンちゃんと路地に入って来た。玄関のガラス戸も勢いよく開け、廊下を歩く音を立て、茶の間に入った。そのうちに、何か意味の分からない歌を歌いはじめた。それが途切れると、「おめでとう」と大声叫ぶ須美子の声。例のごとく男の声は低くて聞こえない。「やすよさん、やすよさん」と呼ぶ。何か用を頼んでいるらしい。台所の戸棚を開ける音がする。その合間にまた咳き込んでいる。

しばらくすると須美子は階段を駆け上がって来て、国子の名を呼んだ。

「国ちゃん、もう寝たの。やきとりを買って来たのよ、定ちゃんと一緒に階下へ降りて来ない」

珍しく帰りの早かった定男は傍らで寝息を立てていた。国子は返事を渋った。

「今夜はお祝いなの、ジュンちゃんのところに、女の子が生まれたのよ」

国子は体を起こしかけたが、起きるのを止めて布団に潜りこんだ。

話を聞いた途端、須美子の顔もジュンちゃんの顔も見たくない、と思った。生まれた、喜ぶ、祝う。それを階下の二人に当てはめることはできない気がしたのだ。付き合いの悪い嫌な妹だと思われても良い。新しい生命の誕生を、そんなふうに喜んで良いものなのか。少し複雑に思うのが自然なのではないか。

定男の寝顔を眺めながら国子は考える。これから先、自分たちも、同じように、大切なことを誤魔化し合うときがあるのだろうか。それがたとえ酒の勢いだとしても……。今夜だけは、須美子姉さんと付き合うことはできない、と思う。国子が一番恐れているのは嘘に鈍感になってしまうことだ。そんな未来を想像するのは恐ろしい。

「来ないの?」

須美子は失望したような足どりで茶の間に降りて行く。

しばらくは階下の声も聞こえない。もしかすると二人では間が持てなかったのかもしれない。出て行ってあげればよかったのか。国子はすぐに悔やんだ。

ジュンちゃんはその夜から一週間続けてこの路地の家に泊まった。須美子の話では、産婦が退院するまで面倒を見るということだった。そう言う顔は誇らしげであった。だが、疲れは日に日に溜まっていった。肩の肉が何かに奪われたかのように落ちていった。それでも須美子は、ジュンちゃんのために美しく装うことと、酒を用意することを忘れはしなかった。

第九章

降誕祭《クリスマス》が近付いた。K市内の商店街も、東京のD病院の周囲も、ショー・ウインドーをけばけばしく飾り、それでいて妙にみじめで貧しい雰囲気をただよわせていた。ただ年齢の大層若い男女たちだけが、それを如何にも満足気に眺めて道路を闊歩していた。ほこりっぽい風が其処此処に吹いていた。

ある朝、国子はウイルソン神父の訪問を受け、降誕祭のミサまでに告解をしておくようにと注意を受けた。たね子が倒れてから教会へは一度も行っていなかった。国子は、

「何分母のことで忙しいので」と言い訳をした。

「須美子さんにも伝えて下さい」

神父は鼻のあたまを赤くしていた。寒いところをあちこち歩き回ったのだろう。国子のような信者が他にもあるのだろうか。甘えを許さぬ印象がそこに浮かんでいた。

「近いうちに、お母さんの病院へお見舞いに行くつもりです。くれぐれも大切にしてあげて下さい」

神父は外国人特有の体臭を玄関に残して帰っていった。あのシャルル神父の匂いも同じであった。だがそれは、家族連れで楽しげに街を歩いている一般の外国人たちのとはかなり違う。まるで太陽の下の海辺の岩のように、塩辛く乾いたものが、鼻をくすぶる。国子はそれを嗅ぐと何故か懐かしくなる。反抗しながらも素直な気持ちが心の隅に芽生える。国子は（今度の日曜日に教会のミサに行こう）と思った。

須美子はウイルソン神父からの伝言になど耳を傾けなかった。

「忙しくて目が回りそうなの」

その言葉通り、須美子は家のなかでさえ走って動いていた。いつのまにか須美子は髪の毛を赤く染めていた。化粧も濃く、爪は刃物のように尖らせていた。まるで濁流に流されているかのように日夜を過ごしていた。

疲労すると、たね子が使っていた注射器をとり出し、同じように鍋で滅菌した。腕には出来ないので、大腿部を出してそこに針を刺した。ビタミン剤でいくらかでも元気になると、すぐさま酒場に飛んでいった。客の数が増えているのか、終電車に間に合わず、夜、家を開けることもあった、そんなときは翌日の昼頃、紙のように白い顔で戻って来た。出勤前の二、三時間、体を休めるために、ウイスキーを生《き》のままぐいと飲んで寝た。何か飲まなくては殆ど眠れなくなっている様子だった。

国子は週に二度ほどたね子の病院へ出掛けた。

ある日、国子がベッドの横に立っていると、それに気付いたたね子が声を発した。

「クニコ、オマエノ、カォーガミタイ」

「何言っているの、私の顔なら、ここにあるでしょう」

国子には、オマエ、の次の言葉が、顔、に聞こえた。

「イヤ、カォーガ、ミタイネ」

「顔、ではなくて、子が見たい、と言っているのではないの」

居合わせた孝子が、そう言った。たね子は「ウン」と頷いていた。

国子は衝撃を受けていた。路地の家に引越したときも、その後も一度もそんなことは言わなかったからだ。結婚すれば子供が出来るのは当然のこと、と母は思っていたに違いない。もしかすると、たね子が定男と国子を受け容れた心の裏には、体の弱い姑梅子に代わって、孫の世話を抱え込むつもりだったのではないか。

「カォー、ではよく分からないでしょう」

国子は母の声の真似をして話を逸らした。しかし、結果としてはそれが末娘への、最後の言葉になった。

その後、たね子は徐々に衰弱していった。蓐瘡は背中に広がり、朝夕薬を塗っても回復する様子はなかった。心電図をとる機械も病室には入って来なくなった。手術の話はいつのまにか立ち消えになっていた。「年が越せればよいが」などという言葉が、どこからともなく出はじめていた。眠っているときも目を覚ましているときも、喉につかえている痰が間断なく鳴っていた。その音は見舞いに来るものを苛立たせるのに充分なほど、大きかった。その日の午後、

「痰を取りましょう」

と言って病院の看護婦が来た。看護婦は、割箸の先にガーゼを巻き付け、少しでも痰を除去しようと喉に押し込んだ。最初の一回はそれでも効果があり、ガーゼの先に青白い染みが出来た。だが二度目となると、喉を刺激するせいか、たね子は咳き込んだ。咳をすると痰の鳴る音が一層激しく聞こえた。苦しげにもだえ、息が止まってしまうかと案じられるほどだった。側に居るものは思わず、自分の喉に手を当てたほどだった。

エリザベスはこの看護婦を問題にしていなかった。

「あんな危ないことをするなんて、私には理解出来ません」

もちろん割箸で痰を取ろうとはしなかった。

「あの人は多分N系の看護婦ですよ。私はS病院の附属看護婦学校を卒業した看護婦です」

NもSも東京に古くからある、伝統ある病院だった。そうした対立は、国子自身うんざりしていた。次の見舞いの日の昼、国子は三階の階段付近で、七号室を探している二人の男に出会った。男たちは何か大きな荷物を運んでいた。

「ベッドなんですが」

「新しいの?」

「はあ、最新式で」

国子は首を傾げた。たね子は病院の備え付けのベッドに蒲団を敷いて寝ている。男たちは病室の前まで来ると、手早く梱包を解き組立てに取りかかった。スチール製のようで、白い塗料が艶やかに見える。音が聞こえたのか、エリザベスが扉から顔を出した。

「まあ、ベッドが届きましたか」

「エリザベスさん、知っているの?」

「孝子さまからの贈り物でございます」

「孝子姉さん?」

「この病院のベッドが粗末で、蓐瘡のために悪い」

「それは分かるけれど」

「今朝ほどお電話があって、午後には届くから、よろしく頼むと」

「支払いの方は」

国子は、男の一人に尋ねた。

「領収済みでございます」

組み立てられたそのベッドは、上部がハンドル操作で上下する高級品であった。病人の体には良いかもしれない。早速、秋元医師と若い看護婦が呼ばれ、医師の監督と娘の一人である国子の立会いの下に、たね子は新しいベッドへと移された。四人で蒲団の両側を持ち、少しずつ動かした。たね子は目を開いて周囲を見回した。唇が微かに動いた。

国子は耳を近付けた。

「ナニスル　ノサ」

瞳は不安に揺れ動いていた。

「新しいベッドに移るのよ、大丈夫だから」

横にぴったりと寄せた白いベッドまで、一メートル余蒲団をずらせば、ことは足りるのだったが、たね子はそのあいだ二度呻き声を発した。国子はその手をしっかりと握っていた。一時間後には、古いベッドは廊下の隅に追いやられた。白い塗料のせいか病室は以前より明るく感じられた。

「お楽になりましたでしょ」

エリザベスが問いかけたが、たね子は答えず長いこと天井を見ていた。何かを考えている様子でもあった。しばらく経って掠れた声が国子の耳に聞こえた。

「ダレ、ダレガ、買ッテクレタノサ」

みんなは口々に孝子の名を言った。すると、また考える表情になった。秋元医師と若い看護婦が、脈その他に異常がなかったのを診て引き上げると、あとは国子とエリザベスだけになった。エリザベスは窓ガラス周辺の埃を拭きはじめている。いつもはやすよの仕事である。やすよは休みを取っているのか。たね子がやっと口を開いた。

「タカコ、ムダヅカイ、スルンダネエ」

そして目を瞑った。


夕暮近く一郎が則子と連れだって病室に入って来た。一郎は素早く内部の変化を認めた。太い眉が大きく動いた。口元も少し引き締まる。おおよその見当がついたのだろう、妻の則子と顔を見合わせる。

「孝子さんからですね」

呟いたのは則子だけである。一郎は何も語ろうとはせず、

「移動はうまく行ったのですね」

と問う。エリザベスは、

「先生が立ち会っていらっしゃいました」

と返す。

一郎は医師と同じようにたね子の脈を取る。元衛生兵の仕草である。

「あの、上部がハンドルで動くのでございますよ、ほらこの通り」

エリザベスが話題を変えて言う。たね子の上半身が静かに動く。

「ハンドルも軽いのです」

と付け加える。スプリング上のマットも柔らかそうである。

「三万か、いや四万はするな」

相変わらずの一郎である。

「孝子さまは親孝行でいらっしゃいますわ」

「それはどうか、ねえ」

一郎は賛成の言を吐かなかった。

兄に背を向けるようにして、国子はエリザベスが拭いたばかりの窓から街を眺める。表は木枯しのせいか、道行く人はオーバーや着物の裾をひるがえしている。だが三階の高さからそれを見ていると、寒さの実感はあまり湧いて来ない。むしろ開放感が羨ましい。いつになったら淡々とした気持ちで、街を歩くことが出来るだろう。いつも背中を引っ張る得体の知れぬ力は一体何なのだろう。

孝子は、父と母が健在だった頃に生まれ育ち、成人している。当時高級品であったピアノも買ってもらい、音楽教師の資格も取り、稽古場も持った。その姉の現在の力はどこから湧いてくるのだろう。仕事を持っているからに違いない。実行力があるのも当然に思える。地下鉄のホームで光を放っていた孝子の目。熱っぽかったが澄んでいた目。あの光は仕事とそれに伴う収入を得ているからに違いないが、孤独と闘っていることも確かだ。仕事と妻と三人の子供、多くの部下を有している一郎とは、全てが違う。もちろん国子自身とも違う。一つ大きなことをやってみよう、と言った孝子。その孝子のたね子への贈り物。次に訪れて来るものは何なのだろう。背中に一郎夫婦とエリザベスの声を聞きながら、国子は考える

一郎が先に帰ったので、国子は義姉の則子と一緒に病院を出た。

八時を過ぎていた。定男は今夜また組合の会合で遅いと言う。急ぐ理由もなしに、国子はゆっくりと街を歩く。国電神田駅の方角に向かっている。新築したばかりの一郎の家は国電の目黒駅に近い。最初に一郎が建てた家は、新しい地下鉄線の地上車庫建設のために都に買われ、そこで目黒に広い土地を求め、新しい時代のモデルハウスのような家を建てた。そのとき新築祝いのパーティがあった。孝子と雪子は用事があると言って来なかった。たね子が、畳の部屋が一間しかなく、キッチンに隣接したリビングの広さに驚き、落ち着かない表情で歩き回っていたのが、印象的であった。国子は結婚したばかりで、まだ姑と同居していた頃だ。

「国子ちゃん、おなか空かないこと？」

則子の言葉に、国子はね「そうね、少し」と答えた。

神田駅のホームに沿って、料理店がずらりと並んでいて、その一帯によい香りが漂っていた。ひどく寒いのは空腹のせいかもしれないと思った。

小さな中華そばの店に入った。練炭火鉢が二つ置いてあるだけだったが、それでも暖かく感じられた。兄嫁の則子は夫の商売が大きくなっても、豪華な家に住んでも戦後の苦闘時代と同じように質素に倹しく暮らしを立てていた。それは国子が大人の年齢になって、次第に分かっ

てきたことであった。そしてまた一郎がその則子を気に入っていることも分かってきた。則子は化粧を殆どしていなかった。胸もたね子のように目立つほどの大きさではなく、服装によっては少年風な印象を与える。そんな則子に接するとき、認めたいとは思わないが、一郎の内部に潜む、肉親嫌い、が感じられる。「化粧品の匂いが嫌い」という言葉を、兄の口から聞いたこともある。それは女性が嫌いということか。後ろめたい思いが湧いてくる。国子の胸の鼓動は高まってくる。高校一年の夏、夜の浜で不良仲間と騒いだ頃、初めて化粧をした。結婚前の定男の心変りに傷ついたのも、その罰か。何故か、孝子の愛した人、Tの顔も浮かんでくる。

中華そばを食べ終えたとき、則子が茶を飲みながら言う。

「エリザベスさんがね、先程私を呼んで変なことを言うの。須美子ちゃんにお金を貸していると。金額は言わなかったけれど……。国子ちゃん知っている？」

「いいえ、初耳です」

しかし不思議ではない。相談するものが他にいなかったとも考えられる。

「お兄さんには？」

「話してないわ」

「返してくれって言うの？　お義姉さんに」

「そうではないらしいの。ただ言わずに居られなかったと」

国子は茶のお代わりをする。客の数はかなり多い。

「須美子ちゃん、恋愛中なのでしょう?」

「ええ、まあ」

「幸福なのかしら」

「さあ」

国子はさらに当惑する。この義姉に、どう説明して良いのか見当もつかない。

「これからのこともあるでしょう。おばあちゃんにもしものことがあった場合、須美子ちゃんはどうするのかと思って。その人と結婚するのかしら」

「お義姉さん……、その人、家庭を持っているのよ」

無言のまま、則子は目を大きく見開いた。次第にその顔は硬直していった。


東京駅で、則子と別れた。

K市に向かう電車のなかで、国子は則子との縁を考えていた。このところ、母の病と須美子の問題で、戦時中、そして戦後まもなくの話は、どちらからも出なくなっている。街頭で、白い傷病兵士姿の人たちが、募金を呼び掛けていた光景も、最近は見かけなくなった。

疎開地の茨城では、「銃後の守り」という言葉をよく聞いた。戦地に出ない一般国民のことを当時の日本社会はそう言っていた。則子は、茨城の疎開地で嫁ぎ先一家と、つまり国子の家族と一緒に暮らす「銃後の妻」であった。兄一郎が万歳三唱で見送られて出征した秋、則子はすでに妊娠していた。銃後の妻は都会にも農村にも多く居たから、当時小学校四年生だった国子にも、則子の立場は理解出来た。父母はひたすら、則子とその長男を守り、他の家族も従った。それはその頃の日本国民としては当り前の行為であった。

三年半後に兄が復員した。

「あのときが、それまでの人生で一番嬉しかったわ」

と後に則子は洩らしていたから、忘れられない体験だったに違いない。

その則子に、国子は一度世話になっている。

それはもはや思い出したくない話になっているが、現在の須美子を見る目を養ったという意味で、意識の上に乗せなくてはならないと思う。昭和二十七年の初冬、母たね子が父多助の看病疲れで倒れた。「喀血したのよ」と姉たちから聞かされた。老人性の結核であった。そのとき国子は来春の大学受験を目指して勉強中であった。三日目に、兄からの手紙が届いた。

これ以上、病人を増やしたくない。夏枝と国子を家で預かる。すぐに来い。

走り書きに近い字で、そう書いてあった。古いラジオからジングル・ベルの曲が聞こえるようになったある日、参考書と身の回りの物を風呂敷に包んで、夏枝と共に兄の家に移った。応接室しか空いている部屋はなく、その椅子を隅に積み重ねて、蒲団を敷いて寝た。兄は朝には千代田区の店に出勤し、夜には戻って来た。呼び寄せたことについて走り書きの手紙以上の説明はなく、「女が大学に行っても、発展性はねえなあ」と言うばかりであった。夏枝は兄の店に通っていた。高校から戻る国子は、則子や子供たちとよく顔を合わせた。しかし、則子からも大学受験を希望した理由などについて、尋ねられることもなく、ただ食事だけは与えられている日々になった。

兄は夜帰宅するとすぐに茶の間で食事を取った。酒は飲まなかった。障子は閉められ、給仕をする則子以外はなかに入れなかった。子供の一人が我慢出来ずに覗くことがあった。

「わたし、そのおかず、好きなんだけど」

という羨ましげな声が洩れる。どうやら、早めに夕食を取った女子供のおかずとは違うものが食卓に並んでいるらしい。小さな子供が我慢しているのだから、国子も我慢しないわけにはいかない。いつも手にしている英語の単語カードをめくって、その状況を忘れようとする。日本史の年表はすでに覚えたけれど。

ある休みの日、兄はその単語カードを見て、不意に言った。

「イマージェンシー、って言葉知っているか」

「知っているわ。非常時のことでしょう」

「それだけか」

「はい」

「緊急事態、突発事件のことも言う」

兄は暗に家の事情を言っているのか、と思う。それでも国子は進学への夢を捨てたくなかった。そしてその年の三月、国子は目指した大学を不合格になった。その時の遣り切れない思いは今でも燻っている。心の奥から湧き上がる夢。未来への希望。それは、何故か分からないが兄の言動と一致しない。夢を持たなければ、兄とは和が保てる。しかし……、それでは生きている気がしないではないか。

電車がK駅に着いて街に出たとき、あの日と同じジングル・ベルのメロディが聞こえていた。

第十章

古い教会は新しく建て替えられていた。白い壁が大きな木製の十字架を飾った祭壇のうしろに広がっている。以前の聖堂にはあったステンド・グラスは両側の窓だけになった。、白に反映して供えられてある花と聖灯は鮮やかに見える。向かって左端に造られた厩《うまや》の模型も同じであった。淡い光線の色にも助けられて、紙や布で造ったその岩屋が、いつしか本物に思われて来る。跪き台を備えた横長の椅子は、信者で埋まっていた。オルガンの反響も良く、音色がよく通る。

子供の頃に、聖堂で祈るという習慣を身につけた国子である。母が倒れて以来、心のなかはいつも揺れているが、この場に入ればすぐに手を合わせる。

降誕祭《クリスマス》のミサはまだ始まっていない。

(やっぱり教会には、正面のステンド・グラスがなくちゃねえ)

この教会が建てられたとき、たね子が洩らしていた言葉を思い出す。初めて足を踏み入れた東京神田の教会に馴染みがあるのだろう。その母のために今はもう祈ることしか出来ない。ウイルソン神父に誘われたことから、降誕祭のミサへと足が向いた。母の病が、国子を動かしたとも言える。母の正装は常に和服だった。和服姿の女性信者が、スータンと呼ぶ裾の長い黒服を着る司祭に挨拶をする風景は、時代の流れと共に遠のいている。子供の頃は、スータンがフランス語とは知らなかった。英語ではキャソック、それも英語の辞書を持つまで知らずにいた。その長い裾と、歩く時の神父の姿が、日本の子供の目に焼き付いた。そして母はその神父を敬愛していた。

古い時代の信者には、開拓者のような気持ちもあったことだろう。ステンド・グラスに映る朝日を仰いで、神の愛を感じ、希望を抱いたのかもしれない。愛、希望、そして夢。それがなくてどうして生きられよう、という思い。古い時代の教会には、そんな人間たちの素朴な思いが溢れていたような気がする。

国子が生まれ育った頃の母には、信仰によって生かされている喜びが感じられた。しかし、十九歳年上の兄一郎が育った頃の母は、どんな人間だったのだろう。最初は麹町の小さな店で商いを始め、関東大震災後に、大きな店に移り、やがてその裏の地に須美子、夏枝、国子が生まれる住居を建てたのだ。夢は所帯を大きくすることで、その現実に向かって真っ直ぐに突き進んでいたに違いない。現在の兄によって、国子の夢が少しずつ削られていくことを思うと、時代の違いを考えてしまう。

不良仲間と縁を切ってからの国子の夢は、一通の手紙から始まった。遠距離通学の楽しみは車中の読書にあった。あるとき、大崎という作家の作品に出会い、その一行一行に共感を覚え、その作家に手紙を書こうと思った。住所は新聞社に往復はがきを使って尋ねたら、親切に教えてくれた。国子は便箋に三枚ほどの手紙をその住所に送った。どういうわけか、いや神の恵みか、その大崎という作家が葉書で返事をくれたのである。

書き慣れた味のある達筆であった。その葉書が路地の家の郵便受けに届いたとき、母はその筆跡と差出人の姓名を目にしたに違いないが、何も言わずに十七歳の娘に渡してくれた。その日から母が血を吐くまでの一年間、大崎氏との文通があった。そう言えば、今日十二月二十五日が氏の誕生日だった、と思う。氏は神社の宮司の息子なのに、イエス・キリストと同じ日に生まれた、と面白そうに書いていた。こんなふうに文章が書けたらさぞ楽しいだろう、書くことに夢が膨らむようになった。

兄の家に移って以来、大崎氏に手紙を書かなくなった。勉強に忙しいという理由はあったが、実際には書けなくなっていたのだ。第一に住所が変わったことを知らせなくてはならない。それは良いとしても、仮に氏の葉書が兄の家の郵便受けに届いたら、兄の目に触れることがあるかもしれない。文士の優しさに満ちた葉書が兄の手に落ちる、破られるかもしれない、……考えるだけで泣きそうになっていた。

高校の卒業式寸前に、国子は病気回復した母の元に戻った。あの冬の経験が、現在の須美子を見る目を養ったと言えば、少し傲慢かもしれない。怯えながらも辞書を開き、英語、国語、日本史の三教科を学んでいた。そして十八歳の娘なりに、自分の置かれている状況を把握した。路地の家の玄関を久しぶりに開けたとき、母はいつになく出迎えてくれたが、嬉しくはなかった。その母から知らされたことがあった。

「夏枝と柚木さんの結婚式の日取りが、十月に決まったの」

「そう」

あのひと言が、国子の人生を変えたような気がしてならない。

午前零時に、ウイルソン神父が純白に金色を彩った祭服を着て、左手から現われた。聖堂の空気が一層引き締まる。神父は落ち着いた面持ちで人びとの方を向き、両手を広げた。国子は皆と一緒に立ち上がり、十字を切った。

やみに棲《す》む人よ　とく来たり仰げ
すくいの天《あま》つ日《ひ》　いまぞ昇ります
み神《かみ》のひとり子《ご》　今宵ぞ生《あ》れます

聖歌隊の声はよく揃っていた。白いヴェールと清楚な晴着が見えた。今夜のミサに備えて、綿密な準備をして来ていると見える。あの人たちの家族は皆理解し合い、愛し合い、助け合うことが出来ているのだろうか。全ては神の試練として受容しているのか。

須美子をまた思う。今夜はオールナイトで帰れないと言って出掛けた。教会の戒律を犯している姉。それを知れば今夜の参列者の殆どは蔑むに違いない。歌声が届くはずもないが、届いているような気持ちも湧いている。
しかし行く手には茨の道が続いていることは確かである。手を合わせ祈っても、心のなかの雑念は消えていかない。定男とその肉親。自分の肉親。全ての人を精いっぱい愛します、と十字架に向かって誓うことは出来ても、実践は困難である。現在の国子にそんな力はない。ただ気にかかって仕方がない。人びととの距離が遠く感じられる。腹立たしささえ感じる。それでも国子はこのミサに逃避に来たとは思いたくはなかった。

あおげや仰《あお》げや　やみに棲《す》むひと
朝日とのぼりて　メシア来ませり　グロリア……

暗闇のなかで吐息している人がどれだけいることか。歌ミサは続く。人びとの熱気のせいか顔が火照る。しかし足は冷たく感じる。中途退席する勇気はない。子供の頃の躾が心身を縛る。我慢強くもなっている。姿勢を崩さないまま、ミサの進行と溢れる雑念に、国子は耐える。長いミサがやっと終わる。
真冬の外気に触れた途端、国子は身震いした。聖堂の前庭には、もう半分以上の人が出て来ていて、闇のなかに白い息を吐いていた。入口のところから流れる微かな光線によって知った顔を見付け、挨拶を交わし合う声が聞こえる。興奮しているような高い声も混じる。一時半を回っている。このような深夜に喜び語り合うこと、一年のうちで今夜だけ許されることなのかもしれない。中年の婦人たちがことさらに嬉しそうにしている。その声が盛り場で男たちと騒いでいる女たちより、むしろ艶めかしく感じられる。

国子はもうそこに未練のないのを確かめると、くるりと背を向けて、早足で歩き出した。

「国子さま」

門柱の脇で不意に呼び止められた。人影は子供のように小さかった。二、三歩前に出ると、暗闇のなかからやすよの顔が浮かび上がった。

「おひとりでは不用心と思いまして」

その表情には嘘が無いように思われた。

「有り難う」

寒さを忘れる思いになった。やすよは普段の服装に古びたショールを羽織っていた。その丈は長く、やすよを余計に小さく見せていた。しばらく忘れかけていた甘えが、胸に湧いていた。並んで歩こうとすると、やすよが後を向き、聖堂の尖塔を仰いだ。

「立派な建物でございますねえ」

「やすよさんは、この教会に初めて？」

「はい、そうでございます。感激いたしました。私少し早めに来たものですから、入り口から、なかの様子を見ておりました。あの歌声も聞きました。静かな気持ちになりました」

「そう」

やすよの言葉に偽りは感じられなかった。国子は照れくさい思いになった。五十を過ぎたやすよの心が、国子よりはるかに素直に感じられる。幼児洗礼者の国子には、そのような感激はない。そんなに綺麗事ではないの、という気持ちがあるが、それも言えない。それでも国子は、今夜のやすよのような人に会うことが、決して嫌ではない。

「じゃ、やすよさん、今度の日曜日に一緒に来ましょうか」

「はい、ぜひお伴させて下さい」

嬉しそうに微笑むやすよと夜更けの道を歩き出す。定男が待っているだろう。帰ったら、今夜のミサについて何と説明しよう。一向に年末のボーナスを出そうとしない定男の会社。これからの二人の生活はどうなるのだろう。

第十一章

翌日、D病院では思いもかけない客が現われた。

その日の早朝、秋葉原警察署から春川商店に、

「お宅の縁者と思われる老人女性を預かっている故、引き取りに来て欲しい。姓名は坂根あい子、七十歳くらい。住所不定」

と連絡があったという。坂根あい子は母たね子の姉、一郎とそのきょうだいには伯母に当たる。戦後の一時期、路地の家で共に暮らした女性でもある。義理の息子と共に住むと言って、国子が高校に入った年に東京荒川区に引越した。いや、引越したはずだった。

国子が午後に病院を見舞ったとき、すでに伯母あい子は母の病室に居た。兄一郎は、秋葉原警察署で、伯母あい子に会った経緯を皆に話していた。

「近くを徘徊しているところを、保護され、家はどこですか？　と尋ねられたそうだ」

伯母は、

「家はね、神田リュウカンチョウ、リュウカンチョウ」

と繰り返していた、という。龍閑町というのは伯母さんやたね子が生まれた場所の町名である。しかし、すでにその町名はない。神田岩本町に龍閑記念公園というのが残っているだけだ。困り果てているときに、「春川商店」の名前がぽろりと出た。警官に大福を一つもらい、食べて機嫌が良くなった後だった、という。

笑い声が湧いた。「やっぱり和菓子屋の娘だわね」という声も出た。

ともかく母たね子と伯母あい子は、姉妹の再会を喜んだ。しかし、あい子は痴呆症になっていた上、義理の息子に捨てられたようであった。一郎が、「××君はどうしている？」と尋ねても、何も答えようとはしなかった。途轍もなく嫌な思いを忘れるために、記憶の扉を閉じたようにも思えた。

「それにしても、龍閑町だけは忘れなかったのね」

孝子が母と伯母の顔を見比べながら、言う。

「不思議なもんだ」

「忘れがたき　ふるさと」

小学校時代に覚えた童謡のメロディが浮かんだ。ふるさと、そして実家は、痴呆になっても忘れることのない存在なのか。病んだ老姉妹の対面には、思い出の甘さと辛い現実が感じられた。しかし、一旦引取り人になった一郎は、その収容先を考えなければならなかった。

「とんだクリスマスの贈り物だな」

一郎は苦笑いをして言う。

「国子、もう一度警察に行く。付き合ってくれ」

「はい」

夕暮れの道を、大股の兄と並んで、小走りに歩いた。

兄は、警察で、伯母の義理の息子の名前を言い、

「逃げた者は捕まえてやる」

と呟きながら、渡された書類に書き込んでいた。横から見るとそのくせのある字は、受験寸前に「すぐに来い」と書いてきた字と同じだった。

この兄から、自立したい、という思いが強く湧いた。離婚はしない。それで自立することは可能だろうか？

「見付かると良いのですが」

と呟く警察官の声が無人の部屋に響いた。

暮には定男と一緒に姑梅子のところに通い、片付け仕事や掃除を手伝った。梅子は力仕事ができなくなっていたので、助かったと言っていた。その折、母の病状を話し、病院に任せるしかないと言った。信二は蹴球部の練習に出かけていて、その夜定男も大学ＯＢの忘年会会場に向かった。国子は梅子と二人で夕食を取った。静かなひと時であった。読書の話をしなければ、梅子の顔が曇ることはなかった。ふと、須美子の話がしたくなり、いったん口を切ると遠慮す

る気持ちも失せ、レントゲンの結果を知らせた。梅子は茶を淹れているあいだ黙していたが、やがて呟くように言った。

「それはお気の毒に」

そしてその年が終わった。


たね子は、年は越せたものの、新年早々呼吸困難になった。五日の朝、病院へ駆けつけると、すでに酸素吸入器が取り付けられていた。ベッドの下には大きな酸素ポンプが横たわっているだけで大ごとに思えた。たね子は喉を大きく震わせていた。瞳の色は灰色に近い色に変わっていた。蓐瘡、汗と熱の匂いだろうか、たね子の体の匂いも嗅ぎなれた甘さを無くしていた。

一郎夫婦、雪子、孝子、夏枝もすでに来ていた。国子と一緒に到着した須美子は、グレイのスーツ姿で、白い首に赤い色のスカーフを巻いていた。

「遅くなりまして」

国子は須美子と口を合わせて言った。

「静かに」

酸素の出るラッパを手で押さえている夏枝が寝台の側で顔をしかめた。急いで出て来たのか、普段のセーターを着ていて、お白粧っ気もなかった。K市から出る国電は十五分間隔で、時間の余裕があったとはいえ、外出着を身に付けて来たことが恥ずかしかった。一郎からの連絡を受け、咄嗟の間にきちんと身支度することを忘れなかったのだ。車中、こんな時に赤い色を身に着けるなんて、と須美子の首が気になったが、黙って窓ぎわの張り出し椅子に腰を下ろした。

一郎は夏枝の反対側に立っていて、苦しむたね子を見守っていた。孝子と則子はカーテンの向こうの畳の上でひと休みしているようだった。何か話をしているのか、小さな声が聞こえている。雪子はベッドの足元の小さな踏台に腰かけ、半ば茫然としていた。須美子は意味もなく、人びとのあいだを歩き回っている。一郎はその須美子にときどき視線を配る。やがてだれに聞かせるともなく口を切る。

「心細かったなあ。おれは九時ごろ此処へ来たんだ。そしたらおふくろが突然苦しみ出した。あいにくエリザベスさんは買い物へ、もう一人は物干し場に行っていた。階下に電話をかけにいくこともできず、どうしたらいいかと思った。僅か五分ばかりのあいだだったが」

一郎の声にはそのときの感情が籠っていた。

「本当に少しのあいだのことで」

エリザベスが相槌を打った。それから、兄の話の続きを始めた。エリザベスは兄には従っている様子だった。話の長いエリザベスに比べて、一郎は安堵の色を全身に表わしていた。「正月早々だからなあ」と呟いてもいる。

ふと国子は義弟の信二を思う。

正月に挨拶に行った折、たまたまテレビのラグビー中継を見ていたこともあったが、一度振り向いただけで、すぐに首を元に戻した。

「この子は、とにかくスポーツが好きで」

と姑は言い訳をしていた。二階のふた間は夏に引き続き他人が入っていた。大学へ入ったばかりの信二は、いつのまにか定男より背が高くなり、存在感を強くしていた。弟として兄の定男に対抗意識があるようにも感じられた。旧約聖書のカインとアベルの話は知っていたが、一郎の他に男子はいなかったので、深く考えることはなかった。定男と結婚するとき、「女きょうだいが居なくて、良かったわね」と言う人もいた。女小姑のことを差しているのだったが、疑問を感じることもあった。有名私立校からその大学に進学した信二には、強い誇りが感じられ、その点だけでも扱いにくかった。国子を初めて自分の家に入って来た他人として見ていることは確かだ。しかも、信二はこの家では母親に属している人間である。

国子は、あの冬以来大学進学は諦めた。いや、実際には有耶無耶になったのである。桜が散った頃から、家のなかは夏枝の結婚式の準備で活気づいた。婚約者となった柚木は、休みの日は必ず、そうでない日も勤務の後に姿を現わし、母ばかりか寝たきりの父多助にもきちんと挨拶をし、それから茶の間で話し込んだ。時には大学の友人を連れてくることもあった。母は誰でも歓迎し、食事を作ったり、悩みごとの相談をしたりした。特に小田和也という青年を可愛がっていた。小田には両親が無く、姉に育てられたと言っていた。国子の結婚相手として、母は柚木の友人も考慮に入れていたと思うが、国子は柚木とその友人たちに、心を動かされることがなかった。

柚木の家はK市の北側で、路地の家までかなりの距離だったが、歩いて通ってきた。国子は、その柚木の熱意と、愛される喜びを満面に表わしている夏枝の存在に強く刺激された。しかし、周囲の配慮は、妹が先に結婚する姉の須美子の顔色ばかりに向いていて、国子の胸の高鳴りに届くことはなかった。姉二人の離婚を見てきたなかで、離婚をしない結婚とはどんなものか、人はどうして離婚するのか、と密かに考えることもあった。

「今まで有難うございました」

十月十六日、振り袖姿で夏枝がベッドの上の父に挨拶した。父は仰向けに寝たまま、声を上げて泣いた。結婚式は教会だったが、披露宴は家の二階で行われたのだ。兄夫婦と姉たちそして国子、さらに友人数名が参列した。心の籠った温かい披露宴であった。表面的には、父の泣くシーンに心打たれ、夏枝の花嫁姿に見惚れもしたが、心のなかは複雑であった。国子は浪人中なのであった。一ヶ月後に、全国共通の適性検査を受けに行かなくてはならない。当時、洋裁店で週三日アルバイトをしていた。結婚式が無事に終わった安堵があったのか、母も兄も試験を受けに行きなさい、と言わなかった。国子自身もその安堵を認めていた。勉強に手が付かなくなり、当日、試験会場には行かなかった。

寒い冬と共に、敗北感が生じた。結婚して姑、信二と暮らし始めたとき、その思いを強くした。しかし、夫の定男は七歳年上の兄、そして国子は義姉である。難しい関係になっていることは事実であった。兄が結婚したとき、国子は小学校二年生だったが、他人の則子に何を感じさせたのだろう。ミッション・スクールの制服だろうか。あの頃は窮屈な学校が嫌いだったのに。経験が役に立つこともあるが、邪魔になることもある。肉親と義理の仲、それにしても数が多過ぎる。

病室の扉が開き、白百合の花束と共に、修道女の服装が見えたとき、国子は直立不動の姿勢になった。それは国子の母校の教師たちだったからである。

白と黒の修道服は、いつ見ても鮮やかで、見るだけでも、そして足音だけでも緊張させられた。二人の修道女は、シスター・Aとシスター・Mであった。

「お見舞いに伺わせて頂きました」

二人は深々と頭を下げた。最後の別れをしに来たのだろうか。どちらも日本人。旧名ももちろんある。国子が生まれる前、二人は春川家の使用人だった。関東大震災で、以前の暮らしを失い、教会の仲立ちがあって雇用した、と姉たちから聞いている。シスター・Aは、いまでは国子の母校の副校長に、シスター・Mも、校内で重要な地位にあった。どちらも長く、あの戦時中ですら、たね子と交流があった。

「心から、お祈り申し上げます」

どちらも悲しみを全身に表わしていた。しかし、声には張りがあり、人の上に立つ人間の威厳を示していた。母校の教師と不意に顔を合わせ、落ち着かない気持ちになったが、その貫禄に敗けていることは否めなかった。

まもなく駆けつけたウイルソン神父の手によって、二度目の終油の秘蹟の儀式が行われた。見慣れぬ人間が次々に現われるので、七号室の前には、もの珍しげな顔をした人たちが集まっていた。大部屋には歩くことができる患者もいるようだった。この大勢の人たちとの関わりが母の人生なのだ、と国子は見物人に語りかけたい気持ちであった。

夕方になっても人の足は絶えなかった。

医師の話では今夜が峠ということだった。だれも帰ることは出来なかった。狭い病室はたちまち満員になった。神父と修道女たちは帰ったが、教会の婦人会有志、吉岡医師に代わるまでの医師山本。一郎の子供たち――つまりたね子の孫たち。それから店の人とその家族。見舞客は絶えなかった。

五時過ぎ、則子が声を張りあげて言った。

「隣の病室が空いていたので、臨時に拝借しました。お休みになりたい方はどうぞお移り下さい。お茶の用意もございます」

隣の八号室は二人部屋でかなり広かった。ベッドが二つあるだけであとは何もなく、ガス台の上の薬缶が湯気を立てていた。調理場から借りて来たのか、湯呑み茶碗が三十ほど盆の上に載っていた。人びとの殆どはその部屋へ移動した。一郎も長い足を運び、左側のベッドの上に体を横たえた。国子は夏枝と一緒に、その隅に腰を下ろし熱い番茶をすすった。肩の凝りがいくらかでもほぐれて来るような気がした。

そのとき長姉の雪子が一人遅れて八号室に入って来た。外套を着たままで寒々とした表情をしていた。焦悴の色も浮かんでいた。空いている椅子に腰を掛けると煙草に火を点けそれを吸った。差し迫った空気が国子の胸に伝わった。此処に居てはいけないな、と思った。

国子が立ち上がると夏枝も同じように立ち、二人で廊下への出口に向かい、八号室を出た。暖房の通っていない廊下の空気はひどく冷たかった。再びたね子の病室に戻ると、カーテンの陰に居る孝子と目が合った。あとはエリザベスと病院の若い看護婦と、先刻駆けつけて来たやすよだけだった。しかしやすよは家が不用心なので、すぐに帰らねばならないはずだった。二人の妹の姿を見て、孝子は物言いたげな顔をした。いつのまにか須美子の姿が消えていた。

「出かけたのかしら」

孝子は首を横に振った。

「今電話を掛けに行っているの。先刻からもう三度目」

「そう」

「彼氏が職場に居ないらしいの。帰って来て十分もすると、また階下へ降りて行くの」

「きっと話がしたいのよ、お母さんのこと色々」

須美子の行動を庇った。そう言ってから、自分の軽卒さを悔んだ。独り暮らし十年のこの姉にそうした甘えは通じない。孝子は冷静に須美子の健康回復を願っているのだろう。

「これ以上、現実を悪くしないのが一番でしょう」

国子は頷く。

「お母さんがこんなでなければ、今日にでも吉岡先生に会って、話を進めるのだけど」

「先生は、勤めに出ることは自殺行為だ、と」

そのとき一つの影がカーテンの向こうで動いた。微かにエリザベスの香水の匂いが流れた。だれの話し声もしていなかった。

孝子と顔を見合わせた。おそらく一時間も経たないうちに須美子の再発は、人びとの耳に伝わってしまうだろう。彼女が聞き耳を立てていたことに間違いはなさそうだった。しかし積極的に口止めする気持ちは、どちらにもなかった。孝子は演奏のために太くなっている指を強く鳴らした。

「お兄さん、雪子姉さんと一緒に居るのよ」

小声で囁いた。問題の上にまた問題が重なる、しばらくは耐えることになる、という意味の、一つの合図でもあるのだった。孝子は小さな声で笑い出した。だがその声は寒さのせいか、疲労のせいか枯木が風で触れ合う音のように、乾いたものに聞こえた。

六時を回った頃、定男がふらりと七号室に入って来た。側へ寄ると吐く息に酒の匂いが感じ

られた。国子が咎める目付きをすると、定男は、

「午後から会社の新年会だった」

と言う。急いで廊下へ引っ張って行った。正当な理由があったとしても、こんなときに不謹慎と、身内に思われたくはない。廊下の端に古びた長椅子があった。定男はそこに外套のボタンを外したまま、足を大きく開いて仰向けに寝るような姿勢で腰を下ろした。

靴がひどく汚れていたので、ハンカチーフを差し出し、

「これで拭いたら?」

と言った。

「いいよ、面倒だ」

国子は手を伸ばし、靴の汚れを払った。

「どうするんだ、今夜」

「うん、こんな状態じゃ帰れそうもないわ」

「じゃ、こっちは帰るか」

しかし一向に立ち上がろうとはしない。

「おなかは?」

「空いている」

「表へ食べに行く?」

「いや、いい」

「此処へ寄ってくれなくてもよかったのに」

　国子はそう言ったが、定男は黙っていた。男一人ではできないこともあるだろう。といって差し迫った用件もなさそうだった。もっと話をしていたかったが、今朝からの騒ぎに疲れ、言葉が思うように出て来なかった。

「玄関まで送るわ」

　定男はゆっくりと腰を上げた。両手は外套のポケットに入っていた。マッチ箱と煙草の箱が入っているのか、こすれ合う音が聞こえた。

　二人で歩きはじめたとき、後から近付く足音のために、その小さな音が消えた。ハイヒールで走る音は半ば金属的に聞こえた。それは今まで二人が腰掛けていた長椅子のところで止まった。振り返ると、頬の辺りに翳りを浮かべている雪子の横顔が見えた。一郎に頼みごとをして、受け容れられなかったのか。

　言葉をかける力もなく、玄関に出てドアを開けた。病院の敷地内を出て先の十字路まで歩き、信号の手前で定男を見送った。

　三階の母の病室に戻ると、八号室から戻った一郎が、須美子と話していた。

「何故、言わなかった」

　須美子は赤いスカーフをほぐしては結び、結んでは解いていた。

「そんなもの、取りなさい」

一郎の言葉に首から外したが、膝の上でそれを握りしめていた。

「どうして言わなかった」

須美子は答えなかった。

事が知れわたるのに時間はかからなかった。人びとは八号室に呼び寄せられていた。たね子はまだ細々と呼吸を続けていた。エリザベスと若い看護婦がそばに居るはずだった。が、集まった人たちは危篤のたね子を置き去りにしていることを忘れるほど、感情をたかぶらせていた。

「肺の片方に空洞が出来ているそうじゃないか。エリザベスさんに聞いてまさかと思ったので、吉岡先生に電話をした」

一郎の声がときどき女性のようにカン高くなった。穏やかに話そうとしても、気持ちが抑えられない様子だった。

「国子は見たんだろう、レントゲン写真を」

「はい」

「孝子は?」

「私は見ておりません」

「ばかが揃っているな、全く」

一郎は汗を拭う。相変わらず暖房の温度は高い。秋元医師がいま此処へ来るのだという。一階に診察室があるが、須美子も一郎も一階に行こうとはしない。須美子は二つのベッドのあいだに腰掛けさせられ、人びとがその周りに居る。まるで私刑《リンチ》をうける被告のようで、痛々しい。二人で一階の診察室の戸を叩けば、こんなに仰々しくはならないだろうに。

先刻一郎に、

「須美子のことで話がある、すぐに八号室に来てくれ」

と言われたときも、人びとは消極的な表情をしたが、すぐさま立ち上がった。もちろん国子も後に付いいた。漠然とこのときを待っていたような気もした。

二、三歩進んだとき、たね子の枕元で花を活けているエリザベスの姿が目に入った。平然としていたが、動く手先がその感情を表わしているように思えた。須美子の再発を一郎に報告したことは明らかだった。これが彼女の性分のかもしれないと思った。

告げ口、の縮図は、ミッション・スクールの幼稚園時代からあった。此処から先は、園児が立ち入ってはならない、決めたもの以外は家から持って来てはならない、など厳しい規律は多くあり、それを破った友達を、保育のシスターに告げるのは簡単なことであった。告げられたシスターは、規律を破った児童に注意をする。告げ口をした園児がそれを見ている。得意な表情に思える。幼い国子の頭にもその三角図が容易に浮かんだ。以来、告げ口は好きではなくなった。

エリザベスがふと憐れに思えた。告げ口をしないでも、生きて来られたことが幸せのように感じられた。具体的な理由は浮かばなかったが、そうしなければ心が晴れないということはなかったからである。

しかし、秋元医師が部屋に入って来て、須美子の病み衰えた胸の肌が、人びとの目にさらされると、国子は再び感情的になって来るのをおぼえた。エリザベスだけではなく、何か大きな影のようなものに対してであった。

一郎は両方の眉を寄せて、聴診器を当てられている須美子の胸を見ていた。則子の目も夏枝の目もそこに吸いついていた。独り現実的ではない微笑みを続けている伯母の坂根あい子も、須美子とそれを囲む人びとに目を投じた。

雪子はあのままどこかへ出て行ったのか、その姿はなかった。万里ちゃんの容態はどうなのだろう。金策に行ったのかもしれない。一郎との交渉が成立しなければ、それが当然必要になって来るだろう。たね子が健在でないことが悔やまれる。

「こういうことは、隠す、隠さない、の問題ではないだろう」

一郎は怒りを正面に出し、文句を吐き散らした。須美子は項垂れたまま、何も言わなかった。言えなかった理由は山ほどある、でも言わずに死にたくはない。生きる方法を考えたい。国子は密かにそう思った。須美子の顔は蒼ざめていた。被告というより、死刑を宣告された者のようだった。孝子が顔を背けた。光線の具合でよく見えなかったが、その横顔は笑っているようにも泣いているようにも見えた。窓の外では夜の灯りが点滅していた。

秋元は診察を終えたが、黙したまま口を開こうとしなかった。

一郎は秋元の答えを期待するように、顔を上げていた。それによって須美子に与える言葉も決まってくるからだろう。

「写真は明朝、K市の医院から届くのですが」

「そうですね……」秋元の口は重い。

「うちでも写真をとってみましょう、明日にでも」

そして立ち上がる。扉口の方に歩きかけると一郎が慌てたように後を追う。たね子に初めて診断を下したときのように、積極的な答えのないのが不満なのか。

「やはり入院療法をした方が、よろしいのでしょうか」

「それは」

あとは閉まる扉の音に遮られ聞こえない。一郎はそのまま戻って来る様子がない。人びとはすぐさまその一郎を非難するような色を顔に浮かべる。確かに話があるから来てくれと言った一郎の言葉には、無責任なものがある。だれも相談などされず、ただ診察を受ける須美子を見せつけられたのに過ぎない。孝子も夏枝も、妻の則子でさえも呆気にとられたような表情をしながら、それぞれ勝手な姿勢をとりはじめる。国子も、そんな人びとの感情に気付かぬほど慌てていた一郎のことを、変に思いながらも、取り残された空しさを取り払うことができない。

数分経って須美子のそばに寄り、此処でしばらく休んだらどうかと言って、左側のベッドの毛布を下に敷いた。須美子は無言でベッドに身を横たえ、毛布をすっぽりと頭まで被った。まるでこれ以上人目にさらされたくないと言わんばかりだった。それきり動かなかった。毛布の下に、病んだ血の流れている体が大きく屈折していた。いつもの甘ずっぱい匂いが強く国子の鼻をついた。それはまだ須美子が抵抗を止めていない証拠のようにも思えた。赤いスカーフが床《ゆか》の上に落ちていた。国子はそれを拾って、ベッドの手すりの上に掛けた。そのとき、孝子と夏枝が忍び足で部屋を出て行く姿が見えた。外の空気が吸いたくなったのか。

「御親戚の方は、全部お集まりですね」

しばらくして、たね子の部屋を訪れた院長が言った。

「やはり、今日明日《あした》でしょうか」

戻って来た孝子が尋ねていた。十一時を過ぎていた。院長は、確実なことのように頷いた。

秋元に比べ、恰幅のよい体格をしていた。それから人びとは空いているベッドや張り出しや椅子にてんでに寝場所を決めて、じっと蹲った。病院内の灯りはもう全部消えていた。

第十二章

朝の白い光線を窓から得て、目覚めを覚えたとき、国子は何よりも先に、何ごともなく一夜が過ぎた、と思った。

あたりの様子も昨日とは変わっていなかった。エリザベスが果汁を入れた吸呑みを持っていた。酸素の入っているポンプも、黒いゴム管もラッパも昨日のままだった。たね子はまだ生命の灯りを燃やしつづけているのだった。隅の椅子から立ち上がり、羽織っていた外套をそこに置き、たね子に近付いた。病臭はさらに増していた。かすかに開いている瞳が鈍く光り、蒲団の脇から垂れている左手の爪が、黄色く変色していた。のどの痰の音が、深い眠りの鼾のように、辺りに響いていた。闘っているという表情はもう消えかけていた。静かに眠りにつくのを待っているように見えた。須美子以外の人間はすでに起きていて、たね子の周囲に集まっていた。だれも八号室で寝ている須美子を起こしに行こうとはしなかった。

十時頃、近所の店の稲荷寿しを、朝食代わりに口にした。酢を混ぜた御飯がまだ温かかった。人びとはその寿司を無言で口に入れた。手を出しては頰ばり、嚙んで呑み込んではまた手を出した。だれも同じ動作を繰り返していた。全ての感情を忘れてしまっているように見えた。国子はさりげなくその光景を眺めながら、病院のアルマイト皿に、須美子の分を取り分けた。この場に居合わせない須美子のことを忘れてはいけないという行為でもあった。人びとは十人分もあった寿司を平らげ、熱い番茶も飲み干した。どの顔も紅潮していた。微笑みさえ浮かんでいた。国子は体のなかに朝の力を感じて、どうにもじっとしていられない思いになっていた。母親の死が近付いていると言っても、国子はまだ二十五歳なのだった。

だがそこへ寝乱れた姿の須美子が入って来たとき、人びとの顔からその微笑みが消えた。グレイのスーツには寝皺が大きく付き、結い上げた髪の毛の一部が襟首にからみついていた。もちろんまだ顔は洗っていず、その一重瞼は腫れあがっていた。

「どうだい、具合は」

静かな口調で一郎は問いかけたが、不快を噛み殺しているのが傍目にもよく分かった。

「いつも通りよ」

素直な口調ではなかった。八号室に取り残されていたことに腹を立てているのか。不機嫌の意味は不明だった。

「お稲荷さんを食べなさい、おなかが空いたろう」

「食べたくないわ、結構よ」

「体に毒だよ、普通の体とは違うだろう」

「要らないものは要らないわ」

それ以上勧める者はいなかった。

須美子は薄笑いを浮かべながら、たね子の手を取った。黙ってその手をさすっていたが、何かしきりに話しかけているように見えた。詫びを言っているのか、いやそうではあるまい。おそらく須美子はいま共感者、もしくは同じ思いに苦しむ者を求めているのだろう。弱き者、貧しき者。それでいて、強い人間と闘う。力の差は歴然としているのに。

心なしかその姿は、国子が去年の七月、路地の家へ引越した日の翌朝、乱れた寝巻姿で現われた、たね子の姿に似ていた。あのときのたね子と同じように、須美子の体のなかからは、疲労が吹き出していた。

しかし国子は、それ以上須美子との距離を縮めることは出来なかった。日々姉の姿を見て、あれこれと思うだけで、あとは遠くから眺めているだけだった。他の人びとも国子と同様であった。半ば呆れ、半ば恐ろしく思う視線が、国子の前で交差しているに過ぎなかった。スーツの背中の皺の影が、須美子の深い孤独を象徴しているようでもあった。たね子は見えるのか見えないのか、その須美子の方に濁った瞳を向けていた。

吉岡医師がレントゲン写真を持って現われたとき、冬の太陽はもう頂上に達していた。

気温は低かったが、曇ってはいなかった。街にはまだ着飾って新年を祝い歩く人の姿が多かった。病院の前の通りも平生よりは賑わっていた。この神田の街には古い神社があり、三階の窓にも、初詣の晴れやかな気分が伝わって来ていた。

窓辺に立っている国子の後方から、医師と一郎の声が聞こえていた。

「よくここまで放っといたものですね」

「はあ、こちらも不注意でしたが、何分須美子があんなふうでして」

患部の写真を代わる代わる見ているらしかった。

「入院を勧めているんですが」

「やはりそれが一番ですかな」

「ええ」

「手続きのすぐ出来る病院があると良いのですがね」

「あると思いますよ、二、三当たってみましょう。環境のよい静かなところが良いですね」

「静かな場所に落ち着くと良いのですが……」

一郎は不安げな口調になる。

「よくある話です。夜中に病院を抜け出したり、そっと人を呼び込んだり、つまり外の世界が忘れられない患者が、いるのです」

吉岡医師の言葉も意味ありげである。

「先生、御存じでいらっしゃいますね、これまでの須美子のことを」

「まあ、少しは」

「どんな人間なんでしょうか、その相手の男というのは」

一郎の声に急に熱が加わる。

「どんな、と言いますと？」

「例えば、特に金を必要としている人間とか」

「さあ……」

吉岡医師は返答を渋っている。

「計算が合わないのです、借金ばかり増えて自分の身は一向に太らない様子で」

数字から、推理するのは一郎独特のやり方である。よく調べてあると国子は感心するが、須美子がジュンちゃんに貢いでいるとは思われないのだ。

「そこまでは分かりませんが」

「本当に困りものです。長いこと母が庇っていたのが、良くなかったようです」

兄の声が、次第に大きくなっている。

「ともかく病気を治しましょう」

その吉岡医師の言葉で、話は終わった。吉岡はそれからたね子に顔を向けた。やはり語りかけているように思える。須美子のことで如何にたね子が神経をすり減らしたか、胃の発作のたびに呼び寄せられた吉岡が一番よく知っている。そしてその痛みが癒え、〝はる海〟へ行き、一合程の酒で休息していたことも。その折、心の痛みを語ったこともあったかもしれない。

吉岡に気取りはなく、瞳にはごく普通の人情が感じられた。秋元のように職業的でもなく、院長のように堂々ともしていなかった。その気取りのなさが東京下町生まれの母の、肩の凝らない、好ましい相手だったのか。神田から麹町に嫁に来て、山の手の奥さまになり、神を信じ、教会の婦人会にも参加するようになっていたが、この地上で、気さくに話の出来る友人がいたかと言えば、国子の知る限りでは見当たらない。大家族を束ねるのが第一の仕事で、後の世に社会に公認された、ママ同士の付き合いなどは、ご法度に近いものだったのかもしれない。生まれた土地が恋しかったのもその一つだろう。

国子の心に悔む思いが湧いた。戦後まもなく、保土ヶ谷教会のシャルル神父を訪ねたときの母を思い出す。母がどうしても会いたかったあの神父への思い。そこに辿り着くまでの孤独感は並大抵ではなかったと思われる。それまでは母は、一本の地上の草に過ぎなかったのではないか。年の差があったとしても、理解出来なかった自分が情けなく思えた。

覗き込む吉岡医師の顔の下で、たね子は小さく細く呼吸していた。迷いの影のようなものはどこにも残っていなかった。安堵と信頼が見えるような気がした。心の中心には、まだ〝神〟は大きく存在しているだろう。国子は、一人の敬愛する女性が、今死にかけている、この瞬間を忘れずにいたい、と願った。そしてもし本当に〝神〟が存在するのなら、長い年月の苦難に耐えたこの女性の魂を、その神は全身全霊で祝福するだろう、と思った。

「何だか、いばっているような顔をしていますね」

吉岡が言った。

「そう。見ていると憎らしくなるんですよ」

一郎も呟いた。

「でもいいですよ、哀れに見えない方が」

「おまえたちのことは、もう知らないよ、という顔なのでしょうかね」

「さあ」

吉岡は楽しそうに笑った。


須美子は、入院という言葉に強い抵抗を示した。

秋元医師も院長と相談の上、その結論を出した。

「やはり規則正しい生活をしなければ」

そしてつけ加えた。

「正直のところ、私はこういう患者は苦手なのですよ」

秋元自身の、職業の範囲を超えた面のもろさを表明しているようでもあった。

須美子はどうしても家に居たいと言った。それを聞いた国子は、いつもの我儘かと思ったが、それぱかりが理由ではない様子だった。

「お母さんが元気だった頃、路地の家は私にくれるって言っていたわ、だから私、あの家から離れたくないの」

ところが夏枝も、

「あら私にも、前にそんなことを」

と言う。

「雪子姉さんにも、そんなことを」

則子が付け加えた。長男の妻として、少し困った表情でもあった。しばらくは須美子の入院問題をお預けにして、皆でその話をした。分かったことは、たね子の気まぐれ、ということだった。その日の気分や子供たちの言動によって、大事な約束を、簡単に交わしていたに過ぎなかった。

一同から笑い声が湧いた。ここ数日険しかったそれぞれの顔もほころびた。他愛のない話だったのだ。しかし、たね子はそんなとき真面目な顔をしていたのだと思えた。

国子は、たね子から路地の家に関する話はされていなかった。家を譲り受けたいという気持ちもなかった。それどころか娘時代は、須美子と同様に、あの路地の家から出て自由になることばかりを考えていた。母は、定男が母親と住んでいる家があり、将来住む家に不自由しない、と思ったのだろうか。少なくとも母は国子を突き放していた。

そのとき孝子が言った。

「私は、そんなことは一度も言われなかったわ。頼られるばかりで」

孝子の顔に誇らしげなものが走った。国子の目がそれを捉える。自分がそこにもう一人居るようだった。気まぐれな面があったとしても、たね子は母親としてのカンを持って、娘たちを選り分けていたようだ。その基準は母自身にあったのか。自分より強いものと弱いものを区別していたのかもしれない。親に弱さを見せるときもあるが、強さを見せつけることもある。どちらが孝行なのか分からない。極端に強くなれば、親は屈辱感を覚える。一郎が訪ねて来て帰った後、母はよく悔し涙をこぼしていた。

国子は反省しなければならない、と思った。甘えてこの家の二階に戻って来ても、国子は母に強さを見せ続けている。もちろん須美子に対しても同じなのだろう。戻って来たとき、

「須美子のことで、くれぐれも私に気をつかわせないでくれよ」

と言ったたね子の気持ちが、今になって深く感じられた。

「しかし」

一郎は思わぬ話の転向に眉をよせていた。

「須美子はやはり健康のことを先に考えるべきだな、それにまだ、おふくろは生きている。相続問題は先の話だ」

一郎が懐から紙を出し、病院の名を読み上げる。

長野県の療養所、茨城県、霞ヶ浦畔の大学附属病院、最後は、K市から比較的近い平塚市の

病院。

「須美ちゃんの希望はどれかしら」

孝子の問いに、須美子は答えない。

「自分のことでしょう。良く考えなさい」

須美子は口を閉ざしてしまっている。国子は、何ヶ月か前、一人暮らしを願ってたね子と争ったときの須美子を、思い出す。あのときの相手が一郎に替わっただけの話だ。家への執着があるらしい。夏枝も雪子も同じ約束をされたと聞いたときも、須美子だけは笑い声を立てなかった。頑固な姿勢で一点を凝視している。何かに抵抗するとき、須美子の態度は、いつもこんなふうに硬くなる。

独立生活の夢が崩れて以来、須美子の心は以前立ち消えになった、家の名義書き替えの方向に動いていたのだろうか。それとも須美子は、何かに全身で抗っていなくてはいられない人間になってしまったのだろうか。まるでそれが生甲斐であるかのように。

須美子の沈黙で話が宙に浮いてしまったとき、階下から「電話です」という声がかかった。

一郎が出ていく。やがて戻って来る。

「吉岡先生からの電話だ」

一同は、その先の話を待つ。

「平塚の病院にベッドの空きがあるそうだ」

須美子が微かに声を洩らす。

「いいだろう？　須美子」

一郎は眼鏡の奥の目を瞬いた。


K駅についたのはちょうど九時だった。

二人とも歩く気はなく、タクシーを拾って路地の家まで走らせた。タクシーのライトの向こうには、新年を祝う松飾りが揺れている。

昨日より一層強いアルコールの匂いが車中に漂った。感情がたかぶってはいるものの、車の振動のたびに気持ちが沈み、心細くなっていることも否定出来なかった。幾度かその思いを訴えようとしたが、定男は電車のなかでも知らぬ顔をしていた。国子が勝手に退いてしまったのかもしれない。いつものように甘えられなかった。定男と自分のあいだに、大きな壁ができたような気がしていた。

今宵も定男は酔いを顔に浮かべていた。母の病室は、素面では来られない場所になっていたのかもしれなかった。それを素早く見付けた一郎が言った。

「国子、家に帰っていいよ。ここまで来たら、そのとき居ても居なくても同じだよ」

定男はやはり外套のポケットに手を入れたまま、七号室に蹲る人びとを見回していた。国子の意識は定男に寄り添った。姑は亡夫、定男の父が酒飲みだったので、息子の酒には寛大な態度を見せる。懐かしささえ感じるらしい。しかし自分の身内からすれば、そんな定男は異人種に見えるのかもしれない。間に立っている国子は、これ以上この姿を肉親の目に曝したくないという気持ちを抱いた。

「そうさせて、もらおうかしら」

そんな言葉が口から出た。逃げ出したい気持ちもあった。

だがそれはすぐさま後悔に変わった。定男と二人で帰途についても、安らぎはどこにもなかった。病室を出るときに見たたね子の顔が心に残っていた。それが最後に見る顔であることは九分通り間違いないだろう。やはり強い感傷が湧き上がるのを防ぐことはできなかった。しかしいまにも流れ出しそうなほど、どんよりと濁った瞳が、国子の背に向けられているような気もした。死の寸前の無気味さは、国子を戦慄させ、逃げ腰にさせるに充分だった。あれ以上そばに居て、見ていることが怖かったのかもしれない、とも思う。感傷に浸り切れないものが、あの部屋には存在していた。美しい臨終、の到来はもはや考えられなかった。

卑怯であったのかもしれない、いずれにしても、あれ以上あの病室に居られなかった。それにしても、何故また酔って来たのだろう。定男が酔うたびに理由づけをしようというのではない。だがこの二日間ばかりは、故意に自分の神経を麻痺させてしまったように思えてならない。苛立ちと、妙な悔恨が、病院の玄関を出た瞬間からの寒さを一層強めている。

玄関を出ようとしたとき、孝子が丸みのある体で追って来るのに気付いた。息を大きく弾ませていた。

「言い忘れたのだけど」

国子は定男に寄りそうような姿勢で振り向いた。こんな時に姉に説教をされたくはなかった。咎めようとするのか。しかし、それは国子の思い過ごしであった。孝子は一気に言った。まるで何度も心のなかで繰り返していたことのようだった。

「私、春川多助の遺産相続の件について、という名目で、お兄さんに対して訴訟を起こすことにしたの」

定男の眉が微かに動いた。

「もう弁護士も決まったのよ。これはお父さんの娘が全部で協力してやらなくては解決しないことなの、考えておいてちょうだい、有耶無耶にしてはいけないわ」

その顔は上気していた。闘争者の表情とはこんなものか、と思えた。国子は定男の顔色を見ながら、曖昧に頷いて再び歩き出した。更に追いかけて来て、孝子は声を張り上げた。

「雪子姉さんは賛成だそうよ、さっき電話で話をしたの」

国鉄の駅までの道を震えながら歩いたのは、孝子のあの言葉のせいか、それとも母から離れてきてしまったからか。定男を傷付けるのが怖かったからか。国子は何も分からなくなっていた。

車はバス通りを走りはじめていた。国子は運転台のシートにつかまり、体の位置を安定させながら、外に目をやった。両側には古い商店街が並んでいるがすでにシャッターを下ろしている。ライトに照らされると、アスファルトが夜露に濡れて光を発する。湿った空気が閉められてある窓の隙き間から、忍び入ってくるようである。丸二日ぶりに通る道だが、もう何日も来なかったところへ帰って来たような気がしてならなかった。いつのまにかこんなに、暗い色になってしまっている。二日前の朝もこんなだったのだろうか。しかしその朝に記憶を戻すことは難しかった。長い年月がこの二日のあいだに流れたように思えた。

急カーブを過ぎると、視界が広がった。小さな星が一つ二つと見えはじめ、それから冬の黒い夜空が現われた。路地の入口のバス停が見えた。車がその脇で止った。

そのとき国子は、階下に電灯が明明と点っているのに気付いた、（おかしい）と思った。やすよが一人で家に居るはずだ。何か胸さわぎがした。定男も気が付いた様子だった。足早に路地を歩いた。

門をくぐり、玄関を開けたとき、家のなかに充満している嗅ぎ慣れぬ匂いに、思わず国子はたじろいだ。

「石油ストーブの匂いだ」

定男が言った。会社では使い始めているらしいが、まだ住宅地には普及していない。玄関のたたきの上には、派手な色の女靴と男靴が散らばっていた。リズム音楽が家の古い天井に反響していた。それらは全く想像もしていないことだった。

「やすよさん、ただいま」

台所から出て来たやすよは、いまにも泣き出しそうなほど困惑していた。

「申し分けありません」

「どなたなの、一体」

「はい、それが……」

リズムを奏でるドラムの音がひときわ高く鳴った。

「昼ごろ、引越していらしたのです」

「引越して？」

「はあ、荷物を運んで……」

「何故、だれが、どうしたの」

国子はわけが分からなくなって、怒鳴っていた。

「そう思いましたが、お金を須美子さんに渡したと言うのです。領収書にちゃんとハンコウが押してありました。三ヶ月の契約になっております ました」

思わぬ衝撃のために、次の言葉がのどにつかえた。咄嗟のことゆえ、何をどう判断してよいのか見当がつかなかった。

「どの部屋なのですか」

代わって定男が口を開いた。

「奥さまのお部屋です」

「どんな人が？」

「女のひとです。独り身らしいのですけど」

やすよは言葉を濁した。男の笑い声が先刻から聞こえていたのだ。

「そうですか」

定男はうなずいて、それから腰をかがめて転がっている見知らぬひとの靴を拾い、左側の壁の前にきちんと置いた。

「申し分けありません」

やすよがまた詫びた。国子は首を小さく横に振った。石油の燃える匂いを嗅ぎながら二階へ上がった。（あやまらなければならないのは、こちらの方ではないか）興奮をおぼえながらも心のなかでそう呟いた。

部屋に入って、電気ごたつのスイッチを入れたが、体はなかなか温まらなかった。定男も国子も外套を着たまま、こたつの中で背をまるめた。やすよが熱い茶を持って来て、そのまま黙って階下に降りた。昼からいやな思いをしつづけていたに違いないやすよを、労りたかったが、どうにも言葉にならなかった。

病院に残っている人びとの顔が、その怒りを左右から煽るように浮かんだ。

家への執着を人知れず、具体化させていた須美子。まるでその家に石の重《おも》しを置いたように、間借人は早くも根を下ろしはじめている。しかもそこはたね子が夫の多助を看取り、戦後の十数年、生活した部屋なのだ。おそらくいまの須美子には、そんな感傷が入り込む余地がないのだろう。だが重大なのはそんなことではない。もしもの場合、いや、確実に訪れる死の場合、たね子はすでに帰って来る場所を失っているのだ。

そして家の相続問題を合理的に解決しはじめようとしている孝子。対象とされるのはこの路地の家だけではないのだと国子は思う。新しい地下鉄線の車庫建設のために都に買われた土地のこともあり、波紋は大きく広がるだろう。いつも熱っぽく輝いていた孝子の目が、寒さに麻痺してしまいそうな国子の頭の中に、蛍のように飛びかっている。あの情熱を何もかも、法律という一種のルールに委ねてしまおうというのか。それが孝子の求める解決なのだろうか。

孝子の案に同意した雪子は現実的に金が必要になっている。しかしここですでに、訴訟ということに対する二人の目的が違ってしまっているのではないのか。

怒りは次第に、味気のない疲労に変わっていく。何が全てをこんなふうに追い込んでしまうのか、基準になるものは結局どこにもないような気がするだけだ。

だが国子は何とかしてこの寒さを払いのけたいと思った。定男は目の前で、眠るような顔で寒さを嚙みしめていた。石油の匂いと、ドラムの音が、若い夫婦をすっぽりと包み、溶かしてしまうかのように、流れ込んでいた。

第十三章

階下で電話が鳴っていた。国子は腰を上げかけたが、立たなかった。定男も聞こえないふりをしていた。音の響きのなかに、国子はあのD病院の匂いを感じていた。病室を出るときに見たたね子の顔が目の前に浮かんだ。知らせの電話に違いない。降りて行かねばならなかった。やすよが受話器を取ってくれるという期待もあったが、寝てしまったのか、玄関脇の小部屋の戸は一向に開かなかった。国子はもう一度立とうとした。するとそのとき、廊下側のふすまが開き、聞きなれない足音が聞こえた。「寝たのかしら」呟く声に、都会育ちでない訛りが感じられた。それは予期していなかった借間人だった。茶の間の障子を勢よく開け、受話器を取る。「もしもし」という声。

国子は思わず立ち上がっていた。見知らぬ人に病院からの声を聞かせることは出来ない、と思った。急いで階段を降りた。

背の高い女に見えた。床にひきずるようなガウンを着ているせいかもしれなかった。右手で受話器を持ち、左手は腰に当てられていたが、その肘が尖って見えた。

「あら、あんた、私よ」

突然女の声が高くなり、言葉の調子がほぐれた。女はそのまま電話口で喋り始めた。廊下からの薄明かりだったが、国子は女を三十五、六と推定した。D病院からの電話ではなかったのだ。受話器が置かれたとき、国子は女と話をしなければならないと思った。

「春川須美子の妹ですが」

その言葉を聞いただけで、女はすぐさま国子を部屋のなかに招じ入れた。

「どうぞ、お座り下さいませ」

上品ではなかったが、その物腰には初対面の人間に対する慣れが感じられた。

「失礼ですが、一体どういうことになっておりますので」

最初から切口上になった。もっと穏やかなもの言いをするつもりだった。しかし国子は、変わり果てたたね子の部屋に体を置いた瞬間から、その女に憎しみを覚えすらした。

窓ぎわには絵具を塗り重ねたような色合いのカーテンが張られている。茶の間との境は見慣れた布張りの襖だったのに、いつのまにかベニヤ板が張られていた。ふすま四枚分にわたる新しい木の肌が部屋全体の空気を艶めかしく変えていた。頑丈な、黒い石油ストーブ、ボックス型のステレオ、鏡が光る洋服ダンス、それらの家具は部屋にうまく収まり、女の熟練ぶりを、物語っているようであった。

「どういうこと？」

女は不服そうに顔を突き出した。

「あの、姉とはいつ?」

「暮の二十九日でございますわ、色々と事情を話していただきましたの、それでいくらかでも須美子さんのお役に立つかと思って、すぐに契約をしてお金を支払いました」

「色々な事情というのは?」

「はあ、とにかくお金が、年内に必要だということでしたわ」

女は契約書を見せた。国子は黙ってそれを眺めた。何の感情も湧かなかった。

「実は、この家の主人である母が、危篤で、明日まで持つかという状態なのです」

「存じておりますが」

「ここは母の部屋なのです。それに、この家はまだ姉の須美子のものでもないのです」

「さようでございますか」

女の顔に薄笑いが浮かびはじめていた。国子は混乱し、何のためにこの部屋に入って来たのか分からなくさえなっていた。事情を聞いてみるつもりだったが、女の方がはるかに上手であった。話していることは、自分たち、つまり家主側の弱みばかりだった。女は、国子が世慣れていないことをすぐに見抜いたようだった。少し間を置いてから、テーブルの上の外国製の煙草を差し出した。

「一服おつけになりません?」

すでに女の態度には余裕が現われていた。国子は首を横に振った。

「では、キャンディでも。いまお茶を入れますわ」

ガラスの器のなかに、ピンクやブルーの紙に包まれたキャンディが積まれた。国子は顔が赤らんでくるのを感じた。子供扱いをされているのだ。

紅茶を入れてから女はゆっくりと言った。

「どこのお宅にも、色々な御事情があるものでございますねえ。でも私は、弱い女の一人暮らしでございますの、トラブルには巻き込まれたくないですわ。ですからもう何年来、人に笑われるほど、金銭の問題にはきちんとした態度をとってまいりましたのよ」

自分を弁護しているというより、むしろ須美子を責めているように聞こえた。それはまた国子自身にも通じることだった。国子は仕方なく、その言葉に頷いていた。女は続けた
「結構なお家でございますね、私とても気に入ってしまいました。長いこと住まわせていただきますわ」

嘲笑を浴びたような思いで、国子はその部屋を辞した。

定男が階段の下に立っていた。国子は照れて頬で笑ったが、定男の顔が眩しかった。案じて様子を見に来ていたのだ。国子はバツの悪さをごまかすために、肩で大きく息をした。定男も似たように息を吐いた。二人はそのまま、階段に足をかけ部屋に戻った。定男の胸に頭を埋めようとしたとき、再び茶の間の電話が鳴った。国子は反射的に茶の間に飛び込み、受話器を耳

に押しつけた。夢中だった。

「もしもし」

受話器の向こうにＤ病院が黒々と見えた。

「もしもし、孝子です。お母さんは十時五分に亡くなりました。お知らせします」

孝子はそこで息を呑み、口調を変えた。

「病院の都合もあって、これからお母さんを車で運んで、皆でそちらへ行きます。部屋を綺麗にしておいて下さい、十二時頃になると思いますから」

国子は母親の死を知らされたにもかかわらず、息苦しいほどの困惑を感じていた。

「分かりましたね」

「それが駄目なの、駄目なのよ」

上ずった声で叫んだ。

「何が駄目なの、どうしたのよ」

孝子の質問に、国子は答えなければならなかった。

「お母さんの部屋は使えません。……それが、あの、須美子姉さんに聞けば分かるわ。須美子姉さんに」

「須美ちゃんが、どうしたって言うの」

「他の人に……、ともかく大変なの」

混乱が舌の回りを鈍くしていた。話さなくてはならない、と分かっているのに、自分の口から告げるのが怖くもあった。

定男が受話器を引っ手繰るようにして取った。そして、事情を説明し始めた。そして話しながら、左手で国子に階上へ行けというように合図した。国子は二階へは行かず、廊下を横切って台所へ入った。電話から離れると、孝子の声は遠のき、母たね子の顔が大きく浮かんだ。流し台の上の窓を全部開けた。それから水を一杯飲んだ。冷たさは体の内外から国子を包んだが、気持ちの高揚は一向におさまらなかった。まるで酒にでも酔ったかのように、国子の体はどこか刺激的なものに押し流されて、浮き上がっていた。

窓から月は見えなかったが、その光が冬の空を柔らかく包んでいた。山の肌が半分白く、あとの半分は黒い塊のように分かれていた。国子は白い光に照らされている部分に目を合わせた。樹木の衣を失った冬の山は、その無残に枯れた体を明るい光にさらされて、苦しげに顔を背けているようでもあった。

再び寝台車で、約二時間揺られて来るたね子の肉体が、その眺めに被さった。この家へ到着する頃になっても、まだ生命の匂いは消え失せていないだろう。蓐瘡の匂いのなかにも、たね子本来の体臭が漂うことがあった。無花果のような香りだった。大きく白い乳房がその香りの泉のようにも思えた。横に広く張った臀部も、おしめを替えるたびに広げられ、人びとの目に曝された内股も、艶こそ失せていたがいつも白かった。たね子はおしめを替えられるとき、いつも目を閉じていた。人びとは日に数回、事務的にそのことを行った。だれ一人として、たね子の羞恥を思い遣っていなかった。その感情を残したまま、たね子は一つの骸《むくろ》になった。そしてまもなく、この路地の家へ戻って来る。

何も衣類を纏わない、たね子の白い肉体が国子の瞼のなかに浮かび、いつまでも離れようとはしなかった。月の光の色はますます冴えてくるように思えた。いつか国子もその光のなかにいた。自分自身も裸にされて、多くの人の視線を浴びているような気さえした。その感覚は苦しみには違いなかったが、母と一体になったような快感であり、赤子に帰ったような懐かしい気持ちでもあった。

電話を切った定男が、後ろから歩み寄って来て、そう告げた。

「二階の須美子姉さんの部屋を使うことにする、と言っていたよ」

定男の両手が国子の肩に寄せられた。振り向かず、窓の外に目をやっている国子を泣いていると解釈したようだった。その手はひやりと冷たかった。

国子はそれを強く引き、自分の胸の上に下した。鼓動が激しくなった。国子はそれが定男の手に伝わるのを望んだ。母親の肌は娘の国子が受け継いだ肌でもあるのだった。

定男は横から国子の顔を覗き込み、その頬が涙に濡れていないのを認めると、笑い声を洩らした。しかし国子は撥ね付ける気にはならず、それに乗じて笑った。煙草と石鹼の匂いが国子の鼻を包んだ。それから言った。

「二階の部屋、片付けておかないと」

「そうだね」

定男の声に、初めて涙が流れた。

第十四章

十二時過ぎに、路地の入口に車が到着した。

エリザベスが玄関を開け、

「今から、御遺体を担架で運びます」

と叫んだ。国子の耳に、それは何度も使った言葉に聞こえた。

やがてたね子を載せた担架が路地を入って来た。顔の部分には白い布が被せられていてその端が微かに揺れていた。前方に寝台車の運転手らしい男、後方には一郎がいた。一郎は背広にマフラーを巻いただけの姿で、二本の棒を握っていたが、寒そうにも見えず、眼鏡越しの目は、相変わらず光っていた。

電車に乗った人たちも間に合ったのか、少し後方に列となって続いていた。外灯と月光を頼りに、人びとは用心深く歩みを進めていた。列の最後に須美子の姿が見えた。今にも転んでしまいそうな不安定な姿勢をしていた。泣いているのは横にいる夏枝だけだった。あとの人たちはそれまでとさほど違った表情をしていなかった。則子と孝子をはじめ、杖を突いている伯母あい子、一郎の長男、夏枝の夫の柚木もいたが、雪子と堀江の姿はなかった。一郎の店の若者が二人、蒲団の包み、トランク、行李などを肩に担いでいる姿も見えた。

担架は、玄関までは無事に通ったが、階段の下に来てはたと立往生してしまった。毛布の掛けられている担架の幅はさほど広くはない。しかし、上がってから右に曲がるときに、その長さが邪魔になることに気付いた。そのままたね子を二階へ上げる方法は殆どないと言って良かった。担架を横に激しく傾斜させてしまうか、それが危なければだれかが遺体を抱えて部屋まで運ぶしかない、と分かる。人びとは須美子への批難の目を一斉に浴びせた。だが須美子は台所脇の壁に寄りかかり、いつものように在らぬ方向を見詰めていた。

苛立つ人びとは、漂ってくる灯油の匂いに気付いて、さらに不快な表情を浮かべた。国子は引越して来た日、二人用のベッドを表からロープで吊り上げたことを思い出していた。それは、半年前とは思えないくらい遠い昔に思えた。あのとき、母は元気で温かい汗を流し、太い声で話していた。担架をロープで吊り上げることなど出来ない。力のある人が、たね子を抱いて階段を上がるより方法はなかった。

「硬直しているのでは」

一郎が呟いた。

「いや、まだ大丈夫と」

いつのまにか入って来ていた吉岡が、それに答えた。

担架を廊下に置き、一郎は蒲団を退け、毛布ごとたね子を抱え起こした。そのまま一郎が立ち上がると、顔から白い布がずり落ちた。その瞬間、生きることを終えたたね子の顔が現われた。下唇が少し垂れているように見えたが、両瞼はしっかりと閉じられていた。だれかが顔を拭いてくれたのか、汚れは残っていなかった。しかし、頬から額にかけて土気を帯びた死の色が現われていた。首が揺れるとその辺りの皮膚が少し動いた。一郎は額に汗を滲ませて、階段を一段ずつ上がった。実際の目方よりも重い、と感じているように見えた。

かなりの時間が費やされ、たね子はやっと柔らかい蒲団の上に寝かされた。

一郎がその場から離れると、人びとはたね子の衣服の乱れを丁寧に直した。病院を出るとき着替えさせたのだろう、さっぱりとした浴衣と袷布に包まれていた。おしめはもうとり払われ、尿の匂いは消えていた。そればかりではない。体内の水分と言われるものが、全て蒸発してしまったようだった。生命は水によって動いていたのだろうか。どういうわけか、国子の頭のなかに〝赤い血〟が浮かばなかった。血の繋がりは明らかだったが、人間の肉体には、綺麗な水の流れがあり、それによって骨も肉も皮膚も息付き、心も膨らむように思えた。水気を無くしたたね子の体は痛ましく、無惨でもあった。どの部分を触っても、もはやたね子の体は乾いていた。これが〝死〟というものなのだろう。

やすよが蓐瘡の包帯を真新しいものに替えていた。足もとに正坐し、背を丸め、首を深く下げた姿勢だった。いつかたね子の祈りを聞かされたときの、あの感嘆の表情に共通するものが感じられた。この母の死を敬虔な気持ちで受け入れているのだろうか。国子は、これから先、やすよが教会の門を潜るにしても潜らないにしても、その心に母の信仰が残ることを願った。包帯は巧みに巻き上げられ、やすよはその作業を終えた。不自然なところはどこにもなかった。しかし国子にとってそれらの変化は、いまだに不思議だった。何故そうなっていくのか。変化していくのか。その経緯をはっきりと摑むことが、出来ないからである。ただ、そこにまだたね子が生きて存在している、いや受け継がれていく、という事実があった。痛ましく無惨な〝死〟のうちにも、何らかのかたちで〝生命〟が遺される。国子はそのとき、どう逆らってもたね子の教育の力の強さを認めないわけにはいかない、と思った。やすよの表情が気にかかる。それは自分の心が気になっている証拠でもある。無惨なものを栄光であるものに置きかえようとしている。これが、長年のたね子の主張であったのだ。

たね子は夫の多助が死んだとき、すぐには涙を零さなかった。その間、

「十年も病気で苦しんだ。もう現世の罪の償いは済んでいる。真っ直ぐに天国に行く」

と言い続けた。いざ出棺というとき、たね子は周囲の人が驚くほどの声で泣いた。その理由は誰にも分からない。信仰を持ってもまだ拭いきれない現世の苦しみの数々が過っていたのかもしれない。

母の不可解な態度を責める資格は、今の国子になかった。別れの寂しさと共に、その人生の重みが強く感じられ、敬意も生まれていた。だが、正直言って母と同じように生きていく自信

はなかった。夫の定男は、父多助のように野心的な男ではない。自分の宿命に従って生きる覚悟をする。その機会が母の死によって訪れたのかもしれなかった。

人びとの手厚い作業が終わったとき、葬儀屋の男が二人来た。

夜更けだったが、この商売には時間がないらしく、すぐに働き出した。手早く黒白の幕が部屋の三方に張られた。三段の壇が組み立てられ、銀色の造花や、電気コードの付く蠟燭、焼香台などの葬具が置かれた。白木の棺が運ばれ、たね子はその中に安置された。最後に中央に白い十字架が飾られた。男たちは全てに手慣れていた。部屋のなかは悲しみを漂わせたまま、華やかになった。焼香台の前に鮮やかな紫色の座蒲団が置かれると、その印象はなお強くなった。いつなんどき、弔問客が現われても良い。人びとの顔には安堵が浮かんでいた。

「また、明日伺います」

葬儀屋は風のように消えた。彼らには足音を立てずに動く修業が出来ていた。

寒さが急に募って来たようだった。黒漆の火鉢のなかで炭火が赤く燃えていたが、大して効果はなかった。一人二人と立ち上がり階下へ降りた。茶の間の掘ごたつで足を温めるためだろう。どの顔も、温もりを求めているようだった。

気が付いたとき、国子は一郎と二人だけになっていた。

「これでは狭いな」

一郎はいつものように眉を寄せて、部屋を見回した。

「仕方がないわ」

国子は力なくそう答えた。しばらく沈黙が続いた。

「国子、おまえ、ついに……なったな」

「え、何に、なったの？」

階段の辺りに人声がして、肝心なところがよく聞き取れなかった。

「オーファン、になったな」

国子は一瞬黙った。

久しぶりに耳にする兄の英語だった。オーファンの和訳は、孤児である。高校二年の英語の授業で〝あしながおじさん〟を読み、覚えた単語だった。大学受験に失敗したことを、兄として気にしているのかもしれない。しかし、今夜の国子は別のことを考えた。兄は以前から国子に対し、早く両親と別れる子、という不利な条件を認めていた。つまり自分は、この世に誕生した瞬間から、周囲にそう思われる子供だったのだ。

そして、ついに……なった。

その条件を、強く意識していなかったのは、……自分だけだった。

いつもながら、兄はそれ以上の説明を加えず、話を元に戻した。

「生の花がないと淋しいな」

「そう、ね」

と頷いたが、黒白の幕の上に、受験勉強の折に聞いた、emergency のスペルと、たった今聞いた、orphan のスペルが、星のように浮き上がるのが感じられる。

鈍感だったのか。いやそうではない。

須美子の存在が、末っ子の自分を変えてしまったのかもしれない。いや、そうに違いない。

……気持ちが定まると、須美子の持ち物の一部が目に入って来た。

ガラス・ケースのなかの「保名」の人形だった。十年ほど前、須美子は発表会の舞台で、紫の布をひたいに巻き、狂乱の保名を舞っている。

「須美子は、どれだけ金を使ったのか」

兄の目もその人形に向けられた。

「聞いても無駄だろうな、もう普通の精神状態ではなくなってしまっている」

半ば独り言のように聞こえた。国子は早く階下へ降りて行けばよかったと悔やんだ。須美子のことはこのさい忘れていたかったのだ。

「平塚の病院へはいつ?」

しかし国子は尋ねていた。

「一日も早く入院する。それが一番だ。だが……、本人の気持ちがはっきりしない」

一郎は、そう言って首を捻った。

明晩が正式の通夜、告別式は明後日の朝ということだった。

ジュンちゃんの顔が頭に浮かんだ。それは悲しんでいる顔だった。その顔と向き合うようにしていると、国子は悲しくなった。躊躇っているようだが、やがて須美子はこの家を去る。その淋しさより、須美子のような人間がこの地上に存在しているということが、国子には不思議でならなかった。どんなに深い傷を負ってもやはり生きていかなくては……。たね子の〝死〟が教えているものはそれ以外になかった。

おそらく、ジュンちゃんとは、これきりになるだろう。倫理を外れた愛だったとしても、割り切れない思いが残る。だが、国子はその思いを振り払った。だからと言って、須美子が生きなくても良いという理由にはならない。兄の言うとおり、一日も早く入院するのが良い。全ては健康をとり戻してからのことだ。国子の考えはそこに落ち着いた。すると、微かに胸がときめくのを覚えた。国子の脳裏に、見違えるほど明るく、快活に笑う未来の須美子が現われた。それは希望だった。

「明日、階下の部屋の人に会ってみるよ」

一郎が言った。

「長年、商売をやっていた人みたいよ」

女のもの慣れた動作を思い出しながら、そう告げた。

「とにかく、こちらに弱味があるのだからなあ」

唇を大きく曲げた。

「私、先刻会って、すっかり馬鹿にされてしまったわ」

キャンディを勧められたことを話した。

「おまえでは歯が立つまい」

一郎は吐き捨てるようにそう言って、遺体の脇に転がった。畳の上に身を横たえた長身の体が普段より大きく見えた。やがて一郎は目を瞑った。押入れから毛布を出し、その長い体に掛けた。階下へ降りて行く前に、壇の上段に目をやった。真中の十字架の位置が少し後のような気がした。背伸びしてそれを心持ち前に引いた。何かの骨で出来ているらしいその三十センチほどの十字架は、寒さのなかで氷のように冷えていた。だが両手を広げ、項垂れている受難のキリストは、凍えてはいなかった。ミサの説教時に耳にしているように、〝一つのことを成し遂げた〟表情に見えた。国子は十字を切ってその部屋を後にした。

午前三時ごろ、人びとはやっと眠ることを考えはじめた。

堀ごたつを中心にした八畳の茶の間は、足の踏み場もないほど混雑していた。厚い布地のものを羽織っている十人もの人たちのあいだには、病院から運んで来た風呂敷包みやトランクが転がっていた。それらの荷物にはまだD病院の臭気が残っていた。だがだれもそんなことは苦にせず、夢中で足を温め、熱い茶や握りたてのむすびで、喉や身体を潤わせた。柚木と定男、店の若い男たちは隅の方で火鉢を囲みながら、酒を温めて飲んでいた。隣室の女性は床に入っているのか、物音はしなかった。だがこれだけの騒ぎではおそらく眠れまい。明日どんな顔をして起きて来るだろうか。驚きの色を浮かべているかもしれない。そうでなければ、彼女の神経は頑丈に出来ていると思わなくてはならない。国子はだれかが大きな声を立てる度に、そんなことを考えた。

姉たちは疲れているにも拘わらず、よく口を動かした。何かが終わったという解放感をすでに味わっているのだろうか、病院で起ったさまざまな出来ごとを思い出し、語り合い、それから臨終の瞬間に居合わせなかった国子に、その模様を詳しく語ったりもした。

だがその印象は一人一人違っているように、国子には思えた。具体的には大きな痰が喉につかえて窒息したという夏枝、弱った心臓が自然に麻痺したのだという雪子と孝子。エリザベスは一瞬ひきつけを起こして、体を震わせたようだったと主張する。それを総合してみれば、たね子は見る人にどうとでも受け取れるような、曖昧な表情をしたまま生を終えたということになる。結局本当のことはだれにも分からなかったのではあるまいか。病院の医者にも、もちろん国子にも。要するに人びとはたね子の死を認めた。それだけは確かに共通していた。

姉たちの話題が時間と共に過去に遡った。たね子への記憶が、病と闘った日々から、健康で生き生きと動いていた時代へと移り、次第にあらゆる時代のたね子を語り始めた。それは欠席裁判のようであった。人びとはかつてたね子に感じた不満を呼び戻し、その唇はやがてたね子の悪口へと傾いていったのだ。先ず長姉の雪子が口火を切る。

「全くお母さんって人は、手に負えない人だったわ、一度言い出したことは曲げなくて」

「妙な力を持っていたわ。周囲の人間を、自分の思い通りに動かしてしまう」

孝子が答える。

「お父さんの、経済力もあったでしょう」

と夏枝。

「そう、十一歳の年の差ね」

「そのくせ、淋しがりや」

「でも一度も淋しい、と言わなかった」

「素直ではなかったのよ」

姉たちは小声で笑った。

国子は黙って聞いていた。姉たちの声に釣られて笑ったような気もするが、笑わなかった気もする。いずれにしても、声は出していなかった。その様子に気付いたのか、雪子が声をかけてきた。

「国ちゃん、今夜はいいのよ。何を言っても」

と。

「仮通夜のときはね」

その先は次姉の孝子が話してくれる。

「東京の下町では、さあ、悪口を言いましょう、と声をかけて、亡くなった人に言いたいことを言う習慣があったそうよ。それがご供養になるのですって」

「知らなかったでしょう」

年の近い夏枝が、先輩ぶった口をきいた。国子は苦笑するばかりであった。二階でも、この場でも兄姉の勢いに圧され、反論すら出来なかった。次第に、不思議な空気に誘い込まれ、口が軽く動き始めた。

実の子供ゆえに許されることなのかもしれなかった。だがそこに殺気だったものが全くないとは言い切れなかった。一人一人がたね子の子供そして嫁という立場で、自分の感情を露わにした。だれもかれもたね子の生涯を大きく意識していることによって、自分自身を忘れた。耳に入ってくる悪口は、唇から放てば気が済むという程度のもので、強い恨み辛みが籠ったものではなかった。単なる儀式のように思えた。一通りの悪口が終わりかけたときだった。突然、怒りに震えた声が耳に入った。

「止めて、いい加減にして」

部屋のなかにいたものは、一人残らず目を見張って、その声を発した主に顔を向けた。両手の爪が電灯の下で、薄桃色に光っていた。十本指の先は同じ色に染められていた。須美子は先刻から熱心にマニキュアを塗り続けていた。独りだけ話の輪に加わらず、爪のかたちを丁寧に整えていたのだ。そんな光景に人びとは慣れてもいた。それゆえ、須美子の存在を忘れていた。驚いて口を閉じたときは遅かった。須美子の顔は紅潮し、唇が震えていた。

「お母さんの悪口を言うの止めて。止めて」

顔はたちまち歪んだ。まるで自分が傷付けられたかのようだった。

「ごめんなさいね」

義理の仲である則子がすぐさま詫びた。

「ひどいわ。みんなひどい」

声だけはどんどんと高くなっていた。男たちも、呆気に取られている。

やがて須美子の体は小刻みに震えはじめた。それはある種の発作に等しかった。嗚咽の声に混じって、喉の掠れも感じられた。感情を高ぶらせることは、弱っている体に障ることは明らかだった。何とかして宥めなくてはならなかった。後方に坐っていた柚木と定男が不器用な手つきで須美子の背中をさすりはじめた。

「私にはいいお母さんだった、とても優しいお母さん……」

毎日のように、たね子と言い争いをした須美子の言葉とも思えなかった。しかし須美子は確かにそう思い込んでいたかのように、〝いいお母さん〟を繰り返した。国子はそのとき気付いた。須美子は毎日の喧嘩相手すら無くしてしまったのだ。

だが年長の孝子はその須美子を厳しい目で見詰めていた。

「誤解しないでちょうだい」

しっかりとした口調だった。

「悪いお母さんと、言っているのではありません」

「言っていたわ」

「私たち、いえ私も悲しいのよ。泣きたい気持ちは、だれよりも深いかもしれない」

「そうかしら」

須美子の濡れた目は、疑いを籠めて光った。孝子はその顔を見て憐れむように、小さく息を吐いた。

「分からなくてもいいわ。怒りたいだけ、怒っていなさい」

突き放すように言った。それから口調を変えて、

「それよりあなたは休んだ方がいいわ、明日も明後日も忙しいし、入院の仕度もあるのでしょう」

須美子は急に顔を背けた。入院という言葉によって示された須美子の反応はやはり大きかった。まるで無実の罪をきせられて刑務所に入れられることになった者のように、須美子は訴える場のない憤りを体中に表した。両手を畳の上に置いて体を支えるようにしていたが、その肩が上下に動いた。何も答えようとはしなかった。庭の闇を見詰めたまま、口もとには薄笑いのようなものさえ浮かんでいる。みんなで私を病院へ閉じ込めようとしている。そう言っているように見えた。恐れているのは自分の病ではなく、きょうだいたちの思惑と指図なのだろう。病よりも自分の不利な条件を知った今、わが身に置き換えると恐ろしくなるばかりであった。

自分の周りに蠢く人びとが恐ろしい須美子。それならばどうする？　という答えもないのに反発をし続ける。神よ……、姉を救い給え。

人びとは、須美子から離れ、伯母坂根あい子の寝る場所を考えた。

「四畳半におふとんが敷いてありますわ」

そこは昔、あい子が寝起きしていた部屋だった。

あい子は素直に立ち上がった。須美子の横を通るとき、ふと足を止めた。

「一緒に行きましょうか」

しかし須美子は立ち上がらなかった。伯母だけが茶の間から去った。部屋を出るとき男たちの方を振りかえり、「おやすみなさい」と言って微笑んだ。時間は二時半になろうとしていた。

須美子はかたくなな沈黙を続けた。そしてそれから一時間も経ったころ、不意に立ち上がり、茶の間から消えた。寝巻でも取りに行ったのか一度二階に上がり、それから降りて来て四畳半の戸を開けた。

人びとは須美子が寝たらしいのを認めると、互いに安堵の表情を見せ合って、自分たちも眠ることを考えはじめた。

第十五章

　東の山の陰から現われた太陽はすでに空の頂天に昇っていた。一郎が花の心配をするまでもなく、朝から花の籠が届けられた。たね子の体は美しい花に埋もれた。色とりどりの花は瑞々しく、香り高かった。須美子が起きた午後には、二階の襖と障子が全部取り払われ、通夜の会場が整えられていた。国子は、父の葬儀の折に作ってもらった黒いワンピースに着替えた。

　夜の六時過ぎ、姑梅子が百合の花の束を抱えて現われた。黒い喪服を着た姑の体は若く美しかった。

「この度は、ご愁傷様です」

　兄や姉たちに丁寧に挨拶をした。浄土宗の檀家を実家に持つ梅子は、仏事の作法を心得ていた。何かといえば日本古来の習慣や作法を無視しがちな実家の人たちのなかで、その姿は際立っていた。小さく歩みを進め焼香台の前に近付き、焼香を終えるとたね子の遺体に向かってゆっくりと頭を下げた。国子はその梅子に感謝の気持ちを抱いた。去年の夏のことがもう数年も前のことに思えた。あのときの暑さと同じような闘争心は萎えていた。

「心よりお悔やみ申し上げます」

どの挨拶も梅子には似合っていた。喪主の一郎は、しばらくは祭壇の脇に控え、返礼をしていたが、やがて次の間に当たる後方に退いた。改まった弔問客も少なくなり、平素から親しかった人たちが残るようになっていた。国子が階下の台所に降りて、食器などを運ぶあいだ、梅子は兄や姉たちそして須美子とも話をしている様子だった。三人ほど残った若者は、柚木の大学の友人で、なかには母が可愛がっていた小田和也もいた。

その小田が、遺影の前で手を合わせるうちに、啜り泣き、やがて声を上げて泣き出した。その姿を見て、もらい泣きをする人もいた。国子にもそれは理解の出来る光景であった。そのとき、一郎が声を発した。

「小田君の涙も、おれの金の力だな」

声は全員に届いたはずだったが、一人として声を出すものはいなかった。感動に水を差す言葉だった。沈黙が通夜の空気を変えていた。国子は、兄の言葉を梅子に聞かれたくなかったと思うばかりで、身動きも出来なかった。

国子は、定男に目配せをして、梅子を自分たちの部屋に誘った。梅子はまた人びとに、挨拶をして退室した。

兄がたった一人の稼ぎ手であったことは事実だ。本来なら、尊敬されるべき人なのに、自分の気持ちがその方向に動かない。子供の頃から聖書の〝パンのみに生きるにあらず〟の意味は、生活の糧も大切だが、精神も大切、と教えられている。それにしても、何故、通夜の場で、金という言葉を口にするのか。女きょうだいのなかの男一人だからか。それは兄の孤独の叫びなのか。


姑は息子夫婦の部屋に入った途端、何故か頰にはにかみの色を浮かべた。定男と三人でこたつを囲んだ。

「信二はどうしている？」

と定男が聞いた。すると姑の顔が曇った。

「一緒に来るかと思った」

姑は顔を上げて言う。

「実は、夕べは帰って来なかったの、今日心あたりを電話してみたら、同級生のN君のうちに泊まっていたの」

「良かったじゃないか」

「でも、連絡もしないで」

「前にもあったのかい。夕べのようなこと」

「ええ、二度ほど」

「N君の家が気に入っているのか」

「そう。理由を聞いたら、飯がうまいと言うの」

「飯か」

「肉を食わせてくれる、と」

「肉か」

「それも、ビフテキですって」

「困ったやつだ」

定男はそう言ってから、国子の顔を見た。最近二人の夕食で口にした肉料理と言えば、挽肉を材料としたハンバーグ・ステーキばかりだ。

国子は、信二の帰りを夜通し待っていた姑を思う。他人事ではない。信二は定男の弟だ。肩のあたりが重くなって来るのを覚えた。今夜の国子には、信二によるこれから先の自分の責任が想像出来た。定男の怒りは一郎の怒りと同じに思えた。そして自分の肩の重さは定男の肩の重さなのだった。

しかし定男は怒りを体のうちにおさめて、母親に告げた。

「こちらでは、須美子義姉さんが、入院を拒んでいて、大変なんだ」

「困りましたね」

「ご心配かけまして」

国子は頭を下げた。信二に対する自分の気持ちを表したつもりでもあった。

「病院はどちらなのですか」

「一番近い所で、平塚市と聞いております」

「K市からは少し遠いですね」

「はい」

梅子は少し考える表情をし、細い指を後ろに回した。結い上げた髪の毛のうなじが細く見えた。横鬢には白いものが混じりはじめている。

「差し出がましいのですが、鵠沼は如何でしょう？　小さいですが、良い病院です」

「おう、鶴先生か」

定男はすぐに反応した。

「くげぬま……」

思ってもいない梅子の言葉だった。

「江ノ島電鉄に乗り、二十分ほどで行かれます」

「近くていいな」

知り合った頃、国子は定男の口から、母親の入院の話を聞いていた。しかし、その後は回復し、最近は地元の医院を利用している。

「ともかく姉に聞いてみないと」

須美子が新しい提案に耳を傾けるだろうか。

「実は、先程、須美子さんと少しお話を」

梅子の顔には、微笑みが浮かんでいた。

「鶴病院、とは良い名前ですね、とおっしゃって」

「話を聞いてくれたのですか」

「ええ、とても素直に」

国子は信じられない思いになった。

定男が急に立ち上がった。

「電話してみる。信二が帰っているかもしれない」

戸を開けると階下の騒音が聞こえた。通りの公衆電話まで行くのかもしれない。定男の帰りを待つあいだ、梅子の話の続きを聞く。

「鶴という名前とは違って、元柔道選手で体格の良い、豪快な先生なの」

スポーツマンが好き、という気質はこんなときにも現われる。いつもなら、読書好きの国子として反発するところだが、そうはできなかった。須美子の気持ちが少しでも動いたのなら、僥倖と言えるのではないか。梅子の言葉は続く。

「松林のなかに建つ小さな病院です。西には学校のグラウンド、明け方には潮騒の音が聞こえます」

たね子の喜ぶ顔が遠くに浮かんでいた。国子は、いつになく我慢をしている自分を感じながら、定男が戻ってくるのを待った。

　信二はその夜帰って来たという話だった。

「明日の告別式は、私の代理で行かせます」

　電話の向こうで梅子はそう言った。

　階下の女は一日部屋に閉じ込もっていた。人びとは終日灯油の匂いを嗅ぎ、女の存在を意識させられた。夜、女に会った一郎は吐き捨てるように言った。

「全く、くそ落ち着いてやがる。この騒動のさなかに。——須美子も馬鹿なやつだ」

　兄でも歯が立たなかったのか。国子は少し安堵していた。

　夜更けてそろそろ寝ようとしたとき、孝子に声をかけられた。襖を開けると、孝子はなかに入って来て、茶色い封筒を差し出した。

「例の件の委任状なの」

　開けてみると、中身は訴訟の件を全て弁護士に委任するという同意書だった。

「この左の下のところにあなたの判が欲しいの、よく考えてからでいいけれど……。頼むわね」

　近寄ってくる孝子は額に汗を滲ませていた。雪子にも夏枝にも同じものを渡してあるとのことだった。

「これが、これからの私たちの仕事よ」

その声は生き生きとしていた。国子は何の感情も覚えないままに、封筒を受け取った。自分に残された仕事は、こんなことではない、という思いが過る。本が読みたい。もっと勉強したい、と大声で言うことがまだできない。

第十六章

一月十日、告別式の朝は快晴だった。白木の棺に入った遺体は車で教会に運ばれた。路地を出るとき、まだ辺りには朝靄が立ち籠めていた。そして現われて間もない太陽の光が、何本かの白い筋となって、靄の立つ道を横切っていた。車はゆっくりとそのなかを走った。家族や縁者たちを乗せた大型タクシーが三台、そのあとに続いた。

教会の正門は降誕祭の夜と同じに、大きく左右に開かれていた。その庭も丁寧に掃き清められてあった。竹箒の描いた鮮やかな模様が一面に広がっていた。車から降りた人びとは、その模様を踏むまいと隅の方を歩いた。

すでに聖堂内にはかなりの参列者が集まっていた。それらはおもに修道女たちとカトリック婦人会の人たちだった。聖歌隊の指揮者は男性である。告別のミサであっても、だれも聖堂の雰囲気に見合った表情をしていた。国子は兄や姉たちと一緒に全員に黙礼をした。頭を上げたときに、学生服を着た信二の顔が見えた。手には昨夜梅子の持って来たものと同じ、白い花束が抱えられていた。

「信ちゃん、有難う」

そう言って国子は、花束を受け取った。それから長身の義弟を聖堂内に案内した。

十字架の前に安置された棺に、黒い布がかぶせられた。婦人会の女性がその上に花環を一つ載せた。白い菊が丸い輪になって芳香を放っている。繋ぎ目のところに黒いリボンがかけられてある。

ミサの準備が整うと、ウイルソン神父が現われた。黒い祭服を着ている。聖堂内の人びとは五十人程に増えている。遠く地方から駆けつけた人たちの顔も、シスターの顔も見える。全てはカトリック教会内の法則に従っている。たね子を送る儀式として相応しいものだ。

多助の告別ミサのときを国子は思い出してみる。あのときの年老いた神父は言っていた。〝花環は無罪の象《かたどり》です。霊魂の不滅、肉体の甦《よみがえり》を信じる印です。それゆえ幼児《おさなご》の棺の上には必ず花環を載せるのです〟。

儀式ははじまり、単調に続いた。入祭文を読むウイルソン神父の声は静かながらも厳粛に聞こえた。オルガンの音が鳴り響き、〝Subvenite《スブエニテ》〟を歌う聖歌隊の声が流れる。棺の周囲に灯されている六本の蠟燭が揺れ動いている。

ミサが終ると神父は祭服を脱ぎ、十字架を持って棺の前に進む。死者に代わって神に赦禱を行う儀式なのだ。

〝地獄の門より〟〝主よ、彼の霊魂を救い給え〟

〝彼は安《やすらか》に息《やす》まん〟〝アーメン〟

蠟燭の影は震えるように揺れている。ふと見ると、信二の横顔にその影が被さっている。キリスト教の儀式に戸惑っているその顔は、定男に少しだけ似ている。

「もう少しで、終わりますからね」

そっと囁く。

ミサが終わると、信二は、これから学校に行くと言って、その場を後にした。

墓地の土の上には新しいシャベルが立てかけてあった。K市の外れにあるカトリック墓地だった。車が到着すると、黒いシャツを着た葬儀屋の男が二人、穴を掘りはじめた。棺がそのまま入る深い穴だった。掘り終わると男が言った。

「これから埋葬いたします」

「お願いいたします」

一郎が答えた。多助の名を書いた白い木の十字架が一番左にあり、その右隣に真新しい十字架が立っていた。霊名と死亡年月日を書いた文字が、黒々と光っている。エリザベット、春川たね子、と書かれている。

棺は前後に縄を巻かれ、穴の奥に静かに下ろされた。すすり泣きが次々に起こった。その体は焼かず、かたちを残したまま土の奥深くに沈んで行く。その腐敗は人知れず徐々に訪れるのだろう。そのカトリックの墓地の埋葬法は、見る人の目に死と土との結合をまざまざと見せつける。人は土に還り、霊魂は天に昇る。しかし今は、湿った土の匂いが一面に漂っている。

たね子の棺が沈み落ち着くと、葬儀屋は黙礼して二、三歩退った。それが合図であったのだろうか、一郎が持っていた花を穴の中央に投じた。素早い動作だった。早く埋葬が終わればいい、そう言いたげでもあった。そしてそのまま一郎は脇へと顔を背けてしまった。

葬儀屋が、他の者に後に続くように、と促した。それぞれが運んで来た花の束を抱えていた。孝子が生前のたね子に似た表情で、赤い花を放り込んだ。則子も夏枝も他の人びとも穴に近付いて種々の花をばら撒いた。数分もしないうちに、花はうず高く棺の上に積まれた。国子は、信二から受け取った白い花を人びとのなかに紛れて、一輪ずつ穴のなかに落とした。花は全てたね子の棺の上に落ちた。

それから人びとはシャベルで土をすくった。棺はだんだんと見えなくなった。全てはそのまま土のなかへと消えていく。そしていつの日か小さな土の粒となるのだ。

国子は先刻掘られた穴よりも、もっと大きな穴を目の前に感じていた。一つの死と向き合いながら、国子はただその土の落ちる音を聞いていた。

「国ちゃん」

呼んだのは五姉の夏枝だった。

「あなた、初めてのお義姉さん役、果たしていたわね」

「見ていたの」

「そう、少し心配だった」

「からかわないで」

弟妹を持たなかった末娘の国子と、義弟信二の遣り取りを観察していたらしい。実家の人びとと会う限り、こうした目から逃れることは出来ない。夏枝は心なしか愉快そうな笑みを浮かべていた。

墓の土は、すでになだらかになっていた。葬儀屋はシャベルの土を払い、帰り支度をはじめていた。墓地から車の通れる道路までは田圃道になっていた。先頭の者はもう墓地の出口に向かっていた。

「疲れたでしょう」

「ううん」

「行きましょう」

夏枝に促されて墓地に背を向けた。同じほどの背の肩が国子のすぐそばにあった。細い道は凸凹して歩きにくかった。黒いハイヒールを履いた夏枝の足は横に傾いた。夏枝の足を支えるために国子はその手を取った。二人はそうして子供の頃のように並んで歩いた。

周りに人影がなくなったとき、夏枝は待っていたように言った。

「孝子姉さんの件、国ちゃんは、どうするつもりなの」

「さあ」

国子は答えを渋った。自分の思いを全部吐き出そうとすると、車に乗るまでの道のりでは語り尽くせない。と言って、「否《ノー》」という返事だけでは、やはり心が済まないのだ。

「夏枝姉さんはどうなの」

逆に尋ねた。

「私は一応参加してみようと思うの、柚木は反対と言っているけれど。どういうわけか向こうの義母が賛成しているの。今のところ、二対一ね」

夏枝はもう決めてしまったらしい。木陰のない道に注がれる陽の光が眩しかった。一同は駅近くの料理屋で会食をすることになっている。

「お兄さんは気付いているかしら」

国子は一郎の心が妙に気になっている。

「さあねえ、私は気が付いていないと思うけど。お兄さんって女性の感情の動きには鈍い。ねえ、そうじゃない？」

「さあ、分からないわ」

国子の頭のなかには先程、花を投げて脇を向いてしまった一郎の顔が浮かんでいる。

「それはそうと、雪子姉さんのところの万里ちゃん、回復に向かっているそうよ」

「それは良かった」

「孝子姉さんが、少し援助をしたらしいわ。詳しくは知らないけれど」

「そう」

国子は頷いた。

「孝子姉さんは、会食に参加しないらしいわ。弁護士に会うと」

「そう」

国子は、再び靴を傾かせた夏枝の手を、強く握り締めてしまう。

胸に溢れる思いがある。

結婚すると、実家で育んだ自分の根っこが切れてしまう。

切れた根は、そのまま枯れてしまうの？

娘時代の生きた証明は、どうなるの？

年の近い姉に、全ての疑問を尋ねたかった。しかし、国子はそれらを口にしなかった。臆病になっていたのではない。夏枝の返事に期待が出来なかったのだ。影響を受けたとはいうものの、国子は遅まきながら、この姉と自分の違いが分かり始めていた。疑問は自分で解いていかなくてはならない。

孝子の事案への返事も同じだった。不参加を考えながらも、孝子に背を向けたくない気持ちも湧いていた。どちらに決めるにしても納得出来る理由が欲しかった。

田圃道は終わりに近く、道路に並んでいる黒や灰色のタクシーが見えていた。夏枝が声を潜めて言った。

「ジュンちゃん、って人、今日のこと知っているの？」

「多分」

国子は、小さく頷いた。

「教会に来ていた？」

「来ていない」

「オスミ、これからどうするのかなあ」

夏枝は、良く晴れた空を見ながらそう言った。道路に佇んでいる人びとは、暖かい昼の光線を受けて、ショールを肩から外していた。

一つの雲さえも空にはなかった。風すらも殆どなかった。夏枝と通って来た道も、周りの田畑もただ黄色く光っていた。そしてその向こうの谷間に、白い十字架が数十本、静かな表情で立ち並んでいるのが見えた。

第十七章

路地の家の〝侵入者〟が一郎からの交渉と立ち退き料を受けて、去って行ったのは、それから二週間経ったある日だった。

「階下の女のひと、今日出て行くらしいわ」

「ふうん」

定男はその朝、遅めに出掛けると言った。会社は数日前に同系の大会社に吸収され、混乱状態に陥っていた。新聞に小さく載っていた。定男は玄関で靴を履いた後、考えているかのように、歩き出さなかった。お兄さんに一度相談したら、という言葉が喉まで出たが、抑えた。国子はそのまま黙って見送った。

須美子は、葬儀から十日後、平塚の病院を断わり、梅子が紹介した鶴病院に入ることを自ら宣言した。そしてやっと、夜の仕事を辞めた。

一郎は、須美子の決断について、

「半人前の国子でも、役に立つことがあるな」

と言って、笑った。

国子は、これから先の暮らし、梅子、信二との関係を思い、笑う気にもならなかった。

女が去った後、国子はかつてのたね子の部屋に入った。

茶の間との境に張られたベニヤ板だけが、女の印象として残されてあった。畳の上に、冬の午後の陽ざしが流れ込んで来ていた。静かだった。座敷のなかを見回してから、廊下に出て突き当たりの物入れを開けた。

そのとき国子は妙なものを発見した。新聞紙に包まった数個の塊で、その一つから食器の破片のようなものが覗いていた。近くに引き寄せたとき、思わず声が出た。それは、あの一ヶ月三百円払いのミルク色の食器だった。どうして此処に……。空しさと同時に恥ずかしさが湧いていた。

国子は、庭に出てその破片を土のなかに埋めた。そして立ち上がった。

明日は、須美子姉さんの入院の日だ。

松林、学校のグラウンド、潮騒……。

しかし、まだ何も見えず、何も聞こえては来なかった。

第二部

源平小菊

江ノ電が極楽寺駅に停車するとき、エイコは七里ヶ浜、稲村ヶ崎などの海を背にして、北がわの窓に目を凝らす。積みあげられた石垣の隙間に密集して咲く紅白の小さい花を眺めるためである。石垣は線路への土止めのために作られたと思われる。近くには、鎌倉七口の一つと言われる極楽寺坂があり、電車はその下の極楽洞というトンネルを通って、大仏殿や観音寺のある長谷駅へ出るようになっている。

花の名は源平小菊という。ふた色の花を咲かせるところからこの名が付いたらしい。石垣の高さは江ノ電の架線とほぼ等しく、幅は江ノ電の一両を超えるほどもある花の壁だ。一年と少し前の台風で、その石垣の一部が崩れて線路を塞いだ。近隣の人がすぐに通報し、大事に至らずに済んだというニュースが流れたときも、エイコはその花はどうなったかと心配した。幸い、崩れた石垣は数メートル西がわの部分で、花の壁は無事だった。

五月、連休土日と鎌倉観光に来る人は多く、市内は混雑を極めている。テレビ雑誌はこぞって鎌倉の観光情報を取り上げている。だが、この極楽寺駅ホーム前の石垣に咲く花の群れのことは、だれも話題にせず、取り上げられることもない。源氏が赤の旗を平家が白の旗を立てた合戦、壇ノ浦の戦いから、鎌倉幕府設立まで、激動の歳月があったことを、観光客は心に留めているだろうか。ただ春の夜の夢のごとし……。琵琶法師はそう詠ったと伝えられている。ひっそりとした風情の花を見るにつけ、命を落とした人たちへの供養を思わずにいられない。花弁は薄く茎も葉もとても細い。風が吹くとよく揺れるが折れるようには見えない。遠い水平線や江の島を含めて、江ノ電の車窓から見えるどの風景よりも心が安らぐので、電車がこの駅に停まるのを楽しみにしている。

エイコはこの五月、庭のあちこちに増えてしまった源平小菊の一部を、ブロック塀の外に移し植えた。十年ほど前、祝い事があったとき、友人からもらった寄せ植えの鉢に入っていた一種だ。源平小菊という名も、そのときに覚えた。そして他の花はいつのまにか消えてしまったが、この花だけは生き残った。多年草で花持ちが良く、繁殖力もある。

我が家の塀は細い路地に面している。路地には、石の平板が横に三枚並んでいて、その上を人が行き来するのだが、塀沿いには少しだけ土が顔をのぞかせる。以前植えたむらさき露草が、まだ十本ほど残り、花を咲かせ、ブロック塀の味気なさを幾分減らしている。使い慣れたスコップを持って花の四、五輪付いた源平菊の株を七ヶ所に植えた。ラッキー・セブンという数に拘わった。気持ちがマイナス方向にいかないように、これでこの路地が潤ってくれますように、と祈る気持ちになっている。

エイコはやがて八十歳になる。このところ生きていることが不思議に思えてならない。希少な時間を過ごしているという思いが日に日に強くなり、ガラスの板の上を歩いているような、危うさを感じている。同い年の夫もエイコと同じように老い、成人病の症状を幾つか抱えながらも、アルコールへの心の傾きを捨てていない。やっと作業が終わった。スコップから手を離したとき、そのスチールの裏が石の平板に当たり、金属的な高い音を発した。エイコは一瞬体を硬くした。如雨露で水をやり、足音を潜めるようにして家に入った。

観光客の殺到が、静かだった町を喧噪の町に変えたように、この路地の一角も変わってしまった。少し前までは、近隣に同じ思いの人が多くいた。秋には風船かずらの種を、春には撫子の苗を分け、お返しに庭の夏ミカンで作ったママレードをもらったりした。だが今は違う。この住宅地界隈にも、ビジネスの波が押し寄せて来ている。向かいの家は、数年前に木造を鉄筋コンクリート三階に建て替え、一階で整骨・マッサージ院を開業している。海岸方向に数軒行った所には、個人経営の英会話教室が出来ている。マッサージ師の女性は、日中白衣を着て路地を歩く。英会話教師はハワイ出身の女性と聞いている。その先には和食の小奇麗な店がのれんを掲げている。こちらは主人が板前、奥さんが接客をしているらしい。皆忙しそうだ。七十数年生きてきたのだから、時代が変わるのも無理はない、と思っても、花の季節になると、肩身の狭さと同時に堪らない寂しさが湧いてくる。

それでも先日嬉しいことがあった。塀の外で雑草を抜いているとき、後ろから声をかけられた。

「いつも、この花には楽しませて頂いております」

見ると、初老の女性が立っていた。黒い小型の犬を連れている。散歩の途中なのだろう。この路地は江ノ電和田塚駅から海岸への抜け道にもなっていて、犬の散歩のコースにもなっている。

「これ、むらさき露草というんですか」

「むらさき露草ですか」

「はい」

「以前はこれ、もっとたくさんありましたよね。塀沿いにずらりと」

「あら、ご存じなんですか」

エイコは少なからず驚いた。それは十年以上前の話だ。

「毎日通るのを楽しみにしていたんですよ」

「まあ、ほんとうに」

「でも、こんなふうに、コンクリートの家が建ってしまい、人出入りが激しくなって、いつのまにか減ってしまって」

エイコは言いたいことを代弁してくれる人が現われて、嬉しさを感じて立ち上がった。

「よろしかったら、むらさき露草、庭にもたくさんあります。差し上げますよ」

「いえ、そんなつもりでは」

女性は直立の姿勢で、強く手を振った。

「でも、ほんとうにたくさんありますから、少しお待ちください」

急いで庭に入り、片隅に花を咲かせているむらさき露草の一本を、スコップで丁寧に掘った。二分ほどの間だったが、女性は待っていてくれた。見ると、子犬の首輪に繋がる紐の先から手を離していた。しかし、犬はそんなことに慣れているのか、その場に止まり、可愛らしい黒目をこちらに向けていた。紐の色は赤と黒で織り合わせたもので、石の平板のうえに蛇のようにくねっていた。

「花の話が出来て、とても嬉しかったです」

そう言って見送った。紐がまた飼い主の手に握られ、むらさきの花と共に姿が消えた。

……十年以上前、確かにこの塀沿い一直線に、むらさき露草が並んでいた。何ゆえにそんなにむらさき露草を大量に植えたくなったのか、そのときの気持ちは鮮明に覚えている。エイコは、一九九八年の大寒にがんの手術を受け、立春前に無事生還した。五時間を超える手術で体力をかなり消耗したと言っても、患ったのは呼吸器のがんで、消化器は健康だった。入院中の食事はほぼ普通通りに摂取し、体重は二キロほどしか減らなかった。それゆえ、その五月にスコップを持って庭仕事をする体力があった、と思われる。しかし、精神的な面から言えば、いささか異常をきたしていた。盲腸の手術すらしたことのなかったエイコにとって、手術そして一ヶ月間の入院生活は、鮮烈な体験であった。インフォームド・コンセントという言葉、相部屋の人たちの病状、集中治療室の重々しさ……。さらに、初めてのメスは初夜の痛みのように、エロティックな意識を残していた。

麻酔が完全に醒めていないような気持ちのまま、一ヶ月ごとの検診に通った。手術台で体を委ねた執刀医の言葉は胸に染み、従順な気持ちを抱いた。その反面、再発の恐怖は常にあった。そんなある日、庭のあちこちに咲き始めたむらさき露草の、その紫色の濃淡に目が吸い寄せられた。落ち着きのなかに、華やぎと悲しみが混在しているような色。白い花芯が濡れて妖しく光る。幸い植えたものはほとんど根付き、花を咲かせた。エイコは夫に、「ここは、パープル・ロードね」と言い、満足の笑みを浮かべた。夫は、キャンサー・サヴァイヴァーとなった老妻の行動とその表情を不気味に思ったに違いない。

パープル・ロードを拵えたのは、あくまでも自分のためであった。それなのに、毎日楽しみに見てくれた人がいたなんて。路地の前に鉄筋コンクリート三階の家が建ち、午前中の日差しが遮られてしまったとき、ストレスから引き抜いてしまったなんて……。申し訳のない気持ちがしてならなかった。

手術の直前、大雪が降った。病院の窓からも、その雪の量は計ることが出来た。エイコは、窓に向かい手を合わせて祈った。気が付くと、「ゆるします。ゆるします」と繰り返していた。瞼の奥にはそれまでの暮らしのなかで、戦い競ってきた人々の顔が浮かんでいた。一度でも嫌悪した人びとを許して死にたい、という方向に気持ちが進んでいだ。神と自分の距離が近くなってくるのを感じた。俗の垢が落ち、清い心の人、神に近い人に……。会社勤務が終わって駆け付けてきた夫と、病院の地下に降り食堂に入った。夫はビールを注文した。最初の一杯を飲み干すのを待って、エイコは言った。

「わたし、あなたの代わりに、がんの手術をするのよ。だから、あなたは今後、絶対にがんにはならない。絶対にならないわ」

ただ、夫を生かしたい、と思った。スーツ姿の夫は、箸に手を伸ばしながら、「うん」と言ったような気もするが、黙っていたような気もする。それでも心が通ったという手応えはあった。もしエイコが、あの手術で命を落としていたら、あの夜の言葉は永遠に夫の心に刻まれ、良い妻だったと記憶されたかもしれない。

しかし、回復し、年を重ねると共に、少しずつ気持ちが変わってきていた。健康と共に、支配力も身に付けて、相変わらずアルコールに気持ちを寄せる夫に、きつい言葉を投げかける。宣言した通り、夫はいまだ、がんという名の病に取りつかれてはいないが、歳月の流れには逆らいきれないものがある。治ったエイコも夫も、あの夜の食堂から今日まで十六歳年老いてしまっている。たとえ、病んでいなくても、暮らしのなかではらはらする思いは、日増しに強くなっている。

源平小菊に心惹かれるようになったのは、寄せ植えの鉢をほとんど放置してあったにもかかわらず、種があちこちに飛んだのか紫陽花や白山吹の根元、置き石の縁、使わなくなった素焼きの鉢に僅かに残る土のなかから芽を出し、やがて紅白の花を咲かせ、少し離れただけでも、優しく幻想的な色合いを見せてくれるようになったからである。

そしてある日の午後、極楽寺駅ホーム前の、花の壁に出会ったのである。江ノ電で藤沢のデパートに出掛け、その帰りもまた江ノ電に乗った。藤沢駅から江ノ電に乗る場合、進行方向左側の座席に坐れば、腰越駅を過ぎて稲村ヶ崎駅に差しかかる辺りで、車窓から湘南の海の全景が眺められる。晴天の日はもちろんだが、雨の日、曇りの日、それぞれ風情があって、乗客の目を楽しませてくれる。晴天で春の日の霞みさえなければ、遠方に富士が望める。その日、藤沢駅から江ノ電に乗ったものの、海の見える席には坐れなかった。少しがっかりしたが、一台待つほど時間の余裕はなかった。海を背にして見る車窓の風景は、山を切り開いた新興の住宅地がほとんどだった。稲村ヶ崎からは旧別荘地帯に入るが、いずこも同じように、サーフ・ショップ、レストラン、カフェなどが点在している。極楽寺駅に電車が停まった。見るともなしに車窓から外を見ていた。何かがいっせいに揺れているのに気付いた。なにかしら、と思いながら上下左右を見やると、広い範囲で、花が揺れていた。その花を確認しようと、前に乗り出した。花は小さく、ふた色。あ、源平小菊だ。それも石垣の隙間のほとんどに根付き群れている。わたしの家にあるあの源平小菊と同じもの、同じ花だ。海を背にして、こんな風景に出会うなんて、考えてもいなかった。昔の人が、乙なもの、と言ったのは、きっとこういう風景に違いない。

病院の窓から見た雪の記憶も薄らぎ、日常の競争社会に戻ったものの、心がふたつに引き裂かれているような思いが、小川の底の藻のように溜まっている。その思いとふた色の花の群れが符合した。感激を覚えた。一つの出会いでもあった。惑いのあった心に花の存在が根付くようになった。病気をした人間でないと、分からないことは多々ある。昔から、友を持つなら病ある人を、と言う。病むと人を労わる気持ちが生まれる。つまり、思いやりがある人を友に持ちなさい、ということなのだろう。それなら、がんという病から生還した人は、どうだろう。感謝の気持ちは当然ある。再発が案じられる五年の期間を過ぎればなおさらのことだ。執刀医は、術後患者の心のケアにも気を配ってくれた。年に一度講話の会が開かれた。白衣を脱いだ医師は、がんの原因の七十パーセントは、

「ストレッサー」と言い、

「好きなことをやりなさい。一番やりたいことを」

と繰り返した。

「病気を治すのは、患者ご自身です。どうか、生きて下さい。どん欲に」

どん欲。藁をも摑もうとする術後の患者には、刺激的そして説得力のある言葉だった。第一回目の講話は全身を耳にして聞いた。しかし、回を重ねると、必死な思いも薄れ、冴えていた

五感も鈍磨になってくる。術後十年になる前に、その執刀医は急逝した。すでに七回忌を過ぎている。

いつのまにか、感謝とどん欲とが入り混じる、妙な日々を送るようになっている。夫に感謝はしているが、ストレスを溜めてまた病人になりたくはない。家族や恩人、そして現在に感謝しながら、自分らしく生きる。それが理想だが、その実現はなかなか難しい。

五月の終り、夫の出勤日に、エイコは一人で家を出た。極楽寺駅そしてその近くの極楽寺に行ってみようと思ったのだ。夕方から雨になる、という予報があり、午前中から海風が強くなってきていた。それでも、たまらなくあの花の壁を見たくなったのだ。和田塚駅で、電車を待っていると、「しばらくですねえ」と一人の女性に声をかけられた。以前家の近くのアパートに住んでいた女性である。今は少し離れた所に家を建てて住んでいる。

「お医者さんの帰りですか」

「そう、そこのね」バス通りに向かう方向を指差している。その先には、リハビリ・ルームを備えた整形外科がある。この辺りの高齢者は、腰痛、膝痛、五十肩などで、一度や二度世話になっているところだ。

「娘さんは、お元気」

「娘ね、ちっとも来ないのよ。結婚もしてないの」

「お仕事熱心なんでしょう」
エイコは、いつものようにそう言う。以前会ったのは、確かその整形外科の待合室だった。その人の娘は、脱サラをした後、会社を立ち上げた、と聞いていた。まもなく到着した電車に乗り、「お大事にね」「そちらも」

そう言って、途中の駅で別れた。

極楽寺駅に着いた。ホームに降り立つと正面に、土止めの石壁が花と共に見えた。しかし、毎回、狭い車窓から見て、一面の花の壁、と感じていたものとは少し違っていて、源平小菊の花の群れは、石垣のあちこちに点在しているのだった。台風で崩れた箇所は、新しい土止め石で、その白さが目立つが、そうでないところは半ば苔むし、蔦なども絡み、源平小菊と共に、それぞれの色と風情を醸し出している。石垣が終わる地面の縁には、どくだみ草が密集し、白い花が今を盛りと咲いている。狭いホームを行ったり来たりしながら、その風景をなんども眺めた。花の量は少なかったが、控えめな外観にも拘わらず、心惹かれる印象は、最初に見たときと変わらなかった。

改札を出てなだらかな坂を登り、極楽寺へと向かった。左に折れ、欄干のある赤い橋を渡る。右手には、線路と極楽洞トンネルの入り口が眺められる。左手は今降りたばかりのホームが見える。橋を渡りきって左に折れると、山門の手前に小さな店があり、そこの看板の下にも源平小菊が群れて咲いている。藁ぶき屋根を載せた極楽寺の門は閉じられていて、入口も出口も潜り戸だけが開いている。かなり屈んでその潜り戸を抜ける。元の姿勢に戻ったとき、空気が穏やかに変わったのを感じる。大きな神社仏閣を訪れた折に、ふと身構えるような緊張感はない。本堂までは真っ直ぐの道だ。石畳はいま葉桜に覆われている。一本の桜の木の下に立札が立っている。見ると、「八重一重咲分け桜」とある。咲き終えた桜の花を見ることは出来ないが、その文字を読むと、一枝に八重と一重が混成し、淡紅色の極めて美しい桜、とある。そして、現在の桜は、北条時宗がお手植えした樹の古株より発生したもの、と付け加えられている。長い時間と共に、再生に再生を重ねたと思われる。その結果、咲く花もふた通りに。

……再生か。

エイコは何かに思い当たり、密集する葉に向かって呟く。

自分も、麻酔をかけられ数時間眠っているうちに、体の臓器の一つを失った。それから新しい目覚めがあった。人が遠くからエイコの姓を呼んでいた。その声は次第に大きくなった。術後眠り過ぎると意識障害が起きることがある、と後から聞いた。声の主はチームを組んでいた医師たちの一人、若手の男性だった気もするが、空の上から誰かが、声をかけてきた気もする。もう一度、人間をやりなさい、と。

退院した年の春、三十になった娘の結婚話がまとまった。秋の挙式まで、先方の両親との会食など幾つかの行事があった。人間界の仕事は、人間を支えてくれる、そんな思いが湧くなか、娘とその相手は、新婚旅行に旅立って行った。

本堂の前に立ち、太い紐を引いて鐘を鳴らす。しかし、紐の引き方が悪いのか、良い音が出なかった。改めて賽銭箱に百円玉を入れ、ふたたび紐を引き、戻したが、辺りに響くような冴えた音は鳴らなかった。夫が見ていたら、「不器用だな」と笑うだろう。恥ずかしさに手だけ合わせて、左側の庫裏と思われる家の方へと歩いた。その玄関前にも源平小菊は群れて咲いていた。この辺りの土は、この花にあっているのだろうか。白に藍の模様の浮いた陶器の火鉢がそばに置いてあり、ふた色の花との調和が取れていた。カメラを持って来なかったことが悔やまれた。

方向を変えて、数人の人が歩いている庭の通路を歩き出す。最初に目に入った一角には、薔薇色に染まったように明るい色の紫蘭の花が並んでいた。日当たりが良いと、こんな色が出るのだろうか。丈夫な花で、蘭という名が付いている割には野生の逞しさを持つ花と知っていた。その場を通り過ぎたとき、人の声がした。参詣客の女性が誰かと話しているようだ。近付くと中年の男性が一人、花壇の縁にしゃがんで、草の根もとの手入れをしている。緑の長い葉と花が咲き終わったようなしっかりした茎が並んでいる。

「菖蒲ですか」

「いや、あやめです」

職人らしい的確な答えだった。エイコは、軽率な言葉を発したことに気付く。菖蒲、は五月のしょうぶ湯に使うもので、花菖蒲とは葉の形が違う、と聞いている。あやめと言わないまでも、花菖蒲ですか、と言うべきだった。

「いちはつは、どれですか」

参詣客の女性が花壇を見回している。花の好きなエイコはすぐに反応した。

「いちはつは、これです。葉が硬くて平らなんです」

「そうですか」

「よく知っていますね」

女性と職人がほぼ同時に答えた。

「いちはつは、家にあるんです。でも、今年は一輪しか咲かなかった。……確か、鳶の尾と書くんですね」

職人は、「そう」と言って、後は無言になった。しかし、スコップを持った手は良く動いている。自分の手もスコップを握っている気持ちで、しばらくその動きを見る。あやめの株のあいだの雑草を取っているようだ。左手の足元に、どくだみ草などの不要なものが集められている。左手奥に、大輪の芍薬が咲いているのが見えるが、職人の手の動きに魅せられて、その場に佇む。たとえ足腰が痛くなろうとも草花の隙間の雑草取りは、大切な仕事なのだ。いつのまにか、参詣客の女性の姿は消えている。一人残ったと分かると、怪しまれたくない気持ちが湧いた。

「庫裏の前に、源平小菊が咲いていました。今日は、あの花を見に来たのです」

「それなら、崖の方にいっぱい咲いていますよ」

この寺から見れば、あの石垣は崖なのだろう。

「はい、それを見てから、ここに上がってきました。良い花ですね」

「地味だけどな」

職人の取った雑草の山が、だんだん高くなっている。そのなかに根の付いたあやめの株が混じっている。増えた株を整理しているのだろう。もちろん良い花を咲かせるためだ。突然、どん欲に、という思いに捉えられた。

「あの、そのあやめの株、捨てるのでしょうか。捨てるのはもったいない。もらって良いでしょうか。家の庭に植えたい、と思って」

気が付いた時は、そんな言葉を並べていた。職人は、横たわっているそのあやめの株に目をやった。

「いいですけれど、……これじゃあ、よく根付かないでしょう」

「そうでしょうか」

「どうせ、取るんですから、根の付いたしっかりしたものを上げましょう」

「まあ、ほんとうですか」

エイコは高い声をあげた。職人は丁寧にあやめの株を掘り始めた。喜びと共に、ふたたび怪しまれたくない気持ちが湧いた。花好きな老女と、すでに分かっているだろうが、なんにしてもここは神聖な寺のなかだ。

「わたしの家は、和田塚の駅のそばです。庭の土は同じ鎌倉の土です。五十六年、住んでいます」

「それなら、これは根付きますよ」

話す職人の手は止まってぃなかった。

「ビニール袋、持っていますか」

「いいえ」

天候が崩れると知っていたので、小さなバッグと携帯の傘を持参していた。

「持って来て上げますよ」

職人はその場を離れ、すぐに戻って来た。手にはビニール袋を持っていた。元の位置にしゃがみ込み、スコップを握った職人は、淡々と話し始めた。

「和田塚の、クリニックに長く行っているのです。本間さんは、残念でしたね。後の先生も良い人だけれど」

エイコは、ホンマ、という名を耳にして、信じられない思いになっていた。和田塚のクリニックとは、行きがけに会った知人の通う整形外科の隣りにある、小さな内科クリニックのことだ。

「わたしのがんは、本間先生が検診で発見してくれたのです。早期のがんでした。それが先生は、厄介ながんで」

「そうと聞きました」

執刀医の大きな存在に隠れ、発見者の本間医師のことは、忘れがちであった。そして今は後継医師の世話になってぃる。エイコは胸を打たれる思いになった。それにしても、縁《えにし》というものは不思議なものだ。こんな所で、同じクリニックの患者に出会うとは。どん欲も捨てたものではない。あやめが三株ほど入ったビニール袋はすぐに調えられ、エイコの手に渡された。職人は何の病でクリニックに通っているか、最後まで言わなかった。

「有難うございます。大切に育てます」

エイコは寺を後にした。

帰り道も、石垣の源平小菊をたっぷりと見た。駅のそばには駐輪場があり、その上には大きな欅の葉が茂ってぃた。浅い瀬があるのかせせらぎの音が聞こえた。極楽寺駅の改札口の前には、「第3回　関東の駅百選認定」という立札が立っていた。

次の休日に、川崎市に所帯を持っている娘が来た。夫婦連れだって来るときもあるが、今日は一人だった。普段は二人とも仕事をしているので、土日しか姿を現わさない。

「由比ヶ浜通りで、ボーダー・シャツ、フェスティバルがあるの、知っている?」

「知らない、なんなの」

「ボーダー柄のシャツとか着ていくと、商店が品物を二割引きしてくれるそうよ」

娘は、家からその柄のシャツを着て来ていた。

「地域を活性化させるためですって、神奈川新聞に出ていたわ」

「その記事、読んだな」

そう言う夫は、娘に笑顔を見せている。

娘はコーヒーを一杯飲んでから、街に出て行った。二時間ほど経って、

「お母さん、おちむん、って知っている」

と言いながら、戻って来た。エイコは庭でスコップを握っていた。あやめはすでに玄関の脇に植えてあり、毎日如雨露で水をやっている。

「鎌倉市の、非公認マスコットよ。落ち武者の、おちむんくん」

なにやら、手にぶら下がっている。見るとよろい姿の人形である。その髪の毛は両側に垂れ、額には傷がある。いとも哀しげな表情でありながら、どこか可愛らしい。

これも、落ち武者再生の一手なのか。土の匂いを胸深く吸いながら言う。

「早く帰りなさい。だんなさまが待っているわよ」

海抜五・五メートル

江ノ電和田塚駅まえの柵には、
ここの地盤は、海抜九・六メートルです。
という掲示板が取りつけられている。日本語の下には、
Height above sea level
という英語が添えてある。深い海の色を表わすような濃いブルーの地。白い文字。その幅も高さも五十センチほどの板から、目を逸らしたい気持ちが湧く。
それでも、海へ行こう、と思う。改札から右に折れてまっすぐ歩く。約五分で海沿いの公園に着く。二〇一五年春の午後である。

海の近くに住んでいるからといっていつも、海に行こう、と思っているわけではない。家から海と反対方向にあるスーパー・マーケットへの往復で、一日が終わってしまうことが多い。四年まえの三月末から五月にかけて、冬子の住むこの町は原発事故後の計画停電の区域になっ

た。灯りの点いていない和田塚駅のホームは暗く、行き交う電車のなかのひと影もまばらだった。単線なのでレールは二本しかない。その向こうの民家の庭に、白木蓮の花が満開になっていて、白い大きな塊が薄闇に浮かぶのが見えた。その光景は、震災で亡くなったひとたちの霊の浮遊を感じさせた。朝夕テレビから流れる津波の映像は衝撃的で、こちらの気持ちも不安定になっていた。受け止めきれない現実がさまざまな風景となって胸を揺さぶった。真摯に祈る思いで支援団体にささやかな寄付をしたのは、停電騒ぎが終わり、家々に電灯が点ってからだった。

梅雨に入り、濡れた木々の枝葉やぬかるんだ地面を見るようになって、襲ってきたのは臆病風であった。テレビのニュースが流したシミュレーション画像を観て、この和田塚駅近辺に震災が起きた場合、冬子の家は水没地帯にはいっていると知った。これがあなたの死にかたです。と具体的に教えられたような気がした。繰り返し流される強烈な映像に、神経を侵されたのか、道を歩いていても、津波に流されて頭上の電線に引っかかっている自分の姿を頭に思い浮かべるようになり、そのマイナスの意識が振り払えなくなっていた。

市役所の広報課は、津波がきた場合すぐに高台に逃げることを勧め、各地域の避難所を発表した。町内会の回覧板が回ってきて、御成山への避難訓練があることを知り、近所のひとたちと参加した。山のうえの中学校のグラウンドには年寄りやベビーカーに子供を乗せた母親など、大勢のひとが集まっていた。みな同じ気持ちなのだと少し安心した。平素から極端に死を恐れていたわけではない。約二十年まえ早期の肺がん手術を体験している。告知されたあとは大粒の涙をこぼしたが、まもなく体にメスを受ける覚悟をした。成功率は七十パーセントという、医師の説明を落ち着いて聞くことができた。がんでも津波でも死ぬことに変わりはないというのに。

しかし震災後、四年の歳月は冬子を少しだけ強くした。春夏秋冬を四回過ごし、その季節の恩恵を受けたからと思われる。満開の桜と萌える草、夏の夜空の花火、古い寺の色鮮やかな紅葉を眺め、木枯しからはじまる冬の寒さを体感し、忙しい年末年始の行事をそして日々の仕事を人並みにこなしているうちに、臆病風は消えて行った。

鎌倉市では毎年三月十一日に、神社、仏閣、キリスト教の教会の信徒たちが合同で慰霊祭を行っている。手を合わせる気持ちに境界線はない。この春はできるだけ海に行こう。潮の香りを吸おう、波のうねりを見よう、という気持ちになった。海の波音を聴いているとき、鮮やかな水平線を老いた目が捉えているとき、大地震がやってきて、十分後に津波が押し寄せてきたとしても、それは総て運、巡り合わせなのだ。第一、せっかく海のそばに住んでいるのに、海を見なかったら損をするではないか。遠くからこの地を訪れる観光客たちは、電車賃を使ってきている。

一本道の途中、マンションが二棟並んでいた。庭には桜の木が植えられていて、咲いた花の淡い色が白い壁を華やかにしていた。歩く速度をゆるめて、やがて散るその桜を瞼の裏に焼きつける。八十を過ぎても、おのれの生の役割が終わったと思えないのは不思議だ。ひとのために自分のためにまだ残っているものがある。それは月二回、町の公会堂での読書会の仕事だ。毎日本を読みこみ、準備している。働いていれば来年もまたこの桜が眺められる気がする。海に向かっている足は、少なくとも水死を恐れなくなったことを表わすように、闊達に動いている。歩いているとわからないが道はかなりくだっている。

海沿いの公園を過ぎて、海岸道路の信号を渡ったところには、
この地域は、海抜五・五メートルです。津波がきたら、退避して下さい。
というやはり濃いブルーの表示が掲げられていた。
さらに階段をおりていくと、砂浜そして波打ち際に行くことができる。そこはもちろん海抜ゼロメートルだ。しかし冬子は、信号をもう一度渡り、公園のなかに戻った。そこの芝生に、腰かけることができる置き石が点在していたからだ。そのあたりから沖を眺めるのも一手だ。置き石は大中小と並んでいたが、中ぐらいの石を選び、よいしょ、と声をだして腰をおろした。春の靄がかかっていて、水平線がかろうじて見えた。海と空の境目がはっきりとしているときは、正面に伊豆の大島が浮きあがるが、まったく見えなかった。湾の左手の先端には、隣の市との境に立つリゾート・マンションの白い建物があった。その一室で、自らの命を絶ったノーベル賞作家の鋭い眼光が脳裏に浮かぶ。日によって、いやこちらのコンディションによっては、

その白い建物を眺めるのが辛いときもある。死という現実が、冷たい海風のマントとなって、襲ってくるような気がするからだ。しかし、今日の冬子に動揺はなかった。あのマンションの一室で起きた事件と、こちらの人生は違う。そう思うことができるようになっていた。目を浜の中央に戻した。

背中のほうでなにやら楽しげな掛け声が聞こえていた。振り向くと、光るバトンを持った三人の少女が、バトンを巧みに操りながら踊っていた。やがてそのなかの一人が、カメラを持ち、べつの二人の踊りを写しはじめる。動いているところを写しているから、動画なのかもしれないが、最近の機器に詳しくないからよくわからない。なにかが伝わってきたのは、踊りの最後のポーズがぴたりと合った瞬間だった。見事に決まったね、と声をかけたい気がした。

芝生の途切れるあたりには、土の肌が覗き、ブランコや滑り台などの遊具が並んでいた。滑り台は筒状になっていて、青いペンキが塗られていた。ブランコの周辺には、三組ほどの親子連れの姿が捉えられた。端のほうにはバスケット・ボールのシュートの練習をしているすらりとした男の子の姿が見えた。女の子とキャッチ・ボールをしている父親の姿もあったが、こちらの場所とはかなりの距離があった。ボールが飛んでくる気配はなさそうだ。冬子は淡い光線を避けるため、帽子の縁を引き、目を閉じた。

なにかがやってくるのなら、くるがよい。なんでも受けてやろう。そう腹をくくり、しばらくぼんやりとしていた。

……


「おねがいします」

という声が聞こえた。

閉じていた目をゆっくりと開くと、男の子が立っていた。少年というには少し早い年ごろに思えた。

「あのぅ。プレイ・リーダーになってくれませんか」

バスケット・ボールを持っていた男の子とは違い、胸や尻にかなり肉の付いた子供だった。丸刈りのせいか頬のふくらみも目立つ。

「プレイ?」

言葉の意味がわからなかった。

「今日、ぼくたちのプレイ・リーダーがインフルエンザにかかってしまって、電車に乗れませんでした」

土地の子供とは違うように思えた。

「どこからきたの」

「M町」

知らない町の名だった。

「海のない町です」

「なにをするの」

「ぼくたちのプレイのリーダーです」

「ぼくたち?」

「しあわせ公園、とおなじように」

見ると、その肉付きの良い体の陰に、もう一人小さな女の子が隠れていた。はにかんでいるのか、顔を半分だしてこちらを見ている。髪の毛がなん本か海風になびいている。

状況がよく呑みこめないので、しばらく二人の顔を代わる代わる見ていると、その男の子は、直立して話をはじめた。

「子供にとって遊びはたいせつです。でもぼくたちは、いきいきと遊ぶことができません」

男子の片手は、女子の細い肩に乗っていた。兄と妹なのか。

「M町、しあわせ公園は小さすぎます。住宅地だから大きな声をだしてはいけないとか、道路に向かってボールをけってはいけないとか、人に害をあたえたら親のせきにんだ、とか、いろいろあります」

大人から聞かされた言葉を、そのまま覚えているような話しかただった。

「思いっきり遊ぶのなら、その信号を渡って、砂浜に出て行けばいいわ。大きな声をだしても、だれも文句は言わないわ、ここはそういうところよ」

何故。

無理、という意味とは少し違うのだろう。つまり、するのが困難、ということなのか。しかし、しかし、その言葉の意味は、いくつもあるように思われ、解釈は難しかった。道理の反対の

男の子は初めて、ふだんの言葉遣いになってそう言った。

「ムリ、ムリ。ムリ」

「どうして」

「ムリ、ムリ」

「砂があって波がくるところは、……海抜ゼロメートル地帯です。地震がくればすぐに津波がくる。そんなところで遊べません」

だいじょうぶよ、と言おうとして、冬子は、思わず胸を押さえた。その奥に吹きつづけた臆病風のことは、この四年間だれにも喋ってはいなかったが、どうしてかこの男の子の耳にはいってしまった、という後ろめたさが湧いていた。

「夏になるとたくさんの人が海水浴にくるわ」

弁解するように言った。

「去年の夏、家族ときたとき、酔っぱらってさわぐひとが、おおぜいいました」

「今日、ご家族は」

「両親とも、働いています」

「せなかに、蛇のモヨーのひと、こわかった」

女の子がつけ加える。

確かに、そうだ。市議会ではいま海水浴客の風紀の乱れが問題になっている。

夏の浜にはほとんどルールがなくなっている。年寄りなら、そんな場所に行かなくても済むことだが、未来のある子供たちはそうはいかない。

「リーダー、といっても先に立って遊んでくれなくていいんです。ぼくたちの遊びを、見まもってほしいのです」

「とけいをみたりして」

女の子がまた言う。

「時計？」

思わず、左腕の腕時計を見る。午後一時二十分を指している。

「リーダーは、プレイを開始してから、三十分経った、とおしえてくれるひとなんです。それから十五分休みます。ぼくたちはまだ、スマホを持っていません」

そこまで言って、男の子は、直立を休めの姿勢に変えた。

冬子は思わずため息をついた。しあわせ公園というのだから、子供をしあわせにしようと考えている心ある大人たちの企画であることは確かだろう。しかし、子供の真面目な言葉を聞くと、もっと肩の力を抜いて遊ぶことはできないものかと思う。

春の靄が時間とともに消えていき、水平線がくっきりと眺められるようになっていた。砂浜にも日差しが注がれて、波打ち際は左右に広がりを見せながら、小さな返しをつづけている。後ろを振り向くと、先ほどのバトンガールたちは消えてしまっていた。

「それで、ここでなにをしたいの。なにをしてあげればいいの」

やっと、頼みがあるのなら、聞いてあげよう、という気持ちになった。

「やったァ」

男の子は、わかってくれたか、というように、指を二本立てて、白い歯を見せた。

「ルリと二人で、けん玉をやります」

「この子、ルリちゃんというのね」

「はい、ぼくは、ケンタ。けん玉のケンちゃんです」

「覚えやすい名前ね」

しかし、どうしてけん玉なのか、この広い場所で。納得のいかないところがあった。

「ほかの遊びはしないの。向こうなら、ボールなげもできるし、ブランコやジャングルジム、滑り台もあるわ」

指をさしてその方角を示した。

「ムリ」

「どうして」

「今日は火曜日。けん玉の日なんです」

「火曜は、けん玉するの」

ルリの声がつづく。

「火曜日?　そういう決まりがあるのかしら」

「月曜日は、ベーゴマの日」

「それなら、明日の水曜日は?」

「竹馬にのる」

「木曜は、フラフープ、金曜はボールなげ」

「土曜はものづくり」

「トンカチや、のこぎりを持って行くの」

交互に口を開く二人の返事に澱みはなく、返す言葉が浮かばなかった。

「M町、しあわせ公園の、春休みのプレイ・カレンダーです」

こちらの戸惑いには関係なく、二人はすぐに動きだした。

「三十分、プレイをします。見ていてください。そして時間がきたら教えてください」

時計の針は、一時半に近づいている。ケンタは持っている紙の袋から、けん玉を二本取りだした。そして右手で丸い玉をぐるぐると三回まわし、そして左手で素早く止めた。

「糸はしっかりと付いています。切れて玉が遠くに飛ぶことはありません。もし心配だったら、離れたところでやります」

「だいじょうぶよ」

冬子は笑って手を振った。

「はじめます、と言ってください」

「はい、では、はじめます」

声と同時にケンタは、足を開き腰を軽く落とし、けん玉をはじめた。三メートルほど離れた場所に立ち、その向きはやや海岸よりだった。

「大皿、小皿、そして、エイッ　中皿」

「ワァ、めっちゃうまい」

玉が目標の場所にすとんと収まるたびに、ルリは歓声をあげた。

「つぎ、灯台やってェ」

「オッケー」

ふたりの息はぴったりと合っていて、リーダーも、見物人も要らないようであった。それでもだれかに見てもらわないと不安になるのだろうか。いや、不安にさせているのは大人のほうかもしれない。昨今、なにかにつけてすぐに気を立てて騒ぐのは大人のほうなのだ。子供の蹴ったサッカー・ボールが原因で、交通事故死した老人の遺族が、子供の親に対し訴訟を起こした、というニュースが流れたのは最近のことだ。

子供のころ、冬子はオタマジャクシを掬おうとして、公園の池に落ちた。服を濡らし下穿きに藻を貼りつけて家に帰ってきたが、母は笑って風呂を沸かしてくれた。

男子のけん玉の腕はかなりのものと見受けられた。

はねけん、さかおとし、世界一周などという言葉とともに、その技が披露されていた。そのつど、ルリは「めっちゃうまい」と手を叩いた。冬子もだんだんと手を叩くようになった。わからないなりに、その気迫だけは伝わってくるのだった。しかし、ルリの持っているけん玉はいっこうに動きださなかった。

「ルリちゃんは、けん玉やらないの」

と訊ねると、少しはにかんだのち、けん玉の棒を握って動かした。

「うわァ、ダメ、しっぱい」

「がんばって、もう一回」

「うん」

けん玉が動く。

「また、しっぱい」

ルリのけん玉は、いちばん簡単な大皿に乗ることもなかった。励まし、指導もしていた兄は、そのうちに諦めて、ふたたび自分のけん玉を回しはじめた。

「ルリちゃん、こっちでいっしょに、お兄ちゃんのけん玉見ようか」

と誘ったが、あっさり首を横に振られてしまった。

思わず空を見あげると、航空機の機影が見えた。北の山から南の海の方角に飛んでいた。高度があるせいか、音は邪魔になるほどではなく、のんびりと聞いていられた。その音が自然に消えていくと同時に、紙袋に手をいれて、なにかを探しているような音が聞こえてきた。見ると、ルリの手からはけん玉が消えて、布製のお手玉が握られていた。冬子の世代にも馴染のあるものだ。そしてそのお手玉の赤と緑の彩りと柔らかさが、ルリの女の子らしい容姿にとても似あっていると感じた。しかし、ルリはそのお手玉を握ったまま、少し体をゆすり、悲しそうな顔を見せていた。

なにか声をかけてあげよう、と思った瞬間、

「ルリ、止めろ」

という兄の厳しい声が飛んだ。

ルリはそれでも一個のお手玉を空に飛ばした。二つ目も続いて飛ぶ。小さな瞳が輝きはじめる。

「ストップ」

兄の手が、けん玉を止めるときのように、素早く動き、赤いほうのお手玉が、摑まれた。緑色のほうは地に落ちて、軽い音を立てた。ルリは声をあげて泣きだした。

「ミタス、ミタス」

ケンタの口からそのような言葉が発せられた。冬子は怪訝に思うと同時に、若いころ耳にして口ずさんだこともある、歌を思いだした。

　キサス　キサス

アイ・ジョージという男性歌手が歌っていた。その意味は、南米の言葉で、たぶん　たぶん　に当たるとだれかが教えてくれた。

不安や心配になる事柄を、良いほうの、たぶん、に解釈する、いやそうしたいという願望の歌なのか、と思った覚えがある。

「言っただろ、今日はけん玉の日なんだって」

「かえして、お手玉」

「かえすよ、でも遊ぶのはダメ」

「お手玉の日、作って」

「リーダーにたのんでみるよ、でもルールをミダスことはダメ」

ミタスは、満たす、ではなく、乱す、を意味していたのか。

冬子は、先刻リーダーになってください、と頼まれたことを思った。

「わたしの許可なら、いいわよ。どうぞお手玉をやってください」

「だめです。これは今日インフルエンザになってこられなかった、ぼくたちのリーダーさんがきめることです」

「代役ではいけないの」

「だめ、と思います」

「それならブランコにのりたい」

ルリは、涙にぬれた指先をその方向に向けた。

このままでは女の子が可哀そうだ。冬子はそう思い、石のうえから腰をあげた。

「いっしょに、あちらに行きましょう」

こんどは首を縦に振って、ルリは歩きだした。

「ちょっと待って。そのまえに時間を教えてください。いまなん時ですか」

ケンタの声に、冬子は時計を見る。

「一時五十五分、二時五分前だわ」

「なら、あと五分待ってください。そうしたらとくべつに、ルリのブランコ乗りを許可します。リーダーにはないしょで」

ケンタはなにかを窺うように、辺りを見回した。

海岸の公園には、他の公園のような春の新芽が繁る大木というものがない。従って木陰に人が隠れている、と案じることもない。見えるとすれば、近くの住宅の二階の窓からぐらいだ。どこかで、帽子にマスクのインフルエンザのリーダーが見ていることはありえないのに。仕方なく五分待った。ルリもそれに従った。そのあいだ、ケンタはふたたびけん玉をはじめた。その腰の入れかたと巧みな演技を見るかぎり、迷いや動揺は感じられなかった。冬子はその間なんども時計の針を見た。

「二時になったわ」

「では休憩にはいります」

女の子はすぐにも走りだしたい顔をしていたが、兄のほうは、静かにいやどちらかというと忍び足で歩きはじめた。

「言っておくけど、ルリ、いまは休憩時間なんだぞ」

「はい」

すぐに遊具のある場所に着いた。

「あ、プレイ・トンネル」

ルリがすぐに飛びついたのは、ブランコや青い筒状の滑り台ではなく、人の背丈より少し高い妙な形の壁だった。ケンタはなぜかそれを黙認した。壁の色は乾いた粘土のような灰色だが、表面は艶やかに光っている。それがゆるいS字型になって左右に延びている。その二つの窪みの下に子供がくぐれるほどの穴が開いている。一つの穴のまえでは足取りもおぼつかない男の子が、母親の手に支えられて立っている。下は砂地である。ルリはもう一方の穴に素早くもぐった。そしてぐるりと回るときに、壁の表面を手で触り、それからまた頭を沈めた。

近付いて見ると、ルリが触った壁の表面には微かな凹凸があり、そのへこんだ中心には臙脂色、オレンジ、黄色、青色などの色粘土が埋め込まれている。臙脂色の埋め込みは、まるで弁当箱に詰めた米飯のなかの梅干しのようだ。

「目玉だ」

ケンタは楽しそうに言う。梅干しの皺の中心に、黒い玉状のものが埋めこまれている。

「ちょっと怖いわね。魚の目のよう」

「好きなように想像してください。しあわせ公園にもあります。オブジェと、リーダーに教わりました」

「リーダーは色々と教えてくれるのね」

「はい」

壁の端に文字が浮いている。手で触ってから、文字を辿る。

××× systems com
他の表記は見当たらなかった。com は、Computer の略語だ。これから先、子供たちはこの文字に、どれだけ関わっていくことか。

「きみは本を読むの」

「マンガが好きです。ルリはアニメが」

ルリの勢いに押されたのか、男の子を抱いた母親が背を向けて歩きだしていた。ルリ一人ならさほど問題も起きないだろう。

冬子はまた空に目を遣った。鳶が数羽飛んでいた。それぞれが輪を描いて飛ぶことは周知している。しかしそれが複数になるとその描く輪が八の字からはじまって、予想もつかない円の延びになって絵模様を作る。見ていて飽きない光景だが、この鳶が急降下して、砂浜でハンバーガーを手にしている子供を襲い、気がついたらハンバーガーがなくなっていたという話を聞いている。

ヘリコプターの轟音がして、しばらくは子供の声が聞こえなくなった。かなりの低空飛行だ。その間ケンタは空を見あげていた。鳶はいっせいに姿を消した。ふたたび静かになったとき、ケンタは言う。

「ルリ、空にドローンが飛んできたら、気をつけろ。すぐに伏せるんだ。さもないと、くさァい黄色い水をかけられる」

くさァい黄色い水。最新の兵器、無人偵察機を茶化したマンガ本でも読んだのだろうか。それとも幼い妹を怖がらせないための、兄の精一杯のユーモアか。

そろそろ女の子がトイレに行きたくなるころだ。トイレは駐車場の脇にある。声があがったら、連れて行ってあげよう。そこでくさァい黄色い水をかけられてしまうのも良いだろう。もしかすると、それは冬子にとっての命の水になるかもしれない。しかし、女の子は髪の毛が砂だらけになっても、妙な壁のトンネル遊びを止めようとしない。男の子はけん玉の手を休めてそれを見守っている。

水平線の先に大島らしい影が見えはじめている。時の経過とともに春の海の恵みが風となり、子供たちの背を優しく撫でる。海抜五・五メートルの公園一帯が淡い光に包まれる。海にきた手ごたえが足元の暖かさとともに感じられる。

冬子は十五分の休みのあいだまた目を瞑る。海にまたくるために、もう少し生きていたいと思いながら。

夏の星

マイクロバスは福島県富岡町を走っていた。左右に、梅雨に濡れた廃屋が並んでいる。

「一階だけ、すっぽり抜けたようになっているのは、津波のあとですよ」

いわき勿来《なこそ》インター付近で合流したM神父の言葉。

あの地震による津波と原発事故から五年経っても、そのままになっている廃屋は多く、その光景は想像を超えていた。この家にもこの家にもかつて住んでいた人がいたはず……

車は、薄暗くなる時間まで、帰還困難区域に指定されている町を走り、時折荒れ果てた土地に停まった。


二〇一六年六月の末、鎌倉のカトリック教会からドライバーも含めて九人で出発した。M神父が加わって総勢十人になった。朝比奈峠を越えて、横須賀横浜線。そしてビルの立ち並ぶ湾岸道路を横切り、常磐道に入った。シャツにジーパンという姿でマイクロバスに乗り込んで来た神父は、いきなり言った。

「皆さん、ぼくと同じぐらいの年ごろでしょうか」

「いえ、八十代の方も」

福祉担当の若い女性佐乃さんが答えた。わたしは手を挙げた。後ろの座席の人も、同じように手を動かしていた。

「若いね、みんな」

神父は七十代と聞いていたが、服装だけではなく、がっちりとした体格と言い、その率直な話し方にも若々しさが感じられた。

空気が明るく変わったところで、神父の口から、次の行く先が告げられた。

「元Jヴィレッジのサッカー場に行きます。2002年のワールド・カップ日韓共同開催を覚えていますか？　その折使われたグラウンドに、今仮設住宅がびっしりと建っている。ドライバーさん、広野町頼みます」

ドライバーの男性もカトリック信者だ。東京のボランティア・センターから参加してきている。神父は、狭い通路を隔てて、わたしの左側の席に腰かけた。

「偉いね、八十で福島に来るなんて」

「はい、なんとか」

褒められて、わたしは苦笑いをした。来たくて来ただけです、とは言えなかった。祈る気持ちがないわけではないが、綺麗ごとを口にする気にはなれなかった。

一ヶ月ほど前、日曜のミサのあと、教会の出口で配布している案内を手にした。

その見出しには、

福島原発被災地を訪ねて　原発被災地の復興を祈ります

「癒しと気づき」の宿、光庵に一泊致します

とあった。詳細はその下に書かれていて、出発地、由比ヶ浜カトリック教会の庭、解散地も同じ、と記されていた。自宅から歩いて五分の教会から、バスに乗って福島に……、目を疑うようなスケジュールだった。毎日、観光ブームで混雑を極めている江ノ電に乗ってJR鎌倉駅に行き、スーパー・マーケットで食材を買い、重い袋を持ってまた江ノ電に乗る。優先席があってもお構いなく坐る人が多い。そんな日々よりはるかに、楽な仕事に思えた。それに一度はこの目で、大震災後のいや原発事故後の福島を見たい、と思っていた。

まもなくサッカー場近くに着く。

「さあ、皆さん、ここからは鎌倉のことは忘れてください」神父の声が引き締まる。

「そしてこの福島を見てください」

座席から立ち上がり、呼吸を整えてバスを降りた。曇り空だが、雨は上がっていた。

すぐに目に入ったものは、地方のバス停のようなプレハブ小屋である。白い外観に鮮やかなブルーの文字が目立つ。横並びに、交通情報、放射線情報、と書かれている。なかに入り、小屋の壁に掲示されている文字と数字を読む。上から、南相馬ＩＣ、浪江ＩＣ、富岡ＩＣ、広野

ＩＣと地名が並んでいる。平素ならその地の交通の混雑具合が示されるところだがその右わきに、0·1　1·6　2·4　3·7　などという数字が並んでいる。放射線情報、線量を表わす数字である。どの地名がそれに該当するのか。視点が定まらなくなっている。バッグから手帳を出そうとして手に触れたものを見ると、慌てているのかデジタル・カメラである。そのまま持ち上げて、シャッターを押す。

「その写真、焼き増しをして、あとで下さいね」

という声が横から聞こえる。佐乃さんとは違う中年の女性だ。

「はい」仕事を与えられて救われた思いになる。ここ十年ほど、撮影した写真はすべて、書斎に置いてあるプリンタで印刷している。それは訪れた地の風景を文章にするときに役に立つ。

「ここはまだ序の口ですよ」

そう言う神父のあとに続く。足元の雑草が増えてくる。

少し歩くと、サッカー選手の戦いを模した青と黄色の看板に出会う。青と黄色が、Ｊ・ヴィレッジのチームカラーだったのか。その先には、二度と観客が坐ることのない階段状の座席と、腰の高さほどある雑草群があった。車が何台か停まっていたから、全くの無人ではないのだろうが、二階造りの仮設住宅は、音もなく色もなく暗い影を落としていた。テレビのニュースその他でこれまで観てきた仮設住宅は、どれも平屋であった。と同時にこれほど荒涼とした風景ではなかった。

「二度と、試合をしなくなったグラウンドです」

広いグラウンドの姿はもはやない。応援の声も聞こえない。

「大きな墓場」

「こんなところに、仮設住宅が建っているなんて」という声が流れる。

「緑に囲まれ、空の色が綺麗なグラウンドだったのです。その頃は熱い応援の声が、四方に響きました」

サッカーにも詳しいのか、神父は日韓共同開催になった経緯を話してくれる。わたしはその声に耳を傾ける。ふとその語り口に、カトリック教会の神父独特のイントネーションがないことに気付く。十歳まで、（それは東京の家から茨城に疎開するまで）に出会った教会の神父は、ドイツ人、フランス人、日本人であった。日本人神父であってもその話し方には独特のイントネーションがあった。幼い子供の耳はその妙な節回しを聞き洩らさなかった。当時ミサはラテン語で行われていたから、その影響があったのだろうか。子供のわたしは、その節回しを体感するようになり、さらに、その修道服に染み込んでいる西洋人の香りも嗅ぎ分けるようになっていた。それらは優しさの香りでもあったが、ドイツという国の絵本を広げる時の、光に満ちた天国の絵の次のページの、恐ろしく醜い地獄の絵を開く時の、金色の細い毛に覆われた手の匂いでもあった。それは自分の罪を感じる、恐怖のひとときでもあった。

わたしは生後三ヶ月目の五月、母の腕に抱かれて受洗している。父が五十二歳、母が四十三歳の時の子供である。この世で同じ時間を過ごすことが短いゆえに、先々を思いこの信仰の道を与えてくれたのだろうが、それを受容するには長い時間が必要だった。

「ぼくは、修道士になる前に、五年間サラリーマンをしていたのです」

再び、バスに乗ったとき、M神父はそう言い、Fという世間によく知られた企業名を教えてくれた。サラリーマンという言葉にわたしは安堵を覚えた。今日明日、留守番をしている仏教徒の夫は、中小企業のサラリーマンである。現在も週四日会社に行く。サラリーマンのことは、朝の出勤時のすっきりとした顔も、夜遅くなってアルコールの匂いを放って戻ってくる時の情けない顔も、給料日のささやかな喜びも知っているからだ。

生後三ヶ月目の洗礼をいまさらとやかく言う気はないが、物心つくと同時に、恐怖心を感じることになった記憶はいまだ消えていない。五十を過ぎるまでは子育てと家庭の主婦の仕事、夫の身内が起こした金銭トラブルの後始末に追われていた。

六十過ぎて、父親代わりだった十九歳年長の兄が死んだ。その葬儀と埋葬の司式をしてくれたイタリア人のA神父が、鎌倉瑞泉寺近くのカトリック墓地で、わたしをイタリアへの巡礼旅行に誘った。わたしはその時もすぐに参加すると答えた。兄に哀悼の気持ちがあったことは確かだが、強い支配者だった兄の死に解放感があったことは否めない。感謝の祈りを捧げながら、初めてのイタリア旅行を楽しみたいという気持ちもあった。しかし兄はずっと東京の世田谷に住み、所属の教会が違っていたので、巡礼の一行とは馴染みがなく、今回の旅よりずっと緊張をしていた。A神父はイタリア北部の出身だった。巡礼の最後の地はその故郷に近いアッシジの町だった。兄は、「女が自信を持ったら駄目だ」と主張して、一生を終えた。時には暴力も振るい攻撃的な人間としか思えなかったが、男女同権という新しい時代を受け入れない姿勢には、男の誇りと守りがあったのかもしれない。この町の広場の壁、聳え立つ教会の内部に、聖フランシスコが鳩を愛でる姿が描かれ、飾られていた。同時に、聖女クララが弟子として存在し、その深い精神的なつながりが伝えられていた。

その地でA神父は静かに語る。

「十三世紀の神学者ボナヴェントゥーラは、神に至る魂の過程には三段階がある」と。

一は、神の愛に触れ、迷うことなく前進

二は、手探りで歩く闇

三は、再び神との結合

今より二十歳若かったわたしは、この話を聞きながら、母の腕に抱かれ無意識のうちに洗礼を受けた自分の顔を想像した。冷たい水で額を濡らされたとき、わたしはどんな顔をしていたのだろう。それまで眠っていて、額の冷たさに驚いて泣きだしたのだろうか。直後に東京四谷の写真館で撮ったとされる写真は、今でも手元に残っている。脇に日付と日本名、さらに名付けられたばかりの霊名が記されている。その写真を見る限りでは目をしっかりと開けている。当時の仰々しい写真機のレンズと黒い布を、そして撮影者の男の顔も、正装に化粧をした母親の顔も、よく見ているように黒目を中心に据えている。イエスの復活に従えば、わたしはこの洗礼によって一度死にそして復活して、写真館の椅子に坐り目を大きく開いたことになる。小学校に入った年の十二月太平洋戦争が始まり、一家は東京千代田区から教会のない茨城の利根川近くの村に疎開した。

バスのなかはエアコンの涼しい空気が流れていた。なんという優しい空間だろう。半世紀以上感じていた恐怖の粒子も違和感もなく、むしろ自分に合った空気と香りが満ちているように感じられた。八十年も生きていると、感受性が鈍麻されてしまうのか。聴覚も、嗅覚も、視力も鈍ってきているし、反逆する気力も失せる。

しかし、バスの行く手に見える町の闇は、わたしが八十年生きてきた人生の闇とは全く違っていた。

放射線廃棄物　搬入断固反対

と白い文字の書かれた赤い看板が、道筋のあちこちに立ち並んでいる。それも震災後取り払われていない商店やビジネス・ホテルの看板と並ぶ。バリケードを張り、進入禁止になっている坂道もある。その先は山である。しかしその一帯にはまだ緑の木々も高く立ち、道沿いに白と淡いピンクの小花が咲いていた。

しばらく走ると、山と緑が遠くなった。そして荒廃した鉄道のホームと線路のある地域に入った。梅雨の時期によくある薄曇りで霞んでいたが、彼方には海があるようだった。建物が流されているので、辺りが妙に広く感じられる。工事人の姿が数人見える。皆ヘルメットに白いマスクをして黙々と働いている。他に人影はなく、犬猫の姿も見えない。使われなくなった鉄道ホームには、黒いビニール袋が積まれている。

「除染作業で出る放射線廃棄物ですよ。正式にはフレコンバッグ。地元の人は、トンぶくろ、と言っています」

「トンぶくろ、とは」

「廃棄物が一トン入っている、ということですが、別の意味もあるかもしれません。トンでもないものが入っている、とか」

神父の冗談に少し笑いかけたが、その頰もすぐに硬くなる。

バスを降りると、その近くに線量計が立っていた。黒い鉄格子と網に囲まれた一角で、白い線量計に示された電子文字が見えた。0・205と表示されている。少し落ち着いてきたのか、数字がはっきりと読める。これが、新聞記事で読んだマイクロ・シーベルトという数値なのか。少しのあいだ地上に足を置き、またバスに乗る。左手海岸の方向にトンぶくろの山が見える。バスのガラス窓越しにカメラのシャッターを押す。壊れて傾いたままの倉庫が現われる。××材木店という文字が読める。その他、無くなった家の土台と思われるコンクリートの痕跡はあちこちに見られる。

「皆さん、ゲンヨウカ、という言葉を聞いたことがありますか?」

神父が問いかける。だれもすぐには答えられない。

「容量を減らす、という意味の、減容化、です。このすぐ先の、白い塀の囲いは、その減容化施設なのです」

ため息のような声があちこちから洩れる。

前方から白い塀に囲まれたその施設らしき建物が現われる。屋根の上から太いポンプのようなものが覗いている。黒い車が電線を張った電柱の脇の入口に消えていく。塀の脇に、環境省の名前が書かれ、そのわきに工事を請け負った一般企業の会社名が三社並んでいる。その下に、神父の言った廃棄物処理減容化施設という文字が見える。

「あ、数値が上がりました」という声。

線量計を持って行った人がいる。秋の虫が鳴くような哀しげな音がずっと聞こえている。

「0・6になりました」

質問が飛ぶ。

「減容化、は実際に」

「可能なのでしょうか」

「わかりませんね」

わたしは、国のしていることと、現地の人々との気持ちの繋がりが分からないままに、持っている手帳に、減容化、と書き記す。次の文学教室で、受講生に話してみよう。

「次に行くところは、第一原発の方角です。途中検問所があると思いますが、皆さん、心配しないでわたしに一任してください。交渉をさせてもらいます」

大熊町か双葉町かその境目なのか、町名表示が全くないので、目を動かしてもどの辺りを走っているのかよく分からない。二十分ほど走ったろうか、バスは急停車する。左側の検問所らしき囲いの前に居た男に黄色い旗を振られて、停車させられたのだ。神父は、交渉すると言っていたが、その警備員と思われる男は、

「ここでUターンしてください」

と繰り返すばかりである。もちろん理由は一切言わない。

Uターンして走るあいだ、誰も無言になる。至近距離と言っても、ニュース等で何度も見ているあのドーム型の建物の、壊れた影はまだ見えてはいなかった。

「神父様、あと何キロぐらいの地点だったのでしょうか」と尋ねる。

「うーん、三キロ弱かなあ」

「そうですか、有難うございました」

バスの振動が悲しみになって、体の隅々に伝わる。

「次は請戸《うけど》へ行きます。ここは請戸港とも言います」

いくつかの信号を越え、ガソリンスタンドと思われる建物の前を通り、海沿いの光線の白く

感じる一帯に入る。漁港だったのだろうか、広い敷地が目の前に広がっている。

「小学校の前で停めて下さい」

まもなくバスは停まり、わたしたちは歩き始める。壊れたまま放置してある建物は大きく、かなりの人数を収容した小学校と思えた。近づくにつれその内部があらわになった。天井は落ち窓に遮るものはなく、倒れた柱はそのままになっていた。L字型の建物の中央に階段が五段ほどあり、その先が出入口になっていた。一段ずつ上がるごとに、靴脱ぎ場にざわめく生徒の声が大きくなって聞こえそして消えた。この小学校に通っていた生徒たちは、今どこでどうしているのだろう。学校に通っているとしても、友達と会えているのだろうか。神父もわたしたちもほとんど無言だった。またバスに乗った。

霧が出てきて、窓の外がよく見えなくなる。白い塀が両側に続いている。

「この塀は、黒いトン袋を隠す塀なのですよ。まだ、出来かけのようですがね」

霧のなかでも、その塀の途切れたところが分かる。

「2020年の、東京オリンピックまでには政府が整備するでしょう」

さらに湧いてくる霧を見ていると、現実の世界にいるとは思えなくなってくる。幻想的、という言葉は使いたくないが、そういう気分になる。白い霧のなかにK大学の門が浮かぶ。三年前に、「文学教室の講師をして下さい」と頼まれた時、すぐにこう答えた。

「若い頃からK大学様にお世話になっております。お役に立つことでしたら」

はじめて小説を掲載してもらったのは二十四歳の時だった。文学が好きです、とはっきり言える以上、断わる理由はどこにもなかった。

このバスに乗っていて、自分に合った優しい香りを感じながらも、一方では苦い気持ちも覚える。それは、地元のカトリック教会の信徒として日曜のミサには参加しているものの、ただの一度も日曜学校の教師を頼まれることはなかったからだ。適任と思われなかったのか、精神の迷いが体中にあふれていたのか。一度だけ広報の仕事を頼まれて引き受けたが、一年で辞めてしまった。それ以来誰も頼んでこない。

バスのなかに温かい空気を醸し出している、初対面のM神父への尊敬の念が生まれている。大企業を辞めて修道士になってからも、小さな会社を経営して働いていたという。

母から、「修道女になりなさい」という言葉は一度も聞いていない。当時はシスターとは言わなかった。末っ子で、後には長兄一家の負担になる子供と分かっていたし、姉たちもいたから、わたしが修道院に入ってもだれも困らなかった。どうしてだろう？　M神父と時を過ごしているうちに、そんな疑問が湧いてくる。母の顔を思い浮かべる。

その瞬間、バスが大きく揺れ、地面にぶつかる反発音とともに腰が宙に浮いた。

「きゃー」

という複数の声とともに、母の顔が消えた。道に段差があったのか、霧によってドライバーの注意が損なわれたのか、車が跳ね上がったのだった。

「みんな大丈夫か」

神父の声に答えることが出来ないほど、わたしは肝を冷やしていた。

「さあ、今度は二キロほど遠回りをしますが、牛を見に行きます」

宿の鮫川村に向かうには、遠回りになるらしかったが、車酔いもなく、わたしは元の窓ぎわのシートに腰をかけた。

まもなく、牧場の敷地内に入った。左側の窓に、黒い牛の群れが見え始める。群れが個々の牛の姿に変わってくる。廃屋ばかりを見た後に動物の動く姿を見ると、愛おしい気持ちが湧いてくる。しかし、神父の話を聞くと冷たい水を背中に浴びたような気持ちになる。

「この牧場主は、放射線で汚染された牛を引き取って、高線量の牧場で飼育しているのです。すべての牡牛は去勢しています」

牛たちに子孫繁栄はない。そんな牧場が目の前にある。

今度は母の言葉が頭に浮かんだ。くも膜下出血で倒れ、口がよく回らなくなっていた。

オマエノ　コォ　ガミタイ
わたしが長男を産んだのは、母が死んだ一年後であった。母は親として、わたしが子供を産める身体を持っていると知っていたのだろう。

「結婚後も、娘を教会に行かせてやってください」

「承知いたしました」

母と義母はそんな会話を交わしていたのに、義母は、十二月になってクリスマス・ツリーを飾ることにも、難色を示した。確かに仏壇のある部屋にクリスマス・ツリーは似合わなかった。問題は婚家でのわたしが、心の奥にキリストの教えを仕舞い込み、態度や言葉に出さなくなってしまったことだった。義母が亡くなったあと義弟は結婚して家を出た。

その彼に、

「貧しい者は幸せなのです」

「愛は決して滅びません」

などと言ったら、バカなことを言うと笑われるに決まっていた。気弱にも拘わらず、相手の答えが分かる敏感さだけは持っていた。それでも勇気を持って、口にしなかったことが悔やまれる。わたしは、兄の支配から逃れたい気持ちが下地にあったとしても、少なくとも夫を愛して結婚した。高度経済成長期で、巷に金銭の話が溢れ、その決意にも迷いが生じていた頃だ。義弟は金銭の破たんを起こし、その数年後に、若い一生を終えた。

婚家の人間はいつもわたしに家のしきたりなど、古くから伝えられた習慣を教えていた。わたしのことを、戦中戦後育ちで、女としての素養を何も身に付けていない、疎開地の茨城の香りもする野育ちの娘と思っていたのだ。確かにその通りではある。ただし、生後三ヶ月目の受洗と、十歳までのカトリック教育を除けば、なのである。つまりわたしは、人との関係を怖れ、妥協し曖昧に生きてきた。「女は自信を持ったら駄目だ」という兄の言動が、家長として一家の統率に必要だったとしても、わたしの体に深く染みついて離れなかったのだ。朝の出発からの短い時間に、長年の思いが駆け巡る。

……歳月の流れがわたしを少し強くした。たとえ自分の意志でなかったにせよ、生後三ヶ月目の洗礼と十歳までの月日は、かけがえのない個性として自分のなかにある。七十歳を超えたころ、そう思えるようになった。ずいぶん時間がかかったものだ。

バスはすでに被災地を離れ、宿に向かっていた。


東白川郡鮫川村の宿に着いたときは、薄暗くなっていた。原発事故地の第一原発のある浪江町からは、五十キロ離れていて線量も少ない土地だった。鎌倉からどれだけの距離を走り、あちこちを歩いたのだろう。それでも疲れたという実感はなかった。

山間で道が狭く、くの字に曲がっているせいか、バスは何度も切り返しをして停まった。女主人は、かつて鎌倉の住人だった。もちろん教会に所属していた。わたしの子供が日曜学校に通っていたころの母親同士の顔見知りである。ということは、八十前後の年齢のはずだ。その彼女が三年前からこの地に移住し、古民家を改造し民宿業を営み、福島の復興への祈りと活動の日々を送っている。

門前には女主人と娘さんが出迎えていた。その娘さんはシスターになっていると、佐乃さんが教えてくれていた。しかし髪型も今風のジーパン姿で、一般人と変わらない印象があった。

女主人とわたしは、「三十数年ぶり」と歳月を数えながら抱き合った。時が流れ、彼女はこの宿の女主人になり、わたしは文学に打ち込んでいる、とあえて話す必要はなかった。それは「神の導き」という言葉で充分なのだった。靴を脱いで上がったところに囲炉裏があり、火が燃えていて、そこでわたしたちのために串に刺した山女《やまめ》が焼かれていた。その煙が吹き抜け天井の丸太の梁に吸い込まれ、良い香りが充満していた。囲炉裏を囲み、ワインなどの飲み物で乾杯した。そして今日見てきた福島の風景について話し合った。

「無関心でいないことが、いちばんです」

女主人は活動の折に使っているという手作りのポスターを見せてくれた。どの絵にも力が溢れていた。三年八ヶ月復興なし、と書かれたJR富岡駅の写真入りの一枚。

イザヤ書十一章の、「エッサイの切り株から一つの目が萌え出で、その芽から一つの若芽が出て実を結ぶ」という言葉が、津波のあとの流木の絵と共に、書かれている一枚。

神父は禁酒していると言い、アルコール類は口にしなかった。しかし、合流した時からの親しみやすい口調は変わらず、ポスターの解説に加わっていた。

やがて女主人が、古民家を民宿にするまでの話を始めた。

「古い家を、三百万で買ったの。運よく、腕の良い大工さんに出会って、ここまで住みやすく直すことが出来ました」

運は、その人の気持ちが呼ぶものだ、と歳のせいで思うようになっていた。強い熱意があったに違いない。部屋はこの団らんの場から西と東にいくつかあるので、それらを見せてもらった。わたしの部屋はベッドのある二人部屋で、八十代二人はここに寝かせてくれるという話だった。反対側は畳の部屋が並んでいた。リフォームの苦心が見られた。これが彼女の自己表現なのだろう。ところどころに鎌倉人の品の良さが感じられた。

「以前お会いした時より、お元気のようですね」

福祉担当の佐乃さんが女主人にそう言った。初対面ではなかったようだ。

「ええ、あのころは一番苦しんでいました。今はお陰さまで充実した日々を送っています」

わたしには、その言葉だけで充分であった。興味本位に、それ以上の質問をする人はなかった。汁物の椀が配られるというので、女性たちは台所に行き運ぶ手伝いを始めた。

ふと気が付くと、神父の姿が消えていた。女主人に尋ねると、「屋根裏部屋に、いらしたのでしょう」と言い、坂を少し下ったところに別の建物がある。その二階に手を入れて、この村に来たときは寝起きしていると加えた。

「とにかく、独りになるのがお好きな方で」

昼前、バスで合流した時の飾らない態度も、独りが好きだという女主人の言葉も、どちらも本当のことに思えた。最後に玄米ご飯の器が配られた。柔らかく炊けた玄米が舌の上でとろけた。ミントの葉が香るデザートを味わった頃、神父が不意に戻って来た。

「蛍を見にいきましょうか」

「まあ、蛍が見られるのですか」

「この村の牧場に行く道に沿って水が流れていて、その辺りに。歩いてすぐですよ」

「ぜひ見たいわ」

「でも、外は真っ暗よ。ここには街灯なんてありません。夜は暗いのが当たり前なのよ」

女主人はそう言って笑った。

娘さんの案内で歩きだすと、言葉通り暗闇であった。小さな懐中電灯もほとんど役に立たなかったが、蛍が見たいばかりに足を進めた。やがて微かな水の流れが聞こえたが、水の流れを目にすることは出来ない。しばらく待った。

闇のなかで、神父が言う。

「この原発事故の後始末は、百年経っても片付くかどうか分からない」

八十年生きた歳月の短さが感じられる。復興を見届けることは出来ない。関心を持ち、見る、そして今は記憶して語るだけで精いっぱいだ。どうやって文章にしたら良いか見当もつかない。しかし今はだれも無言だった。待つこと数分。蛍は現われなかった。失望が湧いた。神父と女主人は数日前に見たというのに。

……後ろめたさが湧く。どこかこの旅を楽しんでいる気持ちがわたしのなかにあるからか。この事故は、人間の犯した罪なのだ。そしてわたしもその人間の一人だ。

「帰ろう」

神父の声に一同は元の道に戻った。少しの上り坂を歩く足は重かった。

先刻マイクロバスが何度も切り返した、くの字の細い道が浮かんだ。その道に近付いたとき、先頭に立っていた娘さんが声を上げた。

「あ、星が見えます」

「どこに」

「あの屋根の向こうに」

梅雨曇りだったはずの彼方に、夏の星が一つ輝いているのだった。

かきつばた

戦争は、儲からん。

羅紗卸商鈴田五吉は、車中の仮眠から目覚め、そう呟いた。

昭和十三年五月早朝、東海道本線の汽車は東京から名古屋方面に向かっている。

五吉は久しぶりに南満州の曠野を這う夢を見た。日露戦争に召集されたのは、数え年二十三歳のときだから三十三年まえのことだ。

手ぬぐいで傷口を縛り、夜の低地や草陰を這い、騎馬の蹄の音を聞くと身を伏せ、静かになると走った。目印は月明かりに照らされた東清鉄道南線の線路の光だった。

普蘭店《ふらんてん》駅近く、連隊所属の兵站《へいたん》病院に辿り着いたときは、傷の痛みと嬉しさのあまり声もでなかった。しかし、なかに飛びこんだとき鼻をついたのはただならない悪臭だった。傷からの発熱で目は充血し、片方のまぶたは血糊と泥で塞がれていたが、嗅覚は確かだった。病人の匂いに混じって、急造したにちがいない便所の悪臭も漂っていた。さらに耳にはいるさまざまなうめき声からも、怪我人が溢れているとわかった。

五吉は左手を動かし三つ揃いの背広の胸のあたりを払った。血の混じった土がまだ胸や腹に付着している気がした。左胸には、帰還後、国から授与された傷病兵の徽章がある。

左の内ポケットには、商売用の金と小型の算盤がはいっている。私用の財布はべつに持っていた。チョッキにはチェーンのついた金時計もある。羅紗卸業とともに紳士服製造も営んでいる五吉の客には、麹町という場所柄もあって背広を仕事着とする外交官、政治家、大学教授などが多く、その愛嬌と商才から「ゴキチ、ゴキチ」と可愛がられていた。イギリス仕込みの洋服の法則とマナーは、その客たちに教えてもらったもので、金時計もそのひとりから欧州帰りの土産としてもらったものだ。

負傷した右手はすでに回復しているが、窓辺に置いたままにしていた。右手の機能が回復するまで、慣れない左手で箸を使うと同時に、算盤の玉を弾く練習をした。お陰で、いまでも両方の手で飯が食え、算盤が弾ける。

しかし、日中の列車は有り難い。微睡んだり、あれこれと考えることができる。今夜は宿の布団に眠ることになっている。

若いころ、商用で乗った夜行列車ではこうはいかなかった。宿代を浮かせるために乗るのだから、眠らないわけにはいかない。いや、そう思うより先に深い眠りに落ちた。早朝、目的地に到着するやいなや、商談に走り一日が終るとふたたび夜行列車に乗った。

働かざるものは食うべからず。がモットーだった。この言葉は労働者の味方レーニンが新約聖書から引用したと聞く。家では、茶葉を節約するため、わずかな番茶を煮詰めて、それを一日中飲んだ。妻には着物一枚買ってやれなかった。創業二十五年、経費を切り詰めるだけ切り詰めて必死で金儲けをしてきた。そしてやっと、使用人にだんなさんと呼ばれる東京の商人になった。

浜松あたりではよく眠っていたらしく、浜名湖の風景は見損なった。まあよいわ。鰻が食えるわけでなし。もう三河に差しかかっている。名産の瓦屋根が通り過ぎる風景のなかで目立つ。その先には、繊維工業の盛んな町がある。右の内ポケットには手帳と茶封筒がはいっている。手帳には幼馴染の糸川太市が手紙で知らせてくれた、ある養生院の住所が記されている。

五吉殿

わが書道塾へのご寄付をいただき、誠に有難う御座いました。半紙や墨もだんだんと不足してきました。しかし、日本国は来年紀元二千六百年を迎えます。橿原神宮での式典の準備も着々と進んでいるとのこと。目出度いことと思いますが、神頼みに偏っているのが心配です。ロシアとのあの戦争は、神も仏もない殺戮の場でした。御互い幸運にも命が助かったものの、戦争ほど、意味のないものはありません。

最後に、坂本テイさん、と思われるお人の居る養生院の住所を記します。

×××　×××

糸川太市

太市は遼陽会戦の折、二十八サンチ榴弾砲の破片で左耳を根元から削がれていた。頬にも傷跡が残っている。

坂本テイ、は負傷した鈴田五吉一等卒が、患者輸送船、いわゆる病船で本国に送り返されるときに、船のなかで治療をしてくれた従軍看護婦の名である。

五吉は、その手紙をもらったあと、書かれた住所の養生院に、坂本テイ女史には、三十三年まえ、患者輸送船のなかで世話になった、と書き、いちど出向き御礼を申しあげたい、と連絡をした。胡乱な者と怪しまれては困る。しばらくして、該当するおかたかどうかわかりませんが、いちどご来院ください、という返事がきた。折り返しきょうの日付けと、およその時間を葉書に書いて知らせた。

五吉と太市は、ともに愛知県の農家出身で、少年のころ同じ寺に預けられた。毎年五月になると、庭にかきつばたの花が咲く寺で、村びとはかきつばた寺と呼んでいた。

当時はその村の寺に男子を預ける習慣があった。おもに農閑期で、農繁期は子供でも人手の数にはいった。曹洞宗の寺で、写経が盛んだった。そのころから太市は、「筆の太市」と言われるほどの筆好きだった。走り回るほうが楽しかった男子のなかで、進んで机のまえに坐り、写経をした。
無上甚深微妙法。
むーじょう　じんじん　みーみょうほう
五吉は写経の文字を耳から覚え、頭に刻んだ。算盤が得意だったから、じぶんは「算盤の五吉」と思っていた。ふたりは、同じ日に召集令状をもらい、地元の連隊に入隊した。

五吉は、明治十四年十月に、愛知県知多郡大高町字紺屋に生まれた。

七歳で算盤に興味を持ち、十歳になったころから、東京の地にひたすら憧れた。十四歳と十六歳で二度家出をしている。一度目は村はずれで行商の女に見つかり、二度目は郡境の川にかかる鉄橋を渡ったところで、伯父の知らせでやってきた巡査に、「おい」と腕を掴まれた。

五吉の父親は、一族の長である伯父に頭があがらなかった。

東京で店を持ち、金儲けがしたい。東京の女をひと目みたいと思っていた。安政生れの父親はまだ東京を、徳川幕府の江戸城の地、と思っているところがあった。おりに触れ、

「家康公が太閤さんに勝ったのは、つまりな、長生きをしたからよ」

と言うこともあった。兄である伯父より長生きをしたい、と思っているのかもしれなかった。

伯父は家出の罰として、五吉に以前の倍の農作業を課した。

徴兵の知らせがきたときは、伯父から解放されると思い、ほっとした。身の丈は五尺六寸あ

り、食いしん坊のせいかしじゅう腹くだしをしたが、まず健康な若者であった。

「おみゃあ、跡取りではないから、よか」

伯父にそう言われた。物識りの太市が、

「家の嗣子、独子独孫は、徴兵されん。国の方針や」

と教えてくれた。太市は四男坊、五吉は三男坊で五番目の子だった。

「わしらは、国から軽く見られているのか」

「国のために働くのだからそうとも言えんが、家にとっては要らん人間かも知れん」

「要らん人間か」

その言葉が、胃の腑に落ち着かず、やがて悔しさに変わった。戦争から戻ったら、東京に出て、きっと金儲けをする、そして堂々と税金を納め、選挙権を得る、と心に誓った。

幼いころから、かきつばた寺に出入りしていた。うえの四人に加え、したに弟と妹がいて、母親は忙しかったから、ふたこと目には「寺に行って、和尚の話を聞いておいで」と言った。寺は広い大根畑を通り過ぎたところにあった。廊下の拭き掃除や落ち葉集めを手伝うと、和尚はお釈迦様の話を聞かせ、読み書き、算盤を教えてくれた。帰り道、伸びた大根の葉を見ながら、得をしたように思った。覚えは早く忘れることもなかった。

村の学校にはいってからも、帰りには遠回りして寺に寄った。五吉に算盤の才があることをさいしょに見抜いたのは和尚だった。そのわりには怖がりで弱虫な性分も、見抜かれていた。

徴兵の通知がきたとき、五吉はすぐに寺に知らせに行った。和尚は、

「徴兵逃れの権現様参りが、利かんかったな」

と微笑んだ。内緒で行ったつもりだったが、和尚はお見通しだった。

「よう見てくりゃ」

「なにを」

「ぜんぶじゃ、兵隊になって戦地に行って、見るもの、ぜんぶ」

「怖いぞな」

「たーあけ」

入隊の前夜、世話役と称する村の男が、隣町の遊里に連れて行ってくれた。太市もいっしょだった。帰り道に、五吉が、

「なんぼ、かかったのかね」

と訊ねると、世話役は、

「つまらんことを聞かんでよろし」

と言った。太市は終始無言だった。

翌朝、和尚も世話役も村はずれまで送ってくれた。

太市はいま岐阜で書道塾を開いている。指導中は黒い頭巾で頭を覆っている。と聞いていた。

弟子は取っているが、家族はいない。最近は、鴨長明の「方丈記」を書き写している。と手紙

に書いてきたから、いまふうの隠遁生活をしているようにも思える。

戦争は儲からん。

五吉が内地病院から戻り、ようやく右手が使えるようになったころ、寺の和尚がそう言った。寺の庭にはかきつばたの花が咲いていた。中央の紫色に混じって端のほうに白いかきつばたが咲いていた。白には紫とは異なる趣があると感じていた。

五吉はその日、素足に藁草履を履いていた。軍靴の痕跡は、踵や指に黒い染みとなって残っていた。

「肉刺のあとだな」

「もう、なんともない」

「やはり、東京で、商いをするんか」

「ああ、おっかあは、戦争で命拾いをしたけん。好きにしりゃと」

「覚えておきゃ。ロシアとの戦争が終わったとき、日本国の金庫はほとんどカラじゃった」

「しっとる」

「考えても見ろ。ひとりひとりに武器を持たせ、日に三食を食わせ、軍服を着させ、宿舎に住まわせ、早朝から訓練をし、軍人の数に見あうだけの大砲や軍艦を用意しなければならんのだぞ。おまけに将校たちにはかなりの給料を払う」

「うん」

「そのうえ、将来ある若者に死傷者がでる」

五吉は右手の傷に目をやった。

「陸軍の新兵二等卒、給料はいくらじゃった」

「一円と二十銭」

「米一俵の二円に、ほど遠か」

「ふむ」

「戦争は、儲からん」

経を唱えてばかりいると思っていた和尚の言葉に、五吉は新鮮な驚きを感じた。

「東京に行っても、戦争で死んで、仏になった仲間のことを忘れるな」

「ああ」

目のまえのかきつばたの紫色が、目に染みてならなかった。


徴兵から、半年後に広島の宇品港から船に乗せられた。遼東半島の南に向かうと聞かされていた。所属は第二軍（軍司令官奥保鞏大将）第三師団（名古屋）で、第一師団（東京）、第四師団（大阪）により編成されていた。

第三回旅順口閉鎖作戦の翌々日の五月五日の早朝、遼東半島東岸、塩大澳《えんだいおう》の沖合に到着した。

愛知県出身者が多い、第三師団主力約一万人を乗せた、輸送船二十三隻のなかの一隻に乗っていた。艦砲射撃のあと、午前八時から近くの海岸への上陸を開始した。その海岸は浅瀬が一キロもつづき、ボートは漕ぎ進めず、若い兵士は途中からボートを飛び降り、海を歩いて進んだ。夜になってやっと上陸した。初めて日本国以外の土を踏んだのだが、次にいつ飯が食えるかと思った以外、特別の感慨はなかった。

一兵卒として金州南山《きんしゅうなんざん》の戦いに加わり、敵の弾をくぐって生き延びたが、さらに北上した。そのあいだ、兵站が底をついたからと飯は半分に減らされた。東清《とうしん》鉄道南線の得利寺《とくりじ》駅付近でロシア兵と遭遇し、その戦いで負傷した。

「弾を無駄にするな」

という上官の声が、次第に、

「弾がない」

に変わっていった。焦りと同時に無念の思いが湧いた。あのときに全身にかいた汗の量とその臭さは忘れない。はらわたの汁がそのまま汗になった、としか思えなかった。

弾がなかった、ということは、金がなかったということなのか。無我夢中のときはわからなかったことが、日本に帰ってきて少しずつわかってきた。やがて、日露戦中の日本国の経済がいかに逼迫していたか、公債のかたちで外国から借金をしていたことも、知った。

アメリカの仲介で行われたポーツマス講和条約は、日本に有利に締結されたのだが、戦勝気分の日本人には必ずしも歓迎されなかった。それは多くの犠牲者や莫大な戦費を支出したにも拘わらず、直接的な賠償金が得られなかったからだ。一兵卒の五吉の目から見ても、わしらは損をした、という思いが拭えなかった。東京では、不満を感じた人びとが、日比谷公園で暴動を起こした。

五吉はそのころ、新しくできた商いの法の勉強をするために、週にいちど大高から名古屋市内に通っていた。と言っても、日中は商いの法を教える先生の家で雑用をこなし、午後のいっときだけ講義の席の端に坐らせてもらうのだった。

帰り道に、名古屋城近くの公会堂で、不満分子が怒声を上げている集会を見かけた。人々は会場の外にも溢れていた。松葉杖を突いている若者や、子供を失ったと泣いている母親も居た。通り過ぎようとしたとき、

「奥《おく》将軍がこられる、奥やすかた将軍だ」

と言う声が聞こえた。五吉は、所属した第二軍の将軍、奥保鞏の顔は、写真以外で見たことがなかった。遠く石垣の彼方から、こちらに向かって歩いてくる壮年の男性とその供の者の姿があった。偶然か、暴動を鎮めようと姿を現わしたのか。五吉は姿勢を直し、敬礼をした。心臓が高鳴り、顔が熱くなっていた。姿勢を元に戻したとき、もうその姿はどこかに消えていた。

奥将軍は、戊辰戦争で勤皇派だった長州出身ではなく、幕府側の小倉出身だった。西南戦争

に加わり、熊本城籠城四十日のあと、決死隊を率い敵の重囲を切り抜けたとき、飛弾が口中から頬を貫通した。以来聴力にも障害がある、と聞いていたが、遠見のせいか傷跡は確認できなかった。

ビラを配るひとがいた。その一枚を手にして読むと、見出しに大きな書体で、

戦争の無情を知る人。奥将軍。

と記されてあった。そして、あとは小さな書体で、

奥陸軍は日露戦争に関わるまえは、いったん文学を志したひとである。なぜならば、小倉藩が、長州藩の高杉晋作、山縣有朋が指揮する奇兵隊一千余人の猛攻を受け、落城した。当時二十歳だった保鞏青年は、炎上している君主の城、小倉城を目に焼きつけ、世の無常を感じたのである。

とつけ加えられていた。

熱心な支援者が作成したもの、と思われたが、出身地や過去の事実は違っていなかった。五吉はそのビラを懐に仕舞った。戦勝気分とはちがう考えかたがある、と知ったのは、そのときがはじめてだった。

太市の手紙の文面を思いだす。

戦争ほど意味のないものはありません。

妻は言う。

「来年は、紀元二千六百年の大祝賀がありますからね」

わしよりひと回り若い東京生まれの女だ。下町の神田生まれのせいか、祭りや賑やかなことが好きな女だ。わしは望みどおり東京の女と所帯を持った。白い肌を持った娘だったが、土の匂いがしないせいか、体臭は淡く、それが東京の女の匂いか、と新妻のころは胸が躍った。従順で可愛らしくもあった。しかし、六人の娘を生んだいまは気の強い女へと変貌している。昨年わしに麹町区の区会議員に立候補しないかという話がきたとき、たちどころに反対した。

「いど、へい、になります」

政治には金がかかり、家、店、財産を無くし、井戸と塀だけが辛うじて残るようになると言う。東京下町では、早くから使われていた言葉らしい。

「娘たちを、嫁にださなくてはならないですから」

店の倉庫のひとつをそのとき立候補した友人の選挙事務所に貸した。妻は応援なら、と言ってしぶしぶ承知した。その倉庫は、平素そろばん塾として使用している。

「商人は商人らしいのがいちばんです」

「わかっとる」

「軍部に睨まれたら、商売も立ち行きません」

されこうべ事件があったばかりだ。今年の二月、家の北口の裏玄関の脇に、大きな紙包みが転がっていた。隣組の組長が不審に思い拾ってなかを点検すると、人骨らしいものがはいっていた。大きな塊はどうやらその頭部の欠片であるらしい。

「されこうべ、だあ」

と組長は大声を上げ、警察に届けた。

五吉は警察に呼ばれ、尋問を受けた。だれかが、この紙包みは、鈴田商店からでたと密告したらしい。警察署には目つきの鋭い憲兵の顔も見えていた。

「おまえ、税金はきちんと払っているか」

「しっかり、払うとります」

「家族、使用人の氏名と年齢、主なる親類の住所氏名を言いなさい」

妻の甥にひとり消息不明者がいたので、そこを根掘り葉掘り追及された。一週間後に、その骨は大型犬のものと判明した。そのあいだ、五吉はなんども警察に呼ばれた。疑いが晴れて帰ってきたとき妻は、

「犬殺しの仕業に、違いないのに」

と泣いていた。野犬狩りは、警察が主導していることはわかっていた。

産めよ、増やせよ。国の政策どおり子を増やしたわしではないか、と言いたかった。長女はすでに嫁いだが、あと五人の嫁いりはこれからだ。

五吉にはその後の夢があった。船に乗って英吉利《いぎりす》の首都倫敦《ろんどん》に行きたい、と思っている。そして倫敦中心部の、名門紳士服店が集中していると言われる、サビル・ロウ通りを歩くのだ。

サビル・ロウは日本語の「背広」の語源になったと聞いている。もちろん通りの店のもっとも上等な店にはいって、わしの服を一着注文する。それには英語も覚えないといかん。末の娘がまだ嫁に行っていなかったら、いっしょに連れて行くか。英国仕立ての服ができあがったら、わしはその服を日本に持ち帰り、着て歩く。いや、最初は店に飾ろうか。それはわしの算盤人生の大きな花だ。

だが、五吉は行く手に、灰色の雲が湧くのを感じている。最近の日本の政局は、英国、そして米国と離れ、独逸国、伊太利国の方向に動いている。英国行きの客船が運行されなくなったら、わしの夢は叶わなくなる。

曠野を這う夢に伴うべとついた感覚もある。一口に言えば、下半身の欲である。不安や迷いの裏に湧く、刺激を求める気持ちである。金のかかる芸者遊びなどはしたことがない。だが、妻はときどき女の使用人に暇をだす。わしが密かに手をだしたことに気づくからだ。しかし、また新しい使用人がやってくる。妻は故意に、年若ではない器量の悪い女を選んでいるようだ。

岡崎で下車した。昼過ぎに大事な商談がある。太市の手紙の知立の養生院も気になるが、先ず商売だ。

駅の便所にはいった。家をでるまえに、古いバナナを食ったのがよくなかったらしい。夜店の叩き売りでも結構な値段の品で、捨てるには忍びなかった。少し手間取ったが、約束の時間には間にあう。

これまで、太吉以外の人間に、金を寄付したことはない。商人はいい気になったらおしまいだ。身を引き締めていこう、財布の紐はしっかり結んで。と、じぶんに言い聞かせながら、五吉は歩きだした。三河黒松の並ぶ街道である。梅雨いりが近いと聞いていたが、愛知の空はよく晴れ、山々は緑に包まれていた。

その向こうには五吉の戦場の記憶が浮かんでいた。

あのとき、遭遇戦に巻きこまれ、隊の陣形を崩したのも、食べ物のせいだった。

得利寺の戦いは六月半ば、戦地の雪は解け、南側には深い繁みができていた。戦況待機のあいだ、下士官たちは素早く狩をした。イノシシやウサギが獲れた。皮を剝いで肉をさばき、そのおさがりが兵士たちに回ってくるころには、肉は大分古くなっていた。しかし、五吉も若い兵士たちも塩を一振りして、夢中で食った。その直後に敵と遭遇した。若い兵士は決められた陣形の末端に位置しているから、軸になる上官が回るときはその何倍も走らなくてはならない。走りはじめた途端、腹痛が起きた。五吉だけではなかった。周囲のものたちも腹を押さえ、顔を歪めていた。気がついたときは陣形がバラバラになっていた。

「戻れ」

という声が聞こえた。はるか後方に昨夜眠った場所がある。どうやって走ったか、窪地にはいり、銃を構えたか覚えていない。

「弾がない」

の声。つづいて、

「銃を向ける姿勢を保て」

の声が聞こえた。

弾のあるふりをしようと言うのか。そんなの、ワヤクチャや、と思ったが命令には従わなくてはならない。空の銃を撃ちつづける時間が長く感じられた。逃げだそうと思った瞬間、五吉は右腕に激しい衝撃を感じた。同時に激痛が走り、気を失った。……


なにやら近づいてくる足音と、会話しているような声で意識を取り戻した。分からない言語と、日本人とは異質の発声音を聞くまでもなく、数人のロシア兵と分かった。会話の合間に、奇妙な掛け声が混じる。なにか軟らかいものに鋭いものが突き刺さる音も聞こえる。その繰り返しがしばらくつづいたあと、「ぎゃぁー」というひとの悲鳴が聞こえた。

露兵は、わしら日本兵のとどめを刺しにきちょる。

五吉は観念した。母親の顔が浮かんだ。甘えようとすると、すぐに寺に行けと言い、恨んだときもあったが、日本一優しい母だった。しかし、もうお別れだ。

釈迦無尼佛、和尚、太市、大高の青い空……

一秒一秒がとても長く感じられた。

……だが、どうしたことだろう？

ロシア兵の銃剣は、五吉の胸に迫り、突き刺さりはしなかった。それどころか、足音と会話の声がだんだんと遠ざかっている。そしていつのまにか、物音がまったく聞こえなくなってしまった。それでも、どこかに見張りがいるかもしれないと思い、長いあいだ同じ姿勢を保った。日が暮れてやっと目を開けた。右目は血糊で塞がれていたが、左目が辛うじて明いた。顔全体が血糊に覆われていた。五吉は覚った。右腕を撃たれた瞬間、その反動で顔を覆い、仰向けに倒れたのだ。血で真っ赤に染まったわしの顔を見て、露兵は死んだと思い、とどめを刺さなかったにちがいない。

周辺には仲間の死体が転がっていた。体を起こしたとき、腕の痛みが走った。しばらく目を凝らしたが、生きている者はいなかった。

助かったのだ。幸運だった。そう思った瞬間、このまま、むざむざと死にたくない、という気持ちが溢れた。夜明けまで、鈴田五吉二等卒は南満州の曠野をひたすら這った。

連隊所属の兵站病院と言っても、元は中国人の住んでいた家屋だ。病院内は、かつて寺で見た地獄絵よりもひどかった。負傷兵も病人もみなごろ寝のように薄い布団のうえに転がり、呻き声を上げるかぐったりとしていた。脚の気《あしけ》を病む患者もいた。

五吉の右腕は銃弾が斜めに貫通していた。大腿部にも銃弾のあとはあったが掠り傷だった。軍医は、戦隊に復帰不可と判定したが、歩行可能ゆえ、病院内では軽症の大部屋に回され、丸薬を与えられた。三日後に貨車で旅順口に移動し、本国送還と決まった。食料や水も口にしたので、いったんは元気になったが、移動中の貨車が故障し、驢馬の引く荷車に乗せられた。やっと旅順に着き、患者輸送船に収容されたとき負傷した右腕は、付け根まで腫れあがり、丸太のようになっていた。高熱がでて、船内の床に横たわった瞬間体が震えた。

船医の診断は過酷なものだった。

「感染症を起こしている。脳に毒が回ればおしまいだ。しかし、腕を切り落とせば、命は助かる。明日船内で手術だ」

「切る、そげなこと」

せっかく船まで辿り着いたのに、なんということだろう。五体満足で日本に帰ることはできないのか。右手で覚えた算盤はもう弾けないのか。

「先生、わしの腕を、なんとか助けてくりゃ」

懇願しても、船医はもう次の患者に走っていた。

五吉は、戦場にでて以来、はじめて大声で泣いた。

涙を拭う指の隙間から、甲斐甲斐しく立ち働いている看護婦の姿が見えた。外地の病院では男性の看護人ばかりで、女性の姿はなかった。白く裾の長い看護服が目に染み、さらに涙がこぼれた。後で知ったことだが、日本赤十字社看護婦養成所は、その養成に力をいれていたが、従軍看護婦の外地勤務は、まだ政府の閣議で決定されていなかった。

なかのひとり、体格の良い看護婦が、五吉とその周辺の患者を診ていた。動き回るたびに白い裾が揺れ、優しさと頼もしさが感じられた。帽子も白く、乳房のような丸みを帯びていた。

五吉は、

「おっかあ」

と、声を上げ、また泣いた。

おまけに船は左右に揺れ、涙の筋もあちこちに変わり、鼻水も加わって顔はびしょぬれになった。しかし、泣いているのは五吉だけではなく、辺りの者も、泣き声や呻き声を上げていた。ときには狂ったように笑いだす者もいた。

夜更けて、その体格の良い看護婦が、五吉が横たわる薄い布団に近づいてきた。

「そんなに、腕を切り落とすのが悲しいのなら、いちど傷のなかをアルコール消毒してみましょう。消毒というより洗うのです。鈴田五吉二等卒、我慢できますか」

「はい、なんでも我慢します。腕を切らないで済むなら」

そう言ったものの、体はこれ以上震えられないと思うほど震え、歯がぶつかりあって音を立てた。

看護婦は、すでに服の腕を捲りあげていた。アルコールの匂いが鼻をついた。割り箸を取りだし、手早く脱脂綿を巻きつけた。アルコール液に浸された。だれかが後ろからきて、五吉の腕を押さえた。看護婦は、

「えいっ」

と、剣士のような声を上げ、アルコール漬けの割り箸を貫通された患部に差しこんだ。

五吉は悲鳴を上げてのけぞった。だれかがその体をまた元に戻す。瞑っている瞼の裏が真っ赤になっている。大高の野原の赤とんぼだ、と思った瞬間、それは森の雀蜂に変わった。無数の針に刺されている痛みとしか思えなかった。

五吉は悲鳴を上げ、体をよじるたび、小便どころか大便も洩らした。もっとも、このところの戦場では、毎日のように下痢をしてクソを洩らしていたから、その点は慣れていた。激痛に気を失いながらも、気丈な看護婦が、割り箸を回す手を緩めなかったことは、良く覚えている。

……翌日、奇跡のように腫れが引いた。

船軍医は、

「荒療治をしたのか。ご苦労」

と看護婦のほうを労った。

五吉には、

「手術は、取り止め。ただし、今日もういちど消毒だ」

と言った。

二回目は、初めから手ぬぐいを口にくわえ、覚悟して望んだ。しかし、痛さに耐え切れず、小便とクソをまた洩らした。

「すみません」

と看護婦に詫びると、

「なんの、ウンがつきますよ」

と笑っていた。船酔いには強いのか、胃から吐くことはなかった。

腫れはさらに引いた。

「坂本テイ、よくやった」

船軍医の言葉に、初めてその名を知った。体格の良い姿に、裾の長い看護服と丸い帽子は似あっていた。女性としてはやや太い首も、広いおでこも気にならなかった。

白いかきつばたのようだ、と思った。和尚の寺の片隅に咲く花だ。

確かに、わしはあのとき運がついていた。

一週間後に、宇品港に着いた。広島市の内地病院にしばらく入院していた。右手は、とくに右指はほとんど動かなかった。動かす練習を繰り返しているとき、足馴らしに日に三十分の散歩が許された。散歩道の途中、建築中の大きな建物があるのに気づいた。赤茶色の堅固な外観で、ほぼできあがっていた。病院に帰って看護兵に、

「なんの建物ですか」

と訊ねると、

「陸軍被服廠の出張所と聞いている」

と、そっと教えてくれた。

「なんをするのですか」

「軍服やマント、帽子、手袋、ゲートル、下着類などを作るのではないか。詳しいことは言えんが」

五吉は、そのときひとつのヒントを得ていた。これからは、大量に服を製造する時代になる、学生服も然り、と。被服廠の建物ができあがるのを楽しみにしていたが、次々に傷兵病兵が運びこまれ、新たな患者に床を明け渡すために、五吉は軍籍を残したまま、郷里に帰された。

季節は秋になっていた。不具者になるかならないかの瀬戸際で、悶々としていた五吉を喜ばせたのは、その年末の二百三高地占領のニュースである。戦死者多数、屍累々と和尚が涙とともに話していたが、戦いの成果に五吉は勇気づけられた。広島市で見た被服廠の建物も脳裏に焼きついていた。以来、たとえ持った箸で飯をこぼしても、不自由な右手しか使わないと決めた。もちろんそろばんの玉もその右手で弾き、便所で尻を拭くときも不自由な右手を使った。

翌年、日露戦争は終結した。五吉は和尚の知人を頼って、東京にでることを決めた。伯父は反対しなかったが、金を溜めるだけの一年の農作業を課した。五吉はそれを果たした。そのあいだに、坂本テイの所在を日本赤十字社看護婦養成所、名古屋支部に問いあわせしたことがある。一ヶ月経って返事が届いた。

坂本テイ、という名の看護婦は確かに当社に所属し、健在である。しかし、現在内地勤務であること証明する以外は、そちらの希望には添うことはできない。

と、書かれていた。


岡崎の空は青く、三河の山々はその稜線を色濃く見せていた。

五吉の店は、すでに、麴町区をはじめ近隣区の中学校、小学校の制服指定商となっていた。しかし、四谷にある士官学校の制服など、軍関係の仕事は同業者の噂にはのぼるものの、実際には請けていなかった。

工業地区での商談は、思わない方向に発展した。

羅紗の買いつけが目的であったのだが、訪れた工場に仕入量の在庫が予定の半分もなく、物資不足が加速していることを知る。先方は、行き先の商売を案じながらも、五吉に情報をひとつ与えてくれた。

「知り合いから聞いた話ですが、近々、正式に国民服令が公布される、と聞いています」

噂には聞いていた。

「色は国防色。服の型は、詰め襟と開襟の二種類。それに帽子、外套、手袋、ゲートルまでつきます。国民の衣生活の合理化、簡素化が目的だそうですが、それでも公布当座は注文が殺到する、と思われます」

「うむ」

「工業用のミシンが、さらに必要になるかと」
「ミシンはやはり輸入品のほうが」
「はい。それもボツボツできなくなります。しかし、まだ道があります」
「最後のチャンス、ということですか」
「それから先のことは、まったくわかりません。ことが起きると、衣料が切符制になるという噂も流れています。そうなると、もう」

息子を兵隊に取られたという工場主の目は濁っていず、必死な気持ちが感じられた。

少量の羅紗代金と、工業用ミシン三台の手付けを支払った。懐の金は半分ほど残った。公布まえに、抜け目なく手を打つことに抵抗があったが、縫製所のミシンの音が倍増することを考えると胸が弾んだ。

三つ揃いの背広に懐中時計を持って過ごすのもあと僅かなのか。背広は洋服屋の象徴だ。しかし、時代の流れに従わないわけにはいかなかった。

戦争は儲からん。と言った和尚の言葉が、遠のいていくのを感じていた。

岡崎駅近くの食堂にはいり、八丁味噌仕立ての饂飩を注文した。子供のころから知っている八丁味噌の味はなめらかで、こしのある饂飩とともにざわめく心と胃の腑を潤した。

駅の待合室では、麦のはいった握り飯を食べている母子が居た。兵站病院で脚の気を患っていた人びとの浮腫んだ顔を思いだす。あのころ、脚の気は細菌の感染によって起こるものとされていた。まさか、軍の兵站部が支給する白米の握り飯がその原因とは思わなかった。貧農から徴兵された兵士は、白い飯がただ嬉しくて貪り食ったのだ。その結果、脚気衝心で死に至るなんて、とんでもない話だ。それがいまでは、麦は代用食とされている。

世のなかの時間は、経験した過去を踏みにじるように動いていく。遣りきれない思いが湧いた。

知立の養生院に向かうため、ふたたび汽車に乗った。汽車はさらに西へと動きだした。

坂本テイの所在はずっと気になっていたが、商いを広げ、家族の人数が増えているあいだは、身動きが取れない状況だった。

なんとか探しだしてひと言礼を述べたい、と強く思うようになったのは、二年まえの、帝都不祥事件からである。のちにこの事件は、二・二六事件と呼ばれるようになった。

太市は、あの事件の直後も、手紙をくれた。

五吉殿

東京でどえらい事件が起きて、大臣や総監が殺されたというニュースを聞きましたが、御一家御無事とのこと、安心致しました。地図を見ると、御店のある麴町というところは、首相官邸に近いようで、一時はもしや流れ弾に当っては、と案じました。

太市

雪の降る寒い日だった。隣接する四谷区、赤坂区とともに麹町区には非常警戒令が発せられた。銃撃戦があるかもしれないと聞き、妻は家中の布団を持ちだし積みあげ、納戸を防弾部屋にした。そのなかに五人の娘を集めて守った。ひとりは秋葉原の衣料卸店に嫁にだした。合計六人、女ばかりだ。五人は若いころの子供だが、末の娘はまだ二歳だった。妻が大病を患い、回復してから授かった子だ。

さらに、妻は焚きだしをして握り飯を作り、家族と使用人に配った。わしは住いとは路地を隔てた店にいて、レインコートに使う防水布を一反取りだして切り裂き、まさかのときに大事な商品が濡れないようにと覆った。なんとしても店を守らなくてはと思っていた。外には雪が降っていた。市電の線路も雪に埋もれていた。事件は早朝に起きていたから、交通止めで電車は走っていなかった。

幸い、事件は鎮圧され、店も家も妻子も無事だった。

その夜から三日後の二十九日、戒厳司令部が下士官に投降を呼びかけた。そのニュースが新聞ラジオで盛んに伝えられた。

下士官兵ニ告グ。

今カラデモ、遅クナイカラ原隊へ帰レ。……

あの呼びかけの直後から、二歳の娘が突然喋りだした。大人の顔をじっと見て、

「ヘイニ　ツグ」

と言う。後ろには、糸を引いていると思われる姉たちの顔があった。さらに、

「イマカラデモ、オソクナイ」

と、つづける。

幼気な子供の声で聞く、軍部の言葉は耳に馴染まず、おぞましさを覚えた。

「つまらんことを、教えるでない」

「すぐに忘れますよ」

あのころから太りだした妻は、慌てる様子もなく笑っていた。

帝都不祥事件収拾後、危うく命拾いした岡田内閣は総辞職した。商売も元の状態に戻ったが、軍部の締めつけはいっそう厳しくなっていた。先々の不安が増すと同時に、坂本テイの消息を知りたい気持ちが募った。店の前に降り積もった雪が目に焼きつき、その白さがいつか、あの裾の長い看護服に変わった。生きているかどうかもわからない。しかし、あの患者輸送船のおり、二十三歳だった自分よりいくつかうえだったとしても、生きていておかしい年ではないと思った。

妻は、わしのこの気持ちを、

「まるで、『一本刀土俵入り』の駒形茂兵衛ですね」

と笑っていた。評判の長谷川なにがしの小説の主人公のことだ。日露戦争のときにまだ十歳そこそこだった妻になにがわかるか。確かに恩を返そうとしているが、ともに戦場に参加した

者には、同士としての気高い感情が生まれている。

我が第二軍の奥将軍。あの出会いのとき、懐に仕舞ったビラは、東京にでるどさくさで無くしてしまったが、戦争の無情を知る人、という言葉は忘れていない。崇高な魂を感じる。ともに戦地で傷を負った太市にも同様のことが言える。

五吉は商売の合間に、日比谷の図書館に行き、日本赤十字社看護婦養成所に関する資料を調べた。ある書物のなかに、
日清日露戦争当時の看護婦派遣については、風紀上の乱れが問題とならないかどうかが真剣に討議された。

とあった。そして時の野戦衛生長官、軍医総監が責任を持って人選に当たった。日本赤十字社の基準は次のように記されていた。

第一、規律を重んじ従順なる者、
第二、品行方正にして社旨を奉ずる心の篤き者、
第三、技倆に練達し成る可く年を取り、且つ美貌ならざる者。

五吉は、第三項目の言葉を読み、ひとり苦笑した。

これでは妻が使用人を選ぶ基準と同じではないか。

手帳に書き写し、店に帰った。

確かに男は、女の若さ美しさに欲情をもよおす愚かな生き物だ。だが、磨かれた能力を発揮

するときの女にも心惹かれる。戦場で負傷した患者が苦しんでいるときに見る、従軍看護婦の瞳には、性を超えた輝きがある。五吉は、坂本テイが、風紀の乱れを案じる美醜のみの基準で選ばれた女と、思いたくなかった。

これは、女子六人を持ったわしのいまの気持ちだ。子供が生まれるたびに男子であることを祈ったが、叶えられなかった。諦めの日々を送るうちに、娘たちは成長していった。胸や尻が膨らみその姿はあくまでも女子であったが、ときおり男子のような頭脳のひらめきや進取の気質を感じ、複雑な感情を覚えた。

しかし、テイ女史に対し、一介の商人のわしになにができるか、と考える。古くは士農工商と言われ、社会のなかで最も低い身分とされる者なのである。その商人を圧迫する軍部の力が日ごとに強くなっている。商人としての魂を貫くことができるだろうか。稼いだ金はまた商売に使うのが商人道だ。そして家族を養う。しかし、その道に灰色の雲が立ちこめている。これから先、どう進んで行けば良いのだろう？

わしが数え五十六歳なのだから、あのとき頼もしい姉のように思えたテイ女史は、六十歳を超えているはずだ。かつてわしの生まれた村では、五十歳になったら村で養い、六十歳になったら国で養い、七十歳になったら諸侯に世話をさせる、と決められていた。いまで言えば、県の役人の仕事だ。

懐には、札のはいった茶封筒がはいっていた。小さな算盤と商売用の金のあいだに挟まっている。わしが礼として金をだしたら、テイ女史は怒るだろうか。商人としてできることは他にない。しかし、三十三年まえのことで、ひとの顔もろくに覚えない患者輸送船のなかの話だ。目に残る面影は、第一に、あの看護服姿。第二に太い首とがっちりとした肩、広いおでこである。商談に向かうときとはちがい、妙な胸のときめきとともに強い不安が湧いていた。

知立の駅に降り立ったとき、五吉は軽く息を吐いた。

三河の山々は新緑を見せ、青空は岡崎と同様に、いや、さらに増したように広がっていた。知立は旧宿場町のころ、池鯉鮒、と表記されていた。それは池が多く、鯉と鮒の名産地だったからだ。さらに、故郷の大高と同じく、かきつばたで知られる寺がある。その知立で、きょう本願が達せられると思うと嬉しさと緊張を感じた。太市の手紙のなかの住所はすでに諳んじていた。

知立町八橋××。

その川の流れが蜘蛛の手のように広がり、かつて橋を八つ渡した、と聞いている。商いの道を模索するいまの心境のような地名、と五吉は思う。養生院は、小さな橋をふたつ渡ったところにある、と地図で調べはついていている。

途中、無量寿寺という寺があり、その一角に広いかきつばた園がある。和尚がいちど行くがよい、五月の末のかきつばたはほぼ満開でことのほか美しい、と言っていた寺である。

かきつばた寺の和尚は、関東大震災のあった翌年に亡くなっていた。大往生だった、と太市が知らせてくれた。震災時、五吉の店は類焼を免れたが、下町から逃げてくる被災者が多く、洋服製造業者は徹夜でミシンを踏み、愛知に帰ることができなかった。

五吉は、時計を見ながら境内に足を踏みいれた。

石畳から庭園にはいった瞬間、五吉は紫色の花の波に襲われたような気分になった。老眼の度が進んだこともあり、花が重なりあう姿がややぼやけて見え、数分後には軽い眩暈を感じた。それにしても、なんという数のかきつばただろう。千や二千の数ではない。それも紫色ばかりだ。花菖蒲よりは控えめな色あいだが、高貴な雰囲気をかもしだす色だ。しばらくはその波に身を任せるように歩いた。白いかきつばたの花はどこにも見えなかった。五吉は微かに不吉な思いを抱いた。

ふいにひとりの女が現われた。

薄紅色の御召しちりめんを着て、どこにでもある蛇の目を日傘代わりに差している。調和に欠くところがあったが、傘の柄を左肩に倒し、首をその反対がわに傾けている様子が可愛らしかった。

「綺麗な花ですねえ」

「まったく、見事だ」

「色に気品がありますねえ」

「確かに」

会話は自然に生まれた。その落ち着きから言って三十前後の年齢を思わせる女である。

やはりひとり旅なのかほかに人影はなかった。

「この地方のかきつばたには、千年の歴史があるそうです。平安の雅なひとたちが訪れて、かきつばたの花の美しさを、歌に詠んだと伝えられています」

「ほう」

年月の重さが、花の波とともに感じられた。

「わしは、いま三十三年まえのことを考えておった」

「三十三年？」

女は指を折り、数え、

「もしかして、ロシアとの戦争のことでは」

と言った。

「そうです。しかし、良くおわかりですな」

「ええ」

女は微笑むばかりで、その訳を話さなかった。生まれていたとしても、赤子か子供だったはずだ。

「千年に比べれば、三十三年は短い」

「ほんとうに」

「しかし、この百年、日本は大きく変わった」

千年、という言葉の重みを受けとめながら、あえて五吉はそう言った。

「まさに、日進月歩ですね」

女は当世流行の言葉を口にした。明治のご維新がなかったら、西洋の文明が日本にはいらなかったら、国会議事堂も建たなかったし、わしのような羅紗や洋服を商う者も現われなかったろう。日露戦争も起こらなかったかもしれない。……だが、仮定の話をしてどうなるものではない。ご維新も、清国やロシアとの戦争も起こるべくして起こった。だから、わしはいまここにいる。

かきつばたの花々の周りには、新緑の木々が守り神のように並んでいた。それが危うげな花の色を支えているようにも感じられた。

女は庭園の道が途切れたところで、近くの東屋のしたに五吉を誘った。縁台に腰をおろすと、かきつばたの群れはいちだん高くなったように眺められた。

「ご存じですか、この歌を。

唐衣　着つつなれにし　つましあれば
　はるばる来ぬる　旅をしぞ思ふ」

落ち着いているが、濁りのない澄んだ声だった。

「はて、聞いたことがあるような」

「『伊勢物語』です。在原の業平が、旅先のこの八橋で、都に残してきた大切な女子を想って詠んだ歌です。ほら、言葉のはじまりが、か、き、つ、は、た、になっているでしょう?」

女は、矢立を取りだし懐紙に歌を書いた。達筆だった。心做しか、太市の筆跡に似ているように思えた。

「五文字、ですか」

その知識を褒めることも忘れ、五吉はその歌の頭の文字を拾った。

「わしの家には、いま五人娘がおる。ひとりは嫁に行ったので、実際は六人だが」

歌の鑑賞よりも、数字のほうに心が傾いた。女は首を心持ち傾げ考えているようだったが、すぐに話を切り替えてきた。

「それなら、お嬢さまのお名前の頭文字を教えてくださいまし」

「いや、その」

家でもときおり呼び間違うくらいで、すぐにはでてこなかった。

「末の子は、清子、という」

「あら、き、がひとつありましたわ。おいくつでしょう?」

「四歳だ」

「まあ、小さいこと」

「そのうえの五女は綾子、これは該当せんな。四女は妙子、女学生だ」

「それも、ひとつ」

「三女は光子。次女は和子。音楽の教師を希望している」

「もうひとつ、ありました」

女は鈴を転がすように笑いだした。

「嫁に行った長女は時子。家内が、内親王様方に倣って、全員の名に、子をつけた」

五吉は苦笑しながら言った。妻はヤスという名を嫌って、安子と改名したが、戸籍謄本にはいまだ、ヤス、と記入されていた。

「あら、三人、頭文字が当っていただけでも、素晴らしい。あなた様には、善い卦がでていると思いますよ」

「そうだな」

五割の確率なら、数字あわせとしては悪くない。

だが、それでは妻は満足しない。子供は、それぞれ幸せにしてやりたい、と常々言っている。これから先、軍人に嫁ぐ可能性もあるだろう。その婿が戦地に行けば……、ああ、考えたくない話だ。

「どうして、このかきつばた寺に」

「そもそも、岡崎に商いがあり、東京から」

「そして、花見をなさろうと、こちらまで脚を伸ばされた」

「いや、その、……尋ねるおひとがあり、」

「仔細がおありのようですね。差し支えなかったら、聞かせてくださいまし」

「ええ」

「さきほど、ロシアとの戦争、と言われましたが」

「わしは、その戦争にでた男なのです。……そして、得利寺の戦いで、この腕に敵の弾丸を食らって」

五吉は、ワイシャツの右袖を捲り、その傷を証拠というように女に見せた。

「まあ」

女はちらりと見て、あとは着物の袂で目を覆った。細い首が微かに震えているように見えた。女子を怖がらせ、悪いことをしたかと慌てたが、聞かせてくれと言われたのだから仕方ない。しばらくは、女の様子が元に戻るまで、かきつばたの花の波に目を遣った。波は彼方に向かって揺れるかと思うと、また揺れながらこちらに帰ってきた。和尚の寺には、数少ないが、見かけた白いかきつばたの花は、やはり見当たらなかった。あとは高低のある緑の木々ばかりで、女の薄紅色の着物ばかりが目立っていた。

五吉は、じぶんの行為の言い訳として、これから橋をふたつ越えた養生院を訪ねるのだ、そのひとはわしの恩人だ、と話さないわけにはいかなくなった。言葉は花の波に乗せられたかのように、口から滑らかにでた。そしてこの住所は、幼馴染の太市という男が教えてくれたとも話した。

「太市は、いま大府で書道塾を開いている。わしと同じ傷病兵だが」

という五吉の言葉に、女は一瞬硬い表情になったが、すぐにまた元の微笑に戻った。

「いやあ、面倒な話を聞かせてしまったな」

と言って、腰をあげようとした。養生院の閉まる時間が気になっていた。

すると女は、

「その施設に、心当たりがあります。ご案内しますわ」

と言った。

意外な言葉だった。初対面の女という警戒心もないわけではなかったが、さきほど見せた涙と言い、性悪な女とも思えなかった。

「それならば」

五吉は立ちあがり、女とともにふたたび庭園のなかを通り、門外にでた。

日は少し傾きかけていて、女と並ぶ姿が進む道の先に見えた。調べたとおり、小さな橋をふたつ越えた。さいしょの橋は平らだったが、ふたつ目の橋は中央まで少しのぼりあとはくだる丸い橋だった。川の流れはどちらも穏やかであった。

丸い橋を越えたあたりから、女の足が遅くなった。五吉は背広のポケットから時計を取りだし、時間を気にした。

「早く行きましょう」

と言うと、

「はい」

と答えるが、女の足は遅々として進まなかった。

結局、十分ほどで到着すると思っていた養生院に二十分後に着いた。

それは白樫の生垣に囲まれた木造の建物だった。川風も柔らかく流れ、三河の山々も見える閑静な地だった。

女は一丁ほどてまえの辻で待つと言った。そのまま、どこかへ姿を消すのかもしれないが、それでも構わない。心はすでに坂本テイ女史のほうに向いていた。

五吉は、早足で歩き、その門を叩いた。数分待ったあと、用務員と思われる痩せた男がでてきた。五吉は、

「先日、面会を申しでた者ですが」

と言い、先方から届いた葉書を取りだした。

「東京の、鈴田五吉さん、ね」

用務員はほとんど無表情で、

「もう、外部のおひとの面会時間は過ぎていますので、お通しできません。明日またいらして

くださいよ」

と言った。懐中時計を見ると、午後四時を回っていた。

「しかし、まだ窓は閉めておりません。幸い本日は暖かいので」

はて、妙なことを言う、と五吉は首を傾げた。今夜は知立の旅館に泊まるのだから、明日またくることはできる。しかし、坂本テイの居場所をまえにして、このまま立ち去りかねる思いになっていた。用務員が門を閉めたあとも、五吉はしばらく呆然としていた。

「こちらへ」

と言う声がした。見ると帰ったかと思っていた女が、生垣の端に立っていて手招きしていた。

五吉は、歩み寄った。女は五吉の背広の袖を引き、

「ここから、見えますよ。なかの様子が」

と言い、生垣の隙間を指差した。

「いや、それは」

五吉はすぐに首を横に振った。紳士がひとの家のなかを覗くなど、着ている背広の値打ちにも関わる。巡査に見つかったら不審者として連行されてしまう。だが、なかの人影を確認したい気持ちも湧いていた。しばらくの躊躇のあと、五吉は、生垣に顔を近づけた。

建物は小作りな小学校のように、南向きに七つか八つの硝子窓を並べていた。五吉の立ち位置と窓のあいだには小さな池があり、水草がところどころ生えている。大小の魚が泳ぐ影が見

える。鯉や鮒にちがいない。

窓までは歩いて十数歩だろうか。首を左右に振ろうとしても、生垣の小枝と葉が邪魔をした。西の端の三つの窓だけがやっと見えた。五吉は、もういちど脚の位置を決め、目の焦点を定めた。その目はすぐにひとつの人影を捉えた。真ん中の窓である。

ややふっくらとした老女だった。肩からうえが西日を浴びて、白髪が淡い金色を放っていた。畳敷きの住いなのか。いや、じっとして動かないから、籐椅子に腰掛けているのかもしれない。なにか書物を読んでいるのか、書き物をしているのか、いや、縫い物か。斜め後ろから見る顔はうつむきだった。

しかし、五吉の目は、淡い金色の髪に隠された、広い額を捉えていた。同時に、銘仙らしき着物に覆われた、がっちりとした肩を捉えていた。

「おう」

五吉は声を洩らした。

(確かに、あれはあのときの坂本テイの額、そして肩だ)

なんどか感動の声を洩らし、ひとり頷いた。窓が閉められるまで、五吉は屈んだ姿勢のまま、眼を凝らした。

やっと、生垣から首を戻すと、かたわらに女の笑顔があった。

「いかがでしたか」

「いや、その」

五吉は気恥ずかしさを覚えながら、礼を言わなくてはと、

「世話になった」

と頭を垂れた。

「それでは、これで」

女はそう言って、元きた道を去っていった。


五吉はひとり、駅の近くにある宿に向かった。松並木には夕日が差しはじめていた。岡崎には馴染みの宿もあるが、知立に泊まるのは初めてなので、あらかじめ太市に良い宿を紹介してもらっていた。小さいがこざっぱりとした宿屋だった。部屋に案内され、商いに関するメモを手帳に記したあと、ゆっくりと湯に浸かり緊張をほぐした。夕食には、銚子を一本つけてもらった。酒は若いころから弱く、顔がすぐに赤くなるので、組合の寄り合いなどでは、猪口に口をつける程度しか飲まなかった。だが、今夜は旅の疲れと妙な興奮そして明日への期待から、喉を潤したくなっていた。徳利一本を空けてから、いつもの習慣で番茶を飲んだ。それが合図だったかのように床が敷かれ、五吉は転がるように横になった。すぐに眠りはやってきて、五吉は意識を無くした。

深夜に、ひとの気配がして目覚めると、床の脇に昼間の女が坐っていた。女は先ほどとちが

う薄紫色の着物を着ていた。はて、近くに家があるのだろうか。

慌てて起き上がった五吉をまえに、女は、涙をこぼしながら、ふたたび業平の、

唐衣　着つつなれにし　つましあれば
はるばる来ぬる　旅をしぞ思ふ

を口にするのだった。

「なぜ泣いている」

宿の主人に、なぜ女を部屋に通したのか、と聞く気持ちのゆとりもなかった。

「きょうは、わたし、とても悔しかったのです」

「悔しい？」

「ええ、鈴田さんの、ええ、お名前は宿の主人に聞きました。生垣越しに見ていらっしゃるものに、あの金色に輝く髪の毛の主に、わたしはとうてい敵わないと、つくづく思いました。これまで、こんな経験をしたことはありません」

「しかし、あれは」

弁明しようとしたが、女がすでに帯を解いているので、五吉の舌は回らなくなった。

「わたし、正直に言うと、歌の心はわからないのです。筆で書いて、お金を得ているだけです。貧しい農家の生まれです」

女は身の上話をはじめながら、五吉のかたわらに体を滑らせていた。

「わたし、妬けて、……お訪ねの養生院のお方に、高いお志に、ご家族に、……すべて妬けて。……わたしには無いものばかり。無いものばかり」

話はとぎれとぎれで意味も不明だったが、心地よい音調を放っていた。

「このままでは、死にたくなり……」

「そう言わずに、話をつづけてくれ」

女がつづける話の調べは、かつて耳から頭に刻んだ経のように聞こえた。

一合ばかりの酒は早くも冷めはじめていた。それがむしろ、五吉の体を起こしていた。五吉は、みずからの腕で、女を強く抱き締めた。素肌に触れると、女には懐かしい大根の葉の匂いがした。三河の女なのか。女の涙がこちらの頬に伝わった。それはかつての輸送船のなかの、じぶんの涙のようにも感じられた。やがて、どちらの体にも力がはいりその揺れとともに、紫色の花の波がまた押し返してきたような、強い幻惑を感じていた。


「お客さん、朝食ですが」

という声に五吉は目覚めた。もう部屋の障子に差しこむ日はかなり高くなっていた。飛び起きた五吉のかたわらに女の姿はなかった。五吉は、背筋に寒さを覚え、反射的に壁にかけた背広の内ポケットに手をいれた。商売用の金と礼金の茶封筒を探したが、なかは空だった。傷病兵の徽章は残っていたが、金時計は紛失していた。帳場に行き、宿の主人に、

「女はどうした」

と訊ねた。

「はあ？　お客さん、夢でも見たのでは」

取りあってもらえなかった。

私用に持っていた金で、一日分の宿の支払いはできたが、きょうふたたび坂本テイの住処を訪ねて、礼の気持ちとして渡す金がない。警察に届けようと思ったが、行きずりの女と関わりあった結果、と言うわけにもいかない。落胆と困惑とともに、後悔の念が湧いていた。

（わしとしたことが、なんという失態）

ここまできて、養生院訪問を諦め、知立から去るわけにはいかない。

（東京に電話をして、宿屋宛に電報為替で送金させようか）

店の番頭が妻に話さないでいてくれるか、案じられた。駅に近い郵便局に行き、そこから東京の店に電話をしたが、回線が混んでいて繋がらなかった。


五吉は、町中から河原方面に向かって歩いた。

ふたたびかきつばた園に行く気にはならなかった。昼にはまだ少し間のある日の光は河原一面を白く覆っていた。吹く風も流れる水の音も穏やかで優しかった。橋のたもとの立て看板の文字を読んだ。逢妻川《あいづまがわ》。そうだった、この川の名は逢妻川だ。きのうは、養生院の所在地、八橋町の住所を念仏のように唱えていたので、川の名前を思いださなかった。この川の上流には、逢妻男川と逢妻女川があり、それがこの近くで合流して逢妻川になる。そのことを、忘れていた。五吉は、男としてのじぶんに隙があったことを認めないわけにはいかなかった。川の水は浅瀬で小石にぶつかり、大小の泡を立てて流れていた。女の体の土の匂いが微かに思いだされた。しかし、慌てふためいたおのれの顔を川面に映して見る気にはならなかった。

ふと大府の太市の顔が浮かんだ。恥を忍んで警察に届けることも考えないわけではなかった。女と情を交したことを話すだけでは、済まされまい。わしがなぜ知立にきたか、だれに養生院の住所を聞いたか、などを話さなくてはならないだろう。警察の取り調べの厳しさは、あの、されこうべ事件で経験している。

太市に迷惑はかけられない。太市には……、と呟きながら、河原を歩いた。

そのとき、五吉は息を止めた。

わしが商いの帰りに金を持参して知立にくることも、泊まる宿も、坂本テイの居場所を探していることも、かきつばたの花を好み、そして女好きだということも、太市は知っている。そして今回、養生院の住所を教えてくれたのもすべて太市だ。

五吉の体は、川風のなかで震えた。

女の筆跡は太市の筆跡によう似ていた。あの女は太市の娘か。いや、太市は家庭を持たなかったはずだ。すると、女は太市の弟子か、愛人か。

女はさいしょからわしを騙す気で、かきつばた園で待ち伏せしていたのか。筋書きを書いたのはだれか。歩く足を留めて、五吉は考えた。警察へ行って、仔細を話せば、だれよりも太市が疑られる。

なぜ太市がわしを裏切る。それも女を使って。いや、太市に限ってそんなことはしまい。女が勝手に仕組んだのか。それにしても、太市から話を聞いていることはまちがいない。

五吉は混乱していた。それでいて思考は太市を疑う方向に進んでいた。日の光はさらに強くなっていた。

太市め。

五吉は、舌打ちをした。しかし、その音は川風とともに消えていった。まだ若い河原雀が数羽、下流に向かって飛んでいく。

わしが、どんな思いで商いをしてきたか、知っとるのか。いや、知っているはずだ。

五吉はしばらく目を瞑った。遠くに闇の曠野が浮かび、低地を這った胸や腹の感触がよみがえった。

太市よ。

「そんなに、わしが」

あとの言葉を呑む。

「そんなに、辛かったんか」

あの戦争が、という言葉も声にならない。

五吉より遅れて日本に帰ってきた太市を、内地病院に見舞ったときを思いだす。太市の頭と顔半分は、白い包帯に包まれていた。

「……遼陽では、一日じゅう、塹壕を掘らされていた。そこで銃を構える。じぶんで撃った小銃の音が怖くて、声を上げると、上官に、おまえは射撃馬鹿だ、と言われた。……脚が遅くて、砲弾を避けられなかった。五吉よう。戦争で実るものは、なんもねえ」

退院後、太市の包帯は黒頭巾に変わった。

五吉は、河原からさらに水辺へと進んだ。葦の葉が肩や足に触れた。土は湿っていた。

雪解けのあとの満州の土はほとんど乾き、どの川も幅広く、水深が浅くても向う岸は遠くにあった。川を越えきれずに途中で倒れた老兵が多くいた。助ける者はなく、みな必死で陸地を目差した。水中から起きあがれなかった兵の骨は、いまだに川底に眠っているはずだ。あのころを思うと、裏切り、という言葉も甘く感じられた。

生垣越しに見た、白髪頭の坂本テイは、本物だったのか。それだけは嘘ではないと思いたかった。

これ以上、ひとが傷つけあうのは、堪らない。

戦争は、儲からん。

五吉が腹の底から呟いたとき、河原雀がまた飛んできて、消えた。

糸川太市が、自ら命を絶って死んだという女名前の手紙が、五吉のもとに送られてきたのは、その年の秋である。

平成二十年七月、倉本清子は、中国遼寧省の周水子《しゅうすいし》空港に降り立った。旅順・大連の旅というツアーに参加していた。すぐに三十人ほどの同行者といっしょに旅行社が仕立てた大型バスに乗った。

着陸するときから機窓を叩く大量の雨筋でわかっていたが、現地は土砂降りの雨だった。バスは直ちにかつての二百三高地へと向かった。そのあとは二、三の日本軍堡塁跡を見学して昼食、そしてホテルにチェック・イン、というスケジュールになっていた。

初めての中国だった。日本からの飛行時間が短いせいか、外地にきたという気持ちが整わないいまま、車窓からぼんやりと雨に煙る町並みを眺めた。

これが父の戦地の中国東北部、旧南満州なのか。

昭和九年生まれの清子の同級生に、太平洋戦争に参加した父親がいても、日露戦争に参加した父親をもつひとはいなかった。小学校の朝礼のとき、出征兵士の活躍が名誉とともに讃えられるたび、仲間はずれになった思いがした。母と四人の姉は昭和のうちに亡くなった。五姉は平成十年まで生きたが、むかしふうの専業主婦で話があわず、晩年は疎遠になっていた。長年共働きをしていたサラリーマンの夫は、去年の春病死した。

これから先、どう生きていけばよいのだろう。清子は思いあぐねた。

父の言葉を探したいと思うようになったのは、それからのことだ。父は昭和二十二年二月に疎開先の神奈川県で脳内出血を起こし、八年間半身不随で生きた。当座はだれもかれも、その原因は敗戦で、なにもかも失ったからと思っていた。

東京裁判がはじまっていた。戦争犯罪人として名が挙がったのは、太平洋戦争への道をリードしたとされる軍人たちだった。それも昭和三年以降の時代に活躍した人物である。小学生のときと同様、清子には漠然とした不満が残った。

バスが進むごとに雨は強くなっていた。昭和の日本は、明治の延長線上にあるのではないか。その意識だけが消えずにあった。じぶんにはそう思う資格がある。明治三十七年、日露戦争開始当時、一兵卒だった父の子供だからだ。そして平成のいまも生きている。バスは町並みを抜け、郊外らしい道に差しかかっていた。この地には病人ではない若い父が居たはずだ。悲しみよりも胸が躍った。

母は、東京裁判が行われるたびに、父に新聞を読み聞かせた。しかし、仰臥したままの病人はいつも無言だった。ときおり涙を流すこともあったが、母は、

「涙腺が弱くなっているから、本当に悲しいのかどうかわからないわ」

と冷静だった。十代だった清子は、母の言う通りと思わなかったが、いつも判断を保留して

いるような、曖昧な気持ちでいた。

戦争についても、戦後の暮らしの変化についていくのがせいいっぱいで、距離を置いて考えることができなくなっていた。寝たきりの父は、家族としてそのまま受けとめるしかなかった。清子は、母の手伝いをしながら、外で働きたい希望を抱いた。そして父の死後、母子家庭の娘としてタイピストから、長い職場勤めをスタートした。

そして、夫より四年早く会社を辞めた。いまになって父の言葉を探すことはひどく困難だった。悩んだあげく、さいしょに浮かんだのは、父の戦場はどこだったのだろう？　という疑問だった。戦場がわかれば、なんらかの言葉が見つかるかもしれない。

生存中の父からは、負傷した手首の傷跡と傷病兵の徽章を見せられただけだった。その後、母からも姉たちからも、父親の戦場の、具体的な場所は聞かされていなかった。

夫の一周忌を終えてから、清子は日露戦争に関する書物を読みはじめた。六千二百人の日本兵が死んだという二百三高地は、劇映画「二百三高地」のヴィデオを借りて観た。解説には、この映画の公開時、昭和五十年代はまだ、この中国遼寧省の二百三高地はまだ閉鎖されていた、とあった。おそらくどこか別の場所で、ロケが行われたのだろう。それでも、頂上から旅順口を見おろすシーンを、興味深く観た。直線距離で四キロ、当時の射撃術においても射程距離であったから、いかに重要な地であったかを思わせるものであった。

清子の父が二百三高地で戦った、という証拠はどこにもなかった。

記憶のなかの母の言葉を手がかりにして、考えた。

「あのひとの髪は、二百三高地ね」

と洩らすのを聞いたことがある。訊ねると、

「それはね、髪のまげを、頭のてっぺんに載せてね、」

と言って、あとは笑っていた。そのときの母の表情を思いだしても、父に繋がるような翳りは感じられなかった。

父は、当時の軍港広島市の宇品から軍船に乗り、旅順口のどこかに上陸した、のだと思う。それなら旅順は、どんな地形と風景をもつ港なのか。ひと目見たい気持ちが募った。

しかし、予想もしていない大雨にで遭い、清子は困惑していた。

「バスは、山の麓までしか行かないそうだ」

「それから、二百三メートル登るのですか、この雨のなかを」

乗客たちは、不安の色を隠さなかった。

バスは停車した。携帯用の傘を広げ、ふもとの広場の土を踏んだ。行く手には山らしい影が見えるが、霧が漂っていて数メートル先しか見えない。もちろん道は舗装されていない。ウォーキング・シューズを履いているが、町なか用のものだ。

そのとき、ひとりの中国人らしき男が近寄ってきた。

「セン、ゴヒャクエン。オーフク」

と繰り返している。よく聞くと、

「千五百円で、頂上までオーフク、マイクロ・バスありますね」

と言っている。日本語がかなりうまいうえ、この土砂降りにも客扱いにも慣れているのか、笑顔を見せている。

「日本円でも、元でもいいよ」

「高いなあ」

という声があったが、若い客数名を残して、ほとんどが、用意されたバスに乗った。清子もその金を支払い、濃い緑色に塗られたバスに乗った。中国人は笑顔のままハンドルを握り、発進した。

雨は山を登るごとに強くなり、さらに霧は濃くなっていた。車はなんどかカーヴしたが、さして急坂とは思えなかった。確かに天気なら歩ける距離だ。すぐに頂上に着いた。傘を広げるあいだにも肩や首が濡れた。

頂上の地に立って清子が見たものは、雨水の溜まった広場の中央に立つ記念碑だった。七、八メートルの円塔だろうか。近づくと、中央に爾霊山《にれいさん》と彫られた文字が見えた。黒に近い灰色で、凱歌が聞えるような勇ましさは感じられず、雨と霧のせいか陰鬱な塔に見えた。石台のうえに花などは置かれていなかった。かたわらには土産物売りの店があり、客を呼びこむ女の手には、日露戦争の写真集が握られていた。

爾霊山は、単なる標高二〇三メートルの語呂あわせではなく、なんじの、れいの山、という思いをこめて乃木希典が命名した、と聞く。

この百年、世界は激しく変わったのだ。

そう念じながら、手をあわせようとしたが、濡れた手が滑り、かたちにならなかった。

「この方角が、旅順口です」

中国人は、笑顔で一点を指差した。しかし、前方は深い霧に覆われて、なにも見えなかった。

【「かきつばた」参考文献】

『従軍看護婦と日本赤十字社――その歴史と従軍証言』川口啓子、黒川章子編（図書出版　文理閣　二〇〇八年）
『日露戦争と日本人――困難に臨んだ明治の父祖たちの気概』鈴木荘一著（かんき出版　二〇〇九年）
『日露戦争戦記文学シリーズ（二）「第二軍従征日記」』田山花袋著　前澤哲也解題（雄山閣　二〇一一年）
『森鷗外と日清・日露戦争』末延芳晴著（平凡社　二〇〇八年）
『坂の上の雲』司馬遼太郎著（文春文庫　①～⑧　二〇〇五年）

日々の光——山川方夫

昭和三十三年、二十四歳の時に「三田文学」に初めて持ち込んだ作品『降誕祭の手紙』がすぐに掲載され、さらに芥川賞候補になったのは幸運だった、としか言いようがない。

山川方夫氏との初対面となった「文学界」企画の座談会は、三十四年早春に行われた。そのタイトルは「芥川賞候補者は語る」。場所は銀座の文春ビルの最上階、老舗の日本料理店だった。司会者は高見順氏で、山川方夫氏、吉村昭氏、庵原を含めて他三名が出席した。一同は大きなテーブルを囲んでいた。山川氏は、開始と同時に勢いよく話し始め、リーダー的存在に思えた。「作家は、エリート意識を持つべきだ」と盛んに主張していた。精鋭という意味がまだ普及していない頃で、二十五歳になったばかりのわたしは戸惑い、「自分は普通の人間です」と応答したが、確固たる自信もなくその先が続かなかった。座談会、食事、高見氏を交えての写真撮影が終わり、会がお開きになった。居た堪れない思いで部屋を出た。そしてエレヴェーター・ホールの前で、エレヴェーターを待っていた。もちろんボタンを押していた。そこでエレヴェーターが来てドアが開き、私が乗ってドアが閉まれば、全てはそこで終りだった。その時、山川方夫氏が、そのエレヴェーター・ホールに向かって走って来た。まるで私を追いかけるように。そして彼は言った。

「三田文学に、良い小説を書いて下さって、有難うございます」と。

私は驚いた。そんな言葉を耳にするとは思ってもいなかった。さらに、座談会の最中のやや強気な態度とは違った、優しさそして謙虚さが感じられたからである。エレヴェーターは一度来たが、遣り過ごして話をした。映画の一場面《シーン》のようだったが、ご縁があったのだと思う。ご連絡先を教えて頂いたので、数日後、ご自宅に電話をした。幸いご在宅で氏は快く応対してくれた。それから時々お会いするようになった。銀座の喫茶店などにいつも笑顔で現われる。しかし文学の話になるといつも厳しい表情になった。ご自宅に伺いその書斎を見せてもらった時、その机の上に置かれた原稿用紙の文字に目を見張った。日本画家だったお父上の血筋なのか。個性的でありながら線の流れの美しい筆跡だった。その時、

「ぼくは文学の専門家になりたい、と思っている」

という言葉を聞いた。文士文豪の名は知っていたが、専門家、という言葉は初めて耳にしたのだった。

心に残る言葉は続く。佐藤愛子氏の処女出版「愛子」の祝う会に同行した折のことである。私は「三田文学」に関わる以前から、佐藤愛子氏、北杜夫氏などが主催する「半世界」という同人誌に加わっていた。会が終了し、興奮冷めやらぬ人々が建物の外に出た。渋谷の雑踏の中

だった。その時私は山川氏が、少し酔った男性出席者に絡まれていることに気付いた。話の内容は分からなかったが、氏が強い口調で繰り返していた言葉、それは、「どんな時でも、ルールを持とうよ、ルールを」であった。酒の席の経験はまだ少ない私だったが、配慮のない発言は好まなかった。微かな共感が湧いていた。

その後、都内の安岡章太郎氏宅にも連れて行ってもらった。芥川賞受賞から七年目の安岡氏は、お忙しいところ後輩の山川氏と初対面の私を歓迎してくれた。その時、安岡氏は山川氏に、「密度の濃いものを書きなさい」と言っている。新参者の私は聞き耳を立て、言葉の意味を探った。言葉が厳選されるということか。現実感が昇華されるということか。恋愛の現実を作品化したばかりの私は、そんなことを考えた。後になって、その言葉は「親しい友人たち」に書かれたショート・ショートと呼ばれる作品群によって結実する。

本格的に小説の書き方を指導して頂くようになったのは、三十六年「地上の草」という長編を書き上げ、六ヶ月間「三田文学」に連載する、と決まった時だ。

東京駅八重洲口に近い喫茶店で、当時の編集長、桂芳久氏、山川方夫氏、そして庵原の三人で会い、主に事務的な話をした。日中という記憶がある。用件の主旨は、新人の私の書いた作品の指導を、編集経験豊かな山川氏が担当する、というものだった。そんなことから、都内の山川氏のご自宅に通うようになった。お家は同じ敷地内で、京風の旧宅から新築の家へと移っていた。一回掲載分をおよそ六十枚にまとめて、読んでもらう。そして細かいところに鉛筆のチェックが入る。そこを直してまた見てもらった。書いている小説の背景は、戦後の崩壊しつつある大家族の家庭であった。主人公は末娘の国子、その視点からくも膜下出血で倒れた母の元に集まる兄姉、親族を描いていた。

山川氏のご指導は、日に日に厳しくなった。例えば、主人公国子の母親が、「何もかも戦争のせいだ」と言って、嘆く場面について。

「書き手として、何もかも戦争のせいにする、という姿勢はよくない」

と言われた。私は一瞬絶句したが、すぐにその言葉の意味を探った。人間には、競う、という本質がある、と言っているに違いない。仮に戦争がなかったとしても、一家の主人が倒れたならば、残された者たちは、おのずから競い、それぞれの言い分を口にする。山川氏は、そこに目を向けて、と言っているのだった。

「主人公の生まれ育った、土壌を、しっかり書きなさい」

という言葉も心に残っている。わたしは生後百日目にカトリックの洗礼を受けている。その話をすると、山川氏は、カトリック作家ジュリアン・グリーン作「閉ざされた庭」を書棚から出し貸してくれた。本はもちろん読んだが、「地上の草」という作品は、多産系の生命力のある一家をモデルにしていたので、主人公アドリエンヌが住む孤独、閉鎖の世界は、あまり参考にならなかった。さらに書きたいと思う土壌には、二面性があった。主人公国子の母親は東京神田の生まれ、山の手に嫁いで、所属のカトリック教会に足しげく通っている。しかし、下町独特の開放感、大胆な金遣い、お祭り騒ぎ、などの気性が強く残っている。国子は日々、「神様に祈りなさい」と言われているが、平素の母親に、矛盾を感じている。しかしその描き分けは、若い作者の私の手に余るものだった。もう一冊、山川氏が薦めてくれたグレアム・グリーンの「不良少年」はすでに読んでいた。

「文の運びに、情緒がなくなってきている」

という内容の手紙が届いたのは、六ヶ月連載の後半に入ってからだ。文は人なりと言われるが、山川氏の眼は新しい環境に戸惑っている私の内面を見抜いていた。母の死の直前から、嫁として夫そして義母義弟と一緒に暮らすようになっていた。「あまり頑張り過ぎないように」とも書いてあったが、頑張らないわけにはいかない事情があった。四季折々の花を愛でることもなく、お祭り騒ぎもしなくなっていた。それでも手紙の最後には、

「以上、自分の事は棚に上げて」

という一行が記されてあり、その優しさに心が和らいだ。

原稿用紙に向かう日々が続いた。当時は鉛筆書きをしていたので消しゴムをよく使った。その真只中に私は身籠ったことに気付く。多産系の血筋は、小説の世界だけに止まってくれなかった。家族は喜んだ。その反面、小説を連載していて懇切丁寧な指導を受けている身として、山川氏に対し申し訳ないそして恥ずかしい気持ちで一杯になった。身の置き所のない気持ちになりながら、腹は日々前に迫り出してくるという、滑稽な状況に追い込まれた。山川方夫氏は

私の報告を聞いて、いつもと同じように微笑んでいた。それどころか、足元を気遣ってくれるようにもなった。職業意識が足りない、と叱ってくれたらどんなに楽だったか。

……そして私は、大きくなった腹を抱えながらも、連載の最終回（昭和三十六年十二月号）を書き終えた。山川氏から「ご苦労様」という手紙はもらったが、それまでのような厳しい批評口調が感じられず、淋しい気持ちになった。翌年の一月末に、無事男子が生まれた。しかし、十分に力が発揮出来なかった「三田文学」への申し訳なさ、自分の無計画性への腹立たしさ、は強く残った。私は「地上の草」連載六冊分の「三田文学」誌を横目で眺めながら、さらに推敲を重ね一冊の本にするなど、その先を考えることもなく、育児に専念した。そして、百日目を迎えた子供の写真を、山川方夫氏に送った。丁寧な手紙が返ってきた。しかし、話題は息子の写真の印象に終始し、文学の話は書いてなかった。出産後、一度三田の先輩の会でお会いしている。二次会に行く銀座の路地裏で、氏から直接、結婚することになったというお話を聞いた。

昭和四十年二月、突然の訃報が入った。だれもが同じことを思ったに違いないが、まさかこんなことになるとは、信じられない気持ちで二宮の通夜に向かった。

その時二人目の子供を身籠っていた私は、母親としてこれから生きていくために泣くことも出来なかった。たとえ背中に赤子を背負い胸にもう一人を抱いて、化粧もせず髪を振り乱すようになっても、また小説を読んでもらいに行きたいと思っていたが、その夢はあの日海の彼方へと消えた。山川方夫氏はまさに文学のみに生きた文学の専門家だった。その志は「日々の光」

となって、今も輝き続けている。

【付記】

「山川方夫と『三田文学』展」（二〇一八年、平成三十年、会期一月二十七日～三月十一日、県立神奈川近代文学館にて開催）は、多くの人に深い感銘を与え、好評のうちに終了した。すでに私は、山川氏から頂いた書簡、そして作品へのアドヴァイス原稿・写真などは、二〇一七年秋に、駒場の日本近代文学館に寄贈している。港が見える丘公園に近い神奈川の会場には何度も足を運んだ。さらに取ってあった氏の手紙のコピーを読み返した。

そして今、一番印象に残った言葉を書かせて頂く。

少し怒って下さい。そのほうがいい気もします。カンロクが出てくるのは、おそらくそこででしょう。（原文のまま）

これは、私が「地上の草」について山川氏から頂いたご意見を尊重し過ぎて、庵原本来のグラウンドがかすんでしまった、いじくり過ぎ、中途半端、という評があった後の、一行です。怒る、奮起する。「遅いよ」と笑われても、今この言葉が私を奮い立たせている。

平成三十年七月　猛暑の日

【初出誌一覧】

第一部

降誕祭の手紙　「文学界」昭和三十三年十一月号

眼鏡　「文学界」昭和三十五年九月号

地上の草　「三田文学」昭和三十六年七〜十二月号（六回連載）

第二部

源平小菊　「三田文学」平成二十六年秋季号（NO．120号）

海抜五・五メートル　「三田文学」平成二十七年夏季号（NO．122号）

夏の星　「三田文学」平成二十九年春季号（NO．129号）

かきつばた　「季刊文科」平成二十七年67号

＊

日々の光——山川方夫　「三田文学」平成二十七年冬季号（NO．120号）

自筆年譜

昭和九（一九三四）年　二月五日、東京市麹町区（現東京都千代田区）麹町六丁目一ノ二に、父鈴木五市、母こう（通称孝子）の第八子として生れる。本名、鈴木基世子《きせこ》。長男登茂太は、四歳で死亡、次男省吾が事実上の跡取りとなる。他に五人の姉、登紀子、嘉代子、満枝、多恵子、亜耶子がいた。

父は愛知県から上京し、羅紗問屋の主人として成功した人物。基世子出生時も順調だったようで、男女の使用人は数多く居た。五月、母の手に抱かれ、麹町教会にてカトリックの洗礼を受ける。一家はカトリック信者であった。七月、鎌倉市長谷東町に建てた別荘に避暑に行く。

昭和十（一九三五）年　十月、長姉登紀子の長男義彦が生れ、生後一年半で叔母になる。

昭和十三（一九三八）年　四月、千代田区九段の白百合学園付属幼稚園、二年保育課程に入園する。

昭和十五（一九四〇）年　三月、小学校入学を見送り、もう一年幼稚園生を続けるように、母から申し渡される。「神様の思《おぼ》し召《め》しです」と言われた。後になって、その理由は、昭和四年一月生まれの四姉多恵子が、早生まれで入学し、体が弱いこともあり、周囲に付いて行かれなかったため、二の舞をさせまいと考えた結果と分かる。他の姉は遅生まれであった。坂東流の日本舞踊を習い始める。

昭和十六（一九四一）年　四月、白百合学園付属小学校に入学。この年から国民学校と呼ぶようになる。一年待たされたせいか、勉強、運動、達者な発言など、全ての面で目立つ存在となる。十二月八日、戦争が始まる。鬼畜米英の声、隣組、愛国婦人会などの活動のなか、母は、黙々と麹町教会に通う。基世子も連れて行かれ、公教要理を学び初聖体の儀式を受ける。堅信の儀式はその二年後の昭和十八年。後にローマで枢機卿になられた土居司教の手によって行われた。

昭和十七（一九四二）年　兄省吾が出征する。早朝店の前で、大勢で万歳をして見送った。

昭和十九（一九四四）年　六月、茨城県稲敷郡瑞穂村（現河内町）十里に疎開する。竜ヶ崎市より三里の利根川沿いの部落。父が大家族を収容する疎開地として、早くから用意してあった利根川沿いの家であった。源生田村（瑞穂村の旧名）小学校に編入される。担任は代用教員の長塚薫氏（後に医師に）。人見知りをせず、友人も出来たせいか、茨城言葉をすぐに覚え、たちまち田舎娘に変貌した。

昭和二十（一九四五）年　日に日に戦争は激しくなり、昼間は通学路における艦載機の機銃掃射、夜は霞ヶ浦航空隊が近く、B29の来襲に怯えた。五月二十四日、山の手大空襲で、麹町の店と家は焼失する。八月十五日、村の人たち、家族と共に、敗戦のラジオを聞く。国民学校の五年生であった。

昭和二十一（一九四六）年　二月、兄省吾が中国の戦地より復員する。兄の妻と三歳の男の子は、この疎開地に一緒に暮らしていた。喜びも束の間、戦後日本の制度が変わり、農地改革、不在地主、新円切り替え、財産税などのニュースによって、両親と兄姉たちは、家族会議を行うようになる。しかし、末娘は会議に参加させてもらえず、その時々の家族の顔色を窺う。父五市は、東京に戻ろうとせず、家を建て増し、農作業をし、余暇は村の青年たちと句会を開いた。父母を残して、兄は鎌倉市、長姉登紀子は東京、次姉嘉代子は市川市、三姉満枝は東京に引っ越していく。

六月、下の三人、多恵子、亜耶子、基世子は、市川市の嘉代子の家に身を寄せて、東京九段の白百合学園に復校する。通学時の総武線車中は、担ぎ屋その他で混雑を極めていたが、田舎娘として鍛えた運動神経で、切り抜ける。母は茨城と市川市を行ったり来たりする。

昭和二十二（一九四七）年　二月の寒い日、学校に行こうとしていた朝、父が前夜脳溢血で倒れたという知らせを受ける。田舎の青年が一番電車に乗って連絡に来てくれたのである。そのとき母は市川市の家に居た。母、亜耶子、基世子の三人は、すぐに京成電鉄に乗り、成田経由で茨城に向かう。

昭和二十三（一九四八）年　鎌倉の家に、茨城の両親と、市川市の下の三人が合流する。半身不随になった父は、茨城から軽トラックの荷台に載せて運んだ。さらに兄夫婦と子供たち、結核が進行して、婚家に居られなくなった三姉満枝とニューギニア帰りの夫と子供たちが身を寄せる。身寄りのない伯母、女中も加え、十五人にもなる大所帯であった。その頃、空襲で内部を焼かれたコンクリートの上に、机を置いて授業を行っていた九段の白百合学園校舎二階に、図書室が出来る。通学の車中、夏目漱石、芥川龍之介、志賀直哉、島木健作、尾崎一雄、林芙美子、宮本百合子などの作品を読む。

昭和二十五（一九五〇）年　四月、三姉満枝が死去。前後して、長姉登紀子、次姉嘉代子が離婚する。六月、朝鮮動乱が勃発する。この夏、高校一年になった基世子は、海浜で不良仲間と知り合い、仲良くなる。人見知りをしないと言っても、それは危険な交友関係でもあった。思春期と青春の狭間で悩みは多かったが、父の介護に忙しい母には、何一つ相談出来なかった。その後、反って教会を身近に感じる。『不良少年』という邦題の、グレアム・グリーン作『ブライトン・ロック』に出会う。

昭和二十六（一九五一）年　下曾我在住の尾崎一雄氏に手紙を書いた。単なるファンレターに過ぎなかったが、返事の葉書が届いた。それから一年ほど文通が続いた。大学受験の勉強を始める。

昭和二十七（一九五二）年　その秋、介護疲れの母が倒れる。老人性の結核だった。亜耶子と基世子は、文京区の兄の家に預けられる。

昭和二十八（一九五三）年　三月、第一志望の早稲田大学は不合格になる。恵まれた友人たちと話が合わず、金のかかる付き合いは出来ず、白百合女子短大進学を望まなかった。母に相談すれば適切な助言があったと思うが、それも兄の家に居て出来ず、四月、失意のまま、小康を得た母の元に帰る。

十月、鎌倉の教会で、二つ違いの姉亜耶子の結婚式が挙げられる。かなりの刺激を受ける。

昭和二十九（一九五四）年　五月、劇団鎌倉座に入団する。稽古場は、劇団の最高顧問でもある、鎌倉文士里見弴氏の本宅の広間。しかし、里見氏は仕事部屋を別の家に持ち、その姿はなかった。その稽古場で、慶應義塾大学生の門倉泰弘と知り合う。春秋の公演に参加するが、内向的で女優の素質はなく、家では小説を書いていた。十二月、父五市が死去。実家に居られない気持ちが募る。

昭和三十一（一九五六）年　「となりの客」（六十枚）を第一回中央公論新人賞に投稿する。当選作は、『楢山節考』深沢七郎作に決まり、「となりの客」は予選通過作品として名前が挙げられる。

昭和三十三（一九五八）年　「三田文学」誌九月号に『降誕祭の手紙』（百五枚）を発表。「文学界」誌十一月号に、全国同人雑誌優秀作として転載される。

十一月、門倉泰弘と結婚し、鎌倉市長谷東町の実家から、歩いて十分ほどの門倉家に嫁ぐ。

昭和三十四（一九五九）年　一月、文藝春秋より、実家の方に速達葉書が届き、母からの電話で、『降誕祭の手紙』が、第四十回芥川賞候補になったと知らされる。二十四歳の冬であった。

一月、「文学界」誌の、「芥川賞作家は語る」という表題の座談会に出席した。司会は作家の高見順氏。その席で、同候補の、山川方夫氏と知り合う。帰りがけに、エレヴェーター・ホールまで小走りにきて、「三田文学に、良い小説を書いて下さって、有難うございます」と言われ驚いた。

以来小説指導を受けるようになる。偶然にも夫門倉泰弘は、本名山川嘉巳氏の慶応幼稚舎の後輩であった。また、鎌倉座の大根女優時代、氏の友人、ＴＢＳの蟻川茂雄氏の番組「この謎は私が解く」前後篇に出演したことがあり、もう一人の友人小池晃氏の夫人は白百合の上級生で、鎌倉の家の近くに住んでいた、など共通点が多かった。

三月、三田文学誌に、短編「消えた聖母」掲載される。四月、山川氏に世田谷区の安岡章太郎氏の家に連れて行ってもらい歓談する。五月、山川方夫氏の短編集『その一年』（文藝春秋社）の出版記念会（銀座米津風月堂）に出席する。下大崎の山川邸を訪ねるようになる。

姉上がご挨拶に出てお茶を運んでくれた。和風の旧邸で、去った後を見ると、廊下との境目の襖は、二十センチほど開けられているのだった。

昭和三十五（一九六〇）年　一月、実母、鈴木孝子死す。前年九月末に倒れ、百日間の闘病の末だった。山川氏より、哀悼の手紙を頂く。「文学界」誌九月号に、短編『眼鏡』掲載される。

昭和三十六（一九六一）年　「三田文学」誌七月号より、十二月号まで六回、長編「地上の草」を連載する。当時の編集長は、桂芳久氏だったが、連載のあいだ山川氏に指導を受けることになる。以来、東京駅八重洲口近くの喫茶店で、桂芳久氏と三人で会い話をした。桂氏に感謝する。以来、山川氏の家に通い、差し向かいで細かい指導を受ける。此の間、山川邸は、旧邸から新築の家に変わった。氏の指導は厳しく、辛い時間でもあったが、好きな文学の言葉に向かう至福のひとときでもあった。

しかし、婚家では義母が体を壊し入院する。その義母の願いは、〃早く孫の顔を見たい〃であった。「地上の草」連載が終わりかけた頃、妊娠に気付く。悪阻は軽かったが、運動もせず書き続けていたので、妊娠後期に血圧が上がり、むくみも出て妊娠中毒症と診断される。何とか、「地上の草」を書き上げ、編集部に送る。十二月初旬、「地上の草」最終回の三田文学誌が発刊される。山川氏より感想の手紙届くが、〃正直にいって、いささか読みづらいものになってしまっている感じです〃（原文のまま）とあり、やはり、と思う。年末に義母退院する。

昭和三十七（一九六二）年　一月二十二日、八時五十五分、男子出産する。中毒症は何とか治まったが、執筆に百パーセントの力を出し切れなかったことを悔やむと同時に、新たな感情を覚える。

それは、小説書きに夢中で、母親になる心の準備もせずに子供を産んでしまった後ろめたさだった。文学、子供、双方への後ろめたさを覚える人生が始まった。

山川氏に最後に会ったのは、出産直後、丸岡明氏の出版記念会の折。第一ホテルから二次会の銀座方面に行く途中、結婚することになったと知らされた。

昭和三十九（一九六四）年　二月十日、義母が入院し、翌日の十一日心不全で亡くなる。九月、義弟が結婚して家を出る。十月十日、東京オリンピック始まる。二歳になった息子とテレビ観戦する。

昭和四十（一九六五）年　二月十九日、夕刊を見て、山川方夫氏の事故を知る。その直後、高橋昌男氏より電話があり、詳細を知る。

二月二十日、午前十時二十分、山川氏死去の知らせ受ける。

二月二十一日、二宮のご自宅の通夜に出向く。

二月二十二日、三歳の息子の手を引いて、葬儀に参列する。

葬儀の折、すでに第二子を身籠っていて、思い切り泣くことも出来なかった。

九月十二日、第二子の女児を出産する。医師から、中毒症を避けるため夏の出産をと言われ、計画出産であった。もう一度、きちんと考え、心の準備をして出産したいという思いがあった。しかし、実母、義母を亡くしてからの育児で、手替わりは一切なく、片時も子供から目が離せなくなる。

昭和四十一（一九六六）年　育児の傍ら、遠藤周作氏の書き下ろし「沈黙」（新潮社）を読む。

昭和四十三（一九六八）年　四、五月頃、書かなくなった私を心配した高橋昌男氏が、鎌倉に来てくれたことがあり、鎌倉駅東口近くのイワタ（現存）というコーヒー店で会う。息子は幼稚園に行っていて、下の娘を連れて行き、今は〝書けない〟と話した記憶がある。高橋氏には感謝している。

昭和四十九（一九七四）年　四月、長男泰昭が慶應義塾中等部に入学する。教育ママ、という言葉が流行り、小説書きが教育ママになったと言われた。子供の受験に親の支援がどれだけ役に立つか、実践したい思いがあったが、中等部校舎は、三田文学編集部に近く、三田の街を複雑な思いで歩いた。

昭和五十二（一九七七）年　坂上弘氏の「優しい人々」を読む。

昭和五十五（一九八〇）年　坂上弘氏が山川方夫氏の死と向き合った作品、「故人」を読み、衝撃を受ける。その思いを手紙に書き送ったところ、返事が届いた。この手紙と共に、坂上氏のご厚意に感謝している。山川氏から受けた文学上のご恩を何一つ返していない、自分を恥じる。

昭和六十四（一九八九）年　一月七日、昭和天皇崩御。平成と元号替わる。

四月、慶應義塾大学、通信教育課程に入学する。何度も大学は諦めていたが、夫への娘の口添えで前に進むことが出来た。

平成三（一九九一）年　四月より、坂上弘氏が三田文学編集長になる。

八月号に「なみの花」発表。三十年ぶりの三田文学掲載。原稿料が出て驚く。若き日の三田文学誌掲載の拙作は全て無料。山川方夫他先輩諸氏は、無報酬で働いていたのである。

平成四（一九九二）年　八月号に「姉妹」発表

平成五（一九九三）年　十一月号に「訪問者」発表
平成六（一九九四）年　九月、慶應義塾大学通信教育課程　文学部英文学科卒業する。

平成九（一九九七）年　八月、『姉妹』（小沢書店）より出版する。

加藤宗哉氏が三田文学編集長になる。秋季号「ふたり乗り」発表。

年の暮に、第一ステージの肺がんが発覚する。

平成十（一九九八）年　一月二十日、国立がんセンターにて、成毛韶夫《つぐお》医師の執刀のもと、左下葉切除手術を受ける。五月、成毛医師とがん患者の会、のぞみ会に入会する。

平成十一（一九九九）年　三田文学夏季号。がん経験を基にした「夢は野原」を発表。

平成十二（二〇〇〇）年　「新会員」三田文学冬季号に発表。

平成十三（二〇〇一）年　春季号「兄妹」、秋季号「叔母の秋」を発表。

平成十六（二〇〇四）年　夏季号「表彰」発表。

平成十七（二〇〇五）年　作品社より、『表彰』短編五作品集を出版。

平成十八（二〇〇六）年　五月二十日、成毛医師急死する。七十二歳。のぞみ会は解散となる。

平成二十三（二〇一一）年　三月、東日本大震災起きる。

平成二十五（二〇一三）年　三月、作品社より『海の乳房』刊行。「海の乳房」「白妙の」（三田文学）「万年青」「枇杷の木」（ふぉとん）「五月の后」「タッパーと海」（三田文学）「御成山」（書き下ろし）短編七作品集を出版する。

平成二十六（二〇一四）年　六月、三田文学編集長の若松英輔氏から電話があり、「三田文学・文学教室の講師を」と頼まれ、承諾する。

九月より、三田キャンパス内にて、三田文学・文学教室の講師を務める。受講生に恵まれ教室は平成三十年六月現在、五年目に入っている。

平成二十八（二〇一六）年　六月と十一月、東日本大震災、被災地を訪問する。

平成三十（二〇一八）年　一月二十七日より、神奈川近代文学館にて「山川方夫と『三田文学』展」が開かれた。私は何度も足を運んだ。氏の遺影、遺稿を目にする度に、落ち着かない気持ちに襲われた。妙な胸騒ぎと言っても良い。山川氏から受けた大きな恩と共に、やり残したこと、やらなければならないことの数々が胸に溢れた。三月十一日の閉展間際になって、五十年前の「地上の草」を書き直し、芥川賞候補作品「降誕祭の手紙」と共に一冊の本に纏めようと決意した。中途半端に生きた私の残された時間に、唯一出来る仕事に思えた。

この本の言葉の一つ一つが、読者のお目に触れる日を楽しみにしながら、この年譜を終了させて頂く。

（平成三十年六月末日）

あとがき――まだ生きている

川端康成氏の『掌小説』の冒頭作品「骨拾い」は、最後に（大正五年―昭和二十四年）と記されている。さらに文中に、

〝十八歳の時のものを五十一歳で寫し取ってゐることにいくらか興味がある。まだ生きてゐるといふことだけでも〟

とある。こういうかたちも過去にはあった、とかつて記憶にとどめた。

本書は、第一部第二部に分かれている。初出誌一覧にあるように、第一部は若き日の作品である。二〇一八年の現在、女性の仕事と出産がそれほど大きな問題ではなくなっているが、第一部収録の『地上の草』を三田文学誌に連載した昭和三十七（一九六二）年に於いては、今よりもはるかに厳しい環境があった。六ヶ月連載のさなか、私は身籠ったことに気付いた。私は八人きょうだいの末っ子、多産系の血を受け継いでいる。もちろん懸命に書き続け、最終回を書き上げ、誌は発刊された。

『地上の草』には多くの登場人物が存在し、それぞれのドラマが描かれ、その言葉は活字になって読者に送り届けられた。これは表側の話だ。私は今日までその裏側の話を、この『地上の

草』執筆と出産がどれだけ難儀だったか、自身の文学の道に立ちはだかる大きな壁であったかを、人に語ったこともなく、もちろん書いても来なかった。

……ともかくその時点では、小説が書きたくてたまらなかった。出産を祝ってくれる人は多かったが、書き続けることを容認してくれる人は皆無に等しかった。その結果、生まれた子供への後ろめたさ、仕事が中途半端になった文学への後ろめたさ、どちらも逃れられない現実となり、長年の胸のつかえとなった。

今年初めから『地上の草』『降誕祭の手紙』『眼鏡』の手直しを始め、夏にその仕事が終わった。手直しと言っても内容は変えず、当時の感性を損なわないように、細心の注意を払い、最後の一行に辿り着き、胸のつかえも消えつつある。

これも、――まだ生きている――、故に叶った事、と感慨もひとしおである。命の恩人成毛医師、もちろん文学を愛する方々の支えもあった。文友との交流、文学教室の熱意ある受講者、良い刺激になった『山川方夫と「三田文学」展』開催の神奈川近代文学館様への感謝、そして今回の出版に協力して下さった元小沢書店主・長谷川郁夫氏、田畑書店の大槻慎二氏、装画を快く描き下ろして下さった西沢貴子氏に心より御礼を申し上げる。


（参考文献　川端康成全集第十一巻　新潮社　昭和二十五年）

二〇一八年八月　　　　庵原高子

【庵原高子　著書目録】

『姉妹』　　　　（小沢書店　一九九七年）

『表彰』　　　　（作品社　二〇〇五年）

『明日は晴れる』（冬花社　二〇一〇年）

『海の乳房』　　（作品社　二〇一三年）